UN MONDE DE CIEL ET DE TERRE

Né à Sarajevo en 1964, Aleksandar Hemon est l'auteur du roman *Le Projet Lazarus*, lauréat du prix Jan-Michalski et finaliste du National Book Award, ainsi que de trois recueils de nouvelles : *De l'esprit chez les abrutis*, *L'espoir est une chose ridicule* et *Amour et obstacles* (Robert Laffont). Il a coécrit le scénario de *Matrix Resurrections* et enseigne la création littéraire à l'université de Princeton. Son roman *Un monde de ciel et de terre* a reçu le Grand Prix de littérature américaine en 2023.

ALEKSANDAR HEMON

Un monde de ciel et de terre

TRADUIT DE L'ANGLAIS (ÉTATS-UNIS)
PAR MICHÈLE ALBARET-MAATSCH

CALMANN-LÉVY

Titre original :
THE WORLD AND ALL THAT IT HOLDS
Première publication : MCD, une division de Farrar,
Straus and Giroux, New York, NY, 2023.

ISBN : 978-2-253-25139-2 – 1re publication LGF

À mes filles, Ella, Isabel (qu'elle repose en paix) et Esther
Aux réfugiés du monde entier

« Trois types de rêves se réalisent : un rêve matinal, un rêve où un ami rêve de vous et un rêve interprété dans le cours d'un rêve. Et parfois aussi un rêve récurrent. »

Talmud de Babylone,
Traité Berakhot

« S'il est mien, pourquoi est-il avec d'autres ?
S'il n'est pas ici, vers quel "là-bas" s'en est-il allé ? »

Djalâl al-Dîn Rûmî
« Où le bel aimé s'en est-il allé ? »

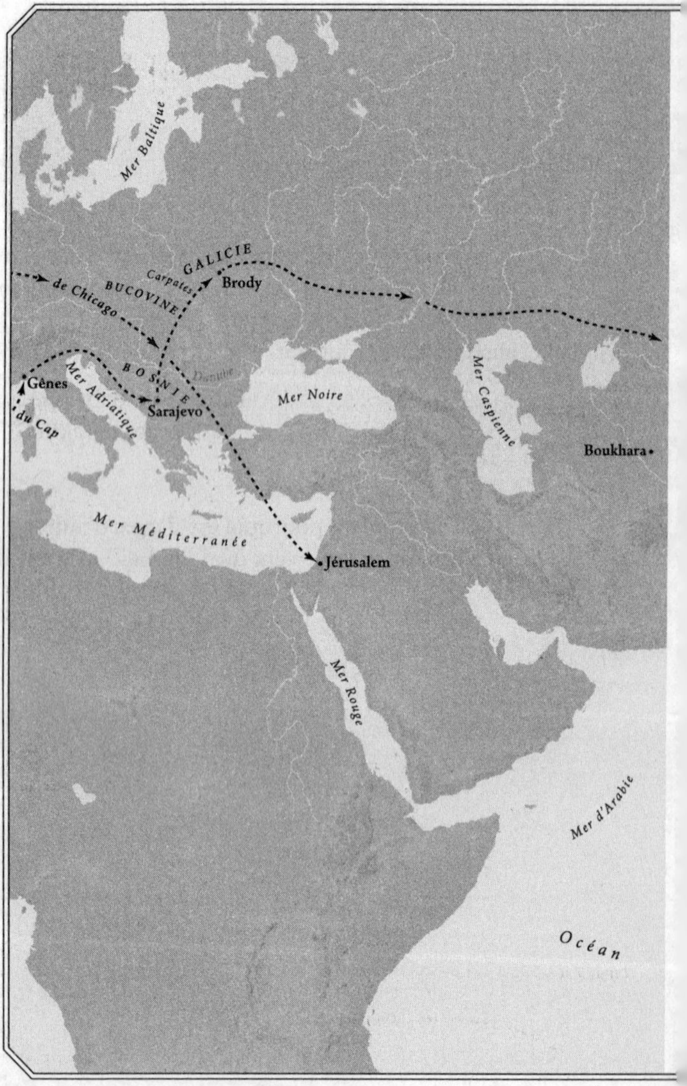

Mer Baltique
GALICIE
Carpates
Brody
BUCOVINE
de Chicago
BOSNIE
Danube
Gênes
Mer Adriatique
Sarajevo
du Cap
Mer Noire
Mer Caspienne
Boukhara
Mer Méditerranée
Jérusalem
Mer Rouge
Mer d'Arabie
Océan

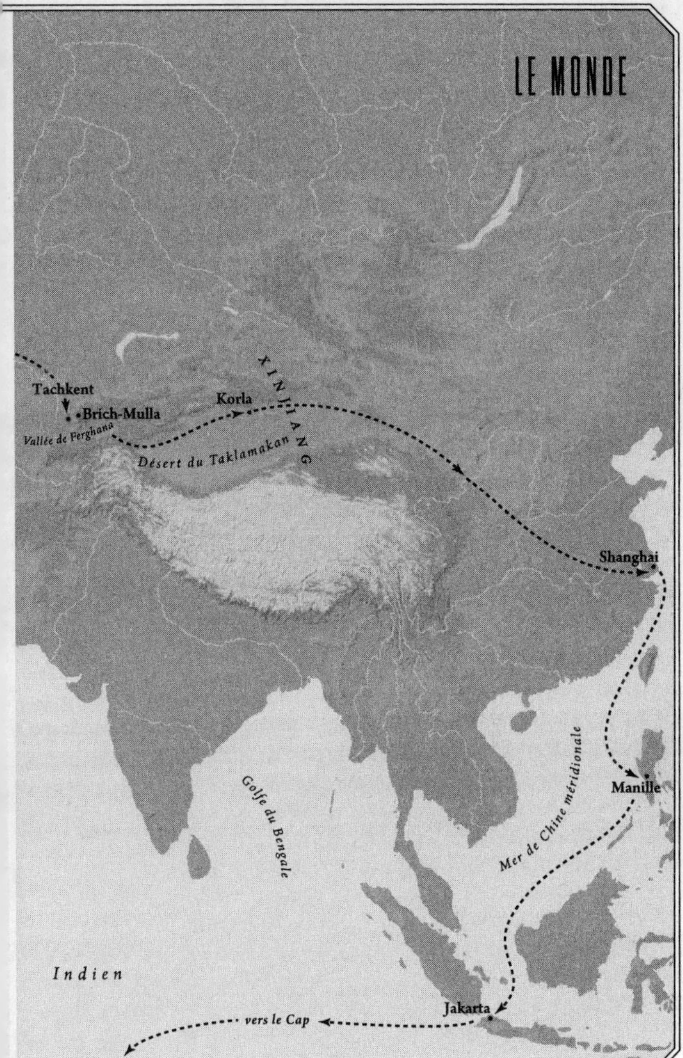
LE MONDE
XINJIANG
Tachkent
Brich-Mulla
Korla
Vallée de Ferghana
Désert du Taklamakan
Shanghai
Mer de Chine méridionale
Manille
Golfe du Bengale
Indien
Jakarta
vers le Cap
© Jeffrey L. Ward, 2023

PREMIÈRE PARTIE

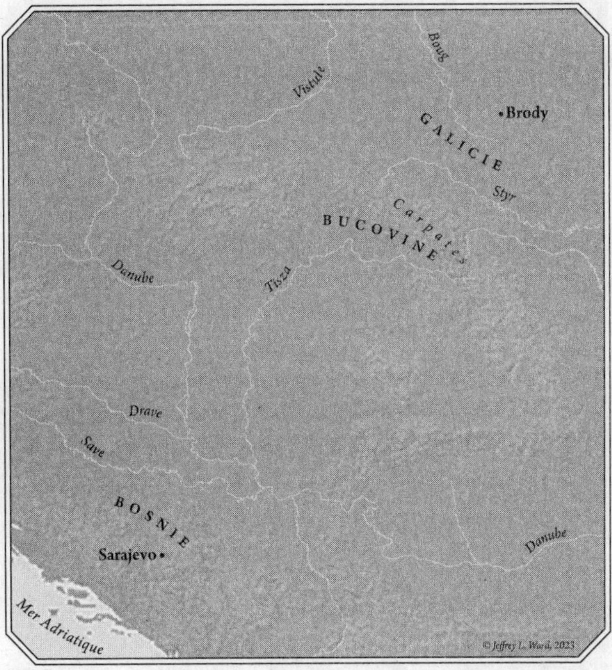

Sarajevo, 1914

Le Seigneur n'avait cessé de créer et de détruire des mondes, de les créer et de les détruire puis, juste comme Il allait renoncer, Il a fini par bricoler le nôtre. Il pourrait être bien pire, notre monde et tout ce qu'il renferme, puisque je sais me procurer ici-bas un certain nombre de produits intéressants. Voyons voir : LAPIS INFERNALIS, LAUDANUM et à côté, LAVANDE.

Pinto attrapa le laudanum sur l'étagère et renversa par la même occasion la boîte à lavande en fer-blanc qui miraculeusement s'écrasa au sol sans s'ouvrir. Il versa une goutte de laudanum sur un morceau de sucre, regarda s'épanouir la tache brune, puis plaça le sucre dans sa bouche. Pendant que sucre et amertume se dissolvaient sur sa langue, il ramassa la boîte à lavande, plongea le nez dedans et inspira – de vastes champs de fleurs méditerranéennes se déployèrent en lui, des flots bleus, chapeautés d'hirondelles et d'un ciel turquoise, clapotèrent dans son âme ; le laudanum irriguait ses veines jusqu'à son cerveau et au-delà. Outre toutes les choses qu'Il avait créées dans la pénombre du soir du Šabat, le Seigneur avait eu la sagesse d'ajouter le laudanum, pour que tout soit plus beau et plus supportable.

Rafael Pinto était maintenant bien plus préparé à la visite de l'archiduc Franz Ferdinand von Österreich-Este, héritier présomptif de l'empire des Habsbourg et inspecteur général des armées impériales et royales, et à toute l'animation qu'il apportait en venant à Sarajevo rien que pour voir la manière dont nous y vivons. Nous vivons plutôt bien, je dois dire, Votre Altesse, pourvu qu'il y ait suffisamment de laudanum et de lavande à disposition, merci infiniment de votre sollicitude. Et puisque notre commerce fournit des remèdes pour le corps et pour l'âme, nous disposons en quantité de tout ce qui pourrait nous être nécessaire, longue vie à l'Empereur, gloire à Dieu et soyez béni vous aussi.

Après une semaine grise et pluvieuse, la matinée était ensoleillée et la lumière coulait à flots à travers les vitres, donnant au sol à damiers des motifs sans pareils. Le sucre avait complètement fondu, mais l'amertume persistait et taquinait la langue de Pinto. Dieu se drapait de blancs habits, la radiance de Sa Majesté illuminait le monde et là, juste sur le sol de l'Apotheke Pinto, nous pouvons voir un petit morceau de ces mêmes habits. Peut-être y trouverai-je matière à écrire un poème sur la manière dont les fluctuations de la lumière altèrent le visible : il pourrait s'intituler « Les Habits de Dieu ». Mais bon, qui s'intéresserait à de telles choses ? Personne ne s'intéresse à la lumière et à ses effets sur l'âme, pas ici, dans cette ville du bout du monde.

Depuis son séjour à Vienne, Pinto écrivait de la poésie en allemand ; il écrivait aussi en bosnien, mais uniquement sur Sarajevo. Il avait même essayé d'écrire en spanjol, mais avait alors l'impression que c'était son Nono qui tenait la plume, parce que tout avait des accents de proverbe ancien : Bonita de mijel, koransiko de fijel ; Kazati i veras al anijo mi lo diras[1], et ainsi de suite. Alors que la lumière est partout et nulle part. Elle existe, mais jamais toute seule, c'est toujours un habit, de même que Dieu se comprend à travers l'imperfection de Sa création. Même l'obscurité se drape de lumière ; c'est par son absence que la lumière impose sa présence. Nous portons l'obscurité en nous, et la retournons à la lumière au jour de notre mort. Ça devrait bien sonner en allemand. Im Inneren tragen wir das Licht, da wir, wenn wir sterben, zurückgeben der Finsternis.

Il reposa le laudanum et la lavande sur l'étagère. La sérénité opiacée s'installa lentement, telle une profonde inspiration, pendant qu'il étudiait le sol maculé par l'ombre portée des lettres sur la devanture. APOTHEKE PINTO. Il était grand temps qu'il se débarrasse de toutes ces herbes ridicules que Padri Avram avait achetées à des paysans et accumulées au fil des décennies. Padri avait insisté pour qu'on vide la vieille drogerija du quartier de Baščaršija de toutes ces cochonneries et qu'on les range à côté des vrais médicaments, qu'il avait appelés par dérision les patranjas. Mais, en dépit de ce transfert, ces simples méconnus et passés de mode étaient aujourd'hui complètement desséchés et leurs vieux noms turcs

---

1. Au fil de ce roman, le lecteur trouvera des mots et expressions en différentes langues étrangères. L'auteur n'a pas utilisé d'italique et n'en donne pas de traduction, un choix que l'éditeur a décidé de respecter dans l'édition française. *(N.d.É.)*

compliqués (amber kabugi ; bejturan ; logla-ruhi) détonnaient au milieu de l'ordre alphabétique impeccable des patranjas, que Pinto avait instauré après le déménagement. Il ne connaissait même pas les propriétés de ces bonnes herbes magiques. Dans l'ancienne échoppe, seul Padri savait où trouver les choses, et quels étaient leurs critères de classification – en fait, la drogerija reflétait l'intérieur de sa tête, avec tous ces livres, prikantes, segulot et basme sur les étagères, l'odeur de sucre brûlé du halva qu'il prenait avec son café sans oublier les nuages de fumée de tabac d'une densité comparable à celle de ses pensées, qui se déployaient lentement au plafond. Vêtus de leurs habits aux relents de suint et chaussés de peau de bête, les vieux paysans de Padri se présentaient encore de temps à autre à l'Apotheke, avec leur vernis de montagnard parfois gâté par un furoncle bien mûr, leurs innombrables maladies, leurs articulations noueuses et leurs dents cariées. Ils entraient et jetaient un coup d'œil autour d'eux, comme s'ils débarquaient d'une vétuste machine à remonter le temps, désorientés par l'odeur de camphre, la paisible quiétude médicinale et le sol en marbre, intimidés devant les backenbart baroques de l'empereur François-Joseph sur le tableau qu'ils ne pouvaient pas ne pas voir. Seul le portrait de Nono Solomon datant du siècle précédent et accroché sur le mur opposé leur garantissait qu'ils étaient au bon endroit : ils reconnaissaient le fez de Nono, son front plissé, son impressionnante barbe blanche et même son caftan dont la poitrine s'ornait d'une médaille qu'avait jadis agrafée le représentant du sultan Abdul Hamid en personne. Les paysans réclamaient le vieil hećim juif, et Pinto devait leur annoncer que le vieil hećim était mort et enterré et que c'était lui – le Doktor Rafo, pour eux – l'héritier légitime de ce petit empire médicinal et qu'il ne leur achèterait jamais qu'une seule plante : la lavande. Malheureusement, il n'y en avait guère dans les tristes montagnes autour de Sarajevo, de sorte que les paysans regagnaient déçus les denses et vieilles forêts où ils vivaient et copulaient avec des bêtes sauvages et ne revenaient jamais à l'Apotheke, ce qui n'était pas plus mal. Parce qu'on vivait désormais dans un siècle nouveau, que le progrès était partout, l'avenir sans limites, comme la mer – nul n'en voyait la fin. Plus personne ne s'intéressait au bejturan. L'amber kabugi devait être un truc pour invoquer les fantômes ou éliminer sorcières et vilas, vous faire perdre vos dents ou vous valoir une érection interminable. Ce qui, somme toute, n'a rien de dramatique.

La matinée avait démarré sur une salve de canon en l'honneur de l'archiduc Franz Ferdinand von Österreich-Este, héritier présomptif de l'empire des Habsbourg et inspecteur général des armées impériales et royales, venu dans notre petite ville bien-aimée en compagnie de Son Altesse, la duchesse. Là, une autre explosion retentit, marque de bienvenue supplémentaire pour Leurs Altesses. (Ce n'est que plus tard dans la journée que Pinto apprendrait qu'un jeune assassin malchanceux avait en réalité lancé une grenade à main contre la voiture de l'archiduc. Je peux confirmer, d'après mon expérience personnelle, qu'on a toujours un train de retard sur l'histoire dans laquelle on s'inscrit.) De l'autre côté de la rue, Hadži-Besim avait accroché la bannière impériale devant son débit de tabac conformément aux ordres du gouverneur et, les pouces glissés dans les poches de son gilet, il s'était planté juste au-dessous de sorte que le haut de son fez bordeaux frôlait le bout de tissu noir et jaune paré en son centre du fier aigle autrichien, couleurs qui, comme la rondeur lisse du ventre d'Hadži-Besim, s'exposaient plaisamment. Le laudanum aide le monde à se serrer douillettement dans les habits de Dieu. Pinto se rendit compte qu'il aurait dû lui aussi accrocher la fameuse bannière au-dessus de sa porte ; il y avait pensé, mais n'avait pas trouvé le temps. Il y avait tant de bannières partout dans la ville que personne ne remarquerait l'absence de la sienne. Du haut de leur vieille et solide sagesse et depuis leurs murs respectifs, Nono Solomon et l'Empereur lui firent les gros yeux, façon de le gronder pour sa négligence et nombre d'autres choses ; ces formidables anciens ne le perdaient jamais de vue. Ce siècle était un siècle de progrès ; de grandes choses nous attendaient. Rappelle-toi l'avenir ! L'archiduc Franz Ferdinand von Österreich-Este, héritier présomptif de l'empire des Habsbourg, est venu en personne à Sarajevo afin de voir comment nous vivons et nous expliquer comment vivre encore mieux.

Et voilà qu'il déboulait à présent, l'archiduc, tel un prince sorti tout droit d'un conte de fées, qu'il frappait à la porte de la pharmacie, et plus précisément sur le A d'APOTHEKE PINTO sans prêter attention à la pancarte signalant que la boutique était fermée. Voyez les célèbres yeux bleu acier et la moustache de hussard aux pointes relevées plaqués contre le carreau tandis qu'il regarde à l'intérieur ! Qu'est-ce que

Son Altesse pourrait donc bien attendre de l'humble Pinto ? Qu'est-ce qu'un Rafael Pinto pourrait avoir à offrir à l'héritier présomptif, sinon sa loyauté sans bornes et éternelle, son bonheur de poser les yeux sur son impériale figure ? Il se précipita pour déverrouiller la porte, ralentit et contourna – on ne sait jamais – la réticulation abstruse de l'ombre et de la lumière. La lumière change le monde, qui reste néanmoins immuable, toujours bien au chaud dans les habits de Dieu. Das Licht ändert die Welt und dennoch bleibt sie gleich, auf ewig warm unter Gottes Gewändern.

L'archiduc n'était pas du tout l'archiduc, même s'il entra comme s'il l'était, que tout ce qu'il avait sous les yeux lui appartenait, apportant avec lui de vénérables relents de naphtaline nichés dans son uniforme d'apparat de Rittmeister et arborant une écharpe en travers du torse, visage soigneusement rasé et poudré, moustache cirée aux pointes symétriques, splendide casque orné de crin de cheval parfumé, le tout assorti d'un soupçon de sueur. Il était auréolé de l'odeur de la Vienne que Pinto avait si bien connue, le tout premier jour de ce siècle de progrès, l'odeur de quelque chose qui fit battre plus vite son cœur, mouilla ses paumes de transpiration et l'obligea à les essuyer contre ses flancs.

Le Rittmeister descendit les marches dans le caquètement de son sabre contre les degrés, puis il ôta son casque pour exécuter un demi-tour parfait. En retard d'une initiative, Pinto en était encore à tenir la porte ouverte. La chaleur et le raffut d'une volée de pigeons affolés, d'une foule inquiète, s'engouffrèrent à l'intérieur.

— Bitte ! dit Pinto, qui referma la porte, puis la verrouilla. Bleib mein schlagendes Herz.

La chaleur était insupportable, dit le Rittmeister en se tamponnant le front avec un mouchoir d'une blancheur immaculée, vraiment horrible et insupportable, et il avait désespérément besoin d'une poudre quelconque pour soigner son mal de tête intolérable. Et il se demandait également pourquoi il n'y avait pas de bannière royale au-dessus de l'entrée. Il avait un accent viennois et s'exprimait sèchement ; l'ombre d'un A marquait l'écharpe qui lui ceignait le ventre ; des étoiles scintillaient sur le col de son uniforme. Ses yeux avaient un éclat consomptif, mélancolique, de sorte que Pinto fut obligé de fixer ses pupilles de plus en plus larges jusqu'à ce que le Rittmeister détourne le regard, un peu trop tard. Il passa la pointe de sa langue sur ses lèvres gercées, effleura sa moustache.

Quant à la bannière, déclara Pinto en s'inclinant, il le priait humblement de lui pardonner – la surexcitation liée à l'attente de ce jour extraordinaire l'avait tourneboulé, bien évidemment. Il serait heureux de réparer son erreur au plus vite, mais auparavant, si Herr Rittmeister voulait bien le lui permettre, il se hâterait d'aller quérir la poudre qui calmerait à coup sûr ou presque le mal de tête de Herr Rittmeister. Le Rittmeister claqua des talons et acquiesça d'un signe en guise de remerciement. Il se tenait bien droit au centre du champ lumineux, comme s'il avait l'habitude d'être admiré.

Tout revient aussitôt à Pinto, ces joyeux moments à Vienne du temps où son jetzer hara régnait en maître :

les coups d'œil furtifs échangés sur la promenade au bord du Danube, dans les cafés étudiants bondés ; les contacts émoustillants dans les théâtres du petit peuple ; les citations poétiques porteuses de désirs codés émaillant soudain une conversation soigneusement inoffensive ; l'apparition malicieuse de fossettes sur le visage d'un certain Hauptmann Freund pendant qu'il donnait un avis aussi controuvé que passionné sur les femmes, la Sacher torte, Schubert, l'amour, le laudanum, Oberst Redl, et même – quelle audace – sur les traits exotiques de Herr Pinto et leur aptitude à exprimer la passion, jusqu'au moment où Rafael lui clouait le bec d'un baiser. Gute Nacht und Guten Morgen, Hauptmann Freund !

Que la vie était délicieuse à l'époque !

Derrière le comptoir, Pinto écrase les ingrédients avec des gestes tremblants, les réduit en poudre, se rappelle un instant à venir – celui où il va caresser, comme par inadvertance, la main du Rittmeister et lui transmettre ainsi le flux de sa passion. Le Rittmeister s'est placé devant la photographie de Nono Solomon, le menton relevé par l'étonnement, comme s'il n'avait jamais vu de Sefaradi, ce qui est probablement le cas. Il n'est sans doute pas en mesure d'associer Pinto – sans fez et en costume cravate, chaîne en or en travers du ventre et, malgré son visage basané, aussi Européen qu'on peut l'être – au lustre sépia du passé ottoman et aux sourcils bibliques de Nono. Qui a créé le ciel et la terre, qui a placé ce cœur assourdissant dans ma poitrine ?

Pinto s'imagine saisir la main du Rittmeister, entraîner ce dernier plus avant dans l'arrière-boutique, saisir son visage hanino et l'embrasser, s'abandonnant totalement à cette impulsion : l'écharpe repoussée sur le côté, le torse viril, les profondeurs infernales du corps, la main sur sa pata déjà raide, le cœur débordant de plaisir. Ils seraient en sécurité – personne ne risque d'entrer, la pharmacie est fermée, la porte verrouillée, on est dimanche, et le monde entier est occupé à lécher les bottes de l'archiduc Franz Ferdinand von Österreich-Este, héritier présomptif de l'empire des Habsbourg et inspecteur général des armées impériales et royales. Qui se soucierait de voir der Kuss dans l'arrière-boutique obscure de l'Apotheke ? Même le Seigneur, lui qui est partout et nulle part, préférera peut-être regarder ailleurs quand je presserai mes lèvres contre les siennes. Selon toute vraisemblance, ton prochain éprouve pour toi les sentiments que tu éprouves pour lui. Šalom, jetzer hara !

Pinto finit de préparer la poudre, la verse sur une feuille, puis la rassemble avec le bord du papier qu'il plie lentement, comme s'il montrait un tour de magie. Il remet l'enveloppe triangulaire au Rittmeister, qui a peut-être remarqué que la main de Pinto tremblotait. Leurs doigts se touchent, leurs regards se croisent.

Naturellement, rien ne se passe.

— Puis-je vous demander un verre d'eau ? dit le Rittmeister.

— Rosenwasser ? propose Pinto.

Le Rittmeister verse la poudre dans sa bouche ; sa pomme d'Adam monte et descend pendant qu'il boit l'eau de rose. Légère entaille sur la pointe du menton ; sa moustache est parfaite. Les yeux levés vers le plafond, il vide le verre, puis pousse un soupir, de plaisir semble-t-il. Il pourrait y avoir un avenir où le Rittmeister serait planté devant un miroir, magnifique dans son tricot de corps et sa culotte d'équitation moulante, bretelles descendant bas sur les cuisses. Pinto invoque une matinée dans une chambre viennoise – savon à barbe, fumée de cigarette et une rose, encore fraîche de la nuit précédente, dans un verre sur le chevet ; des draps froissés ; au mur, un tableau sur lequel un sentier sinueux se perd dans une forêt sombre. Il s'appelle Kaspar, décrète Pinto. Kaspar von Kurtzenberger. Guten Morgen, Kaspar ! dira-t-il. Guten Morgen, Rafael ! répondra Kaspar. Tu as bien dormi ? Pas du tout, mein Lieber. J'ai passé la nuit à écouter battre ton cœur.

— Dankeschön, dit Kaspar.

Il rend le verre vide à Pinto, puis se tamponne les lèvres avec le mouchoir immaculé.

— Bitte ! murmure Rafael, la gorge sèche, serrée.

Avant que Pinto puisse ouvrir la porte, le Rittmeister s'arrête, main gantée sur le pommeau de son sabre, pour fixer Rafael comme s'il avait quelque chose à ajouter. Il ne dit rien, il attend que quelque chose se passe ou se révèle. Il est temps à présent de prendre l'initiative et de lui donner un baiser d'adieu. Leurs regards se croisent ; en réalité, il a les yeux verts. Le Rittmeister sourit sans découvrir ses dents et des fossettes se creusent juste au-dessus des pointes de sa moustache cirée.

Pinto n'a pas le temps de prendre une quelconque décision qu'il se dresse sur la pointe des pieds et embrasse le Rittmeister sur la peau entre sa moustache et sa lèvre. Elle a un goût d'eau de rose et de tabac, de cire et de sucre. Le Rittmeister recule son visage, pas pour lui échapper, mais pour le considérer d'un air surpris et perplexe. Il jette un coup d'œil vers l'extérieur pour voir si quelqu'un a remarqué ce qui vient de se produire, mais dehors la foule est tournée dans la direction d'où l'archiduc est censé arriver ; on n'entend que des acclamations dans le lointain. Le jetzer hara a pris le dessus, et Pinto n'a aucune pensée qui ne soit pas dizeu ; sa pata durcit. Il a toujours le verre à la main, il a toujours conscience de la cohue au-delà de l'Apotheke, mais tout ça est loin et s'estompe. Il embrasse à nouveau le Rittmeister et cette fois Kaspar ouvre la bouche, et Pinto absorbe son haleine à la rose. C'est fou ; il n'a jamais rien fait de tel, il sait combien c'est dangereux, mais ne peut se réfréner. Les lèvres de cet homme sont douces ; ce baiser est furtif, mais tendre, et, dans le temps qu'il dure, dans les muscles fermes du Rittmeister, se dessine la possibilité d'une vie entière.

— Kaspar, dit Pinto en pressant la joue contre son uniforme. Kaspar.

C'est à ce moment-là seulement que le Rittmeister recule, comme si ce qui venait de se passer ne s'était pas passé, et s'écrie, Was ist das ? et tout se dissipe. Pinto n'a pas de réponse, il ne peut émettre le moindre son, de sorte qu'il recule à son tour, la danse est finie. Il s'incline devant Kaspar, qui s'essuie la bouche, claque des talons et s'en va en laissant la porte ouverte derrière lui.

Pinto ne bouge pas, il reprend son souffle, rattrapé par la folie de l'instant écoulé. Voici qu'il désire ardemment, qu'il désire ardemment ce qui est interdit à l'homme. Das Licht ändert die Welt und dennoch bleibt sie gleich. La lumière fait tournoyer les particules de poussière dans l'air et papillote au milieu des damiers noir et blanc par terre, donne à tout une signification nouvelle, comme si son esprit s'était ramassé plus profondément en lui-même en laissant un vide pour la suite des événements. La tête lui tourne, il a une faiblesse dans les genoux, dehors, les acclamations se rapprochent. Et maintenant ?

Il pourrait verrouiller la porte, se retirer dans les profondeurs de l'Apotheke, dans sa vie et son passé et prendre le temps de se caresser en pensant à Kaspar, qui ne deviendrait plus qu'une histoire qu'il se répéterait en revenant sur tous les détails possibles et imaginables : son odeur, ses yeux verts, le baiser, le goût de ses lèvres. Ou bien il pourrait suivre Kaspar, lui proposer de lui faire visiter la ville dès que toute l'agitation autour de l'archiduc se serait calmée, lui montrer le Čaršija, ses vieux temples et ses commerces, acheter du rahat loukoum, ce qui lui permettrait de voir un tapis de sucre sur sa moustache. Ils se promèneraient et partageraient des secrets, et Pinto l'emmènerait dans une arrière-salle du kahvana d'Hadži-Šaban, où ils boiraient quelques verres, laisseraient leurs lèvres parler pour eux, personne ne les dérangerait. Mais avant que Pinto fasse quoi que ce soit ou se rende où que ce soit, il faudra qu'il reprenne une petite goutte de laudanum, juste pour apaiser son cœur emballé. Le laudanum prendra soin de tout.

Sur le pas de la porte, Pinto s'aperçut qu'il avait non seulement accroché la bannière noir et jaune, mais qu'il avait également mis la rouge et jaune de

Bosnie ; simplement, les bannières s'étaient emmêlées et ne s'étaient pas déployées – il tendit le bras pour réparer les choses, et une avalanche de couleurs lui tomba dessus. Quelle belle journée, le baiser qui lui titillait les lèvres, l'explosion de couleurs, la lumière d'été qui habillait tout. Il suivit le Rittmeister dans la rue Franz-Joseph, jusqu'au quai Appel, sans la moindre idée de ce qu'il ferait si Herr Rittmeister Kaspar von Kurtzenberger se retournait, le regardait dans les yeux et disait : Ich folge dir, wo immer du hinghest, Herr Apotheker !

N'empêche, réintégrer le cours du monde était un projet magnifique, une splendide culbute vers l'avenir pour obéir à son cœur et à ses désirs, s'éloigner de sa vie – ou s'y engager plus profondément – et s'ouvrir à une reconfiguration aux aboutissements insoupçonnés pour approcher Kaspar. Là où mon cœur devra apprendre à aimer, mes pieds me porteront. Il vit le plumet du casque avancer au-dessus de la foule – Kaspar était très grand –, puis s'arrêter au coin de la rue. S'il pouvait trouver un chemin jusqu'à lui, il lui dirait : Herr Rittmeister, j'ai l'immense plaisir de vous annoncer que la bannière royale flotte à présent fièrement au-dessus de la porte de l'Apotheke Pinto. Et si vous souhaitez que je vous montre notre humble cité et son Čaršija, il vous suffit d'un mot et d'un seul, et je suis à vous. Je pourrais aussi vous préparer une tasse de café bosniaque au fond de mon Apotheke, où le calme règne et où personne ne nous dérangerait. Il vous suffit d'un mot. Une clameur monta de la foule, suggérant qu'il se passait quelque chose, mais Pinto continua simplement à s'enfoncer plus avant dans la multitude jusqu'au moment où il fut contraint de s'immobiliser.

Deux hommes maintenant le séparaient du Rittmeister, dont un au moins empestait le feu de bois. Il y avait aussi un drôle de chien galeux, qui se faufilait entre les gens, comme s'il était en mission. Dans son splendide uniforme que sa beauté héroïque illuminait de l'intérieur, le Rittmeister se distinguait au milieu de la foule. Pinto eut envie qu'il se retourne et voie qu'il l'avait suivi, poussé par le dizeu qui avait guidé ses pas. Il perçut la peau lumineuse de la joue rasée de Kaspar, la pointe de sa moustache marquant l'emplacement de sa fossette et la ligne horizontale bien droite que formaient ses cheveux sur sa nuque. Il envisagea deux options – écarter les gens, interpeller le Rittmeister – susceptibles de lui permettre de se rapprocher suffisamment pour humer son parfum de rose ; au lieu de quoi, c'est la puanteur rance des hommes devant lui, fumée mêlée de sueur, qu'il inhala. L'un d'eux était manifestement un edepsiz, dont les poils démesurément longs émergeaient de son col bâillant et crasseux. Le chien devait lui appartenir. Accroché à l'épaule de l'autre, un accordéon pendait, pareil à une bête morte. Il manquait un bouton sur le clavier.

Venant du quai Appel, une automobile de la taille d'une locomotive tourna brusquement dans la rue, puis s'arrêta juste devant le Rittmeister et aussitôt Pinto identifia sur le siège arrière le véritable archiduc, casque à plumes de paon et col doré orné de trois étoiles argent, et la duchesse vêtue d'une robe si blanche qu'elle aurait pu avoir été taillée dans un des habits de Dieu, coiffée d'un chapeau à voilette plus blanc encore et avec dans les bras un bouquet de fleurs bleues, blanches et jaunes. (L'Histoire a retenu qu'il lui avait été offert par une petite fille musulmane, ce qui, allez savoir pourquoi, m'émeut aux larmes.) Il lui sembla que Sa Majesté l'archiduchesse souriait à Kaspar derrière la voilette, comme si elle le reconnaissait, alors que lui inclinait la tête et à nouveau Pinto sentit son cœur s'emballer ; il dut prendre une grande inspiration pour ne pas défaillir.

À la droite de Pinto, un jeune homme de petite taille, cheveux négligés, fine moustache laborieuse au-dessus de la lèvre, regard maladif, dégaina un pistolet. L'espace d'un instant, personne ne put ni réagir ni bouger, même le chien le dévisagea d'un air effaré, tandis que la réalité tout entière se retrouvait suspendue à ce détail incongru que constituait cette arme pointée droit sur Leurs Altesses Impériales. Le visage du Rittmeister, tout son visage, se contracta de stupeur : ses sourcils, sa bouche et ses yeux se rétractèrent tout en augmentant de volume. L'edepsiz tendit le bras vers l'arme du jeune homme – il avait de petites touffes de poils sur les doigts – et il l'aurait saisie si son voisin ne l'avait bousculé et poussé de côté avec son accordéon, après quoi les coups partirent, plus bruyants qu'une salve de canon, et le monde vola en éclats.

Rej muertu gera no fazi, aimait à dire le Sefaradim de Sarajevo. Un roi mort ne déclenche pas de guerre, mais un héritier présomptif de l'empire des Habsbourg et inspecteur général des armées impériales et royales, si. Quelques semaines plus tard, Pinto serait appelé à combattre dans les rangs de l'armée impériale aux côtés de dizaines de milliers d'autres Bosniaques. Il gravirait la pente du temps parmi d'interminables files de gens attendant de recevoir un repas ou en effectuant, trempé de sueur, d'inutiles manœuvres. Il se rappellerait souvent cet instant précis juste avant que ce siècle de progrès ne se désintègre et n'engendre ces jours de désespoir et réfléchirait à la manière dont les choses auraient pu être différentes pour tout le monde, en particulier pour Leurs Altesses Impériales, si l'homme à l'accordéon n'avait pas poussé l'edepsiz, qui aurait alors réussi à saisir le pistolet et à stopper le jeune assassin. Il n'en serait pas là avec cette crosse de fusil qui lui battait les tibias, ne subirait pas ces stupides plaisanteries de bouseux sur sa tête d'Arabe basané, sur les Juifs et leur avarice, ni, la nuit, les ronflements d'Osman qui faisait un bruit de scierie sur la couchette au-dessus de lui et il n'aurait pas laissé Manuči en larmes, à s'arracher les cheveux en se rappelant une vie où elle ne revoyait plus jamais son fils unique. Si l'edepsiz avait saisi le pistolet de l'assassin, se disait souvent Pinto, il aurait embrassé Kaspar encore une fois et – qui sait ? – peut-être aurait-il passé quelques jours avec lui à boire du thé et à faire l'amour, puis, dans un avenir fabuleux, ils se seraient installés à Vienne, auraient pris leur café du matin au Café Olimpia, se seraient fait une lecture inquiète de la politique européenne vue par la presse et auraient vécu ensemble dans un monde éternel.

Pourtant, avant même que sa formation ne soit achevée et son régiment déployé pour envahir la Serbie, Pinto comprit qu'il était inutile de fantasmer :

il n'arrive jamais que ce qui doit arriver ; tout ce qui précède mène à ce fameux moment. Néanmoins, jusqu'à la fin de sa vie, il se rappellerait le Rittmeister, qui – Pinto le jurerait un jour sur la tête de sa fille – l'avait regardé du cœur de la mêlée, pas parce qu'il éprouvait une panique terrible ni parce qu'il avait pleinement conscience des répercussions de ce qui venait de se produire, mais parce qu'il était sous le coup d'une tristesse épouvantable, comme s'il savait que le lien entre eux avait été irrémédiablement rompu. Le Rittmeister avait brandi son sabre, qui avait étincelé un instant au soleil, l'avait abattu sur la masse grouillante des corps happant le jeune assassin et avait ainsi disparu de la vie de Pinto.

Après les coups de feu, l'archiduc et l'archiduchesse demeurèrent figés à leur place, et on eut l'impression qu'ils n'avaient pas été touchés, qu'il ne s'était absolument rien passé, puis la duchesse bascula, face en avant contre son mari. Plus tard, Pinto prétendrait avoir été si près de l'automobile qu'il avait vu les bulles de sang sur les lèvres de l'archiduc et l'avait entendu dire, Ce n'est rien… ce n'est rien, jusqu'à ce que sa voix s'éteigne. Pinto décrirait aux rares personnes désireuses de l'écouter le visage déformé par la peur de l'archiduc, car Son Altesse devait se rendre compte qu'il faisait face au grand vide, à l'infini néant – la gran eskuridad, comme disait Manuči –, qu'un esprit vivant ne peut ni pénétrer ni fuir ; il décrirait le râle d'agonie dans la gorge de Son Altesse, râle qui avait engendré une ultime bulle rose, laquelle avait alors tout simplement éclaté.

Mais j'ai lu le témoignage du comte Harrach, lieutenant-colonel de son état, où il affirme que l'automobile, conduite par un certain Leopold Sojka, n'avait pas de marche arrière (comme le temps, les voitures d'autrefois ne pouvaient qu'avancer) et qu'il avait fallu la pousser pour la faire reculer jusqu'au quai Appel, après quoi elle s'était éloignée à grande vitesse de l'assassin et, incidemment, de Pinto. Son Altesse avait glissé de son siège et s'était affaissée, le visage entre les genoux de l'archiduc qui criait : Soferl, Soferl, ne meurs pas. Vis pour nos enfants. Ensuite, le comte Harrach avait attrapé l'archiduc par le col pour empêcher que sa tête ne bascule davantage en avant et lui avait demandé : Votre Altesse souffre-t-elle beaucoup ? Son Altesse avait répondu, Es ist nichts… es ist nichts, au moins six à sept fois, puis avait rendu son âme à Dieu alors que l'automobile arrivait à la résidence du gouverneur.

En d'autres termes, Rafael Pinto n'avait pas pu voir grand-chose de ce qu'il intégrait avec tant d'enthousiasme à son récit. Ce qui revient à dire que, pour ses objectifs narratifs, il figeait l'instant et empêchait l'automobile de regagner le quai Appel ; et qu'il avait donc totalement inventé le moment où leurs Altesses sombraient sous ses yeux dans la gran eskuridad. Néanmoins, pour quelques autres Bosniaques du baraquement, Pinto plantait et replantait la scène tragique, en général tard le soir et en de prudents chuchotis, dans la mesure où la description des circonstances ubuesques dans lesquelles l'archiduc Franz Ferdinand von Österreich-Este, héritier présomptif de l'empire des Habsbourg, avait péri équivalait à un blasphème.

La restitution que faisait Pinto de l'aube de la guerre et des heures les plus sombres de leurs existences, du moment précis, pas plus long que l'intervalle entre deux battements de cœur, qui avait brisé le monde en deux, avec un avant et un après, tenait invariablement captif son modeste public de soldats. Certains Bosniaques, déjà épuisés par leur avenir inimaginable, allaient même jusqu'à pleurer.

Galicie, 1916

Seul le Seigneur sait à quoi ressemblait l'odeur du monde juste après la Création, mais ce qu'on sent maintenant doit être l'odeur de la fin du monde, quand tout se délite : la glaise des fosses profondes, les chaussettes en voie de désagrégation, les rongeurs morts, les seaux de merde, la maladie, le sang, les hommes qui n'ont plus ni eau ni foyer, la riche puanteur des tranchées. Pinto n'arrêtait pas de gigoter et de se retourner, toujours plus remuant à chaque mouvement. Dando bueltas por la kama, komo l'peše en la mar, ah komo l'peše en la mar.

Osman ne dormait toujours pas, au cas où il aurait à s'occuper de Hauptmann Zuckermann, qui s'agitait sur son lit dans le Deckung que les soldats lui avaient aménagé et qu'ils avaient renforcé avec de rares bouts de bois. Tapi dans l'Untertritt, Osman parlait à Drkenda et à Smail Tokmak allongés sur le dos, en train de fumer des résidus de tabac récupérés au fond de leurs poches. La lumière d'une bougie tremblotait sur le visage lisse d'Osman, qui n'avait pourtant jamais assez d'eau pour se raser correctement. Sa moustache était toujours soignée, comme s'il avait découvert un moyen de résister au délitement généralisé.

La première fois que Pinto avait vu Osman, ce dernier était assis sur une couchette supérieure, les pieds ballants et le gros orteil pointant de sa chaussette trouée, telle une patate à moitié sortie d'un sac, et racontait une histoire à un auditoire de soldats bosniaques. Tous venaient d'être mobilisés ; leurs uniformes avaient encore leur apprêt et sentaient le magasin et la naphtaline ; pourtant, le pied d'Osman avait déjà réussi à percer sa chaussette. Cet orteil vigilant participait en un sens à l'exubérance de son propriétaire, qui parlait avec les mains et montrait du doigt des espaces imaginaires et des objets appartenant à l'histoire qu'il dévidait. Si Pinto n'entendait pas ce qu'Osman disait, il voyait néanmoins sa bouche, sa moustache soignée, les acrobaties de ses sourcils, ses yeux exorbités quand il jouait la surprise, son large sourire quand il insistait sur tel ou tel point. De temps à autre, Osman décochait un regard à Pinto avachi à l'horizon lointain de son champ narratif et lui lançait un sourire qui semblait ne s'adresser qu'à lui seul. Et lorsqu'il riait, c'était avec un tel abandon – de bon cœur, comme on dit – que les soldats riaient aussi, sans pouvoir s'arrêter. Ce rire, Pinto ne l'oublierait jamais, même quand, à la fin, Osman ne rirait plus. Pinto mourait d'envie de se joindre au groupe, d'écouter Osman, sa voix, d'être proche de son éclat de rire, mais il ne pouvait se résoudre à déserter l'obscurité de sa couchette inférieure, son repaire, et à interrompre le récit. Plus tard, quand Osman eut terminé et que quelqu'un lui offrit un peu de rakija en récompense de ses talents de conteur, il s'approcha de Pinto et lui en proposa.

Pinto n'accepta que parce qu'il espérait découvrir un reste du goût des lèvres d'Osman sur le goulot du bidon. Il remercia Osman, qui déclara avoir connu meilleure rakija, mais n'en avoir jamais bu de plus douce. Il allait ajouter quelque chose, mais n'en eut pas le temps que des Bosniaques, désireux d'en entendre davantage, l'avaient entraîné.

Et à présent, dans la tranchée, Osman racontait une nouvelle histoire, comme il l'avait toujours fait et le ferait toujours, la racontait comme si personne ne l'avait jamais entendue. Même les anecdotes sur lui, sur son enfance d'orphelin, sur tous les gens qu'il connaissait dans le Čaršija, Osman les disait comme si c'était la première fois, comme s'il venait de les entendre et brûlait de les partager.

Autrefois, disait Osman d'une voix sourde et amusée, dans une masure perchée au flanc des montagnes de Sarajevo vivait Husref, un pauvre hamal, qui ne possédait rien hormis une femme, un fez et des trous dans le fond de son pantalon.

Drkenda et Smail Tokmak poussèrent un grognement signalant qu'ils avaient réussi à visualiser Husref le hamal, sa masure et ses trous dans le fond de son pantalon. Ils étaient comme des enfants, ils adoraient les histoires.

Une nuit, Husref est couché avec sa femme, Merima, et voilà que des coups de canon partent de la forteresse. Merima sursaute, effrayée, et crie : Qu'est-ce que c'est ? Pourquoi le canon tonne-t-il au milieu de la nuit ? Husref répond : Une révolte a éclaté à Sarajevo. Les agas, les beys et les riches se sont dressés contre le sultan. Mais ils se sont fait prendre et on les a jetés au cachot. Hier, les bourreaux sont arrivés de Stamboul avec une sacoche remplie de cordons de soie que le sultan a commandés pour les condamnés. Chacun d'entre eux doit être étranglé avec un cordon.

Drkenda et Smail Tokmak en eurent le souffle coupé, comme si un cordon leur titillait le cou. Drkenda avait été blessé au bras par un tireur embusqué et il se serait vidé de son sang si Pinto n'avait pas eu la présence d'esprit de nouer autour de son biceps un garrot serré avec un bâton. Pinto aidait également Smail Tokmak à rédiger les lettres qu'il envoyait à sa famille, à les embellir de telle sorte que Smail se voyait différemment, meilleur, même s'il ignorait si les gens lisaient son courrier, et ce qu'ils pouvaient en dire. Smail connaissait et adorait l'histoire qu'Osman racontait ; persuadé que sa femme et le liseur du village l'apprécieraient, il avait insisté pour que Pinto la consigne dans sa lettre.

Et, à présent, chuchotait Osman, les bourreaux les étranglent, et le canon de la forteresse tire un coup chaque fois que l'âme d'un condamné quitte son corps. Chaque coup de canon marque le départ d'une âme. Merima demande : Qui sont ces gens, qu'Allah ait pitié de leurs mères ? Husref le hamal répond : Ce sont les notables de Sarajevo, les frères Morići ; Hadži Paša et son frère Ibrahim ; le puissant Hajdar Paša ; bien d'autres – les riches et les puissants du Čaršija. Étranglés avec un cordon de soie, les uns après les autres.

Osman s'arrêta, car le dénouement était proche – à maintes reprises déjà, il avait raconté cette histoire à Drkenda et Smail Tokmak, en Bucovine et avant ça en Serbie, peut-être même la première fois où Pinto l'avait vu – et il savait qu'en repoussant ce moment il attiserait leur plaisir. Sa voix n'était plus qu'un murmure, et Pinto vit le reflet des flammes papilloter sur ses lèvres.

Merima ne dit rien, puis elle tire le jorgan sur eux et s'écrie : Remercie Allah le clément d'être un rien-du-tout et un moins-que-rien !

Drkenda et Smail Tokmak rigolèrent, non seulement parce que l'histoire leur plaisait, mais aussi parce qu'elle se terminait une fois de plus comme ils l'avaient anticipé – tout se passait donc comme ils l'avaient escompté. Remercie Dieu le clément d'être un rien-du-tout et un moins-que-rien, répéta Osman, et tous de se gondoler devant leur insignifiance rassurante. Puis Osman baissa encore la voix et ajouta quelque chose qui réduisit Drkenda et Smail Tokmak au silence. Pinto répugnait à bouger ; il avait envie d'entendre ce que disait Osman, mais ne pouvait plus le comprendre. Osman était là, mais pas là, sa voix était désincarnée, les sons qu'il produisait n'avaient ni forme ni sens.

Padri Avram avait coutume de veiller tard en lisant l'Atora à voix haute. Alors que Simha, parce qu'elle était plus âgée et que c'était une fille, avait sa pièce à elle, Pinto dormait dans la chambre de ses parents, derrière une couverture tenant lieu de rideau. Il devinait la silhouette tremblotante de son père récitant en hébreu : Ils parvinrent à l'endroit où la voix de Dieu l'avait guidé. Abraham y éleva un autel. Pinto, terrifié, voyait Abraham disposer le bois, bander les yeux de son fils, Isaac, et le placer sur l'autel. Il percevait la chaleur brûlante d'Israël, le bois épineux, la peur et les cordes qui lui sciaient les poignets. La pièce sentait le feu mourant, la cire fondue, les tapis en laine, les simples de la drogerija dont les vêtements de Padri Avram gardaient le souvenir. Et lorsque Abraham se saisissait du couteau pour immoler son fils, le cœur de Pinto se contractait d'épouvante. Mais il avait autant peur de faire du bruit qu'Isaac avait dû avoir peur d'Abraham, de sorte qu'il se rongeait les ongles, ravalait ses larmes et attendait que Padri Avram parvienne au moment apaisant où le Seigneur miséricordieux empêche Abraham de sacrifier son fils. Durant le reste de cette nuit blanche, Pinto essaierait de comprendre – quel blasphème – pourquoi Dieu tourmentait un enfant en toute impunité et pourquoi l'Atora parlait si peu de la peur d'Isaac, de ses larmes ou du fait qu'il serait ensuite perpétuellement terrifié par son père. Au fil du temps, il apprit à déconstruire le sens des mots, à n'écouter que leur musique incantatoire, comme si Padri chantonnait une mélodie, laquelle aidait Pinto à s'endormir.

Et puis certains jours, Padri Avram lisait l'Atora sans chuchoter du tout. Au contraire, il tonnait devant un Rafo médusé. Qu'est-ce que ça veut dire : Dieu a créé l'un pour faire pendant à l'autre ? Qu'est-ce que ça veut dire ? Le petit Rafo gémissait, bégayait, se creusait désespérément les méninges afin de trouver l'interprétation correcte du verset. Mais rien ne lui venait, rien sinon des larmes cinglantes, ce qui exaspérait encore plus Padri. Pour chaque chose que Dieu a créée, Il a créé son pendant : Il a créé les montagnes et Il a créé les collines ! Il a créé les mers et Il a créé les rivières ! Il m'a créé et Il t'a créé ! Toi ! Toi : un ignorant, un pišabaljandu ! Quels péchés ai-je donc commis pour t'avoir ! En quoi ai-je péché ? Dis-moi !

Pourtant, lorsque Rafo revint de Vienne avec un diplôme en poche, coiffé d'un chapeau mou au lieu d'un fez et vêtu d'une ample tenue d'étudiant, le discours généreusement émaillé de mots latins et allemands, Padri Avram le serra dans ses bras, le fit asseoir à côté de lui, et sa main pressa fièrement l'épaule de Rafo au point de lui faire mal. Il le présenta à ces juges solennels qu'étaient les vieux teos en caftan, passés voir ce fils miraculeux qui avait poursuivi ses études dans la lointaine capitale de l'Empire. Et Rafo s'adressa bel et bien à eux à la manière d'un érudit mondain, tel le docteur en sciences pharmaceutiques qu'il était, exposant avec une aisance appuyée des idées dont il voyait bien qu'ils ne comprenaient pas le premier mot, mais n'osaient l'avouer. Ils avalèrent à grand bruit le marc de leurs cafés dans leur fildžani et lancèrent vers Padri Avram des regards jaloux et admiratifs. Dans l'étranger dégingandé revenu au pays, ils reconnaissaient à peine le jeune Rafo dégingandé de Bilave, qui, ils en avaient conscience, aurait accès à un monde dont ils ne savaient rien, sinon qu'il existait peut-être et qu'il était grand et totalement nouveau. Et c'était bien là un monde dont ils ne pouvaient imaginer l'existence, laquelle, s'ils avaient pu l'imaginer, les aurait terrifiés. Malgré ça, Manuči ne cessait de confectionner des desserts, épuisant tout son répertoire pour les leur offrir avec les intarissables džezvas de café que Simha ne cessait de leur servir. Elle sortit la confiture de pétales de roses, dont Pinto s'était langui toute son enfance, car elle était cachée sur le dessus d'une armoire. Il y eut même une konvite pour Rafo, où Padri Avram chanta pour de vrai tandis que le Sinjor Papučo, bien éméché sur son saz, pinçait une fausse note après l'autre. Noćes, noćes, buenas noćes, chanta Sinjor Padri, bafouant de son beau baryton biblique divers empêchements prohibitifs, s'abandonnant, liberté ô combien condamnable, aux trémulations de sa voix désormais privée de ses accents retentissants. Noćes son d'enamorar, ah, noćes son d'enamorar.

Le châtiment divin ne se fit pas attendre : le lendemain matin, Padri Avram, les lèvres pâles et pincées, comme s'il avait passé la nuit à retenir une exclamation de colère, ne se réveilla pas. Personne ne put se rappeler à quel moment ses ronflements assourdissants s'étaient tus ; rongés de culpabilité, les membres de la maison s'interrogèrent sur ce qui aurait pu se produire s'ils s'étaient réveillés lorsqu'il avait fait silence et ajoutèrent un peu plus de culpabilité à leurs registres déjà épais. Sitôt après, tout Bilave était en larmes, Manuči et d'innombrables tijas, dans la pièce voisine, se lamentaient et frappaient dans leurs mains, tandis que Rafo, assis sur le minder, se voyait subitement plongé dans un hébétement qui durerait tout le šiva, et encore après. Les tijas confectionnèrent les mêmes desserts et les mêmes džezvas de café, et les mêmes hommes encaftanés arrivèrent pour le šiva, ignorèrent les desserts, refusèrent le café, proposèrent de vagues moyens d'aider. Ils s'inquiétèrent aussi du mutique Rafo, dont le costume viennois était maintenant rangé au fond de quelque malle lointaine. Tous savaient que l'avenir de Rafo dans le grand monde nouveau était désormais aboli, car il était de son devoir filial incontestable de reprendre la drogerija de son père. Ils lui firent remarquer que pas un seul de ses savants trucs et astuces viennois ne pourrait jamais freiner la mort, et encore moins l'arrêter, car le Seigneur tenait dans Sa main toute puissante un chemin tout tracé pour chacun d'entre nous. Ils voulurent lui faire admettre que sa connaissance des huiles et des poudres précieuses était loin d'égaler la connaissance des mystères de la vie et de la mort mêmes, et encore moins du ciel et de la terre. Tirant sur leurs čibuks, ils lui rappelèrent comment, après que notre père Abraham nous eut quittés à un âge fort avancé, tous les rois et les sages alignés les uns derrière les autres avaient dit : Hélas ! le monde a perdu son guide ! Et ils avaient loué le Seigneur qui avait béni Isaac, le fils d'Abraham. Pour sa part, Rafo, en proie au sentiment douloureux d'être damné et les mains humides de sueur nouées sur les genoux, versait des torrents de larmes muettes. Padri mio, komo lo voj a dešar.

Après la mort de Padri Avram, Pinto commença à entendre une voix qui tantôt le maudissait et l'incriminait pour cet événement brutal, tantôt le mettait en garde contre jetzer hara qui risquait d'avoir raison de lui, même en cette période de deuil, et de le pousser au vice contre-nature. Il se repencha alors sur toutes les paroles dites et non dites entre Padri Avram et lui, sur tout ce qui aurait pu être dit, mais s'était perdu au fil de leur vie dans des incréments de silence. À un moment donné, le cœur de Padri Avram avait sûrement dû identifier l'abomination que sa tête avait refusé de voir chez Rafo, après quoi il n'avait pu qu'éclater. Des tonnerres avaient été créés pour amender la perversion de ce cœur, pour réfréner jetzer hara. La même voix lui souffla qu'il valait mieux que Padri soit mort, parce que maintenant la honte de Pinto pourrait mourir elle aussi, parce que désormais l'abomination de Pinto ne pourrait plus tuer Padri. Et que ce dernier ne rencontrerait jamais Osman.

Ayant achevé son histoire, Osman vint s'allonger à côté de Pinto, comme s'il avait entendu son appel muet. Il se pressa contre lui afin qu'ils puissent sentir leurs corps respectifs, la chaleur qui les protégeait du vide glacial. Des années plus tard, dans la nuit froide du désert, Pinto serait saisi d'une immense nostalgie en repensant au torse solide d'Osman, à son odeur : haleine d'oignon, aisselles de soldat, pommade pour moustache, et il se rappellerait comment ce magnifique moins-que-rien attendait que Drkenda et Smail Tokmak commencent à ronfler pour se presser encore davantage contre lui, caler son visage entre la tête et l'épaule de Pinto et chercher à accéder à sa ceinture. Osman glissait la main dans le pantalon de Pinto et touchait sa pata toute dure, puis la prenait entre ses doigts comme s'il ne savait pas quoi en faire. Sauf qu'il savait très bien quoi en faire, et qu'il le faisait. Pinto suffoquait, puis soufflait lentement, effrayé à l'idée que les deux autres se réveillent, mais Osman l'embrassait comme pour le ressusciter, caressait habilement sa pata, qui devenait plus dure encore.

Ils avaient déjà fait l'amour ainsi : dans une tranchée, dans les bois, sur une meule de foin, dans les douches du baraquement, où de toute façon tout le monde était nu. La première fois, la nuit où il lui avait offert à boire, peu avant qu'ils soient envoyés se battre en Serbie, Osman s'était simplement glissé sur la couchette de Pinto après que tous les autres s'étaient endormis. Il avait poussé Pinto pour qu'il lui fasse de la place et, quand ce dernier avait obtempéré, il avait posé le bras en travers de son torse et le visage dans son cou comme pour le humer. Ils s'étaient touchés, presque par inadvertance, s'étaient regardés dans les yeux, s'étaient souri et les petits cheveux sur la nuque de Pinto s'étaient dressés de manière inéluctable. Mais tant qu'Osman ne s'était pas glissé sur la couchette de Pinto, il avait pu tout nier, attribuer ça à une amitié excessive entre soldats, une rigolade, un malentendu. Pourtant, cette première fois, impossible de se méprendre sur le geste d'Osman qui avançait la main vers le ventre de Pinto, puis lui embrassait la tempe, tandis que Pinto, tétanisé devant tout ce qui pouvait arriver, fixait le dessous de la couchette supérieure, où étaient gravés des noms de soldats. Puis il s'était tourné pour faire face à Osman et l'embrasser et, pendant qu'à côté les Bosniaques ronflaient et grognaient, ils s'étaient touchés partout où ils avaient pu se toucher sans se déshabiller. À l'aube, quand les vitres avaient pâli et qu'Osman avait regagné son lit, Pinto était resté éveillé, empli de cette brume qui suit le plaisir, et avait passé tout son temps avant le réveil de la troupe à s'inquiéter à la perspective qu'Osman l'évite, qu'il le déteste peut-être même pour ce qu'ils avaient fait et qu'il aille jusqu'à nier que ça ait eu lieu.

Plus tard ce jour-là, il avait néanmoins trouvé le courage d'approcher Osman et de lui lancer : Comment se fait-il que, à moi, tu ne racontes jamais d'histoires ? Ce à quoi Osman avait répondu : Nous allons forcément passer beaucoup de temps ensemble. Je te raconterai toutes les histoires que je connais. La journée n'était pas terminée qu'Osman avait échangé sa couchette et s'installait sur celle juste au-dessus de Pinto et, toutes les nuits, il rejoignit discrètement celle du dessous jusqu'à ce que leur unité soit déployée en Serbie. Là, ils dormirent ensemble dans des trous à même le sol, partagèrent eau et nourriture. Osman était un simple Jäger, Pinto un Sanitätssoldat ou, pour reprendre le surnom que toute la compagnie lui donnait, le hećim – jamais Doktor Rafo. Quand ils étaient séparés au cours d'une bataille, ou que Pinto restait à l'arrière dans l'hôpital de campagne, un boulet d'inquiétude lui taraudait les tripes jusqu'à ce qu'Osman revienne, sain et sauf. Un jour, en Serbie, il avait été séparé de sa patrouille, et Pinto, manquant perdre la tête, avait fouillé les piles de corps prêts à être brûlés et mis à nu le visage mutilé d'un soldat à la chaussette trouée pour s'apercevoir que ce n'était pas Osman. Et lorsque celui-ci avait réapparu le lendemain, boitant et s'appuyant sur son fusil comme sur un bâton, Pinto avait pleuré, le visage plaqué contre le torse d'Osman.

Lorsqu'ils se retrouvèrent dans les tranchées de Galicie, il n'était plus nécessaire qu'Osman raconte des histoires à Pinto pour sceller leur union. Il n'y avait pas moyen non plus de nier ce qui se passait. Cette nuit-là, le monde et l'armée impériale alentour s'évanouissaient dans la longue obscurité afin que Pinto puisse se tourner vers Osman et lui ouvrir la bouche pour recevoir sa langue quand Drkenda se redressa subitement. Les deux amants se figèrent en retenant leur souffle jusqu'à ce que cet edepsiz jette un coup d'œil confus autour de lui, promette en hurlant à son ennemi qu'il allait sauter sa défunte mère et se rallonge.

— Il rêve, chuchota Osman.

— Moi aussi, répondit Pinto.

D'autres soldats devaient savoir ce que faisaient Osman et Pinto, parce que d'autres devaient le faire aussi, tout comme il devait y en avoir d'autres pour qui deux hommes en train de baiser était tellement inimaginable qu'ils n'y auraient pas cru quand bien même ils l'auraient vu de leurs propres yeux. Au début, Osman manifesta plus de prudence que Pinto, parce qu'il prétendait vouloir se marier après la guerre et avoir des enfants, pour s'assurer ce que tous les gens normaux, disait-il, appelaient une vie comme il faut. Mais quand la guerre eut englouti tout ce qu'ils avaient connu et dont ils étaient sûrs, tout l'avenir paisible qu'ils pouvaient imaginer, ce fut Osman qui ne cessa de chercher de bonnes raisons de fuir les autres soldats pour pouvoir caresser et embrasser Pinto, et s'enfoncer en lui et jouir avec des gémissements, des grognements et des cris qui effrayaient les bêtes de la forêt et attiraient les enfants de paysans curieux dont ils devaient acheter le silence avec du pain sec et des cigarettes. Et ce fut Osman qui suggéra qu'ils partagent l'Untertritt avec Drkenda et Smail Tokmak ; non seulement ces deux-là étaient infiniment loyaux, mais, même s'ils surprenaient Pinto et Osman, ils n'en croiraient jamais ni leurs yeux ni leurs oreilles, c'était évident. À présent, tous les quatre formaient une famille – Osman et Pinto, les parents, et les deux paysans leurs rejetons un peu cruches.

Fermement convaincu que les enfants dormaient, Padri Avram montait en général Manuči au beau milieu de la nuit. Mais les grognements et les rots de Padri Avram avaient souvent réveillé Rafo qui écoutait alors le silence de Manuči et se tracassait pour elle et ce qui lui arrivait. Une fois, il avait même jeté un coup d'œil derrière le rideau le séparant du lit parental et il avait vu le corps arqué de Padri rebondir sur Manuči, laquelle grinçait des dents pour retenir un cri et grimaçait de douleur, mais qui, en le voyant, lui avait d'un regard intimé de déguerpir avant que Padri ne lui flanque une raclée. Rafo s'était replié vers son lit où il avait réfléchi, toute la nuit, à la vraie raison pour laquelle Abraham avait tellement voulu éliminer son fils : peut-être ce dernier l'avait-il surpris en train de violer sa mère.

Lentement, Osman caressa la pata de Pinto de haut en bas, puis de bas en haut, puis plus vite et plus fermement tout en lui mordillant le lobe de l'oreille, et Pinto, encore plus dur à présent, attrapa ses cheveux épais et rêches rendus cassants par la saleté, lui mordit l'épaule, la poussière et la sueur imbibant sa chemise, laquelle n'avait pas vu la couleur d'un savon depuis longtemps, tout en grondant comme un taureau, incapable de se taire, respirant par brèves saccades, jusqu'au moment où il finit par jouir dans la main d'Osman.

— À toi maintenant, dit Osman en s'essuyant la paume sur le ventre de Pinto.

Ce dernier, qui adorait ce visqueux lui empoissant le ventre et le poids de la main d'Osman, comprit que, s'il lui était donné de rester dans cet Untertritt jusqu'à l'heure de sa mort ou de celle d'Osman, il signerait sans la moindre hésitation tout contrat que le Seigneur pourrait lui proposer.

La première chose que vit Pinto sous l'implacable soleil du matin, ce fut le nid de cigognes vide au-dessus de la tranchée, enchâssé entre les doigts verts d'un arbre fluet. Il enjamba prudemment Drkenda, aussi profondément endormi que si on lui avait tranché la gorge, puis Smail Tokmak, tordu comme un pouce arthritique. Il sortit un livre de sa trousse de secours et en arracha une page pour se rouler une cigarette ; la fumée dans ses poumons avait une texture de gruau. Avant la guerre, il fumait de bonnes cigarettes de dandy qui tiraient bien et paraissaient légères en bouche. Hadži-Besim les commandait à Vienne et, une fois la marchandise arrivée, ils en fumaient toujours quelques-unes ensemble, dégoisant sur les autres marchands, observant les passants, discutant des problèmes du vaste monde – que ferait le roi d'Angleterre, que déciderait le tsar de Russie, l'Amérique s'en souciait-elle –, comme s'ils vivaient au centre même du monde et non à Sarajevo, ville où Dieu vous avait souhaité la bonne nuit et s'était tiré une fois pour toutes. Il était difficile d'appeler tabac ce qui se fumait au front, car il était sûrement mélangé à de la sciure, de la paille et des rognures d'ongles ; on le roulait dans des pages de bouquins, étant donné qu'il n'y avait rien d'autre, et il avait un goût d'encre, de cendres et de guerre. Aiguillonné par l'espoir de mettre la main sur du vrai tabac, Smail Tokmak se glissait en rampant sous les barbelés, évitant les balles de tireurs embusqués pour aller faire les poches de cadavres en décomposition. Laissez-moi juste finir ma clope et après je serai prêt à me prendre une balle en plein front.

Cette cigarette-là avait un goût de poêle à bois, et Pinto l'éteignit – il faisait déjà trop chaud, et il avait déjà trop soif. Osman était parti, ne laissant qu'un creux dans le tapis de roseaux sur lequel ils avaient dormi. L'avait-il embrassé avant de s'en aller ou avait-il rêvé ? Dans un autre monde, dans une autre vie, Pinto aurait pu réciter la prière de šaharit, la prière du matin, afin d'être délivré de son abjecte passion. Mais aujourd'hui la seule prière qui lui venait à l'esprit, il l'adressait au Seigneur dans l'espoir que Celui-ci lui permette de garder Osman pour le temps qu'il lui restait à vivre, pour que sa voix soit la dernière chose qu'il entende avant de glisser dans la gran eskuridad. Au fond de sa trousse, il y avait une ampoule de morphine bien tentante, mais il décida d'attendre – la morphine lui faisait la bouche sèche et, avec cette affreuse cigarette, c'était encore pire. Un père disait à son fils : Ne saute pas par-dessus un égout à ciel ouvert, prends soin de tes dents, n'embête pas les serpents, ne prends pas de drogues. Trois sur quatre, c'était quand même pas mal. Et quel fils fallait-il être pour embêter des serpents ?

Osman se penchait vers un siège occupé par Hauptmann Zuckermann, dont il taillait la moustache en fredonnant, comme à son habitude lorsqu'il devait se montrer vigilant. Or, il avait intérêt à se concentrer quand il était avec Hauptmann Zuckermann, qui attachait plus d'importance à sa moustache, à sa tenue et à son col en opossum qu'à la guerre qu'ils étaient censés remporter pour l'Empereur. Le Hauptmann venait d'être affecté au 1er régiment bosnien, où tout dans son comportement clamait haut et fort sa conviction que son affectation actuelle n'était qu'une injuste punition, laquelle serait levée dès que la justice prévaudrait. Cette guerre qui, pour les Bosniaques, relevait d'un destin meurtrier était pour lui un désagrément ; dans son dos, on le traitait de Serbe. Pour sa part, il commandait la 16e compagnie avec mépris et désinvolture et seul son retour vivant au pays l'intéressait. À cet égard, il n'était pas bien différent de ses soldats, sinon que ces derniers devaient s'occuper de vivre et de survivre au jour le jour, tandis que lui s'occupait de son col en opossum comme il l'eut fait d'un animal domestique.

Au début, Hauptmann Zuckermann avait rappelé le Rittmeister à Pinto, qui avait retrouvé dans sa splendide morgue militaire le souvenir de sa brève rencontre avec Kaspar. Mais, après un ou deux mois d'immersion dans la vile crasse de la guerre, Hauptmann Zuckermann avait perdu son lustre viennois et était devenu aussi terreux et délité que tout son entourage, de sorte que Pinto ne parvenait plus à voir le visage du Rittmeister – c'était à présent Hauptmann Zuckermann éreinté qui avait bu la Rosenwasser dans l'Apotheke, lui qui, dans la pénombre poussiéreuse, décochait maintenant un sourire narquois à Pinto. Pinto ne supportait plus de le regarder, parce que ça lui rappelait que ses souvenirs pouvaient changer et s'effacer.

Depuis plus d'un an à présent, la 16e compagnie était coincée en Galicie et naviguait entre divers cantonnements et tranchées, tous façonnés à la va-comme-je-te-pousse dans le même atelier infernal. Galicie : la puanteur ; le temps éprouvant ; la poussière que la pluie convertissait en boue, qui se transmuait en une nouvelle génération de poussière ; les barbelés faufilant un paysage morne et plat comme une plaque de tôle. Ici, les habits de Dieu s'apparentaient à un cilice. Quelque part à Vienne ou à Varsovie, ou bien planqué dans un splendide Deckung à l'arrière, un quelconque général backenbarté s'était penché en grimaçant sur la carte représentant ces terres désolées et arides criblées de villages affublés de noms imprononçables et avait décidé que ça valait le coup de perdre un régiment ou dix pour éviter qu'elles ne tombent aux mains des Russes qui, allez savoir pourquoi, voulaient se les approprier.

La compagnie était positionnée dans une forêt anémique où les arbres, qui poussaient de travers, paraissaient tout près de s'effondrer et ne fournissaient qu'un semblant d'ombre sous le soleil brûlant. Au début de leur déploiement en Galicie, les hommes tombaient comme des mouches, en particulier les jeunes gâtés de la ville qui ne supportaient pas l'ennui, les ampoules aux pieds, les infections et les chairs déchirées par les balles, et se précipitaient vers la mort comme au-devant d'une panacée. Une année plus tard, tous avaient réussi à s'établir dans une routine tolérable, et les hommes ne faisaient que cogiter sur les moyens éventuels grâce auxquels ils pourraient se dépêtrer de la mélasse du temps. Pareils à des bêtes, ils ne se réveillaient vraiment et n'émergeaient des ténèbres que pour manger et chier. La plupart des soldats restants étaient des bašibozuks : des Drkenda et des Smail Tokmak – des débrouillards, à peu près increvables et dotés d'un talent pour l'improvisation, la fauche et la survie. Dans les tranchées, ils s'épanouissaient quand rien ne se passait, or rien ne se passait jamais, et pas vite, en plus. À présent, les seuls à se faire tuer étaient les quelques idiots qui, dans leur ennui, concoctaient des actes héroïques ou suivaient sottement un rare caporal rendu fou par la morphine et se lançaient dans un raid suicidaire. Les autres se gardaient de ces imbéciles, laissaient à la guerre le soin d'éliminer naturellement une telle engeance. Dans les Carpates, ils étaient un jour tombés sur la compagnie aveugle, dans laquelle avaient été versés tous les soldats affligés de trachome : les malheureux en tête de colonne y voyaient encore un peu, tandis que ceux à l'arrière ne savaient ni où ils étaient ni où ils allaient.

Espérant être renvoyée dans ses foyers ou dirigée vers un hôpital, la compagnie aveugle avait erré à l'arrière jusqu'au moment où, gesticulant comme des mouches décapitées sous un déluge de shrapnels et incapables de se mettre à couvert, faute de repérer un quelconque couvert, ses soldats avaient été décimés par des tirs d'artillerie. Il devrait y avoir aussi un régiment d'abrutis, avait dit Osman un jour, où tous ces héros putatifs pourraient s'offrir le plaisir d'une guerre ensemble l'espace d'une semaine ou avant que leurs cervelles de crétins ne finissent dans la poussière. Par chance, leur Hauptmann serbe tenait fermement à se garder, lui et son col d'opossum, aussi vivant que possible.

Pinto avait soif, mais il fallait qu'il attende le petit déjeuner et la distribution d'eau tiédasse, turbide, qui hébergeait vraisemblablement de prolifiques populations de bactéries intestinales. Une tempête de neige sournoise avait fait rage à la fin du mois de mai, mais il ne restait plus trace du dégel, parce qu'il n'y avait guère que sable et glaise dans le sol de la sombre forêt. Ils avaient passé une grande partie de juin à espérer de la pluie et avaient absurdement creusé la terre pour trouver de l'eau, en vain. Osman s'obstinait à se raser à sec, raclait les poils sur son visage tels des sédiments et avait sur les joues des pointillés de sang qui faisaient penser à un code Morse indéchiffrable.

Le nid avait appartenu à une cigogne noire qui avait passé tout le printemps patiemment assise dessus. Pinto n'avait jamais vu de cigogne noire, de bec aussi rouge ; les cigognes de Sarajevo étaient blanches avec un bec couleur jaune d'œuf, simples et aussi disgracieuses qu'un dessin d'enfant. En mai, la cigogne noire, de retour de la chasse, s'était penchée sur ses petits et avait laissé tomber grenouilles et serpenteaux dans les becs grands ouverts ; la tempête de neige aurait pu les tuer, mais la mère cigogne s'était installée sur son nid et avait enduré le froid pour eux. Puis un Hongrois soûl du 32e régiment de Budapest, stationné de l'autre côté des bois, lui avait tiré dessus, sans aucune raison autre que l'ennui. La cigogne avait dégringolé à travers les arbres feuillus pour tomber, toute désarticulée, sur des barbelés où elle avait pourri pendant des semaines, le bec ouvert telle une paire de ciseaux. À tout ce qu'Il a créé, Dieu a créé de quoi lui faire pendant : pour la cigogne, il avait créé un Hongrois. Qu'était-il arrivé aux cigogneaux ? Pinto n'aurait pu le dire. Le terme hébreu pour cigogne désignait aussi la bienveillance, hasidad. Peut-être que tout le mal sur Terre provenait de ce qu'il restait des mondes que le Seigneur avait détruits à bon escient.

Osman l'aperçut et lui adressa un clin d'œil, et Pinto lui sourit en retour. Pinto n'avait jamais vu Osman pleurer, même s'il l'avait surpris fixant d'un air désespéré une particule de poussière flottant dans l'air. Cet homme n'épuisait jamais la gaîté naturelle de son visage ovale, avec ses joues roses de chérubin et sa moustache soignée. Depuis le jour où il avait pour la première fois atterri sur la couchette de Pinto, il déployait la même bonne humeur, qui ne passait pas inaperçue dans ce marasme de famine et de putrescence. Et il avait l'art de régler les problèmes.

En kada dado un marafet. À chaque doigt, son talent : repriser un vêtement ; réparer une botte trouée ; affûter un rasoir à la pierre ; raconter des histoires ; caresser la pata de Pinto comme si c'était la sienne ; l'embrasser avec une parfaite combinaison de vigueur et de tendresse.

Ils s'étaient cramponnés l'un à l'autre en traversant la Serbie, puis durant la campagne des Carpates. Pinto incisait les furoncles d'Osman, partageait son pain et son Deckung avec lui, tandis qu'Osman le défendait contre les soldats pratiquant cette coutume ancestrale qui voulait qu'on casse du Juif. Une fois, il avait giflé un certain Zovko, qu'il avait surpris en train de fouiller les frusques de Pinto parce que, selon ledit Zovko, un Ćifut, en bon avare qu'il est, a toujours des pièces d'or dans ses affaires. Zovko avait alors maudit la mère musulmane d'Osman et ne s'était tu que lorsqu'Osman lui avait cloué le bec avec une poignée de boue. Ils avaient dû surveiller leurs arrières un moment, car Zovko était du genre à leur coller une balle dans le dos et à mettre ça sur le compte des Russes. Là-dessus, un tireur embusqué russe abattit Zovko en personne, lequel connut, juste avant de mourir, l'ignominie de voir Pinto le Ćifut comprimer la plaie de sa poitrine pour éviter que ses poumons ne se vident de leur air.

Osman était bon comme le pain – buenu komu il pan –, jamais il ne se fâchait, jamais il ne se plaignait, jamais il ne fumait. Tout gamin, l'orphelin qu'il était vivotait en se chargeant des commissions pour les commerçants du Čaršija, allait leur chercher ašče, café et loukoum. Les efendijas, pingres et sévères, lui apprirent à lire, le payèrent en bouquins ; les autres le taquinaient dans toutes les langues qu'ils connaissaient ; d'autres encore lui faisaient faire des choses qu'aucun enfant n'aurait dû faire. Il travaillait aussi contre bakšiš au kahvana de Hadži-Šaban où il balayait les sols, moulait le café, remplissait les narghilés et allumait parfois des boulettes d'opium – afijun, on appelait ça à Sarajevo – dans les arrière-salles. Finalement, il avait vendu du halva et des gurabije sur une carriole, qu'il poussait partout à travers la ville, vantant sa marchandise dans toutes les langues que parlaient les gens du Čaršija. Padri Avram aussi lui achetait régulièrement du halva, en essayant toujours de marchander, juste pour le plaisir, mais Osman ne cédait jamais et ripostait dans un spanjol rudimentaire, sans se départir de son sourire. Il avait vendu beaucoup de halva et mis de l'argent de côté, si bien qu'il commençait à envisager de se marier quand l'archiduc et son épouse avaient été assassinés.

Il connaissait tous les résidents du Čaršija. Après des phases de chaos et de carnage, quand les soldats passaient des journées entières appuyés sur leurs fusils comme sur des béquilles ou se réfugiaient désespérément sous une bâche lestée d'eau de pluie et tendue sur trois piquets, Osman déroulait des histoires dépeignant ses personnages du Čaršija et du kahvana de Hadži-Šaban : Mujo le boiteux qui se soûlait et entendait des voix lui dire que son père était un paša et pas un hamal, obligé de monter et descendre les collines en charriant sur son dos des paniers de briques et de charbon ; Prljo, qui ne se coupait jamais les ongles et ne desserrait pas les dents, mais regardait d'un œil noir et lubrique les femmes non voilées, ce qui lui valait des raclées sans qu'il pût changer de comportement pour autant ; le sage Hafiz Ahmet qui, devant un café chez Hadži-Šaban, pouvait, des heures et même des jours d'affilée, réciter de longs passages du Coran ou parfois un simple poème évoquant des héros et des jeunes filles ; Kemal le libidineux qui s'arrangea pour être emmené, caché au fond d'un sac, dans la cour intérieure de Mehmed-beg afin de voir sa fille se laver la figure ; Hrvoje l'étudiant qui s'était amouraché d'une fille qu'il voyait une fois par mois sur la promenade de Bentbaša, gravissait la Jekovac tous les trente jours pour se jeter de l'à-pic et que ses amis réussissaient à dissuader ; et Hadži-Resko Šupak qui passait ses journées assis devant sa boutique de babouches à boire son café à grand bruit et à fustiger les promeneurs – Regarde un peu la forme de ta tête ! Tu marches comme un chameau ! T'as la truffe toute barbouillée de gras ! Puisses-tu t'étouffer sur ton pače ! –, si bien que peu de clients s'arrêtaient à sa boutique, ce qui exacerbait sa fureur et le poussait à fustiger les gens de plus belle. Chaque fois qu'Osman leur mimait le pas du chameau, les soldats de la 16e compagnie hennissaient de rire, l'histoire drôle ne prenant pas une ride. Un homme aimé de son prochain est aimé de Dieu.

Dans les Carpates, le choléra avait décimé la compagnie, et les soldats contaminés s'étaient tassés dans une scierie vide afin de mourir dans leur coin. Pinto le hećim les soignait tandis qu'Osman, qui l'avait accompagné, leur offrait histoires et réconfort. Tout en se vidant à mort, les soldats luttaient pour garder les yeux ouverts pendant qu'Osman déroulait l'histoire d'un paša qui donnait une poignée de ducats à une jeune fille quittant Sarajevo pour aller se marier – parce que loin de sa ville, disait le paša, elle perdrait et oublierait trop de choses. À celle qui venait y retrouver son promis, il ne remettait en revanche qu'un mouchoir, car son cadeau de noces était une vie entière à Sarajevo. Il arrivait qu'Osman réussisse à convaincre les soldats mourants qu'ils seraient bientôt de retour chez eux, et ceux-ci, les yeux ternis par l'espoir et la déshydratation, gémissaient d'excitation. Pinto n'avait pas tardé à tomber malade à son tour, inconscient de tout sauf de sa propre faiblesse et d'Osman en lévitation au-dessus de lui, Osman qui, pareil à un somptueux melek de dévouement et sans jamais tomber malade lui-même, faisait ruisseler l'eau de son fez sur ses lèvres desséchées, lui racontait des choses qu'il ne comprenait pas et lui fredonnait des chansons qu'il ne reconnaissait pas. Dans ses hallucinations, Pinto le voyait lui servir son café chez Hadži-Šaban ou le promener dans le Čaršija en équilibre précaire sur ses épaules et les mains serrées autour de ses chevilles. Quand il fut remis de sa fièvre, Pinto s'aperçut qu'il avait des ecchymoses autour des chevilles. Montre-moi la règle en vertu de laquelle Tu conduis le monde. Le Seigneur répondit : Tu ne peux comprendre Mes règles.

Plus de la moitié du régiment périt dans les Carpates. Certains soldats, ayant survécu à l'épidémie, se retrouvèrent alors en Bucovine où Pinto, miraculeusement guéri, se pencha sur leurs blessures qui pissaient le sang ou remit des paquets d'os fracassés dans tels corps mutilés afin que les soldats puissent être charriés entiers vers une fosse commune. Entre ses mains sanguinolentes, de braves hommes se fondirent en des chairs gluantes : Nezirović, Lukić, Čuljak, Čeh, Tanović. Blum, le seul autre Juif du régiment, reçut une balle en pleine bouche et s'étouffa dans son propre sang. Blum avait beau être pratiquant, le Seigneur avait omis de le protéger. Le Seigneur nous sauve, ou pas. En général, non, pourquoi le ferait-Il ? Dieu ne varie pas, pourtant, les gens sont obligés de changer, ce qu'ils finissent tous par faire en passant de vie à trépas.

Le visage rayonnant, comme s'il avait accompli quelque chose d'appréciable et d'important, Osman se redressa et claqua des talons – même s'il n'y eut pas de vrais claquements, puisque ses bottes étaient crevées – pour signaler qu'il en avait terminé avec la taille de la moustache. Hauptmann Zuckermann ouvrit paresseusement les yeux pour affronter le miroir et s'y regarder.

En spanjol, la cigogne se disait lejlek, un mot turc. En bosnien, roda ; en allemand, Storch. Quand Pinto descendait de Bilave pour aller à pied à l'Apotheke, il voyait toujours un nid sur le haut d'une cheminée. Au printemps, le nid en question était occupé par un oiseau qui le regardait passer. De toutes les choses que le Seigneur avait créées sur Terre, répétait Sinjor Rabin aux enfants qui étudiaient l'Atora, Il n'en avait pas créé une seule qui fût inutile. Sinjor Rabin leur avait aussi appris que tout ce qui existait sur la terre ferme existait aussi dans la mer, la fouine exceptée. C'était quoi le problème avec la fouine ? Rafo n'avait jamais réussi à le comprendre. Qu'est-ce que le Seigneur avait donc contre la fouine des mers ? Pinto voulait savoir ce qui avait pu se passer avec la fouine des mers, alors Sinjor Rabin le traitait de sofu et l'expédiait au coin, puis envoyait un mot à Padri Avram, qui corrigeait son fils avec une règle jusqu'à ce qu'il promette de ne plus jamais poser de questions stupides ni même de prononcer le mot fouine.

En se dirigeant vers l'Apotheke, l'esprit infesté par toutes ces langues, Pinto pensait à un nom de cigogne qui variait selon les jours, toujours et jamais le même. Parfois il pensait à hasidah, souvent à roda, qui se disait lejlek dans la langue de son père, ça, c'était quand il se rappelait le savon que Sinjor Padri lui avait passé parce qu'il n'étudiait pas l'Atora, se souciait davantage de sa tenue et de ses cigarettes que de la parole de Dieu, se montrait impoli envers les clients en restant collé à ses bouquins autrichiens alors qu'ils essayaient de lui parler, manquait de respect à ses aînés et à leur sagesse. Il avait l'audace d'être tellement différent de tout ce que son Padri avait imaginé et espéré. Kali bivir a la moda, pestait-il. Parfois, Rafo n'arrivait même pas à comprendre ce que disait Padri, qui, dans sa colère, renouait avec le vocabulaire de siècles passés, du temps où régnaient des prophètes fulminants et des prohibitions absolues. Ces jours-là, la lejlek le fusillait du regard depuis son perchoir, comme si elle avait déserté l'Espanja du XVe siècle pour venir le juger à Sarajevo. À un moment, avant la guerre, il avait eu envie d'écrire un poème sur la cigogne, quelque chose susceptible de faire écho à Baudelaire, qu'il avait lu en allemand, mais il y avait renoncé quand il s'était rendu compte que le seul moyen efficace d'y parvenir était d'utiliser tous les termes qu'il connaissait pour désigner une cigogne – et éventuellement d'autres qu'il ne connaissait pas. Hasidah, roda, lejlek, Storch, peut-être même le terme français, allez savoir. Autrefois, tout le monde sur Terre avait la même langue, les mêmes mots. À présent, il y avait énormément de mots différents pour chaque chose que le Seigneur avait créée, et tout ça parce que les maredo avaient posé des questions stupides et n'avaient pas baissé les yeux.

Qui donc construisait les maisons des oiseaux, qui les nourrissait ? Qui montrait aux cigogneaux à ouvrir le bec pour manger une grenouille ? Qui décidait de mettre la pauvre fouine à l'index ? Qui apprenait à l'homme à ouvrir la bouche pour parler ? Qui mettait ce brouhaha dans la tête de Pinto et partout alentour et pourquoi ces voix et ces mots ne s'arrêtaient-ils jamais ? Tu ne peux comprendre Mes règles.

Depuis que la guerre avait éclaté, Pinto s'était vu radicalement guéri de son désir d'écrire de la poésie. Quand tu dois briquer tes mains poisseuses de matière cérébrale, quand tu vois un homme se chier dessus au point d'en mourir, quand tu plonges ton doigt jusqu'à la deuxième phalange dans le cou d'un malheureux pour l'empêcher de se vider de son sang, ta passion pour la poésie s'évapore comme une larme au soleil. Il n'arrivait même pas à écrire à Manuči, qui avait dû s'arracher tous les cheveux et n'avait sûrement plus fermé l'œil depuis l'assassinat de l'archiduc ; il n'arrivait même pas à trouver les mots pour lui faire savoir qu'il était toujours vivant. Le Seigneur avait dit : Allons ! Descendons ! Et là, confondons leur langue de sorte qu'ils ne se comprennent plus les uns les autres. Qui avait mis de la morphine dans la trousse à pharmacie de l'homme et lui avait donné un dizeu perpétuellement palpitant ? Qui avait placé Osman à son côté la nuit ? Qui avait fait tout ça et pourquoi ?

Subitement la cime de l'arbre et le nid de cigogne se volatilisèrent – ils étaient là et la seconde d'après ils n'y étaient plus, un carré de ciel d'un turquoise aveuglant les avait remplacés.

Durant la fraction d'instant qui précéda le moment où l'obus frappa le sol dans une gerbe de terre, de bois et de chair, Pinto ne pensa à rien du tout.

Un nouvel obus suivit aussitôt, qui coupa net la cime d'un autre arbre, tandis qu'une botte passait au-dessus de Pinto qui, incapable d'entendre ou de dire quoi que ce soit, s'enfuit en courant, comme s'il pouvait se cacher quelque part. Tout s'était mis en branle, à la façon de grains de café s'éparpillant sous l'action du feu du tambour de torréfaction, et rien ni personne n'était plus à la place qu'il occupait l'instant d'avant. Osman était par-dessus Hauptmann Zuckermann ; des mottes de terre, des éclats de bois et des membres leur pleuvaient dessus ; les soldats se ruèrent vers un abri tandis que l'artillerie russe pilonnait le boqueteau, que les shrapnels arrosaient les corps en plein sprint et les déviaient de leurs trajectoires désespérées. Avant de se jeter à terre, Pinto vit Osman obliger un Hauptmann Zuckermann terrorisé à ramper vers une tranchée peu profonde et le pousser dedans comme un sac. Il n'osa relever la tête, mais sentit les shrapnels autour de lui déchirer les chairs comme des guenilles, fendre les arbres, démolir la forme des objets, mettre en pièces le tissu de tout ce qui existait encore un instant auparavant. Il n'entendait rien, sinon les pulsations de son cœur dans ses tempes, mais, devinant qu'une brève accalmie s'instaurait, il se mit à quatre pattes et fonça vers la tranchée, le nez collé à terre, à la manière d'un blaireau. Il atterrit sur quelqu'un ou quelque chose qui ne bougeait pas, mais recracha la terre qu'il avait dans la bouche, ce qui devait signifier qu'il était vivant. De son côté, Osman tirait Hauptmann Zuckermann vers un Untertritt, Hauptmann à qui le col d'opossum faisait comme une traîne. Un obus s'abattit tout près, souleva Pinto du fond de la tranchée et le fit retomber aux pieds d'Osman, qui lui hurla quelque chose qu'il ne put entendre. Il porta la main à sa joue, en extirpa un bout de bois de la taille d'un doigt et sentit couler un filet de sang, vite absorbé par la poussière sur son visage. Paralysé par le choc, il resta allongé, tandis que des giclées de glaise et de sang mêlées de débris de bois s'abattaient sur tous sans que personne pût rien voir ni entendre. C'est le moment de mourir, tout ce qu'il faut pour mourir est en place maintenant et rien de tout ça n'est vain. Son cœur s'emballait, sans aller où que ce soit, ni même au-delà ; où était la peur ? Il était absent de son propre esprit, mais pas de son être ; le sang dégoulinait sur sa joue et son cou, il n'était pas encore mort. Il se palpa pour voir s'il n'avait pas d'autres impacts sanguinolents. Une nouvelle détonation lacéra les parois de la tranchée et quelque chose s'écrasa sur la tête de Pinto. Le Seigneur n'avait cessé de créer et de détruire des mondes, de les créer et de les détruire, jusqu'au jour où Il avait créé le nôtre, mais voilà qu'Il avait à présent la ferme intention de le détruire aussi. Les mondes ayant précédé le nôtre et désormais détruits ressemblaient aux étincelles qui voltigent et s'éteignent lorsque le forgeron abat son marteau sur le fer. On en est donc là, nous les étincelles, à notre place, à nous éteindre une à une pendant que les ténèbres abandonnent la lumière et retournent à leur commencement, komo l'peše en la mar, ah komo l'peše en la mar.

C'est le major Moser-Ethering lui-même qui a fait remarquer, dans la préface d'un de ses nombreux récits de voyage, que chaque guerre connaissait des jours pesants et difficiles, semés comme des cailloux dans le cours du temps, lequel n'est pas sans rappeler la vie. Ce n'est qu'à la fin, si jamais il y en a une, écrit-il, que les survivants réorganisent ces fameux jours de façon à pouvoir prétendre comprendre ce qui s'est passé, le quand, le comment et le pourquoi, pour que ce qui doit être défait soit défait et que tout reprenne rapidement une configuration, solide et nommée, que tout retrouve une forme susceptible de compenser ce qui a disparu à jamais. Il n'y a pas de monde sans histoire, conclut-il ; la question est de savoir qui l'écrit, car celui qui l'écrit donne une forme au monde, lequel ne peut exister sans forme. Je suis d'accord avec le major.

Ce que Pinto et Osman vécurent en ce fameux jour de juin 1916 demeure aujourd'hui dans les mémoires, si tel est bien le rôle de l'histoire, comme le début de l'offensive Broussilov. À l'époque, ni Pinto, ni Osman, ni aucun des rien-du-tout et des moins-que-rien dont les corps allaient être détruits, n'avaient de nom pour cet événement, qui n'en avait d'ailleurs pas besoin étant donné qu'il était juste ce qu'il était. L'offensive Broussilov cassa l'échine de l'Empire, tua plus d'un million de soldats inconnus, dont Drkenda et Smail Tokmak, et laissa une cicatrice indélébile sur la joue droite de Pinto.

Lorsque Pinto reprit connaissance, Osman bâillait en face de lui, et le ciel se dérobait derrière de fines volutes de fumée et des lambeaux de nuages. La seule chose qu'il entendit, ce fut un cri strident montant d'on ne sait où, et ensuite Osman pointa le doigt sur lui, puis sur un point quelque part au-delà des tranchées. Il reste quelque chose là-bas ? Et c'est où, là-bas ? Des obus pleuvaient sur ce là-bas, car Pinto percevait dans sa chair les secousses que le sol répercutait. Osman le souleva pour l'inciter à bouger, et il piétina en effet des cadavres, des amoncellements de terre, des casques et un bras à la manche retroussée, la main serrant encore un bidon d'où l'eau gouttait sur la glaise. Sans s'arrêter, Pinto récupéra le bidon, repoussa d'un coup de pied le bras qui leur barrait le passage, les doigts crispés sur la mémoire de ce qu'ils avaient tenu. Il tendit le bidon à Osman, qui regarda l'objet comme s'il relevait d'une ruse malveillante, puis versa l'eau tiède sur ses lèvres desséchées et but en recrachant vainement la poussière.

Pinto trébucha sur un cadavre qui ressemblait à Hauptmann Zuckermann, sinon qu'il avait un cratère dans l'abdomen, les muscles contractés dans la mort et les intestins baignant dans le sang. Un éclat d'obus avait dû l'atteindre dans le dos, le transpercer et lui lacérer le ventre. Bauchschuss – une balle dans le ventre, terme que Pinto avait parfaitement appréhendé durant sa première semaine en Serbie. Un autre obus silencieux projeta un sac qui atterrit sur la tête de Hauptmann Zuckermann, lequel ne réagit pas, sinon que la boule de serpents que formaient ses intestins s'échappa de la plaie. Kopfschuss, c'est une balle dans la tête. Herzschuss doit être une balle dans le cœur. Mundschuss a tué Blum. Quelle belle langue, l'allemand. On peut tout dire. La mort nous endurcit face à la mort. Dans la guerre, comme dans l'Univers, chaque chose est plus ou moins utile. Sauf ton cerveau à l'instant présent. Kopfschuss. Sinnschuss. Smail Tokmak bascula dans la tranchée où il atterrit face contre terre, manifestement et totalement mort, le sommet du crâne manquant, fez compris.

Osman laissa Pinto passer devant ; ils devaient veiller à ne pas piétiner les boyaux entortillés de Hauptmann Zuckermann ni les bouts de cervelle de Tokmak, et Pinto avait tout à fait conscience qu'une armée de Russes enragés risquait de leur foncer dessus en braillant et de leur trancher la gorge ; de toute façon, ça dépassait son entendement. Tout branlait et tremblotait, sans bruit cependant – pour son départ, le monde n'avait rien à lui dire, il n'y avait que ce néant choral qui lui vrillait les tympans. Ce n'est pas parce que tu entends des voix qu'il faut croire que le ciel fourmille de dieux. Osman l'entraîna en toute hâte vers un autre endroit, un présumé ailleurs au loin, il ne cessait d'ouvrir la bouche devant Pinto, cherchait à lui dire quelque chose quand une nouvelle explosion démembra tout. Oui. Weltschuss.

Il avait la bouche pleine de terre, et les yeux et les oreilles aussi. Regarde le feu et le bois, mais où est l'agneau ? Est-ce moi, l'agneau ? Il sentait le poids de la terre sur son visage et ses bras, et c'est seulement parce qu'il lui fallut un moment pour se rendre compte qu'il n'était pas mort qu'il ne cria ni ne tressaillit quand une botte lui écrasa la hanche, puis une autre le torse, puis les bottes disparurent et leur poids avec elles. Lorsqu'il releva la tête de la bouillasse où il était enfoui et qu'il se fut nettoyé suffisamment les yeux pour jeter un coup d'œil autour de lui, il vit le cou gris et crasseux d'un Russe occupé à fouiller un cadavre, dont il découpait l'uniforme pour s'approprier le contenu de ses poches intérieures. Pinto reposa la tête par terre et ferma les yeux, en faisant très attention à respirer sans que ça se voie ou s'entende. À présent, il gisait à l'air libre, en mort-vivant ; le Russe risquait soit de remarquer la différence, soit juste de décider de le dépouiller. Pour l'heure, le plus prudent, le plus sûr, aurait été de mourir. Ne pleure pas les morts, la mort les endurcit face à la mort.

Le Russe déblaya la terre recouvrant le corps de Pinto et appuya le genou contre son ventre afin de découper sa veste avec une lame. Pinto sursauta et ouvrit les yeux sur le visage d'un Cosaque juste au-dessus du sien : moustache en fer à cheval, front creusé d'un entrelacs de cicatrices et petit sourire narquois quand il se rendit compte que Pinto était vivant et donc tuable ; Pinto décocha un coup de poing mou au Cosaque, qui lui attrapa aisément la main et l'écarta d'une torsion, mais voilà qu'un rasoir glissa en travers de la gorge du Cosaque, lui trancha la jugulaire et un jet de sang aspergea la figure de Pinto, le sol et les doigts d'Osman ; la surprise se lut sur le visage du Cosaque, dans ses yeux bleus qui s'éteignaient, comme si sa mort représentait une transgression sur laquelle il serait désormais impossible de revenir. Osman laissa retomber le corps et essuya sa lame sanguinolente sur l'uniforme du Russe ; des larmes coulaient dans la poussière qui enduisait ses joues.

Toute la journée, l'artillerie russe poursuivit l'armée impériale et la décima dans un vacarme tonitruant. Osman et Pinto savaient que des unités de nettoyeurs arrivaient dans les pas de la première vague d'assaut afin de capturer les survivants et de massacrer les blessés. Ils se cachèrent dans un trou, coincés sous un cadavre dont le visage avait été haché par les shrapnels au point qu'il n'avait plus rien d'humain. Mais l'offensive Broussilov se révéla tellement dévastatrice, la rapidité de son avance tellement jubilatoire, et les forces impériales tellement paniquées que la seconde vague de Russes traversa les positions ennemies à toute vapeur, balança des grenades à main au petit bonheur, tira sur les cadavres pour plus de sûreté et ne consacra que peu de temps au pillage, certaine que de plus gros butins l'attendaient plus loin quelque part à l'arrière, dans un futur plus opulent.

Néanmoins, les deux hommes ne se risquèrent pas à sortir de sous le cadavre avant la nuit. Si Osman avait réussi à s'endormir, quelque chose arracha subitement Pinto à son cauchemar éveillé et mutique ; incapable de bouger, il écouta les gargouillis de quelqu'un dont les poumons se noyaient dans le sang. C'était loin, mais aussi trop proche, et il n'entendait plus que ça. Il envisagea de ramper jusqu'au soldat et d'abréger ses souffrances en plaquant la main sur sa bouche béante. Viens en Galicie voir le peu de cas que le Seigneur fait de la dignité humaine. Viens voir combien Il nous aime. Tu ne peux comprendre Mes règles, avait dit Dieu à Moïse. J'aurais dû prendre la morphine plus tôt, j'aurais été tranquille maintenant, en attendant qu'il se passe quelque chose. Mais la morphine avait disparu ; sa trousse était quelque part sur le champ de bataille avec, dedans, sa lettre inachevée pour Manuči, un livre intitulé *Der Tod in Venedig*, aux pages déchirées à cause des cigarettes, et une ampoule de morphine, promesse d'apaisement. Sa joue lui faisait mal, mais elle ne saignait plus, la poussière avait endigué le flot. Il sentait le bouchon de terre dans la plaie et, toujours caché sous le cadavre, voyait la progression du crépuscule sur le coin de ciel qu'il apercevait. Il paraît que le crépuscule ressemble à une goutte de sang au bout d'un sabre – il ne dure que l'instant nécessaire à la goutte pour se diviser en deux. Le gargouillis se tut et Osman se réveilla.

— Tu es vivant ?

Pinto n'entendait pas le moindre son, hormis la voix d'Osman qui résonnait dans sa tête. Il n'avait pas recouvré l'ouïe ; il avait dû imaginer le râle d'agonie. Tout ce qui restait, c'était la voix d'Osman et les coups sourds contre le sol.

— Non, dit Pinto. Et toi ?

Le cadavre pesait lourdement sur lui, il appuyait sur son épaule et lui faisait mal ; Pinto poussa un grognement, mais ne put s'entendre. Autrefois, le Seigneur vous exterminait au nom de la justice et vous ressuscitait au nom de la miséricorde, mais plus aujourd'hui.

Le pilonnage se poursuivit tout au long du crépuscule, s'éloigna et, à chaque déflagration, une âme s'échappait d'un corps, accompagnée par l'écho que renvoyait la terre, puis les choses parurent enfin s'arrêter. Pinto entendit alors Osman, qui, manifestement à l'aise dans sa tête, chantait avec le ventre, d'une voix grave, chaude et murmurante. Pinto connaissait la chanson, sauf qu'Osman la chantait en bosnien et non en spanjol, comme Manuči. Lorsqu'elle pelait des pommes pour une tarte ou qu'elle abaissait la pâte sur la table, elle chantait : Jo paso por la tu guerta. Tu estavas en la puerta. Te saludi. Te fuites. Esto no me se aresenta. Je suis passée devant ton jardin. Tu étais à ta porte. Je t'ai salué, tu t'es enfui. Je ne comprends pas. Il y avait un pommier dans leur jardin ; Pinto n'avait absolument pas le droit de cueillir quoi que ce soit sur l'arbre. Il aimait tant le bruit sec de la branche libérée de la pomme.

— Comment tu connais cette chanson ? demanda-t-il.

— Tout le monde la connaît, répondit Osman.

Tout le monde est partout. La gran eskuridad. C'en était fini de tout le monde à présent, il n'y avait personne, il ne restait plus personne, plus une seule personne à part Osman.

Ils demeurèrent cachés jusqu'à ce que la lune se lève, puis quitte le ciel en obscurcissant les ténèbres ; aucun Russe ne leur tomba dessus. Ils s'extirpèrent de sous le cadavre raidi, et ce ne fut qu'après avoir rampé d'un cratère d'obus à un autre qu'ils se rendirent compte, une fois loin, qu'il avait déjà commencé à puer. Pleure pour les endeuillés, pas pour l'âme retournée auprès de son Créateur. La tranchée regorgeait de cadavres, éparpillés comme autant de pommes sous l'arbre, ils pourrissaient déjà dans une puanteur à couper au couteau. Pinto n'entendait toujours rien, et même la voix d'Osman s'était tue à présent. Ça grattait et ça creusait partout autour d'eux, il le voyait sur le visage d'Osman, qui grimaçait, perturbé par ce qu'il devait entendre. Pinto se figura des chiens, des cigognes, des rats et des blaireaux, créatures atroces arrachant des yeux avec leurs griffes et rongeant des côtes exposées à l'air libre. Lorsqu'ils aperçurent un regard vorace rivé sur eux depuis le tréfonds de l'obscurité, ils décidèrent de fuir la tranchée. Ils la quittèrent en rampant et poursuivirent ainsi jusqu'à ce qu'une fusée éclairante flamboie dans le lointain et révèle une silhouette de chien, ou de quelque chose qui ressemblait à un chien, juste devant eux à la lisière des bois. Chaque mouvement était douloureux et Pinto avait la sensation d'avoir la joue en feu tellement il avait mal. Il se coula jusqu'à un corps rigide, passa par-dessus à une allure d'escargot, perçut l'amas d'intestins distendus, le bord d'une hanche disloquée. Puanteur et poussière envahirent à nouveau sa bouche et son nez, ce qui lui souleva le cœur et il faillit tousser, mais n'osa pas et se mit donc sur le dos pour respirer.

Le firmament sans lune était constellé d'étoiles et il y avait la Grande Ourse et d'autres constellations qu'il aurait été bien incapable de nommer ; un décor tellement ostentatoire qu'il en était ridicule. Dans le temps, Osman avait raconté une histoire sur Meho Kulampara, qui avait revêtu des habits en soie des plus splendides pour sillonner Bentbaša d'un bout à l'autre sur sa belle bicyclette importée de Vienne. Pour quelle raison le ciel avait-il ce lustre, et pourquoi tout cet arrangement céleste ? Pour les Sefaradim, Meho était un kulu alegri – un imbécile heureux –, insulte que les durs parmi les jeunes de Bilave avaient souvent lancée à Pinto. Meho roulait à vélo juste pour montrer à tout le monde combien il le trouvait beau. De temps à autre, le père de Meho émergeait de chez Hadži-Šaban, complètement soûl, et lui collait des gifles qui lui laissaient des marques partout sur la figure – un jour, il lui avait même cassé le nez – et après on ne voyait pas Meho pendant des mois, puis il réapparaissait sur sa bicyclette. Pinto n'arrivait pas à bouger : le poids et la douleur s'abattaient sur lui, comme si le ciel était une chape de plomb pesant sur ses membres et sa poitrine, et il ne pouvait plus respirer, n'en avait même pas envie. Quelque chose bougea dans le cadavre à côté de lui, peut-être une bulle de gaz due à la putréfaction.

Cette chose, cette chose à côté de lui avait été un homme qui avait tenté d'atteindre un abri où il pourrait prolonger son existence un peu plus longtemps, existence qui jusqu'alors n'avait été qu'un désir de vivre. Tout ce qui vit veut continuer à vivre. Mais pourquoi ? Pourquoi ne pas mourir tout de suite ? Pourquoi se cramponner ? Où pourrions-nous bien aller ? Qu'y avait-il là où on allait ? La gran eskuridad tendue de splendeur au-dessus de leurs têtes ? Esto ne me se aresenta. Son épaule l'élançait, sa joue aussi, et son ventre, et les trois cents parties de son corps, y compris son âme, cette motte de terre glaise.

« Ne t'a-t-Il pas trouvé orphelin et ne t'a-t-Il pas accueilli ? » dit Osman.

Pinto se remit sur le ventre pour jeter un coup d'œil alentour. Osman n'était pas du tout proche de lui : Pinto aperçut sa silhouette accroupie derrière un arbre à la lisière de la forêt, loin, qui, de la main, l'encourageait à approcher. « Il t'aidera. Viens. » Qui était donc ce Il ? Ce devrait être celui ou ce qui portait la voix d'Osman à travers la distance afin qu'elle s'adresse à Pinto d'entre ses cheveux, maintenant si droits sur sa tête qu'il repensa à son fez perdu depuis pas mal de jours. Il est des moments où le monde dans sa plénitude ne peut contenir la gloire de la Création, et puis il est des moments où Il parle à l'homme, dont Il a confisqué le fez, entre ses cheveux. Tu ne peux comprendre Mes règles.

Ils passèrent le jour suivant à se cacher dans une forêt où il n'y avait eu ni déploiement, ni militaires, ni camps. Mais de nombreux pieds en avaient foulé le sol, et ils suivirent ces traces jusqu'à un arbre contre lequel s'appuyait un soldat dans son uniforme vert Honvéd, un impact de balle, pareil à une tache de naissance, sous la pomme d'Adam. Kehlenschuss. Dans sa main droite, il tenait un bidon ouvert – il devait être en train de boire quand il était mort, l'eau suintait de sa blessure. Osman lui arracha le bidon, en but une gorgée, puis le tendit à Pinto qui vida le reste ; il avait la langue tellement sèche que l'eau chaude s'évapora à peine l'eut-elle touchée. Le soldat avait les yeux grands ouverts et secs, le regard désormais vide et rivé sur le bout de sa botte gauche comme s'il réfléchissait à la permanence déroutante et arbitraire de ce soulier, et sa main posée sur son sac à côté de lui disparaissait sous un régiment de fourmis, dont l'avant-garde progressait pour écumer le riche gisement de sang sur son torse.

Dans le sac, Pinto dénicha un morceau de pain pétrifié, repoussa les quelques fourmis des forces expéditionnaires cantonnées dessus et le coupa en deux pour partager avec Osman. Tout en faisant rouler des tessons de pain sec dans leur bouche, ils cherchèrent de l'eau dans les profondeurs du sac, d'où ils remontèrent une lettre. Elle était rédigée en hongrois, mais renfermait la photo d'une jeune femme, la main sur la hanche, la poitrine projetée en avant, son nom – Zsófia – signé au revers, d'une écriture tout en boucles, sous le tampon d'un studio de photographie de Hódmezővásárhely. Elle avait la bouche fermée, mais il était évident que derrière ses lèvres se cachait un sourire mélancolique, comme si elle revivait un baiser reçu juste avant que le soldat ne soit poussé dans le train et qu'elle agite son mouchoir trempé de larmes pendant qu'il disparaissait. Osman rangea la photo dans la poche de poitrine du soldat et la tapota, peut-être pour montrer que sa place était juste là contre son cœur, puis il marmonna quelque chose que Pinto ne put saisir.

À cet instant précis, Pinto se rappela un avenir où Osman serait ailleurs, loin de lui, comme il ne l'avait pas été depuis leur rencontre. Pinto ne serait pas à côté de lui pour sentir sa pestilence de guerre, ne le regarderait pas se raser à sec, ne l'entendrait pas faire claquer ses lèvres au beau milieu de la nuit, ne sentirait pas sa main lui caresser la joue pour l'empêcher de ronfler. S'il leur était donné de sortir vivants de cette guerre, ils seraient probablement obligés de se séparer, de réintégrer leur vie d'avant et peut-être se retrouveraient-ils dans des endroits différents, peut-être même dans des pays différents, à s'écrire des lettres et des cartes postales pour se dire que le manque s'était tellement accumulé dans leur corps qu'ils en avaient mal au ventre.

Osman continuait à lui faire face, à parler, à dire des mots que le hurlement d'amour et de désir futur dans la tête de Pinto brouilla totalement. Il regarda les lèvres d'Osman, encore humides de l'eau bue, s'ouvrir et se refermer, mais il n'y avait pas de son. Osman répéta quelque chose que Pinto n'entendit pas. Il adorait la manière dont la lèvre supérieure d'Osman plissait sa moustache, dont ses yeux s'éclairaient quand il souriait, dont il hochait la tête quand il disait quelque chose qu'il estimait important. Le visage d'Osman était cramoisi, beau et sale, son menton constellé de mouchetures de sang, et il avait une feuille d'herbe desséchée tissée dans sa moustache. S'il y avait une possibilité que la vie de Pinto renferme quelque joie, ce n'était que dans les larges joues rosies d'Osman, dans la gaîté pétillante qui éclairait continuellement ses yeux, dans le petit sourire narquois qui lui tirait la bouche en coin de façon à peine perceptible, si bien qu'il paraissait toujours prêt à sortir une blague. Pinto agrippa le bord du col d'Osman et l'embrassa. Ils avaient la bouche sèche et eurent l'impression de lécher l'intérieur d'une tasse en fer-blanc. Mais s'il avait pu épouser Osman, ce baiser aurait été le verre brisé, dirait Pinto à Rahela bien des années après.

Ils dormirent dans la forêt, sur l'épais tapis de feuilles mortes, jusqu'au moment où Pinto, qui avait recommencé à se tourner et se retourner, mit le bras en travers du corps d'Osman et le réveilla. Il y avait une clarté anormale ; un énorme brasier illuminait le ciel, et ils supposèrent que Brody était en flammes. Au temps pour les habits de Dieu. Il fallait qu'ils trouvent l'arrière russe, lut Pinto sur les lèvres d'Osman, et se rendent. Les troupes de combat les massacreraient, alors qu'à l'arrière un gratte-papier ou un cuistot décrocherait une permission en échange de leur capture. Si on a de la veine, on tombera sur quelqu'un que ces tueries n'auront pas rendu complètement marteau.

Ils se dissimulèrent dans un fossé à l'entrée d'un village, surveillèrent la route pendant des heures jusqu'à ce qu'ils aient la certitude que les derniers Cosaques étaient loin. Quand ils entrèrent dans le village, Pinto repéra un homme en caftan noir appuyé contre une porte, mais en approchant il vit que son menton touchait son torse et, à en juger par la manière dont ses papillotes pendaient, il avait la gorge tranchée et sa tête n'était plus retenue que par une bande de peau. Il avait les mains clouées au chambranle de la porte, son talit traînait à ses pieds, trempé de sang, son tsitsit encore blanc faisait penser aux doigts d'un squelette. Des cadavres jonchaient toute la grand-rue : des femmes, jambes écartées, la jupe par-dessus la tête. Ils virent un gamin au crâne écrasé, la joue balafrée et couverte d'une nuée de mouches occupées à festoyer. Osman, d'une pâleur de suaire, continua néanmoins à avancer au milieu du chaos, comme s'il traversait un marché, à s'arrêter devant les morts. Dans la tête de Pinto, l'énorme bourdonnement effaçait toute pensée et lui déclenchait des nausées. Il s'éloigna de la rue principale, franchit un portail ouvert et entra dans une cour vide à l'exception d'un chien mourant qui, incapable de lever la tête, se borna à porter son regard déjà vitreux vers Pinto. Quelqu'un avait dû lui donner un violent coup de pied, car il avait la cage thoracique profondément enfoncée. Au bout de la cour, il y avait un massif de roses en fleur saupoudré de neige, sauf que ce n'était pas de la neige, mais du duvet – partout autour de lui du duvet voltigeait et rechignait à se poser par terre. Pinto pénétra dans la maison, dans la petite cuisine où le poêle marchait, un pot posé dessus ; il souleva le couvercle, se rendit compte que le pot était rempli d'un liquide sombre qui ressemblait à du sang et vomit sur le sol jonché de tessons de céramique.

Il dénicha un pichet d'eau intact, se saisit d'une chaise et s'assit pour boire. Ici, une famille juive devait manger ensemble, leur Padri devait leur lire l'Atora avant le repas et les enfants se chamailler pour savoir qui aurait la chance d'être le premier à lui présenter son bol et d'être servi en kacha. Pinto repensa à ce que sa vie avait été, pas lors des jours de fêtes, ni du Séder, ni de ces merveilleux après-midi où l'ombre que les montagnes projetaient sur Sarajevo émoussait les contours de toutes choses et rendait tout le monde plus gentil. Ce qu'il se rappela, ce fut les matins de printemps quand il avait si chaud sous le jorgan et que la chambre était si froide qu'il retardait le moment de s'extraire du lit et se contentait d'écouter le fracas de la vaisselle dans la cuisine en humant l'odeur du pain de Manuči qui gonflait dans le four.

Il repéra un mouvement à l'angle d'une fenêtre et scruta frénétiquement la cuisine à la recherche d'une cachette, puis vit qu'il s'agissait d'un visage d'enfant transi de peur. Tous deux se fixèrent un moment ; l'enfant disparut et Pinto se précipita à la fenêtre d'où il aperçut une fillette en guenilles, avec des jambes en échalas, se réfugier derrière un ambar, à l'intérieur duquel il remarqua un pied nu sur le sol couvert de grains, le reste du corps invisible derrière la porte entrouverte. Il eut envie de suivre la petite, mais se sentit incapable de courir, de sorte que lorsqu'il finit par atteindre l'ambar et par regarder ce qu'il y avait derrière – un monticule de fumier, un champ en friche –, elle s'était volatilisée. C'était une petite hanuma, comme Sara, la toute jeune fille de Sinjor

Mair, avec des taches de rousseur inégalement distribuées sur les joues, faisant paraître un de ses yeux plus grand que l'autre. Il jeta un coup d'œil à l'intérieur de l'ambar et s'aperçut que le pied appartenait à ce qui avait dû être la mère de la fillette : jambes écartées, pliées aux genoux, comme cassées, la robe déchirée, les seins tombant sur le côté et zébrés de griffures. Son visage n'était pas voilé, pas du tout : elle levait les yeux vers son front, car elle avait la gorge tranchée et béante, comme une seconde bouche. Pinto dénicha un bout de chiffon et lui couvrit la figure.

Il sortit de la maison en pleurant, ce qu'il n'avait pas fait une seule fois depuis le début des hostilités : ni quand il avait quitté sa maison, ni quand ils étaient partis à la guerre, ni quand, en Serbie, un certain Pronek avait été le premier soldat à mourir dans ses bras. Sa joue blessée l'élançait sous les larmes et il s'aperçut que le chien avait fini par mourir, puis quand il rejoignit la rue, il vit Osman à genoux, tête baissée en signe de soumission, le canon d'un fusil russe pressé contre sa nuque.

DEUXIÈME PARTIE

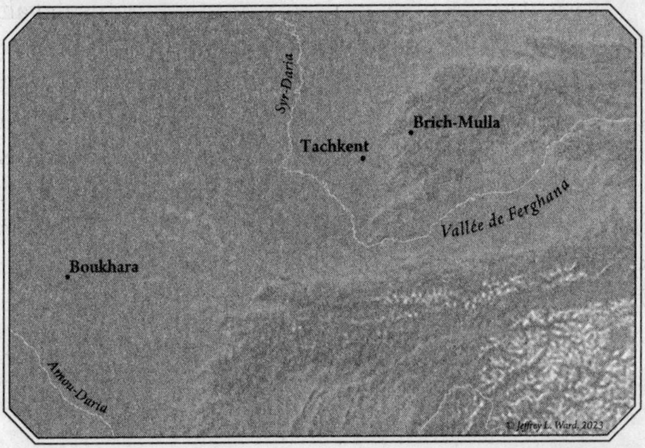

Tachkent, 1918

Quelqu'un sur Terre ignorait-il qu'Alija Đerzelez était parfaitement chauve et que son crâne était aussi lisse qu'un cul de bébé ? Lorsqu'il allait ramasser du bois en forêt, Alija partait tôt et revenait tard pour éviter les petits chenapans de Sarajevo qui lui tendaient embuscade sur embuscade et le caillassaient en chantant, Ćelo ! Ćelo ! Dođi mi na sijelo !

Alija était au service de l'épouse d'un riche bey. Il allait chercher de l'eau pour la hanuma, la nourrissait de volaille, lui cueillait ses pommes, battait ses tapis, garnissait ses oreillers de duvet prélevé de frais. Elle était belle comme la lune, mais Alija n'était qu'un pauvre nécessiteux, un moins-que-rien sans un poil sur le caillou et il aurait sûrement été jeté dans le plus noir des cachots de Sarajevo s'il avait manqué de respect au bey, solide et rond comme un tonneau. Alija se contentait d'obéir aux ordres de sa maîtresse, jetait de furtifs coups d'œil sur ses bras, son cou, ses seins, et se consumait de désir.

Au mot « seins », Hasan portait les mains à son torse, paumes en l'air, comme s'il priait. Les soldats fixaient ces mains qui mimaient la poitrine imaginaire de la hanuma. Pinto percevait le poids de leurs souvenirs, des femmes et des seins qu'ils avaient autrefois serrés entre leurs doigts. Et, parmi eux, il y avait aussi ceux – des enfants pour certains – qui n'avaient peut-être même jamais vu, et encore moins touché, une femme dévêtue avant d'être embarqués dans une guerre perdue d'avance. Pour l'instant, ils ne pouvaient qu'évoquer leurs vieux fantasmes ou le souvenir des histoires qu'ils avaient entendues auparavant.

Pinto avait lui aussi pratiqué les coups d'œil furtifs par le passé, mais seulement pour loucher sur les bras velus d'Osman, son cou, la fine ligne de sa mâchoire, la limite précise entre sa peau rasée et son épaisse moustache. Il aimait regarder son torse se soulever lorsqu'il dormait à côté de lui. Ils avaient toujours été obligés de se cacher pour faire l'amour et ne retiraient jamais leurs vêtements, pour être prêts à fuir ou à faire ceux qui jouaient à se battre. Une fois seulement, en Serbie, ils s'étaient déshabillés pour nager et Pinto avait pu voir distinctement les muscles d'Osman, ses côtes et une cicatrice en zigzag sur son dos, pareille à un éclair. Ainsi que le tapis de poils sur ses cuisses, et sa pata flasque, qu'Osman appelait ćuna. Mais il n'avait pas pu le caresser, parce qu'ils étaient au milieu de tous les autres soldats nus, qui se tapaient sur le cul, montraient du doigt les différences entre les ćunas circoncis et les pas circoncis et se protégeaient de leurs désirs mutuels en inventant des histoires sur des femmes fantastiques et lointaines qu'ils prétendaient avoir baisées.

La seule fois où Pinto avait vu une femme nue, c'était quand Binjoki avait emmené une bande de jeunes garçons de Bilave au hammam d'Isabegov, où les femmes sefaradi faisaient leur tevila ; ils avaient grimpé sur le toit pour y trouver une fente, une fissure, à travers laquelle ils n'avaient pu qu'entrevoir l'épaule d'une femme et la pointe de son sein ; Binjoki avait prétendu qu'il s'agissait de Hanuča, mais comment en être certain ? Quant à Pinto, il avait vécu cet épisode dans la terreur que Padri Avram en entende parler et l'écorche vif. Padri n'en avait jamais entendu parler, mais l'écorcha vif quand même pour une autre transgression.

Hasan agita les mains pour suggérer le poids conséquent des seins. Les Bosniaques vainement excités s'agitèrent dans la pénombre de la prison, accablés à l'idée qu'ils ne vivraient peut-être jamais ce qu'ils n'avaient peut-être jamais vécu. En imaginant la hanuma, certains d'entre eux se caresseraient dans la nuit, tout seul, ou à deux s'ils avaient de la chance.

Osman aurait adoré raconter le passage où Alija lançait de furtifs coups d'œil à la hanuma, mais il n'aurait pas gâché de mots et encore moins de gestes pour décrire son corps camouflé. Sa figure peut-être, sa luminosité lorsqu'elle s'exposait à la lumière du jour dans le jardin ou bien la vive roseur de ses joues lorsqu'elle surprenait le regard d'Alija posé sur elle. Osman aussi regardait régulièrement Pinto, à l'époque des baraquements, du temps où ils étaient de fraîches recrues, où leurs visages ne portaient pas encore les stigmates du soleil, de la poussière, de la déchéance. Pinto avait toujours compris ce que signifiaient ces brefs coups d'œil, et il en rougissait, exactement comme la hanuma dans l'histoire d'Osman ; ses joues et ses oreilles s'embrasaient et, conscient qu'on pouvait voir le feu qui le dévorait, il s'embrasait encore plus, et évitait Osman, le lumineux hanino. Jusqu'au jour où Osman s'était allongé à côté de lui lors de cette fameuse nuit dans le baraquement, et qu'il n'avait plus été possible de fuir, et que tout s'était déroulé comme c'était écrit. Un homme aimé de son prochain est aimé de Dieu.

Alors, poursuivit Hasan, un matin Alija alla à pied ramasser du bois à Vučja Luka. Il n'abattait jamais d'arbres ni ne coupait de jeunes branches parce qu'Allah n'avait pas créé le monde pour qu'on l'abîme et qu'on saccage tout ce qu'il renfermait. Tous les êtres vivants voulaient continuer à vivre afin de remplir l'objectif qui leur avait été assigné – tout sur terre avait sa raison d'être, même si parfois on ne la connaissait pas. Donc, Alija ramassait des branches mortes quand il entendit un cri d'enfant. Cherchant l'origine du gémissement, il découvrit un minuscule nouveau-né, qui se tortillait sous le soleil brûlant. Comment se faisait-il qu'une si petite créature soit toute seule dans la forêt, exposée aux rayons d'un soleil impitoyable ? Saisi de compassion, Alija coupa une branche feuillue et la plaça au-dessus de la tête de l'enfant pour lui faire de l'ombre. Le bébé, apaisé, se tut. Alija repartit ramasser du bois, mais revint de temps à autre surveiller l'enfant à présent paisiblement endormi. Soudain, une femme tout en blanc lui apparut ; son visage basané n'aurait pu être plus rayonnant, et ses longs cheveux noirs défaits tombaient en cascade sur ses reins – Alija comprit immédiatement que c'était une vila.

— Est-ce toi qui as protégé ma fille du soleil ? lui demanda-t-elle.

— Oui, répondit Alija, c'était pour que le soleil ne la brûle pas et qu'elle puisse dormir paisiblement.

— Fais un vœu, et je te l'accorderai.

Après réflexion, Alija dit :

— Ce que j'aimerais, c'est être fort et courageux.

— Très bien, viens sucer mon sein.

La vila déboutonna sa veste, releva sa chemise – Hasan releva sa chemise crasseuse et en lambeaux pour présenter son sein tout flasque – et dévoila ses seins généreux et ses mamelons. Alija, obéissant, but son lait chaud. Puis la vila dit :

— Tu vois ce gros rocher là-bas ?

C'était un énorme rocher que vingt jeunes hommes en pleine santé auraient été incapables de faire bouger d'un poil.

— Maintenant, soulève-le.

Alija réussit à le soulever légèrement, mais pas plus.

— Viens sucer mon sein encore un peu, ajouta-t-elle.

Quand il eut sucé l'autre sein de la vila, Alija se saisit du rocher et le lança comme un simple caillou.

Hasan tendit le bras et pointa le doigt vers la fenêtre au-dessus des rangées de soldats allongés, afin de décrire la trajectoire du rocher. Osman faisait exactement le même geste quand il racontait l'histoire d'Alija et de la vila. Mais le mouvement de Hasan n'avait absolument rien de gracieux ; ce n'était qu'un élève médiocre, qui bataillait encore pour apprendre à raconter comme on est censé le faire. Il n'empêche que les Bosniaques suivirent la trajectoire à l'unisson ; ainsi constatèrent-ils une fois de plus que la vila octroyait une force incroyable à Alija Đerzelez, qui devenait ainsi le grand héros qu'ils connaissaient depuis toujours. Ils virent aussi les autres soldats, qui ne parlaient pas le bosnien, ou étaient soit mourants soit trop malades pour s'intéresser à des histoires ou à des souvenirs. Et ils virent aussi, derrière la fenêtre, les bottes sales et abîmées d'un garde russe debout en train de somnoler contre le pilier du porche. Ils virent qu'il n'y avait pas moyen de s'échapper de ce fichu trou. Ils virent le néant, l'immensité de la gran eskuridad.

Alija remercia la vila, qui l'embrassa sur le front, puis il rentra chez lui en charriant sur ses épaules une pile de branchages haute comme un minaret. Les enfants le considérèrent avec un respect nouveau lorsqu'il passa devant eux et pas un seul n'osa l'agresser. Il déposa les bouts de bois devant la hanuma et lui dit :

— Aussi longtemps que je vivrai, tu n'auras plus jamais froid.

Osman regardait toujours Pinto lorsque Alija formulait sa promesse, et Pinto se mordait au sang l'intérieur de la lèvre pour s'empêcher de lui sourire. À l'époque de la Galicie, Osman, le bras en travers du torse de Pinto, avait murmuré ces mêmes paroles à son oreille alors qu'ils étaient couchés sous un morceau de couverture pouilleuse, trop courte pour leur couvrir les pieds. Le côté contre lequel Osman ne se pressait pas était froid, tandis que l'autre était chaud et vivant, et chaque poil, chaque carré de peau de Pinto se tendait vers lui. D'une voix haletante et onctueuse, Osman avait fredonné à l'oreille de Pinto :

Bejturan se uz ružu savija, vilu ljubi Đerzelez Alija. Vilu ljubi svu noć na konaku, po mjesecu i mutnu oblaku. De quelle manière ne prononçait-il pas la finale molle de noć… On aurait aimé que ce noć ne se termine jamais.

Il paraît qu'Alija avait longtemps tenu chaud à la hanuma, concluait Hasan sans rien donner à emporter aux soldats, rien à quoi réfléchir ou repenser – l'histoire ne faisait que les décourager, de sorte qu'ils demeuraient assis, accablés sous le poids de leur désespoir quotidien.

Alors qu'Osman aurait raconté cette histoire comme s'il était le premier à la raconter, comme s'il était Alija en personne. Il la mimait : il se tournait vers l'emplacement inexistant d'où s'était élevé le cri de l'enfant ; il se penchait en avant quand il le découvrait ; il remaniait les objets et les événements de ses mains aux allures d'oiseau ; il creusait le ravin et modelait l'enfant dedans, tendait ses doigts fins pour préciser la taille du bébé ; il coupait une branche invisible du tranchant de la paume ; plaçait la branche au-dessus de la tête du bébé ; se penchait pour sucer le mamelon de la vila ; lâchait son fagot de bois aux pieds de la hanuma ; caressait son corps, qui exsudait sa chaleur, la défaisait de toute sa soie pendant que ses jambes à elle s'entremêlaient avec celles d'Alija sous le jorgan parfumé à la rose. Et le bey, ne se rendant compte de rien, gâchait sa belle vie en devenant plus pieux, plus gros, plus important, et Osman caricaturait alors sa bedaine et son cœur vide et vaniteux, et les soldats riaient, heureux d'entendre qu'Alija profitait si bien d'un monde dans lequel eux-mêmes ne vivaient plus, mais qu'ils s'efforçaient encore d'imaginer. Osman chantait à Pinto la chanson sur Alija et la vila, la lui soufflait à l'oreille. Le ver à bois avance doucement sur la rose, Đerzelez Alija fait l'amour à une vila. À une vila, toute la nuit au lit, au clair de lune et sous les nuages sombres. Sarajevo n'était qu'un rêve, la hanuma continuait de vivre sa chaude vie éternelle, sans jamais manquer ni de petit bois ni du désir d'Alija. Mais où est mon Osman à présent ? Où s'en est-il allé ?

Le corps est fort, il n'empêche, le monde finit toujours par le broyer. Être emprisonné n'allait pas sans dégâts, mais le corps de Pinto souffrait encore plus d'être privé d'Osman : il avait une inflammation des articulations, les pieds enflés, les flancs brûlés ou tout comme et, dans son estomac, un rocher de la taille de celui qu'Alija avait jeté écrasait sans relâche ce qui restait de ses tripes vides. Gloire à Celui qui a créé les différentes variétés d'arbres et de plantes, les hommes et les femmes, et diverses espèces de créatures dont ils ignorent jusqu'à l'existence ! Où s'en est-il allé sans moi ? Suis-je toujours sa vila ?

Une fois Osman parti, les autres Bosniaques ne l'avaient jamais plus évoqué, n'avaient plus jamais parlé de lui à Pinto ni de quoi que ce soit d'autre, d'ailleurs. Après qu'Osman avait disparu, son espace parmi eux s'était refermé. C'était désormais Hasan qui racontait les histoires d'Osman, Zaim qui se servait de sa cuillère en bois. Pinto était la veuve d'Osman, quelqu'un qui devait souffrir seul, quelqu'un destiné à vivre dans la maladie et l'isolement le peu de vie qui lui restait. Il était redevenu un

Ćifut, le seul parmi eux, et quand son tour viendrait de disparaître, ils ne se souviendraient de lui que pour ça.

Pourtant, même sans Osman, personne ne s'opposa à Pinto lorsqu'il revendiqua d'avoir un carré de terre battue d'où, s'il s'allongeait à plat ventre sur sa natte de paille, il apercevait un coin de ciel. Il passait la journée, et souvent la nuit aussi, les yeux rivés sur le ciel. Los sjelos kero pur papel, la mar kero pur tinta. J'aimerais le ciel pour en faire mon papier et la mer mon encre. Il surprenait un bout de lune à l'occasion ; une nuit, il se réveilla et vit une pointe du croissant glisser au coin de la fenêtre, puis disparaître. Il y avait parfois un troupeau d'étoiles, un fragment de constellation. Une autre fois, il vit un rassemblement de cigognes traverser le morceau de ciel dans son cadre, tel un brusque souvenir. Il y avait des hirondelles aussi et, un jour, un éclair auquel nul grondement de tonnerre ne fit jamais suite. Du nuage, la vila cria :

— Jamais personne n'aura autant de plaisir, mon Alija, que toi et moi.

Le soleil ne rattrapait jamais la lune ; la nuit ne distançait jamais le jour ; les poux continuaient à le tarauder. Vers quel là-bas s'en était-il allé ?

Osman s'était agenouillé devant la bouche d'un fusil russe. Pinto voyait, encore maintenant, le doigt du Russe, hirsute et les yeux d'un noir de charbon, se crisper sur la détente. Il était clair qu'il s'apprêtait à tuer Osman qui, aussi incroyable que ça paraisse, souriait, comme si toute cette histoire se terminait exactement comme il l'avait prévu. Autour d'eux, les autres Russes buvaient au goulot de leur bidon, essuyaient leurs baïonnettes ruisselantes de sang. Pinto s'était précipité sur Osman pour l'arracher à la menace du fusil du Russe et faire rempart de son corps ; les Russes s'étaient moqués de ses cris et de ses larmes. Peut-être en avaient-ils tout simplement marre de tuer, ou bien le désespoir de Pinto les avait amusés ou, qui sait, peut-être même avaient-ils été touchés par son désir de mourir pour son ami – toujours est-il qu'ils ne les avaient pas abattus, ni lui ni Osman. À la place, ils avaient rigolé devant leur étreinte pathétique au milieu du sang et de la boue du massacre. Le Russe, qui avait pressé son fusil contre la nuque d'Osman, avait frappé Pinto au cou avec la crosse de son fusil et cassé le poignet d'Osman qui avait levé sa main gauche pour le défendre. Mais ils avaient survécu, le ver à bois et la rose.

Avant, Pinto avait cru, comme tous les soldats partant au front, soit qu'il mourrait, soit qu'il rentrerait chez lui une fois la guerre terminée. Que, pour eux, les choses tourneraient dans un sens ou dans l'autre, la vie ou la mort, chez soi ou pas. Mais pas un seul soldat, et surtout pas Pinto, n'aurait pu s'imaginer pourrir dans une prison russe glaciale du Turkestan. Pas un seul d'entre eux n'avait même entendu parler de Tachkent avant d'arriver au camp de rassemblement de Kiev où les Russes triaient les prisonniers de guerre, les dépouillaient de tous leurs biens et les maintenaient en vie, faute de choix. Ce serait la Sibérie, leur annonça-t-on tandis qu'un détachement de Cosaques, de cruels ivrognes, les poussait manu militari dans des wagons – des teplushki, pour reprendre le terme consacré – équipés de couchettes aux allures de cercueils et d'un poêle censé les empêcher de mourir de froid. Ils passèrent de longues semaines à traverser la steppe, redoutant l'interminable hiver de la Sibérie, dont les tentacules de glace grimpaient déjà après leurs membres rugueux. Durant des jours et des jours, ils ne virent défiler que des bandeaux d'un ciel de cendres au-dessus de leurs têtes. De temps à autre, le train s'arrêtait pour qu'on puisse enlever les morts et fournir des seaux d'eau fétide aux malheureux ayant la malchance d'être encore en vie. Une fois ou deux, il y eut du pain et des choux pourris à acheter, mais personne n'avait d'argent, si bien que plus ils se rapprochaient de Tachkent – toujours persuadés d'aller au-devant d'une mort certaine dans le froid sibérien –, plus ils étaient faibles et apathiques.

Osman ne quitta pas Pinto de tout le voyage, il tua le temps déformé en racontant d'une voix ténue des histoires aux soldats à bout de forces. Quelque part dans la steppe qui n'en finissait pas, bien des jours après que quiconque eut mangé la moindre bouchée de quoi que ce soit, il leur parla de Nasreddin Hodja qui avait appris à son âne à se passer de nourriture en réduisant chaque jour ses repas de moitié – et juste comme l'âne finissait par apprendre à vivre de rien, il était mort. En dépit de leurs infirmités, et de leur désespoir, les Bosniaques se marrèrent. Les autres soldats voulurent savoir ce que disait cette histoire marrante, mais Osman et les autres Bosniaques n'avaient ni la langue ni la force de la traduire correctement, si bien que Pinto la répéta en allemand et ce ne fut absolument pas drôle.

Au bout d'un certain temps, les histoires d'Osman se tarirent ; il ne faisait plus que dormir, et Pinto comprit qu'il était malade. Bientôt, des taches rouges lui recouvrirent le visage et le corps, il se mit à dépérir, à avoir de la fièvre, perdit la raison. Que de villes nous avons détruites ! hurlait-il subitement. Que de pays ! Notre rigueur s'est abattue sur eux durant le sommeil de la nuit ou le repos de la journée ! Il braillait et se balançait à la manière d'un Hassid tout en se vidant au-dessus d'un seau plein de déjections dans un coin du teplushka. Ce n'est pas bien, ça ! Pas bien ! Nous avons été injustes ! Ne me laissez pas mourir dans l'injustice ! Il pleurait quelqu'un qu'il appelait sa jeune épouse – son unique joie, il buvait son lait, elle l'attendait fidèlement à Sarajevo, elle possédait un mouchoir brodé qu'il lui avait donné. Il fredonnait d'une voix rauque une chanson dans laquelle il la suppliait d'aller se recueillir sur son mezar après sa mort, et elle lui demandait comment elle pourrait bien reconnaître sa tombe. Qui peut jamais savoir à quoi ressemblera sa tombe ? Une lueur délirante dans l'œil, il saisissait le visage de Pinto de sa main droite intacte et racontait à la jeune épouse que les Russes lui avaient collé une balle dans la nuque, que Pinto avait eu raison des Russes, qu'il les avait chargés et dispersés comme des fétus de paille, puis qu'il avait ressuscité Osman d'entre les morts et avait guéri ses blessures. Parce que c'était un melek – et il appuyait la main de Pinto sur l'impact supposé de la balle, et Pinto lui caressait la nuque jusqu'à ce qu'il se calme. Mais ce répit ne durait pas ; il recommençait vite à délirer sur le mouchoir, le creux dans le cou de son épousée, le bouton de nacre protégeant sa poitrine. Les doigts serrés sur une pincée de rien, il insistait pour que Pinto examine soigneusement ce fameux bouton, qu'il le regarde, qu'il admire sa beauté nacrée. Oui, il était beau, répondait Pinto, il n'avait jamais rien vu d'aussi beau que ce bouton de nacre. Finalement, laminé par le délire, Osman s'appuyait tant bien que mal contre l'épaule de Pinto qu'il brûlait de sa joue enfiévrée et marmonnait, Il a créé l'Homme d'un caillot de sang. Quand le train s'arrêtait à nouveau, Pinto, conscient que les Russes leur avaient peut-être fourni de l'eau contaminée depuis le début, n'en prenait qu'un filet, puis versait le reste dans la gorge d'Osman, comme si cela pouvait éliminer la maladie d'un coup. Les boucles d'Osman collaient à ses tempes, sa moustache ressemblait à un pinceau mouillé. La peur est forte, mais la fièvre typhoïde la rend plus forte encore : convaincus qu'Osman allait mourir, et que Pinto ne tarderait pas à le suivre, les soldats se tenaient à distance de la couchette que tous deux partageaient, ne leur parlaient pas du tout, préférant oublier qu'ils avaient été vivants jusqu'au moment où, persuadés que leur fin était proche, ils commencèrent à se rapprocher de leurs maigres possessions : leurs bottes, leurs boutons, la mitaine recouvrant la main blessée d'Osman. Pinto, qui se forçait à rester éveillé, dut chasser à coups de pied un Polonais qui s'intéressait à la mitaine d'Osman. Nous avons été injustes ! hurla soudain Osman dans l'air typhoïdique, puis il se redressa et se cogna le front contre la couchette, tandis que Pinto l'obligeait à se rallonger et que tous les autres prisonniers se tortillaient pour s'écarter un peu plus d'eux.

Quand ils finirent par se rendre compte qu'ils ne roulaient pas vers la Sibérie, il y avait bien plus de place dans le teplushka, du fait que de nombreux cadavres émaciés avaient été balancés en cours de route dans de profonds et banals fossés. La tête d'Osman était maintenant couverte d'égratignures, de bleus et de cicatrices reflétant la carte détaillée de ses cauchemars fébriles ; mais son poignet guérissait tant bien que mal. Pinto gardait la main sur le front d'Osman dans le vain espoir qu'elle ferait peut-être baisser la fièvre et chantait ce que Manuči chantait autrefois au petit Rafo malade : Anderleto, mi Anderleto, mi kerido i namorado. Quand le train entra en gare de ce qui se révélerait être Tachkent, Osman ouvrit les yeux pour regarder son homme au-dessus de lui et esquissa un fragile sourire. Aj, mi kerido i namorado. Ce que mes lèvres savent, elles le diront dans la pureté. Toujours bel homme, un hinozu, le Osman ; ce sourire pouvait briser bien des cœurs, abattre des empires, couler un millier de navires. Ce visage, beau comme la lune, où s'en est-il allé ? Du paradis, la vila cria :

— Jamais personne n'aura autant de plaisir, mon Osman, que toi et moi en avons eu.

Manuči avait coutume de noyer les souris, et Rafo, planté devant le seau, pleurait de voir le petit mammifère griffer les parois. Il suppliait Manuči de le laisser partir, lui proposait de descendre de Bilave avec le seau et d'aller jusqu'à Mejtaš pour le relâcher loin de chez eux. Mais Manuči ne voulait rien savoir, et la souris bataillait désespérément et inlassablement pour escalader la paroi du seau, puis finissait par se noyer. Son corps s'était depuis longtemps mué en bouillie sur le tas d'ordures que Pinto entendait encore la pauvre bête griffer le seau, même lorsqu'il jouait au klis dans la rue, même au beau milieu de la nuit, même au temple le jour de Šabat. Il savait qu'il était possible que la souris ne meure jamais, ou bien qu'elle ne s'échappe jamais du seau, qu'elle griffe sans relâche, de même qu'il était possible que le Seigneur défasse un monde où une telle chose pouvait avoir lieu et en crée un meilleur, où une souris aurait au moins la possibilité de s'échapper du seau de Manuči et de vivre. Tout ce qui vit veut continuer à vivre, mais ce que cela veut vraiment dire, c'est que tout ce qui vit repousse toujours la mort jusqu'à l'heure de la mort. Un sage passa sa vie à chercher un moyen de vivre sans mourir et, au moment précis où il le trouva, il mourut.

Osman et Pinto survécurent au teplushka, mais se retrouvèrent à mourir à petit feu à Tachkent, lieu qui n'eut pas de véritable réalité sur Terre tant qu'ils ne furent pas descendus du train et n'eurent pas vu l'établissement pénitentiaire en terre crue et ocre, les minarets derrière et le ciel au-dessus, juste avant qu'on ne les pousse dans l'obscurité de la prison où le vent glacial traquait la moindre fissure du mur, où, pour se protéger du froid, rats et poux se réfugiaient sous les nattes de paille des prisonniers.

Osman avait survécu de justesse et miraculeusement ; réduit à l'état de sac d'os, il dormit des jours durant, ne se réveillant qu'aux moments où Pinto l'obligeait à manger et à boire de l'eau ; son poignet avait guéri, mais sa main était maintenant recourbée vers l'intérieur, comme un crochet. Attentif à ses grognements et à ses soupirs, à sa survie, Pinto le tint au chaud tout l'hiver en se blottissant contre lui. La nuit, le vent ne parvenait pas à étouffer le raffut des soldats qui se tournaient et se retournaient comme sur un gril, toussaient et gémissaient, mais tout ce que Pinto entendait, c'était le souffle régulier d'Osman, dont le torse se soulevait et s'abaissait. Parfois, Osman se mettait brusquement à frissonner, et Pinto le prenait dans ses bras et le serrait très fort, comme pour lutter contre un šejtan, puis attendait, tendu tel un ressort, la forme de mort qui risquait de visiter Osman, car il ne la laissait jamais s'installer. Quand notre amour est fort, on peut s'allonger sur le tranchant d'un sabre, sur une natte de paille infestée de vermine et éviter la mort jusqu'à ce que la guerre soit finie et que quelque chose d'autre, quelque chose de meilleur, la remplace.

Pinto faillit tuer Hasan quand il le surprit en train d'arracher les bandes de tissu qui servaient de chaussettes à Osman. Il lui enfonça le doigt dans l'œil, alors que Hasan lui martelait la tête, et les autres durent les séparer. Les bouts de tissu provenaient d'une chemise de Pinto qu'il avait déchirée pour en envelopper les pieds d'Osman. Pinto les défaisait de temps à autre : plaies, pustules, ongles tombés, et d'autres aux reflets de nacre prêts à tomber aussi. Pinto frictionnait et caressait les orteils et la plante des pieds d'Osman, sur lesquels des lambeaux de peau malade pelaient, et il se sentait submergé d'amour pour cet homme, quasi absent et si faible qu'il ne pouvait garder les yeux ouverts. Vers ce lieu cher à mon cœur, ces pieds me conduiront, vers ce lieu en lui, vers son âme.

Le printemps venu, Pinto, désormais habitué au vent, se réveillait quand d'aventure le bruissement des roseaux se taisait. C'est pour ça qu'il entendit, en tournant sa bonne oreille vers la source du bruit, la porte s'ouvrir à la volée et une nuée d'hommes armés de fusils faire irruption, hurlant en russe, collant des coups de botte, de crosse aux soldats. Osman demeura silencieux et inerte, comme s'il était possible de feindre de ne pas être là. Ils entendirent des os craquer, des chairs se fendre, des cris de douleur. Le commando attrapa quelques soldats, qui s'agrippèrent à d'autres, à la porte, aux montants en hurlant pendant qu'on les emmenait de force. La porte se referma en claquant et peu après des salves de coups de feu déchirèrent le vent, suivies par les *pocs* des pistolets. Puis par le crissement du sol quand on enleva les cadavres, par le son mat des corps jetés sur la carriole qui les conduirait vers leur au-delà dans quelque fossé du Turkestan. Les cieux sont les cieux de l'Éternel, mais la Terre, Il l'a donnée aux fils de l'homme pour tuer comme et quand ils le souhaitent, et autant qu'ils le souhaitent. Personne n'osait bouger ni faire le moindre bruit ; tous se bornèrent à écouter la mort et le silence dehors, le sombre bourdonnement de la gran eskuridad.

Les rumeurs d'une révolution en Russie leur étaient parvenues, du tsar chassé de son palais, de villes en flammes. Les soldats s'étaient préparés à ce qu'elle atteigne Tachkent tôt ou tard, car jusqu'à présent aucun malheur n'avait manqué de leur tomber dessus. Personne n'imaginait vraiment ce à quoi cette révolution ressemblerait de fait, ce qu'elle deviendrait après qu'elle aurait balayé la steppe, comment elle tracerait sa voie maudite vers cette prison. Osman rassura les soldats en leur racontant l'histoire de Merima et de Husref le moins-que-rien. Remerciez Allah le clément, car nous ne sommes que des rien-du-tout et des moins-que-rien, leur dit-il, mais les malheureux avaient du mal à croire à la vertu salvatrice de leur insignifiance. Et, après le raid et les exécutions, ils avaient compris que la révolution les tuerait. Tous les rien-du-tout et tous les moins-que-rien fixaient désormais la porte nuit après nuit.

Pinto plaçait sa bonne oreille de manière à entendre les sons qui filtraient à travers le vent, comme si sa seule vigilance pouvait empêcher l'intrusion du mal. Il finirait par entendre les bottes des révolutionnaires fouler la cour juste avant que la porte ne s'ouvre à la volée une fois encore. Ces derniers étaient chargés de lanternes, et l'obscurité se peupla soudain d'une profusion d'ombres agitées et vociférantes. Ce coup-ci, un révolutionnaire se rua sur Osman, lui arracha sa couverture, l'attrapa par la peau du cou et le souleva comme un chiot à noyer. Pinto flanqua un coup de poing au soldat qui lui flanqua un coup de pied dans le ventre, sans fureur ni colère, dans le respect d'un simple protocole. Pinto tomba à terre pour gémir de douleur ; le soldat traîna Osman dehors ; la porte se referma. Pinto voulut se lancer à la poursuite d'Osman, de l'horreur à laquelle ils allaient le soumettre, mais il ne parvint pas à reprendre son souffle et son corps refusa de lui obéir, de sorte que lorsqu'il finit par atteindre la porte et cogner dessus faiblement, il n'y avait plus personne de l'autre côté, et Osman avait disparu. Il n'y eut jamais de coups de feu, mais jamais les soldats pris ne revinrent non plus. Osman avait disparu.

Pendant les jours qui suivirent, peu de soldats réussirent à dormir, un grand nombre d'entre eux se remirent à prier, continuellement pour certains. Pinto flottait dans un état de confusion où tout était réel et ne l'était pas, où il aurait pu être encore chez lui à Sarajevo et n'y était pas, où c'était la guerre et la mort et ça ne l'était pas, où il était vivant et ne l'était pas. Néanmoins, dans aucune itération de son cauchemar, il n'oublia qu'Osman avait disparu, que son espace était vide. Une nuit qu'il émergeait de son tourment, il regarda autour de lui et vit Kerim, complètement édenté par le scorbut, qui tremblait sous le vent et la peur, le regard rivé sur la porte, dont il lisait le bois miteux avec ses nœuds et ses fentes à la manière d'un livre saint. Pinto se leva et alla s'asseoir à côté de lui, ce que Kerim ne remarqua même pas, continuant à grelotter, alors que Pinto les avait recouverts de sa couverture trop petite. Durant le reste de cette nuit-là, et durant bien des nuits après cela, Kerim et Pinto écouteraient les bottes qui faisaient voler la terre de la cour, puis descendaient lourdement les marches, même quand elles ne le faisaient pas. Si les bottes se rapprochaient trop de la porte, Kerim réveillait tout le monde, comme s'ils pouvaient avoir le temps, la capacité ou le désir de s'enfuir, tandis que Pinto lui pressait l'épaule en un geste de solidarité futile. Il fait sortir le vivant du mort, il fait sortir le mort du vivant, ne cessait de répéter Kerim, qui mangeait ses mots à la manière d'un bambin. Le vivant du mort et le mort du vivant. Au début, les soldats chancelaient et bougonnaient sous le coup d'une panique somnolente, mais lorsqu'il s'avérait que les pas n'appartenaient à personne, ils se rasseyaient, désorientés et terrifiés. Kerim portait son regard vers Pinto, comme pour confirmer que, à l'heure où la mort viendrait, il faudrait qu'elle les prenne tous les deux, puis il sanglotait sans larmes. Pinto pressait son épaule émaciée pour lui confirmer que lui aussi était prêt à partir.

Et voilà désormais Pinto toujours vivant, et seul. Kerim avait disparu. Osman avait disparu. Vers quel là-bas s'en étaient-ils allés ? Tout le bleu était parti aussi, le ciel était vide, le vent encore plus froid. Il crut avoir vu un flocon de neige, mais ça aurait pu être de la cendre ou une âme en fuite ou rien. Quand se lève le vent envoyé par l'Éternel, il cherche à détruire le monde. Pinto se gratta les cheveux, la barbe, écrasa distraitement quelques poux. Mais l'Éternel freine le vent avec des montagnes et l'arrête avec des collines. Il lui ordonne, Veille à ne pas blesser Mes créatures, et le vent obéit. Souvent, non.

À un moment donné, Pinto avait envisagé la possibilité de retourner à Sarajevo avec Osman – quel pouvait être leur chemin de retour à partir de Tachkent ? Il n'en avait pas la moindre idée. Il avait imaginé Manuči rencontrant Osman pour la première fois. S'était vu, avec Osman, remonter les rues de Bilave, Osman qu'il impressionnerait en lui contant les histoires d'il hanizitju et de ses vieux Juifs, en égrenant les noms de tous ces enfants ensauvagés, de la même engeance que ceux qui caillassaient Alija Đerzelez, ces enfants qu'il renverrait chez eux prévenir leurs parents que Rafo Pinto était revenu de la guerre. Celui-là, à la bouille crasseuse, c'est Alfi qui n'oublie jamais rien, dirait Pinto à Osman. Le petit imbécile connaît les noms et les anniversaires de tous les gens du quartier, il connaît son Atora par cœur. Et voici le vieux Papučo, dont la fille s'est sauvée avec un Autrichien et a fini dans un bordel de Graz après que l'autre l'eut abandonnée, ce que tout le monde avait su dès le début. As-tu entendu parler de la fois où Sinjor Papo était allé à Stolac déposer une pierre sur la tombe de Rabin Danon, mais n'était jamais arrivé, parce qu'il était resté piégé dans un kahvana de Mostar, où il avait dépensé tout son argent pour qu'une belle emina passe la nuit à lui chanter à l'oreille ? Et il expliquerait à Osman qui avait été Rabin Danon ; sentant que son heure était venue, ce dernier était parti à pied pour s'en aller mourir en Palestine, mais il n'avait jamais dépassé Stolac ; et il lui dirait aussi que les Sefaradim de Sarajevo aimaient raconter qu'un Juif était toujours sur le chemin du retour à Jérusalem, mais qu'il n'y arrivait jamais.

Manuči apprécierait Osman, elle adorerait son sourire, ses histoires. Kel hanizu ! s'écrierait-elle. Quel bel homme ! Elle lui servirait un café avec un rahat loukoum à la rose, et écouterait ses histoires, heureuse que Rafo se soit trouvé un si bon ami, même si c'était un musulman. Manuči aurait les mains plaquées contre sa poitrine pendant qu'Osman lui raconterait comment tous deux avaient traversé les massacres de Galicie, puis survécu à la prison de Tachkent, et comment il leur avait fallu des années pour regagner Sarajevo. Elle pleurerait quand il lui décrirait comment le sol en terre battue gelait pendant les nuits de grand froid et comment ils s'étaient tenu chaud et gardés en vie. Elle verrait combien ils s'aimaient, Rafo et Osman, mais elle ne reconnaîtrait jamais la toeva, ne pourrait jamais imaginer la miškav zahar, ne croirait jamais qu'ils étaient amants. J'ai envie de révéler mes secrets, les secrets de mon âme. Sekretos kero deskuvrir, sekretos de mi alma. Cet homme est mon kismet, Manuči, je l'aime plus que moi-même. Et à présent il a disparu. Où est-il parti sans moi ?

Il fallait qu'il écrive à Manuči. Il allait lui écrire dès qu'il ferait un peu plus chaud et qu'il se procurerait du papier et un crayon. Dès qu'il serait suffisamment fort pour s'asseoir. Chère Manuči, je suis en aussi bonne santé que toi tu l'es, je l'espère. Mon compagnon a disparu, avant que tu puisses faire sa connaissance. Il ne reste plus rien ici, sinon le vent incessant, une bande de ciel et des piles de cadavres qui enflent comme des boules de coton. Meine Mutter hat viele gülden Gewänder.

À Vienne, avant la guerre, il y a une éternité, Pinto allait écouter des lectures de poésie dans des cafés et des gasthauses marginaux où des étudiants charmants mais négligés vociféraient contre d'obscurs vieux poètes et les dégâts inadmissibles que ces charlatans avaient infligés à l'esprit de la langue allemande. Peut-être que cette Vienne, comme Sodome, comme son âme, était aujourd'hui oblitérée, de même que tous ces poètes aux joues rouges avec leurs boucles, leurs longs cils et leurs corps pétris de désir. La plupart d'entre eux, à l'exception peut-être des tuberculeux, avaient fini dans les tranchées où toute poésie finissait inévitablement. Où sont-ils aujourd'hui ?

Ma mère possède de nombreuses robes dorées, elles sont taillées dans les habits du Seigneur. Elle devait passer ses jours solitaires comme si son Rafo était toujours en vie quelque part, à prier et à se figurer ces lieux inimaginables où le Seigneur manifestait peut-être bienveillance et bonté à son enfant. Le monde entier est aujourd'hui la gran eskuridad, ou le deviendra bientôt. Elle n'imaginait pas combien son fils avait envie de mourir, combien il était prêt à passer à l'étape d'après pour enfin atteindre le néant. Au milieu des morts, je suis libre. Madre mija, si mi muero, hazanim no kero jo, so non doze mansevikos. C'était sans doute qu'il ne restait plus d'hommes dans Bilave, sinon les Juifs les plus vieux, Sinjor Papučo ou Sinjor Samuel, tous deux toujours plus voûtés à force d'avoir le nez collé sur l'Atora, désormais incapables d'ouvrir la marche devant un cercueil, impatients de se présenter devant le Seigneur qu'ils avaient si bien vénéré, de prier pour ceux qui continuaient de moisir dans leurs vies sur Terre. El ki seja dovadži. Et si Manuči était déjà morte, et si elle priait pour lui à Ses pieds, et si c'était elle qui maintenait Rafo en vie en dépit de ses souhaits ? Il n'avait aucune nouvelle d'elle ni de personne à Sarajevo. Il était trop tard pour lui écrire, quand bien même il le pourrait. Il était déjà mort, attendait juste que la porte s'ouvre pour s'engager au cœur de la gran eskuridad. Osman s'y trouvait déjà, puisqu'il n'était pas ici. Pleure les endeuillés, pas l'âme qui a déjà retrouvé son Créateur.

Et si Sarajevo était détruite elle aussi et qu'il ne reste plus ni rien ni personne ? Et si une armée de fanatiques avait réduit la ville en cendres, qu'il n'en reste pas pierre sur pierre ? Il n'y a aucune raison de croire que le monde, a fortiori une ville, soit une entreprise durable. Les mondes meurent, pourquoi les villes ne mourraient-elles pas elles aussi ? Il se pourrait bien qu'il n'y ait rien en dehors de ce que je peux voir dans le moment présent, lequel s'encadre maintenant dans ma fenêtre ; il se pourrait bien que le Seigneur élimine sans relâche tout ce qui se situe en dehors de ce que je peux voir, qu'Il efface les traces de mon être passé et m'emprisonne dans ce présent qui n'en finit pas. S'Il ne cesse de créer des mondes et de les détruire, de créer des mondes et de les détruire, alors le nôtre pourrait aussi se voir écrabouillé à tout moment, comme un œuf pourri. Les mondes qui ont précédé le nôtre et ont été détruits ressemblaient aux étincelles qui voltigent et s'éteignent lorsque le forgeron abat son marteau sur le fer. Peut-être ne reste-t-il plus de l'humanité que ce troupeau de soldats vaincus et à moitié morts – plus de Juifs, plus d'Autrichiens, juste quelques gardes russes, Dumitru et Milan, le fantôme de ce fou de Kerim, et moi, pas Osman en revanche, et on est tous en train de périr, sans être tout à fait morts malgré tout. Dieu n'a ni commencement ni fin, mais pour créer Il lui faut ouvrir un espace qui n'est pas Lui-même, de sorte qu'Il s'enfonce plus profondément en lui et ouvre un vide, la gran eskuridad, dans laquelle nous sommes déversés, vivants, pour y mourir.

Et regardez-nous maintenant. Il nous a abandonnés ici pour nourrir les poux, pour que les Russes nous écrasent et nous tuent, pour que les fièvres nous dévorent, pour que j'appelle à grands cris la mort qui me réunira à l'homme que j'aime. Manuči aurait adoré Osman. Tout ce qu'il faudrait à un monde pour justifier son existence, c'est la présence d'Osman, son corps, son sourire, ses histoires. Il répandait sa lumière parmi nous, telle une bougie. J'ai vu des crânes exploser comme une grenade mûre ; j'ai vu des soldats se vider à mort au-dessus de seaux de merde et se marrer tout du long comme si c'était une bonne blague que les autres ne comprenaient pas ; j'ai vu des gens qu'on tirait par les pieds pour les jeter dans la gran eskuridad. Rien ne justifie ni n'explique que je reste en vie, à part Osman, mon kulu alegri. La vie éternelle équivaut à vivre dans un présent infini. Mais Osman a disparu.

Alija, le Bosniaque chauve qui n'aime pas couper les arbres sauf pour protéger les enfants du soleil, qui était-il vraiment ? Comment était-il mort ? Après la mort de la hanuma, l'avait-il pleurée jusqu'à sa propre disparition ? Ou bien avait-il chargé une armée afin de se faire tuer et mettre ainsi un terme à sa longue souffrance, sinon que son maudit pouvoir l'empêchait de mourir ? Était-il monté dans le clair de lune et les nuages sombres pour retrouver la vila ? Si tu peux imaginer la mort, tu devrais pouvoir mourir. Si tu peux imaginer une vie, cette vie-là devrait pouvoir être vécue, et si elle peut être vécue, elle pourrait aussi ne pas l'être, elle pourrait être perdue. Pourquoi le Seigneur se démènerait-Il pour créer s'Il n'avait pas la ferme intention de détruire tôt ou tard ce qu'Il a créé ? Pourquoi ne peut-Il me laisser aller ? Le Seigneur m'a envoyé Osman pour mieux me le reprendre. Moi aussi, je devrais m'en aller. Laisse-moi partir. Jardin et jardinier partagent le même sort.

Pinto sursauta quand la porte s'ouvrit à la volée. Tremblants comme des poulets qui vont être égorgés, les yeux rivés sur le chambranle baigné de lumière, tous les soldats poussèrent un même cri et se plaquèrent contre le mur le plus éloigné. Le vent se rua à l'intérieur, et ils auraient été transis, s'ils n'avaient pas été si terrifiés. Ils se cachaient les uns derrière les autres, poussaient les faibles en avant afin qu'ils soient pris s'il fallait que quelqu'un le soit. Ils criaient, se répandaient en imprécations, appelaient leur mère, essayaient de se placer le plus loin possible du passage par lequel ils allaient être aspirés vers la mort. Pinto ne fit rien. Ça y était alors, l'heure était venue : lorsque les Russes entreraient, il se soumettrait à la torture et à la fusillade. Il se redressa sur son séant pour accueillir le garde béni qui précipiterait son cadavre dans la gran eskuridad.

Mais personne n'entra, rien ne se passa. Il fallut aux soldats un moment pour oser s'asseoir, tout en restant loin de la porte, convaincus qu'au-delà de cette limite la fin les attendait. Aucune paire de bottes ne descendit les marches ; aucun garde ne vint embarquer un quelconque malheureux ; personne ne leur apporta la soupe de vomi ni le pain dur comme du bois. Les soldats effrayés ne tenaient pas en place et se tournaient vers la porte, tels des tournesols. Pinto observait leurs hésitations, leurs peurs et leur pathétique désir d'être libre et vivant, et il les plaignait. Le ciel paraissait différent à présent : on le voyait davantage, mais il était également plus loin et plus indifférent. Los sjelos ker pur murir.

« Sors de là, lui dit Osman, je veux te voir. Je veux t'embrasser. »

La voix était joyeuse, on aurait dit qu'elle blaguait, elle sonnait exactement comme lors de leur première nuit dans le baraquement.

« Aussi longtemps que je vivrai, ajouta Osman, tu n'auras plus jamais froid. »

Pinto jeta un coup d'œil alentour pour voir si, Dieu sait comment, Osman avait réintégré la prison – en fait, c'est son corps qui se tourna, car lui savait très bien qu'Osman ne serait pas là, de même qu'il savait très bien que si Osman lui parlait, c'est qu'il était vivant, ailleurs, dehors. Il n'était pas désemparé par la présence de la voix d'Osman et l'absence d'Osman ; tout ce qu'il sentait, c'était une bouffée de faiblesse, comme si son corps se vidait de son sang, de la mort ; ses genoux fléchirent, son cou s'étrécit, au point qu'il eut du mal à garder la tête droite. Quant à la porte, elle le regardait bouche bée et, derrière, l'obscurité baignée de lumière palpitait de possibilités.

« Sors de là, répéta Osman. Il n'y a qu'un seul garde, et il est en train de boucler son sac pour ficher le camp. »

Étant donné qu'ils étaient toujours restés ensemble, il n'avait plus entendu la voix d'Osman dans sa tête depuis la Galicie. Et maintenant il était là de nouveau, ce timbre chaud et velouté, ce souffle qui lui taquinait l'oreille et se muait si facilement en un baiser. Dans l'attente que quelque chose se dévoile, les soldats s'agitaient, tapaient du pied.

« C'est très agréable dehors, insista Osman. Il y a à manger. Il y a des gens bien. Tu n'auras plus jamais froid. »

Personne ne bougea, parce que personne d'autre ne pouvait l'entendre et Pinto vit alors ce qu'Osman devait voir et entendre en même temps : des minarets et les appels du muezzin ; des maisons en terre crue mêlée de paille, des tourbillons de poussière balayant d'étroites ruelles ; des coquelicots recouvrant les toits plats comme un tapis pourpre, et il y avait des peupliers aussi, des robiniers et des amandiers en fleurs, des hirondelles et des tourterelles, des chiens efflanqués, aboyeurs, et au-delà, se détachant sur le ciel, les hautes montagnes aux sommets enneigés, pointus, qu'embrasait le soleil couchant.

« Je suis ici, Rafo, dit Osman. Sors de là. Il fait beau dehors. Je t'attends. Je suis impatient de te serrer dans mes bras. »

Pinto émergea dans le jour aveuglant et continua à avancer en chancelant jusqu'au moment où il tomba à genoux en cillant. Lorsque tu entres dans une ville, suis ses coutumes. Quelqu'un l'aida à se remettre debout, mais ce n'était pas Osman, parce que cet homme avait une odeur différente – il sentait la sueur, le vinaigre et le safran –, et ils cheminèrent ensemble à travers des rideaux de chaleur et de coruscations. Les difficultés troublent ta vue, mais la liberté t'aveugle. L'inconnu qui l'aidait à marcher n'arrêtait pas de parler allégrement dans une langue inconnue, qu'il paraissait inventer au fur et à mesure.

Pinto ne voyait rien hormis la lumière, mais elle avait différentes teintes et nuances. Le mal dans ce monde, c'est ce qui nous reste des mondes détruits. Il s'était jeté devant Osman pour le soustraire au canon de l'arme du Russe. Il aperçut un mouvement luminescent au coin de son œil foudroyé et eut l'impression que c'étaient des derviches tourneurs qui chantaient et psalmodiaient mais, en approchant, il lui fallut admettre que ce n'étaient que les silhouettes familières de soldats affamés et serrés les uns contre les autres. Il s'était couché sur Osman au moment où le Russe abattait la crosse de son fusil sur sa main. Puis la lumière changea, s'atténua et Pinto se retrouva dans une rue envahie de corps qui le dépassaient et le contournaient, telle l'eau d'un ruisseau autour d'un rocher. En prison, ils avaient tous mariné dans le manque d'espace, sans bouger parce qu'il n'y avait nulle part où aller, et à présent des corps chauds et tournoyants se frottaient au sien, le tamponnaient. L'inconnu riait de quelque chose avec quelqu'un, et tous deux discutaient sans s'occuper de Pinto. Il y avait des hommes parés de magnifiques tenues et de turbans pareils à ceux des sultans de contes de fées. Il y avait une rangée de têtes plantées sur des piquets, qui se révélèrent être des toques en astrakan. Il percuta une énorme bête ronchonnante et colère qui puait aussi fort qu'un cheval mort. L'inconnu le prit par la main, comme un enfant, et l'aida à éviter le chameau. Quelqu'un lui tendit une courge que Pinto accepta, mais dont il ne sut que faire tant que l'autre ne lui eut pas montré comment en tirer de la fumée. Pinto se prêta alors au jeu, et ce n'était pas du tabac, mais autre chose, qui lui fit monter le sang à la tête. Ce n'est pas parce que tu entends des voix qu'il faut croire que le ciel fourmille de dieux. Où était la voix d'Osman, elle était noyée dans le bruit terrible de ce monde sans entraves. Qui donc a révélé mes secrets à l'humanité ? En prison, la mort, assise dans un coin, fredonnait, gémissait, suppurait, et tu savais toujours où elle était. Tout le monde se plaçait de biais par rapport à elle, sans se détourner et sans la fixer. Ici, dans la rue, la vie passait à la hâte et provoquait douleur et bruit, il était difficile de dire d'où elle venait et où elle allait. Il y avait des femmes voilées et il y avait des enfants nu-pieds qui sautillaient comme des écureuils. Récite, car ton Seigneur est le Très-Généreux. Il a créé l'Homme d'un caillot de sang. Ils tournèrent dans une étroite ruelle, puis s'enfoncèrent dans un passage tellement exigu qu'ils durent se mettre de côté, de sorte que Pinto vit le profil de l'inconnu, son nez et ses lèvres à contre-jour et eut envie d'embrasser ces lèvres alors même que ce n'étaient pas celles d'Osman. Où était Osman ? Vers quel là-bas s'en était-il allé ? Nullement dérangé par l'incompréhension de Pinto, l'inconnu continuait à parler. Y a-t-il sur Terre une langue que personne ne comprend ? Une langue parlée par un seul homme ou peut-être même par personne ? Tous ces borborygmes, grognements, gloussements, bougonnements et claquements de lèvres que faisait l'edepsiz inconnu ! Pourquoi Pinto ne le comprenait-il pas ? Où mon bien-aimé s'en est-il allé ? L'inconnu se planta devant une porte, qui s'ouvrit sans qu'il eût frappé. Jo paso por la tu guerta, tu estavas en la puerta. Puis Pinto se retrouva au lit, incapable de lever la tête. Osman à son chevet, sa main tordue posée sur son front, bavardait avec un homme en costume viennois dans une langue que Pinto comprenait, mais ne pouvait identifier. Osman dit :

— Voici mon Rafo.

Et l'autre homme déclara :

— Je m'appelle Isak Abramovich. Heureux de vous accueillir à nouveau parmi nous, Rafo, dans ce monde qui vaut ce qu'il vaut.

Tachkent, 1919

Osman caressa la joue de Pinto du bout des doigts, comme pour s'assurer que sa blessure avait bien cicatrisé. Pinto avait une barbe éparse et irrégulière – il y avait un trou sur sa joue droite, où Osman aimait planter un baiser. La caresse d'Osman chatouilla Pinto, mais il ne dit rien.

— Tu es très beau, murmura Osman.

— Toi aussi. De plus en plus. Un jour, tu seras tellement beau que j'en perdrai la tête.

— Allez, on a déjà passé ce stade, rétorqua Osman en l'embrassant à nouveau.

— Quand j'étais enfant, je voulais être un arbre dans un jardin. Jardin et jardinier partagent le même sort, dit-on. Moi, je dis, jardin et arbre partagent le même sort. Ici, le jardin n'est pas si mal. Je pourrais être heureux dans un jardin comme ça.

Le jardin d'Isak Abramovich regorgeait d'arbustes épineux et de plantes en fleurs. Tout au bout, quelques grenadiers montaient la garde. Le long du mur, une armoise envahissante encerclait un rosier exubérant aux senteurs vibrantes. Osman et Pinto fumaient, assis sur de petits tabourets à côté d'un carré de pieds de tomates. Les fruits étaient petits et verts dans la journée, mais la nuit ils grossissaient et prenaient une couleur sombre, de sorte qu'ils ressemblaient à présent à des billes d'acier brillant ou à d'obscurs globes oculaires. De grosses têtes de tournesol, repliées sur elles-mêmes dans leur sommeil sans soleil, se dressaient au-dessus des tomates.

— Je trouve ça drôle qu'on se cache dans le jardin, comme des écoliers, remarqua Pinto. L'endroit idéal pour échanger un premier baiser.

— D'après le Coran, il y aura entre le paradis et l'enfer un haut mur de terre et de sable mélangés, répondit Osman. Au-dessus du mur se tiendront les âmes damnées, qui crieront aux gens dans le jardin : Que la paix soit avec vous !

— Je n'aurais pas spécialement envie d'écouter les âmes damnées, mais ce serait bien de vivre paisiblement avec toi. Peut-être ce jardin nous offrira-t-il la meilleure possibilité de nous approcher de ça.

Qui donc a érigé ce mur entre l'enfer et le paradis, et pourquoi ? s'abstint de demander Pinto, qui n'avait pas envie de gâcher ce moment en faisant le sofu. Qui que ce fût, Il avait fait du bon travail avec cette nuit et ces étoiles, qu'Osman était justement en train d'admirer en soufflant la fumée de sa cigarette du coin de la bouche, comme pour ne pas se gâcher la vue. Pour Osman, les choses étaient claires et simples : le ciel était beau ; la nourriture était bonne ; l'amour était bien ; caresser son bien-aimé, encore mieux ; un jour, la paix nous reviendra ; l'avenir sera forcément meilleur ou du moins aussi agréable que maintenant ; Dieu était bon, Il nous avait créés, nous, tout ce qui nous entourait et tout ce qu'il nous fallait, y compris le mur entre le paradis et l'enfer. Pinto posa un baiser sur la joue rasée d'Osman.

— Tout ce que j'ai jamais eu, tout ce que j'ai jamais été, le monde entier, je l'ai toujours caché et porté en moi, déclara Pinto. Quand tu es là et que je peux te toucher, tout ça s'exhale facilement, comme un souffle. Mais l'autre jour, je me suis réveillé au milieu de la nuit et tu n'étais pas à côté de moi et, l'espace d'un moment, j'ai cru t'avoir rêvé et j'ai eu envie de mourir. C'est seulement après que j'ai senti ton odeur sur l'oreiller et que j'ai su que tu étais réel.

— Je sais. Tu m'as dit tout ça à mon retour.

— J'ai failli en mourir. Ne me quitte jamais.

— Je serai toujours là.

— Où étais-tu ? demanda Pinto.

Osman fit plusieurs ronds de fumée avec sa cigarette, mais garda le silence.

— J'étais à deux doigts d'aller te chercher, poursuivit Pinto. Puis j'ai eu peur que tu rentres et trouves la maison vide. Et puis qu'est-ce que j'aurais fait ? Je n'aurais pas su où aller te chercher.

— Je suis revenu auprès de toi. Je reviens toujours. Ce que je fais n'a pas d'importance. Je fais ce que je dois faire. Pourquoi faut-il que tu te tortures ainsi ?

— Manuči disait toujours qu'entre le jardin d'Éden et la Géhenne, il n'y a guère plus que la largeur d'une main. Si on pouvait d'une façon ou d'une autre transformer ça en un vrai jardin et ne jamais le quitter, eh bien, ce serait la vie.

— La vie, c'est quand tu es vivant, où que tu sois, répondit Osman. Que demander de plus ? Chaque âme est certaine de goûter à la mort. Mais auparavant tout est vie, tout le temps. Quand la vie est là, la mort n'y est pas. Tout ce qui vit veut continuer à vivre. Quand vient la mort, c'est la fin de la vie. Point. Je suis ici, puis je n'y suis plus, mais je suis peut-être ailleurs, dans un monde meilleur.

Osman avait une façon bien à lui de hocher la tête lorsqu'il disait quelque chose qui lui paraissait important : il hochait la tête deux fois, puis se tournait vers la droite et haussait les sourcils. Là, deux panaches de fumée parallèles lui sortirent aussi des narines. Et il posa la main sur la nuque de Pinto, où elle s'attarda, chaude et palpitante de vie. Il pressa les lèvres contre les épais cheveux rêches de Pinto.

— Il fait noir là-dedans, marmonna Pinto en se tapotant la tempe. La gran eskuridad.

— Il ne fait pas noir là-dedans, répliqua Osman. Tu as une âme, c'est ta chandelle. Une chandelle ne s'épuise jamais. Si c'était le cas, un homme serait réduit à n'être qu'un paquet d'organes marinés dans le sang.

— Je ne suis pas d'accord. Je ne suis pas d'accord. Il fait noir là-dedans.

— Regarde les étoiles, alors.

— Je les regarde. N'empêche qu'il fait toujours noir à l'intérieur.

— Tu as recommencé à prendre de la morphine ?

— Non.

— Très bien, dit Osman. Je te crois.

— Comme il se doit.

Au-dessus d'eux, la Voie lactée avait une densité de sucre et deux ou trois étoiles filantes traversèrent les zones obscures au-delà. La lune était basse au-dessus des toits, indifférente au spectacle et aux gens qui le regardaient. Un coup de feu déchira le silence de la nuit et subitement tous les chiens de Tachkent se mirent à aboyer. Ils étaient pourtant loin, ailleurs, de l'autre côté des murs du jardin.

— Je ne veux aller nulle part, déclara Pinto. Je ne veux plus jamais aller nulle part. Je veux rester ici.

— Tu ne veux pas rentrer chez toi à Sarajevo ?

— Mon chez-moi, c'est toi.

— Non. Moi, je n'ai rien. Toi, tu as ta famille.

— Je ne sais pas ce qu'ils diraient.

— Sur quoi ?

— Sur nous.

— Ils ne diraient rien. On leur expliquerait qu'on est amis et ils ne poseraient pas davantage de questions.

— Tu ne les connais pas.

— Je te connais. Je connais les histoires que tu m'as racontées.

— On mentirait ?

— Eh bien, on est amis.

— Des amis ne baisent pas ensemble.

— Tu n'as pas eu beaucoup d'amis, pas vrai ?

— Tout ce que je veux, c'est m'endormir à côté de toi et me réveiller à côté de toi. Toutes les nuits, tous les jours. Sans m'inquiéter de ce que les gens diront. Ni des enfants qui me balanceront des pierres.

— On pourrait se trouver une petite maison, suggéra Osman. Quelque part dans les collines – à Alifakovac, ou même plus haut, à Hrid –, et y vivre en amis. On aurait un jardin clos, et deux chambres peut-être.

— Je veux dormir avec toi.

— D'accord. Nous dormirons ensemble.

— Tout le monde verra que nous nous aimons.

— Peut-être. Mais une catastrophe épouvantable a tout ravagé. Les choses ont changé. Peut-être qu'à Sarajevo les gens seront meilleurs qu'ils n'étaient. Peut-être sont-ils tous plus gentils à présent. Peut-être feront-ils semblant de ne rien voir.

— Ici, quand on se promène, personne ne nous regarde.

Ils partaient en promenade le soir, par d'étroites allées entre des murs et des maisons de terre cuite mélangée de paille, puis à l'ombre de hauts et fins peupliers bordant les boulevards, le long des canaux d'irrigation servant à arroser les arbres quand la rivière était suffisamment haute. Ils poussaient jusqu'au square Kauffmann, avec ses arbres ombreux, dont certains étaient coupés, et ses parterres de fleurs envahis de mauvaises herbes et retournés pour y prendre de la terre ou enterrer un cadavre. Après des années d'armée, de guerre et d'emprisonnement, le simple fait de marcher était jubilatoire. Parfois, la poussière réfractait le coucher du soleil, et Pinto et Osman traversaient comme en rêve le square noyé dans un brouillard doré. À l'occasion, un soldat, ou même un civil, saluait Osman, et Pinto ne parvenait pas à savoir si c'était à cause de son uniforme plutôt poussiéreux et usé ou à cause de l'autorité qu'il tenait de la Tchéka, autorité que Pinto ne percevait pas vraiment. Au centre du square se dressait la statue d'un général russe, qui affichait un air important et cruel, alors qu'il disparaissait sous une épaisse couche de poussière mêlée de fientes de tourterelles.

— Ce n'est pas vrai, dit Osman. Ils nous regardent tous pour voir si nous ne sommes pas des espions.

— N'empêche, ils se fichent bien qu'on couche ensemble, riposta Pinto.

— Tu n'en sais rien.

Un jour de mai, alors que tout était luxuriant et en fleurs, que les canaux d'irrigation étaient pleins, ils passèrent devant le palais blanc et poussèrent jusqu'à la rivière, où ils ôtèrent leurs vêtements et se trempèrent dans l'eau froide et boueuse. Ensuite, ils s'allongèrent nus sur la berge, leurs jambes entremêlées. Un couple de tourterelles perché sur une branche d'arbre au-dessus d'eux les observa en roucoulant, comme dans un poème. Ils entendirent des coups de feu pas très nombreux provenant de la ville, sans doute une exécution. Ils se caressèrent, mais le soleil était couché et le froid leur avait tellement rapetissé la pata qu'ils ne purent faire l'amour. Ce fut pourtant la plus belle soirée qu'ils avaient jamais partagée.

— On ne peut pas rester ici, dit Osman.

— Pourquoi pas ?

— On n'est pas d'ici.

— On est de nulle part.

— On est de Bosnie, de Sarajevo. Je veux rentrer chez moi.

— Tu es mon chez-moi. Je suis ton chez-toi. Je suis ton chez-toi ?

— Chez soi, c'est là où les gens remarquent notre absence.

— Qui va remarquer qu'on est absents ?

— Quelqu'un. Et puis je n'ai pas envie de mourir ici. Quand tu es mort, il n'y a plus de chez-toi nulle part.

— Je n'ai jamais été aussi heureux de ma vie. Au milieu d'une fichue révolution, au milieu de nulle part, je suis heureux comme une gamine. Je vis constamment dans la crainte que le ciel ne nous tombe sur la tête, que tout se termine, mais je suis tellement heureux qu'il m'arrive d'imaginer pouvoir continuer à être heureux longtemps.

— Rien ne dure éternellement.

— Que c'est dur de dire ça à ce moment précis.

L'autre nuit, Osman s'était endormi aussitôt après être rentré, et Pinto, incapable de fermer l'œil, l'avait contemplé jusqu'à ce que l'aube éclaire son visage. Où était-il allé et qu'avait-il fait ce jour-là ? Pinto n'en avait pas idée. Il l'imagina sur un cheval au galop, lancé à la poursuite de bandits, pris dans le feu de l'action ; bien malgré lui, il le voyait parfois se faire tirer dessus et dégringoler de sa monture, mais il repoussait vite cette pensée. Il savait qu'Osman était obligé d'arrêter des gens, de les interroger ; sans doute les battait-il, mais Pinto ne pouvait imaginer qu'il pût les torturer ou les exécuter – Osman était l'homme le plus gentil au monde. Malheureusement, il n'y avait pas moyen de savoir. Parfois, il rentrait à la maison, le regard vide, et allait se coucher sans rien dire.

Pinto écoutait le souffle d'Osman et à l'occasion un mot incompréhensible qu'il pêchait au hasard d'un rêve ou d'un cauchemar dans lequel Osman était englué. Pinto n'avait pas envie de quitter Osman, ni cette vieille couche, ni cette chambre, ni Tachkent avant la fin de sa vie. Il avait du mal à se rappeler comment il avait pu vivre sans Osman ; et plus de mal encore à voir comment il pourrait survivre sans lui. Osman, lui, s'occupait juste de rester en vie, à croire qu'il s'agissait d'une tâche quotidienne. Il s'était dirigé tout droit vers les bolcheviks et s'était annoncé : Me voici ! Il s'était porté volontaire pour intégrer la Tchéka, parce qu'il avait calculé que ça leur donnerait le temps de réfléchir au moyen de regagner Sarajevo. Pinto et Osman étaient parvenus à un accord tacite en vertu duquel il ne fallait pas, lorsqu'ils étaient ensemble, évoquer ce qu'il faisait pour la Tchéka et, de temps à autre, Pinto voyait le visage d'Osman et ses pensées s'assombrir un instant, comme si l'ombre d'un oiseau eut voilé ses traits.

Mais, dans ce jardin plongé dans l'obscurité, sous le ciel badigeonné de sucre, Osman paraissait éclairé de l'intérieur, tel un poêle dans lequel un feu crépitait.

— Je vais t'embrasser, dit Pinto en se penchant vers les lèvres d'Osman.

Il était en équilibre sur un pied de son tabouret.

La bouche d'Osman avait le goût du tabac et des sucreries qu'il avait prises avec son thé.

Isak Abramovich émergea de la lumière de la porte et s'enfonça dans l'obscurité du jardin en les faisant sursauter, de sorte que Pinto tomba du tabouret. Osman attrapa les revers de sa veste pour amortir sa chute et Pinto roula sur le sol, s'arrêtant juste avant de déséquilibrer Isak Abramovich, porteur d'un plateau chargé de trois verres et d'un pichet en bronze, à n'en pas douter rempli de vodka.

— Qu'est-ce que vous faites, tous les deux ?

— Oh, rien, répondit Pinto à terre. On parle.

— On ouvre juste la bouche et des mots nous sortent tout seuls, ajouta Osman. Et ils ne rentrent jamais au bercail.

— Quand on est jeune, tout est facile, déclara Isak Abramovich. Svetlana Teodorovna disait que, quand on est jeune, il n'y a pas de limite. Aussi loin qu'on porte le regard, tout est un champ, lequel est notre propre vie, mais on ne voit pas la limite de ce champ. On n'en voit pas la limite.

Pinto se releva devant Isak Abramovich, comme s'il l'avait suffisamment vénéré. Isak Abramovich s'assit sur un gros rocher qui servait généralement de table et posa son plateau par terre. Osman se chargea de remplir les verres de vodka et, quand Pinto redressa son tabouret et se rassit, ils se retrouvèrent face à face, leurs genoux se touchant presque. Mais Pinto n'arrivait pas à regarder Isak Abramovich dans les yeux, parce qu'il ne voulait pas savoir s'il les avait vus s'embrasser.

Depuis qu'il avait repris connaissance à l'hôpital, puis qu'Isak Abramovich l'avait accueilli à son retour dans le monde, Pinto lui parlait en bosnien, et le bon docteur lui répondait en russe. Depuis le début, ils choisissaient dans la langue de l'autre des mots qu'ils inséraient dans leurs phrases, ce qui leur permettait de les échanger et de les apprendre. Il arrivait que Pinto importe clandestinement du spanjol, tout comme Isak Abramovich introduisait des mots de yiddish en douce, et Osman des mots d'arabe qu'il avait appris à la mosquée. Avec le temps, ils avaient fignolé leur propre pidgin et se comprenaient les uns les autres, pas besoin de traduction.

— À Kichinev, quand j'étais plus jeune, dit Isak Abramovich en agitant le doigt pour signaler l'amorce d'une histoire, j'avais un ami. Un très bon ami, Benyamin. Benya. Je l'aimais énormément. Nous grandissions ensemble, Benya et moi. Nous allions nager ensemble. Nous lisions la Torah ensemble. Nous nous lisions toutes sortes de livres, romans, poésie et autres. Nous adorions Tolstoï, parce que ses personnages n'arrêtent pas de rougir. Benya avait le teint pâle d'un ange, des roseurs permanentes aux joues et des sourcils droits et épais. J'aimais toucher ses sourcils, on aurait dit deux petits pinceaux. Il posait la tête sur mes genoux, et je lui caressais le front et lui faisais la lecture. On dit qu'un homme ne peut aimer que Dieu et une femme. Mais, moi, je l'aimais, plus que Dieu, bien plus qu'une femme, et je ne voulais absolument pas aimer quelqu'un d'autre. Mon père voulait que je me marie, mais je n'arrêtais pas de me dérober. Je voulais être avec Benya.

Isak Abramovich tournait le dos à la maison, et son visage était donc plongé dans le noir, mais Pinto et Osman se rendaient bien compte qu'il avait les yeux pleins de larmes. Il vida son verre de vodka, puis le reposa bruyamment sur le plateau à ses pieds, comme s'il eut renfermé une potion amère pour son chagrin.

— Mais voici qu'un jour, poursuivit Isak Abramovich, une carpe sur l'étal d'un poissonnier se mit à parler en hébreu – tout le monde alentour l'entendit, y compris ma mère qui par hasard se trouvait là – et annonça qu'un grand malheur n'allait pas tarder à s'abattre sur nous. La carpe ouvrit la bouche juste pour dire ça, deux fois, et tout le monde l'entendit.

À peine quelques jours plus tard, il se produisit un terrible pogrome. Les pogromchiks allèrent d'une maison juive à une autre, tuant et pillant. Nous, on grimpa sur notre toit d'où ils essayèrent de nous faire descendre avec des crochets arrimés à de longs bâtons, mais ce fut peine perdue, on se cramponnait à la cheminée. Ils finirent par renoncer et poursuivirent leur chemin, mais ils liquidèrent notre chien, juste parce qu'ils étaient d'humeur à massacrer.

— Qu'est-il arrivé à Benya ? demanda Osman.

— Les pogromchicks l'ont tué. La police les a regardés faire sans broncher. Benya avait vingt-huit ans. Ils l'ont attrapé dans la rue, l'ont frappé à la tête avec des bâtons et des maillets, l'ont jeté dans un fossé.

— Qu'est-ce qui pousse les gens à faire des choses pareilles ? demanda Pinto qui n'attendait pas de réponse.

— Rien ne fait plus mal que de perdre un ami, dit Osman.

Isak Abramovich remplit leurs verres, puis ajouta :

— La grosse carpe nous avait prévenus, mais qui allait croire un stupide poisson ? Et le plus drôle, c'est qu'une fois que la carpe a eu cessé de parler, ils l'ont vendue. À ma mère, figurez-vous, qui en a fait de la soupe. Elle était très bonne, la soupe à la carpe.

Isak Abramovich rigola et leva son verre pour leur faire comprendre que l'histoire était terminée.

— À l'amitié ! déclara-t-il.

Ils vidèrent leurs verres, puis poussèrent un grognement destiné à bien montrer que l'alcool les avait brûlés.

— Ça vous guérit l'âme, dit Osman.

— Le monde regorge d'âmes en mal de guérison, ajouta Isak Abramovich, avant de remplir leurs verres à nouveau.

Mais cette fois, ils dégustèrent leur vodka en silence, les yeux rivés sur le ciel pour ne pas avoir à parler.

Isak Abramovich savait que, pour ce qui était de guérir l'âme, la potion idéale de Pinto était la morphine, car celui-ci le lui avait confié sans détour, de même qu'il lui avait avoué qu'il serait tenté d'en voler, si jamais on l'autorisait à en administrer à des patients. Je ne veux pas y toucher, avait déclaré Pinto. C'est un poison. Les gardes armés fouillaient méticuleusement tous les gens qui sortaient de l'hôpital, sauf Isak Abramovich, qu'ils tapotaient pour la forme, parce que ça faisait des années qu'il dirigeait l'établissement, que son attitude calme et bienveillante marchait même avec les brutes de la Tchéka, et qu'ils ne voulaient pas avoir à le liquider. Pour sa part, Isak Abramovich n'avait pas envie que Pinto se fasse abattre, parce qu'il l'aimait bien et qu'il avait besoin de lui à l'hôpital. Pinto était le seul autre médecin à assister Isak Abramovich, à l'exception de Kaczynski, le Polonais renfrogné et mutique, qui ne croyait pas à l'anesthésie et rapportait à la Tchéka tout ce qui se passait à l'hôpital. Bien entendu, Pinto finit par céder à la tentation et vola une poignée d'ampoules de morphine. Sage et indulgent, Isak Abramovich ne fit aucun commentaire et se borna à ajouter un cadenas supplémentaire au meuble renfermant l'opioïde, dont il garda la clé dans sa poche.

Cependant, lui aussi sortit quelques ampoules en douce, réserve qu'il cacha tout au long de la guerre et de la révolution dans l'éventualité où il surviendrait une calamité encore plus grande. Il fit asseoir Pinto à côté d'Osman, et déclara qu'il pouvait avoir ces ampoules pourvu que ce soient les dernières. Parce que s'il continuait à prendre de la morphine, ajouta Isak Abramovich, l'un d'entre eux, et probablement eux trois seraient condamnés à mourir – sous les balles bolcheviques, d'une overdose ou de tristesse. Osman hocha la tête tout au long de la déclaration d'Isak Abramovich et Pinto empocha les ampoules.

Il se fixa un plan de consommation, attendit qu'Osman soit envoyé traquer les bandits contre-révolutionnaires, puis s'attaqua à la morphine. Malgré les nausées que lui causait l'amertume de la drogue, les premiers jours furent divins, à tel point qu'il en oublia ses résolutions et continua jusqu'à épuisement de ses provisions. Il imaginait, au point d'en être halluciné, toutes les morsures, les baisers, les différentes manières rudes et belles, dont il ferait l'amour à Osman absent, puis lévitait au-dessus du lit, sans penser à rien, sans souffrir de rien, léger comme le dernier soupir. Puis il connut quelques jours douloureux, horribles. Dans leur chambre exiguë, dont une fenêtre faisait face à une mosquée où personne n'osait jamais prier, il vécut des cauchemars terribles, pissant et vomissant dans un seau. Isak Abramovich passait voir comment il allait, s'il était encore en vie, mais Pinto refusait de le laisser entrer. Lorsqu'Osman revint, Pinto lui ouvrit, mais dut s'asseoir par terre, épuisé, parce qu'il n'avait rien mangé depuis des jours et des jours. Osman l'embrassa comme un enfant et le serra dans ses bras, et Pinto pleura, pleura un moment, et Osman pleura avec lui. À travers ce déluge de larmes, Pinto ne cessa de regarder les bottes d'Osman couvertes de boue et de poussière, avec, sur celle de gauche, un trou d'où le petit orteil pointait. Puis Osman le mit au lit, lui lava la figure, l'embrassa sur le front, vida le seau et s'endormit. Il se réveilla le lendemain, après le coucher du soleil de Šabat, se lava, se rasa et tailla sa moustache. Il ne fit aucun commentaire sur ce qui s'était passé et se contenta d'attendre que Pinto se lave, car ils devaient aller prendre un thé ou un vin doux chez les Boym.

Les ruelles étroites avaient été arrosées afin de faire retomber la poussière et, çà et là, de jeunes garçons turbulents les suivirent en ricanant et finirent par les tirer par la manche en exigeant qu'ils leur donnent quelque chose. Osman cassa quelques cigarettes en deux, les jeta en l'air et laissa les gamins se battre pour les ramasser ; après, les jeunes leur réclamèrent des allumettes afin de fumer les cigarettes qui n'avaient pas été abîmées dans la bagarre. Près d'un canal d'irrigation, ils virent un Sarte torse nu qui se lavait avec un soin tout particulier, en s'astiquant comme s'il étrillait son cheval. Il les regarda droit dans les yeux lorsqu'ils passèrent et dit quelque chose en riant, ce à quoi Osman rit aussi.

— Qu'est-ce qu'il a dit ? demanda Pinto quand ils eurent passé le coin de la rue.

— Je ne sais pas, répondit Osman. Il avait l'air heureux, c'est tout.

Mais, quand ils arrivèrent chez les Boym, Pinto était encore rongé par les suites de ses cauchemars et il parla à Isak Abramovich du désespoir qui l'avait submergé au milieu de la nuit, de l'horreur que représentait l'absence d'avenir, le fait de ne vivre que dans le présent, un présent qui ne cessait de se dégrader.

— Il est difficile de voir à quoi rime tout ça, déclara-t-il. On vit juste parce qu'on a peur de mourir. On vit par lâcheté.

Isak Abramovich remplit à nouveau le verre de Pinto de liqueur de prune et lui dit qu'il pouvait s'estimer heureux d'avoir survécu à la guerre et au camp, et d'avoir son ami bien-aimé à son côté, et que, si on pouvait survivre au passé, on pouvait aussi survivre à l'avenir.

— Une époque où il ne se passe rien, ça n'existe pas, ajouta Isak Abramovich.

Le lundi, Pinto s'obligea à se lever et à aller à l'hôpital : amputer quelqu'un d'un bras ou bien plonger les mains dans un ventre lui ferait oublier le sevrage qui taraudait son corps et son esprit. Après une semaine abominable, où il souffrit dans tous ses membres et dans tous ses organes, le manque finit par le lâcher.

Osman et Pinto continuèrent à aller chez les Boym le samedi, même quand les bolcheviks imposèrent un couvre-feu précoce, parce que, Pinto s'en rendit compte, la voix sage et le comportement paternel d'Isak Abramovich, les sourires et la curiosité de Klara Isakovna et même le vin bien trop doux faisaient désormais office de véritables analgésiques. Et Osman appréciait toujours la vodka, plus qu'il n'aurait dû. La maison des Boym sentait le lait chaud et le caramel, alors qu'à l'époque de la révolution il n'était pas facile de se procurer lait et sucre. Étrangement, ces odeurs provenaient de la nappe en dentelle, des coussins aplatis sur les chaises, des babioles encombrant les étagères et même d'un bout de rideau en velours qui n'avait pas été transformé en habit. Tout dans la maison paraissait vieux, telles des reliques d'une vie antérieure. Pinto comprit que le caractère immuable de la demeure où vivaient Isak Abramovich et Klara Isakovna représentait pour eux un moyen de pleurer Svetlana Teodorovna, dont les photos fanées trônaient sur le rebord de la fenêtre, à deux pas de l'endroit où se trouvait le piano avant que les bolcheviks ne le réquisitionnent.

Avec ses divans, ses sofas, ses petits tabourets et ses fines carpettes empilées en lieu et place d'un tapis, la maison de Pinto à Sarajevo ne ressemblait absolument pas à celle des Boym ; chez Pinto, un piano était aussi inimaginable qu'une locomotive. Mais l'odeur de lait et de sucre était exactement la même. Peut-être était-ce l'odeur typique de tous les foyers juifs, où qu'ils soient. Lorsque Pinto avait mal à la gorge, Manuči mettait du sucre à cuire dans une casserole, y ajoutait du lait chaud et lui faisait boire le tout ; il aimait tellement ça qu'il en avait la gorge bien trop souvent douloureuse. Mais, lorsque Padri estimait que ce simulacre de maladie avait trop duré, il ordonnait à Manuči de préparer une tisane de guimauve, que Rafo détestait, de sorte que sa gorge guérissait d'un coup. Tout cela se passait il y a longtemps, à Sarajevo, dans une maison si éloignée qu'elle n'existait plus, dans un monde probablement détruit.

Puis, un beau jour, quelqu'un d'autre se matérialisa chez les Boym et, allez savoir pourquoi, sa présence modifia l'odeur de la maison, notamment parce que cet homme fumait des cigarettes qui dégageaient une odeur âcre. La première fois que Pinto vit Jozef Lazar chez les Boym, il était assis en face de Klara Isakovna, revêtu d'un uniforme impérial défraîchi et noyé dans un épais nuage de fumée et les soupçons de Pinto. Son couvre-chef de soldat orné d'une pâle silhouette d'aigle sur le devant était posé sur la table. Une vague de peur parcourut Pinto, car il lui paraissait clair que cet homme se présentant sous le nom de Lazar, Jozef allait tout changer pour les Boym, ainsi que pour Osman et lui, et que cet homme allait être là longtemps, dans les parages et parmi eux. À la façon dont il jetait des coups d'œil obliques, comme si regarder franchement les gens lui créait des difficultés et le mettait mal à l'aise, Pinto comprit qu'il abritait plusieurs versions de sa personne. Il s'aperçut par ailleurs que Lazar, Jozef l'avait décrypté d'entrée de jeu et lui avait adressé un signe de tête, moins pour le saluer que pour signifier qu'il avait achevé son évaluation.

Quand Pinto se mit à questionner Osman sur l'invité des Boym, il avait acquis la certitude que Jozef Lazar était quelqu'un qu'Isak Abramovich cachait et non un soldat albanais à qui Klara donnait des cours de français. Selon certaines rumeurs, un espion anglais était en cavale dans Tachkent et, quand Pinto demanda carrément si Jozef Lazar n'était pas l'individu recherché, Osman évita de répondre, puis finit par lui intimer le silence en pointant du doigt toutes les oreilles qui sortaient des murs et tous les yeux qui les épiaient cachés derrière des vitres et des trous de serrure. Les deux Bosniaques disposaient d'une petite chambre équipée de deux lits – même s'ils partageaient toujours le même – dans une vieille maison réquisitionnée où les occupants des autres pièces étaient d'anciens prisonniers de guerre provenant des quatre coins du défunt Empire : Hongrois, Slovènes, Bohémiens, Polonais, Croates. Osman hocha la tête pour confirmer qu'il fallait se taire et rétablir, tacitement, l'arrangement en vertu duquel Pinto ne devait jamais l'interroger sur son travail.

Incapable de fermer l'œil, Pinto passa la nuit, tantôt à rêver de morphine, tantôt à imaginer les multiples manières dont tout pouvait mal tourner. Ce qu'ils avaient dans cette petite pièce, dans l'enceinte de ces murs où ils pouvaient organiser leur existence comme il leur plaisait, disposer des fleurs et des babioles aux endroits ensoleillés, faire l'amour le matin et s'embrasser avant de dormir – tout ça, si neuf et si fragile, était désormais en péril parce que Lazar, Jozef jetait une ombre sur leur vie. Pinto voulait qu'il s'en aille et ne revienne jamais. Au matin, Osman eut à peine le temps d'ouvrir les yeux et de lui sourire que Pinto lui lança :

— Il faut que je sache qui est ce Lazar.

— Non.

Osman posa le doigt sur la bouche de Pinto, puis il lui caressa les cheveux, puis il l'embrassa, puis il caressa sa pata, et Pinto renonça donc à ses questions.

Cette première fois où Pinto rencontra Lazar, il retourna son salut à l'importun en dissimulant son appréhension et son malaise, après quoi Klara

Isakovna dit en français, avec ses molles intonations russes :

— Comment s'aimer si personne ne nous aime ?

— Hein ? fit Pinto.

— Ça, c'est bien vrai ! s'exclama Lazar.

À leur visite suivante, Pinto déclara à Isak Abramovich que Jozef Lazar semblait être un homme bien – pošten čovjek –, ce à quoi Isak Abramovich répondit en agitant le doigt de manière éloquente. Il avait compris que Pinto avait choisi de ne pas poser les questions qui brûlaient d'être posées – qui était au juste ce Jozef Lazar et que faisait-il sous leur toit ? Pinto n'évoqua pas la rumeur sur l'espion britannique que toute la Tchéka recherchait partout dans Tachkent, et Isak Abramovich le nota aussi.

La première fois que Pinto vit Osman en présence de Jozef Lazar, il cognait son verre de vodka contre celui de l'inconnu, et Pinto eut la certitude qu'Osman savait très précisément qui il était et de quoi il retournait. Plus tard, ce soir-là, quand ils furent seuls dans leur chambre, Pinto mitonna en silence dans sa colère, le visage tourné vers le mur afin de punir Osman. Il finit par lui faire face pour lui dire, les dents serrées, que s'il n'avait pas confiance en lui après tout ce qu'ils avaient traversé ensemble, peut-être lui cachait-il d'autres choses encore.

— Écoute. Je fais ce que j'ai à faire pour nous garder en vie et nous permettre de rentrer chez nous. Je n'aime pas ce que je fais. Mais je n'ai pas le choix.

— Très bien. Est-ce que ça veut dire que Jozef Lazar relève de ton boulot ? Est-ce que c'est un espion ? Est-ce que c'est l'espion qu'ils recherchent ?

— Tu veux y laisser ta tête ? demanda Osman. Tu veux que j'y laisse la mienne ? Je fais ce que j'ai à faire. Ce que tu ne sais pas ne peut pas te faire de mal.

— Oui, mais ce que tu sais peut me faire du mal. Tu peux me faire du mal, insista Pinto. Il peut nous faire du mal.

— De qui tu parles ?

— De Lazar.

— Lazar est juste quelqu'un qui a besoin d'aide. Il veut rester en vie, exactement comme nous.

— Je ne veux pas juste rester en vie, je veux vivre avec toi. À part ça, je n'ai aucune raison de vivre. Je suis un rien-du-tout et un moins-que-rien. Et je me fiche de tout et de tout le monde.

— Soit. Restons en vie alors, conclut Osman. Arrête de poser des questions.

Une quinzaine d'années auparavant, Isak Abramovich et la défunte Svetlana Teodorovna étaient arrivés de Kichinev avec Klara, tout bébé, et un piano qu'ils avaient importé de Vienne, mais que les bolcheviks leur confisquèrent et firent descendre avec des cordes par la fenêtre du salon dès qu'ils eurent pris le pouvoir à Tachkent. Les camarades continuèrent à revenir fouiller les tiroirs remplis des beaux atours élimés de Svetlana Teodorovna, tripoter Klara Isakovna ou fracasser la vaisselle en porcelaine qui n'avait pas été cachée. Mais après que ses combines eurent assuré à Osman un statut suffisant pour manœuvrer au milieu des espions et des brutes de la Tchéka, les bolcheviks arrêtèrent de débouler, même s'ils postaient parfois un fainéant ou deux en faction de l'autre côté de la rue – cette surveillance était en réalité un moyen, expliqua Osman, de protéger les Boym des éléments les plus dangereux. Osman rapportait au camarade Stark qu'Isak Abramovich semblait marcher droit, qu'il faisait son boulot à l'hôpital, ne frayait pas avec les contre-révolutionnaires, passait son temps avec sa toute jeune fille et s'occupait de son jardin. Et s'il venait à être arrêté et liquidé, qui dirigerait l'hôpital ?

Le boulot d'Osman à la Tchéka consistait en principe à surveiller, infiltrer et liquider les mahométans qui s'opposaient à ce que le peuple des travailleurs construise un monde meilleur, plus juste. Osman devait identifier et éliminer ceux qui aidaient ou tentaient de rejoindre les rebelles maraudeurs emmenés par un criminel du nom d'Irgash. Le camarade Stark savait pourtant qu'avant de devenir rouge Osman avait lui-même été un mahométan, de sorte que la Tchéka le surveillait de près lui aussi, et qu'Osman les surveillait en retour. Espionner, infiltrer ou liquider des gens ne l'intéressait pas plus que ça – ce qu'il voulait en réalité, c'était trouver un moyen de retourner à Sarajevo, pour Pinto et lui-même. Mais il fallait qu'il montre les résultats tangibles de la lutte qu'il menait contre les éléments réactionnaires tout en se faisant des amis et des alliés, où et comme il le pouvait, et qu'il imagine des chemins susceptibles de leur permettre de regagner Sarajevo.

— Tôt ou tard, ce ciel va tomber, déclara Osman un soir peu après la sortie de prison de Pinto. Et de nouvelles constellations vont forcément apparaître. Peut-être qu'on arrivera à les repérer et qu'elles nous ramèneront chez nous.

— Je ne sais pas, répondit Pinto. Je ne sais vraiment pas.

Ce que Pinto ne savait pas, puisqu'Osman ne voulait rien lui confier, c'était que les Boym cachaient en fait Lazar dans une minuscule pièce aveugle, secrète, dont l'entrée était dissimulée derrière une armoire de la cuisine. À en juger par la manière dont Isak Abramovich glissa à Pinto que leur invité apprenait beaucoup de choses à Klara Isakovna, il était évident que sa présence perturbait aussi la vie des Boym et que Klara Isakovna devait avoir des sentiments pour lui, autant de détails qui rendirent Pinto étonnamment jaloux et protecteur. Pour commencer, Klara Isakovna n'avait que dix-huit ans, elle était tout juste une femme. Peu auparavant, c'était Pinto qu'elle priait d'échanger en allemand avec elle, de lui raconter des histoires sur le pays inconnu d'où il venait, sur sa famille, ses années d'étudiant à Vienne, sur la vie et les aventures passionnantes qu'il y avait vécues. Il passait chez les Boym sans Osman et, blottis près du poêle en faïence, Pinto et Klara Isakovna se resservaient du thé au samovar et parlaient de l'infinitude de l'ailleurs. Elle n'arrêtait pas de réfléchir au fait terrible qu'il y avait là-bas un monde qui existait et évoluait sans elle – un monde, croyait-elle fermement, dont seul l'apprentissage d'une nouvelle langue lui ouvrirait l'accès. En réponse, Pinto lui récitait l'unique poème de Heine qu'il connaissait par cœur, lequel lui avait été transmis par un étudiant aviné et fort en gueule, qui avait une boucle ravissante sur le front : Ich hatte einst ein schönes Vaterland. Der Eichenbaum wuchs dort so hoch, die Veilchen nickten sanft. Es war ein Traum.

Et voilà que c'était Jozef Lazar qui la faisait rire, et en français en plus. Le soir où Pinto le vit pour la première fois, il ne cessa d'entendre le rire de Klara Isakovna, même dans le jardin, même pendant qu'Isak Abramovich, sa petite bâtarde Bulochka sur les genoux, évoquait le souvenir d'un lapin qu'il avait eu, gamin, à Kichinev ; Isak Abramovich attrapa l'avant-bras de Pinto, comme pour l'empêcher de courir à la maison rompre ce confortable échange. Klara Isakovna n'arrêtait pas de rire de la manière dont elle écorchait la prononciation du mot amour-propre ; elle le répétait à l'envi, comme la chute d'une bonne blague. En quoi était-ce si drôle, se demandait Pinto, en quoi l'amour-propre était-il si drôle ?

Bulochka n'aboyait jamais, mais poussait des hurlements pareils à des pleurs d'enfant. Peut-être chaque créature vivante abrite-t-elle au fond d'elle-même les voix d'autres créatures vivantes, suggéra Pinto juste pour dire quelque chose. Il entendit Klara Isakovna prendre une profonde inspiration, puis pouffer de plus belle tandis que Jozef Lazar évoquait l'esprit de La Rochefoucauld et lui décrivait la beauté de Paris, ses palais, son art, ses cafés et ses jardins.

Quand il était chez les Boym et que Lazar s'y trouvait aussi, Pinto essayait toujours de surprendre ce que l'inconnu disait à Klara, cherchait des prétextes pour s'installer dans le jardin juste au-dessous de la fenêtre de la chambre où ils avaient leur cours. Lorsqu'il ne parlait pas français, Jozef Lazar s'exprimait en mauvais russe. Mais, quelle que fût la langue dans laquelle il s'exprimait, jamais il ne parlait de Tirana, sa prétendue ville natale, ni de la Galicie, où il affirmait avoir été capturé, ni d'aucun lieu entre les deux. Il parlait surtout de Paris, sans jamais expliquer vraiment ce qu'il y avait fabriqué. Que Jozef Lazar n'ait pas imaginé mieux en guise de fausse identité tracassait Pinto, lequel était convaincu que Jozef Lazar n'était même pas un nom albanais. En tout cas, son véritable moi, son moi tricheur, se révélait à travers son comportement, telle une teinture sur un tissu en coton, avec ces citations poétiques verbeuses, gratuites, qu'il égrenait dans un français nasillard, et sa façon de s'asseoir sur le fauteuil comme sur un trône, le dos bien droit, les épaules jamais tombantes. Ses membres et ses mouvements avaient une raideur d'officier ; sans fusil ou fouet ou les deux, il paraissait démuni, autant qu'un officier l'aurait été.

Pinto n'avait pas rencontré d'Albanais parmi les soldats qu'il avait traités à l'hôpital ; aucun soldat dont il avait bandé le crâne fracturé ou dont il eut recousu la blessure n'avait connu le moindre Albanais dans ses unités. Dans un murmure, Pinto redemanda à Osman s'il savait qui était l'homme qui se cachait chez les Boym, si c'était l'espion britannique, et Osman se borna à hocher la tête.

— Pourquoi tu ne veux pas me répondre ? Que crois-tu que je pourrais faire ou dire ? insista Pinto. Tu penses que j'irais le dénoncer aux bolcheviks ? Ou que je me soûlerais et que j'irais bavasser à tort et à travers ? Ou bien que je prendrais de la morphine et oublierais où nous sommes et ce qui se passe ?

— Tu n'as pas besoin de savoir qui il est, riposta Osman. Moi-même, je ne le sais pas vraiment. Je sais juste que s'il se faisait prendre, il serait tué, de même qu'Isak Abramovich et Klara seraient liquidés, et toi et moi aussi. On se prendrait tous une balle dans la tête. Je t'en ai déjà dit beaucoup trop. Tu comprends ça ?

— Je comprends, mais je n'accepte pas.

— Laisse-le tranquille, lui conseilla Osman.

— Je le laisse tranquille, protesta Pinto. Qu'est-ce que je fais ? Qu'est-ce que je peux faire ? Je ne peux rien faire à part le laisser tranquille. Je veux juste savoir qui c'est, histoire de le laisser correctement tranquille.

Durant le séjour de Jozef Lazar chez les Boym, Pinto ne fut seul avec lui qu'en une occasion. Ça se passa dans le jardin, où Jozef Lazar, qui ne quittait jamais la maison, prenait le frais, et Pinto, comme toujours jaloux, alla le rejoindre afin de découvrir qui il était et grappiller quelques indices. De vagues volutes de nuages flottaient au milieu des étoiles, pareilles à des fumées de tir. Das Meer hat seine Perlen, der Himmel hat seine Sterne, dit Jozef Lazar avec mélancolie et à brûle-pourpoint, comme s'il lui revenait un souvenir d'une autre vie. Pinto ne l'avait jamais entendu parler allemand. À sa connaissance, il n'était même pas censé parler allemand. Pinto comprit que c'était le moment de demander à Jozef Lazar qui il était réellement, ce qu'il fabriquait ici et si oui ou non il était l'espion que les bolcheviks recherchaient. Mais la nuit sentait les acacias, la fumée de feu de bois et le froid mordant de l'automne et tous deux semblaient être seuls dans tout Tachkent. Hormis les rares et lointains aboiements des chiens ricochant à travers la ville, un silence écrasant pleuviotait du firmament. Pinto fumait en silence à côté de Jozef Lazar qui serrait une cigarette pas allumée dans sa main, comme s'il comptait la garder éternellement. Pinto mourait d'envie de dire qu'il savait que Jozef Lazar n'était pas la personne qu'il semblait être, mais qu'avec lui son secret serait bien gardé. Il sortait la même chose aux hommes mariés qu'il fréquentait à Vienne. Sans justes sur Terre, affirmait Padri, les bienfaits de Dieu passeraient complètement inaperçus et la Création cesserait d'exister. Et comme ils avaient le ciel au-dessus de leurs têtes et que les étoiles ne cessaient de se multiplier silencieusement à mesure que la nuit avançait, Pinto comprit qu'il avait dû y avoir des justes quelque part au-delà des murs de ce jardin perdu. Il ne posa donc pas de questions. À la fin, Jozef Lazar se remit debout, dit, Bonne soirée ! et rentra. Pinto demeura seul dans le jardin jusqu'à ce qu'Isak Abramovich vienne le prévenir que les nuits étaient froides par ici et qu'il risquait fort d'attraper un catarrhe. Vissé sur son petit tabouret, Pinto ne bougea pas, si bien qu'Isak Abramovich s'assit à côté de lui.

— Vous ai-je dit, Isak Abramovich, fit Pinto en réponse, que, à Sarajevo, les Pinto habitent au sommet d'une colline, si bien que, lorsqu'il fait chaud et lourd dans la vallée, l'air est encore frais là-haut ?

Isak Abramovich dut remarquer que Pinto s'exprimait comme s'il vivait toujours à Sarajevo, et que sa présence à Tachkent n'était qu'un accident aisément réparable.

— En hiver, il arrive qu'il neige à Bilave, là où se trouve notre maison, alors qu'il pleut dans la vallée.

— Rentrons, mon ami, lui proposa Isak Abramovich.

— Tout de suite, répondit Pinto sans bouger d'un iota.

Isak Abramovich avait maintenant les yeux levés vers la multitude d'étoiles au-dessus d'eux, et Osman et Pinto aussi, avec encore de la vodka entre les mains. Ils avaient passé tant de soirées dans ce jardin qu'il était inutile de parler ou de dire quoi que ce soit. Que la paix soit avec vous ! crieront les âmes damnées aux gens dans le jardin.

— Mon Padri Avram avait coutume de dire que le ciel était une roue en mouvement, déclara Pinto. Même si on ne bouge jamais de sa place, tout alentour changera et notre monde et tout ce qu'il renferme sera à la fois pareil et différent. On pourrait juste rester là et regarder la roue tourner. Mais si on bouge, si on bouge sans arrêt, tout sera toujours forcément différent, et nous, on ne sera jamais pareil. Il a dû y avoir un monde où personne n'était jamais chez lui, où chacun allait toujours d'un endroit à un autre. Le Seigneur a dû détruire ce monde-là, et avec plaisir en plus – car quel genre d'endroit serait un monde uniquement peuplé de gens ne se connaissant pas les uns les autres ? Il n'y aurait pas de justes, rien ni personne qui dure plus d'une journée. Les gens, dans ce monde-là, n'auraient jamais pu rester immobiles assez longtemps pour voir quoi que ce soit. Dans un monde pareil, l'incompréhension aurait tout brouillé.

— Je ne comprends pas un traître mot de ce que vous racontez, déclara Isak Abramovich, le regard toujours rivé sur le firmament.

— Vous voyez ce avec quoi je dois vivre ? s'écria Osman qui éclata de rire, puis embrassa Pinto sur le front.

— Aimez-vous l'un l'autre quel que soit le monde dans lequel vous croyez peut-être vivre, et c'est tout, leur dit Isak Abramovich. Vous ne pouvez rien faire d'autre. Et, qui sait, peut-être toute cette insanité engendrera un monde meilleur, où il sera possible d'aimer qui bon nous semble. On a déjà vu plus surprenant.

Pinto repéra une ombre en mouvement dans un coin éloigné du jardin, où il n'y aurait pas dû y en avoir et où il n'y avait aucune source de lumière à part celle de pâles étoiles. Il se redressa prudemment, précautionneusement, afin de ne pas l'effaroucher. L'ombre avait la forme d'un homme voûté et une couleur de poussière de charbon répandue sur le sol. La gran eskuridad avec une silhouette d'homme.

— Vous avez vu ça ? demanda-t-il aux deux autres.

— Vu quoi ? s'enquit Osman.

Plus tard, Pinto s'étonnerait de ne pas avoir eu peur du tout, de ne pas avoir imaginé une seconde que cette ombre pourrait leur nuire. Au lieu de quoi, il se releva simplement et se dirigea droit sur elle, qui se plaqua contre le mur. Isak Abramovich et Osman restèrent en retrait, déconcertés, à échanger des regards soucieux, sans doute soupçonnaient-ils Pinto de s'être procuré de la morphine auprès d'un tiers. Mais il n'y avait pas de porte, pas d'échappatoire pour l'ombre, et Pinto continua à avancer sur elle, si bien qu'elle paniqua et se mit à courir d'un bout à l'autre du mur, sans jamais s'en détacher.

— N'aie pas peur, lui dit Pinto, qui comprit alors qu'il n'avait pas besoin de parler pour qu'elle l'entende.

Mais quand il fut tout proche, l'ombre lui bondit dessus et arrima ses pieds aux siens, de sorte qu'elle se retrouva liée à lui, refusant de le quitter alors qu'il courait d'un bout du mur à l'autre.

— Rafael Pinto, que faites-vous donc, êtes-vous soûl ? s'écria Isak Abramovich, debout à présent et dont l'ombre se déployait jusqu'à Pinto. Il est tard, il commence à faire frais. Il est temps de rentrer.

Pinto, face à l'ombre, lui laissa une chance de retourner d'un bond sur le mur, puis de passer par-dessus, mais à la place elle se déploya de tout son long à la base de la maçonnerie, puis se recourba.

— Rafo, rentrons, proposa Osman.

Pinto ne put qu'entraîner l'ombre à travers le jardin pour tenter de regagner la maison. Mais celle-ci ne rentra jamais, elle se désintégra sur le seuil.

Brich-Mulla, 1920

Le major Moser-Ethering émergea de son rêve abominablement douloureux et, sans prêter attention à Pinto qui tamponnait son pied putréfié avec un chiffon humide et chaud, se remit à parler comme s'il reprenait une histoire qu'il eut commencé à raconter longtemps auparavant.

— J'ai quitté Srinagar le 22 avril, jour anniversaire de la naissance de Lénine, dit-il. Dix-sept jours jusqu'à Gilgit, d'abord en bateau, puis à pied. J'ai skié sur les pentes du col de Tragbal, puis, après un blizzard qui a failli nous tuer tous, je suis arrivé au col du Burzil avec cinq heures d'avance sur la personne suivante. Dans les montagnes du Pamir, j'ai tiré quelques perdrix choukars et des steinbocks. Il est peu de choses plus belles que le spectacle d'un steinbock fauché en pleine course, qui dégringole d'une pente escarpée. J'ai donné le gibier aux coolies qui n'avaient plus rien à manger, mais l'un d'eux est mort quand même. Après avoir franchi le col de Mintaka, j'ai renvoyé les coolies et me suis déplacé à dos de yaks. Les gardes-frontières chinois m'ont paru crasseux et débraillés. Autour d'un feu, dans une yourte, le commandant chinois m'a confié qu'un détachement de Cosaques circulait dans la région, mais il ne savait pas trop si c'étaient des Blancs ou des Rouges, ni quelle était la différence. Je suis tombé sur les infâmes Cosaques à Tashkurgan ; par chance, ils étaient farouchement anti-bolcheviks et alimentaient leur haine outrancière en engloutissant de copieuses quantités de vodka. J'ai franchi le col du Tort Dawan, puis celui du Kashka Su. En route, j'ai abattu un roselin de Hodgson, un bruant, une alouette hausse-col, une pie et quelques vilaines marmottes infernales. J'ai atteint Yangi Hissar au début du mois de juin, où j'ai été accueilli avec étendards et trompettes, les soldats soulevant un nuage de poussière qui a manqué m'asphyxier. Six semaines après avoir quitté Srinagar, je suis arrivé à Kachgar. Là, j'ai rencontré par hasard Sir Charles Northrop, mon vieux copain de Worcester, qui occupait le poste de consul de Sa Majesté. Charlie m'a toujours appelé par mon surnom d'étudiant : Sparky.

— Vous, en revanche, vous n'avez pas à m'appeler Sparky, annonça le major Edgar Moser-Ethering à Pinto, c'est réservé à mes camarades d'Oxford. Je vous autorise à m'appeler Moser, mais uniquement Moser, parce que je n'aime pas la manière dont vous massacrez Ethering avec votre accent des Balkans. Prononcez donc Moser à l'allemande et tout ira bien. Je ne suis pas Jozef Lazar, et ne le serai plus jamais, même si le nom sonnait bien. Juste Moser pour vous.

— Nous allons devoir vous amputer des orteils, déclara Pinto.

— Quels orteils ? s'écria Moser. Je n'ai pas d'orteils. J'ai des skis.

— Nous allons vous retirer vos skis, alors.

— Ça m'est égal. De toute façon, il n'y a plus de neige.

— Plus de neige, répéta Pinto. Plus du tout de neige.

— Donc, Charlie a organisé un dîner en mon honneur, poursuivit Moser, où non seulement il a invité les hauts fonctionnaires chinois, mais également le consul général russe – un barbu habillé d'une longue khalat sarte et accompagné de son épouse francophone qui, sous la table, a pressé sa hanche contre la mienne, puis a posé la main sur mon genou. Un peu plus tard, ils ont mis des disques de danses russes sur le gramophone. J'ai dû danser avec l'épouse qui n'arrêtait pas de me seriner à l'oreille que Kachgar était très ennuyeuse, qu'elle était plus éloignée de la mer que n'importe quelle autre ville sur Terre, est-ce que je le savais ? L'antidote préféré des Russes contre la révolution, la mort, l'ennui et les femmes, m'a-t-elle chuchoté, c'est la vodka, la vodka, rien que la vodka. Les hommes russes préfèrent pleurer ou s'effondrer ivres morts dans les bras les uns des autres plutôt que de toucher une femme. Même ici, dans le trou du cul du monde – c'est ce qu'elle a dit avec son mauvais accent russe : le trou du cul du monde –, même ici dans le trou du cul du monde, il est clair que tout sera bientôt terminé. Il y a un curé irlandais, le père Hendricks, a-t-elle poursuivi, qui avait un fidèle, un seul, un Italien, à qui il a interdit d'assister à la messe, pour pouvoir la dire seul, sans pécheurs, juste en présence de Dieu. Mais je sais qu'il n'y a pas de Dieu à Kachgar. J'ai essayé de Lui parler, je L'ai appelé, mais je n'ai reçu aucune réponse, je n'ai eu droit qu'à des moqueries, a-t-elle ajouté en m'échappant dans une pirouette afin de danser avec Charlie. Charlie n'est pas un bon danseur, il a des pieds beaucoup trop grands et il l'a copieusement piétinée. Le lendemain, je me suis levé avant qu'elle se réveille et j'ai tiré deux tourterelles, une grosse alouette, un pluvier grand-gravelot, une sterne, une corneille noire, une cigogne et un étourneau – ça faisait un bout de temps que je n'avais pas eu un jour de chasse aussi satisfaisant. Les animaux morts, oiseaux ou steinbocks, ont toujours l'air surpris quand on les abat. Vous comme moi pouvons au moins voir venir la mort, mais les animaux arrêtent de vivre subitement et ça les surprend chaque fois. Moi, je trouve ça plutôt amusant ; j'adore voir cette stupeur. Quoi qu'il en soit, avant un match de polo auquel je participais, j'ai vu l'épouse du consul général – elle s'appelait Natalia, je pense. Non, Natasha ! – eh bien, Natalia ou Natasha me fusillait du regard, et je n'ai même pas pris la peine de la saluer d'un petit signe de tête. Une femme, c'est un paquet d'ennuis, disait toujours mon père, qui savait de quoi il parlait. Mon père et moi, tous les deux, on préférait la chasse. En tout cas, dans le milieu de la nuit, j'ai réveillé Bagrutani, mon jeune guide arménien, bellement embelli, de riche apparat, fière est sa démarche, comme dit le poète. Nous avons sauté sur une motocyclette Triumph et quitté Kachgar. Nous avons foncé comme dans un rêve et avons atteint Mingyol en trois heures et demie. Nous avons franchi le Kizil Dawan, Bagrutani cramponné à ma taille. Quelle poigne il avait, cet homme. Nous

nous sommes arrêtés afin que je puisse tirer une gazelle, mais comme il nous était impossible de la prendre avec nous, nous l'avons laissée aux vautours, dont une nuée nous a ensuite suivis à travers le désert. Dans les montagnes de l'Altaï, nous avons logé chez une famille kirghize et nous avons pris une cuite épouvantable au koumis. Bagrutani a ronflé comme un chameau. Près de Shorbulak, nous nous sommes faufilés dans une gorge de marbre d'une telle étroitesse que ses parois avaient un poli extraordinaire. Nous avons fait halte à la garnison chinoise d'Ulugchat pour nous procurer de l'essence et avons acheté quelques bidons à un prix exorbitant. Le lendemain, nous étions à Irkeshtam, où les douaniers russes nous ont reçus avec des parties de cartes et de la vodka artisanale. Ils m'ont présenté la peau d'un ours qu'ils venaient de tuer, encore ruisselante de sang. Ils m'ont également présenté leur précieux prisonnier bolchevique et m'ont proposé de lui casser personnellement les os à coups de maillet. Ils n'avaient rien à faire sur place et comptaient donc pendre le bolchevik dès qu'ils lui auraient broyé tous les membres. Il fallait qu'ils éteignent dans le sang la flamme de leur colère. Lorsque j'ai vu le malheureux, ils étaient occupés à lui fracasser les chevilles. Des cris de souffrance, j'en ai entendu beaucoup, mais ceux-là étaient radicalement différents. Bref, nous avons traversé le Terek Dawan, une épaisse couche de neige recouvrait le sol et les ossements d'une multitude d'hommes et d'animaux formaient des piles tellement hautes qu'elles émergeaient des congères bordant la route. À en croire les indigènes, c'était un endroit où on pouvait entendre les voix des ancêtres annoncer la guerre, alors que, pour ma part, j'attribuais ce phénomène au vent qui soufflait dans les os évidés. À Gulcha, nous sommes tombés sur des fermes : bâtisses vides, fossé rempli d'enfants morts, ligne télégraphique cassée, drapeau en lambeaux au bout d'un pieu de guingois. On aurait dit un tableau : la triste musique de l'humanité figée sur le vif. Les vautours s'en donnaient à cœur joie. J'en ai abattu quelques-uns, ainsi qu'une cigogne et un hérisson. À Andijan, nous sommes descendus dans un hôtel sans salles d'eau où il n'y avait rien à manger ; ce n'était pas vraiment un hôtel, juste un bâtiment doté d'un toit et de nattes de paille. La ville fourmillait de prisonniers autrichiens libérés et désespérés, dont pas un seul n'était réellement autrichien. Des orchestres de Hongrois et de Bohémiens jouaient dans des salons de thé, des Polonais et des Croates travaillaient comme forgerons et porteurs d'eau, tandis que même les gardes en faction devant le poste de commandement bolchevique portaient l'uniforme impérial, moins les insignes et la langue allemande qu'ils se refusaient à parler. Il n'y avait pas de Bosniaques parmi eux, mais bon je ne sais pas comment j'aurais pu distinguer un Bosniaque de n'importe quel autre Slave à tête de cube. Saviez-vous que le terme esclave venait de slave ? Si on rencontre un Slave, ou un esclave, c'est absolument évident – et, moi, je suis tombé sur les deux. J'ai toujours cru que le terme jewelry, les bijoux, venait de Jew, Juif. Vous, vous êtes juif, pas slave, je le sais. Vous êtes basané. Vous avez la figure balafrée. Je ne serai jamais fichu de faire la différence entre tous ces individus à tête de cube, mais je reconnais un Juif quand j'en vois un. Comme dit le poète, vous allez ici et là empoisonner les puits. Qui ne le fait pas ? C'est la vie. Quoi qu'il en soit, j'ai passé quelques jours sur place, et j'ai emmené Bagrutani voir un film intitulé *Le Père Serge* au cinéma. Bagrutani a adoré l'histoire de ce bel officier qui se fait moine ; il m'a saisi la main quand le héros, allez savoir pourquoi, s'est tranché le doigt. Bagrutani avait des phalanges extrêmement poilues, de fiers sourcils qui, froncés, figuraient la mort et, au repos, la douceur et la vie. J'adore Marlowe, ce vieux sodomite. Mais Bagrutani a été arrêté dans la rue, ce qui m'a donné l'occasion de parler à un Komisar bolchevique pour la première fois de ma vie. Le Komisar a abattu son Nagant sur son bureau avec une outrance tellement théâtrale qu'on pouvait être sûr et certain qu'il avait vu *Le Père Serge* plus d'une fois. C'était un homme coupé de tous ses semblables, comme dit le poète, et plus qu'à moitié détaché de sa propre nature. En plus, il était horriblement laid, il lui manquait plusieurs dents et il avait le nez dévié après un passage à tabac, qu'il n'avait sûrement pas volé. Je lui ai offert la Triumph en échange de Bagrutani, mais il n'y avait rien à faire, a décrété le Komisar, parce que Bagrutani passait pour être un bandit célèbre et un ennemi du peuple. J'ai attendu plusieurs jours à la gare avant de monter à bord du train, qui a alors été retardé par une tempête de sable – tebbad, ils appellent ça. Il m'a fallu deux semaines pour rejoindre Tachkent. J'y serais arrivé plus vite à dos de chameau, mais les bolcheviks les réquisitionnaient tous et les abattaient pour leur viande. À Tachkent, j'ai débarqué dans un chaos total. Tout le monde, je dis bien tout le monde, avait perdu les pédales, à croire que les gens avaient bu de la ciguë. Rien, sinon la peur, l'acier mortel et les drapeaux, mon ami juif. C'était la fin des temps, une fois encore, m'a confié le consul général américain. Lequel ne faisait que prier dans l'espoir d'un salut miraculeux. Il buvait également beaucoup. Les Américains sont des cornichons ; ce sont les récréments de l'humanité. Je suis tombé sur un autre Américain qui passait avec une troupe d'éléphants de cirque ; il avait un tigre blanc dressé qu'il nourrissait de viande de chameau ; il avait aussi un minuscule Tibétain affamé qu'il enfermait dans une cage, car ce dernier était censé pouvoir entrer en lévitation, mais le malheureux était tellement émacié et faible qu'il était incapable de rester assis et encore moins de léviter. Quelques mendiants se dirigeant vers l'Est et apparemment extatiques à l'idée que la fin du monde approchait m'ont accosté. Ils portaient avec eux un portrait du Christ et m'ont expliqué que, pour que l'âme soit libérée de ses souffrances et rejoigne le royaume du Père éternel, le corps qui la retenait prisonnière devait traverser toutes les situations possibles et imaginables dans sa vie terrestre. Il fallait faire tout ce qu'on pouvait faire ici-bas, m'ont-ils expliqué, commettre tous les péchés et crimes qui soient, puis, délivré de notre enveloppe mortelle, abandonnée telle une peau de serpent, aller au paradis, domaine de l'impeccabilité. Leur saint patron était le jeune homme nu, dont j'ai oublié le nom, qui se trouvait à côté de Jésus, quand ce dernier avait été arrêté à Gethsémané. Ils prétendaient que c'était l'amant de Jésus. Pour dépenaillés qu'ils étaient, ils se sont offerts à moi, histoire de hâter mon salut. Imagine ça. Imagine ça, mon Dieu dénaturé ! Je suis sûr que quelques balles bolcheviques les auront libérés de leur corps mortel.

Moser finit par se taire parce que sa fièvre avait totalement pris le dessus ; il avait les yeux très rouges, ses narines fébriles palpitaient. La salive s'accumulait aux commissures de ses lèvres sèches et mouillait le bord de sa moustache. Sa bouche en perpétuel mouvement était enfouie au milieu de son visage et donnait l'impression de vouloir à toute force échapper à sa barbe épaisse et moussue. Il ne ressemblait absolument pas à Jozef Lazar, il s'en fallait de beaucoup, comme s'il était sorti de la coquille de Lazar et l'eut ensuite jetée.

Sahar apporta un bol en bois rempli de neige fondue qu'elle approcha des lèvres de Moser, et ce dernier but avec avidité. Il avait le pied nécrosé, une tache rouge sombre s'étalait sur ses orteils. Pinto pointa le doigt vers la neige fondue, puis vers le poêle pour prier Sahar de faire bouillir l'eau destinée à l'amputation, et elle comprit. Pinto se demanda ce qu'Osman était en train de faire au même moment. Il discutait de la religion des mahométans avec des recrues de la Tchéka ? Il chevauchait dans le désert pour aller rencontrer un chef de famille que des arguments sonores et trébuchants détourneraient peut-être d'Irgash ? Il reprisait ses chaussettes, rapiéçait son pantalon ? Il dormait, couché dans leur lit, à rêver de Pinto ? Ou tenait-il compagnie à Klara Isakovna ?

— J'ai beaucoup sillonné les régions aurifères, poursuivit Moser après que Sahar lui eut essuyé la bouche et qu'elle eut ramassé quelques bribes de qurut piquées dans sa barbe. J'ai vu bien des États, bien des royaumes prestigieux, mais jamais je n'ai vu autant de folie et d'anarchie qu'à Tachkent. Tout est vite devenu plus fou et plus sanglant, et puis ça s'est encore dégradé. Pouvez-vous seulement imaginer ce à quoi ça ressemblait ? En avez-vous une petite idée ? Vraiment ? Et qui êtes-vous de toute façon ? Pourquoi êtes-vous ici ? Est-ce que je vais mourir ? Est-ce que je vais monter au royaume de l'impeccabilité en laissant derrière moi la merveilleuse architecture de ce monde ? Qu'est-ce que vous en pensez ? Que brassez-vous sous votre crâne de Juif ?

Sahar plaça une casserole d'eau sur le poêle, ajouta quelques bouts de bois et des crottes de mouton dans le feu, qui éclaira brièvement son visage et ses lacis de rides. Il était impossible de lui donner un âge. Moser avait demandé son âge à Pinto et, durant un moment, ce dernier avait été incapable de se le rappeler. Il avait tant vécu de vie, des décennies ramassées sur quelques mois, des années sur quelques semaines. Sahar apporta un autre bol d'eau qu'elle versa dans la bouche de Moser sans que cela étanche sa soif. La majeure partie du temps, Moser s'exprimait dans un allemand raffiné, puis, pris par son délire, il passait brutalement à l'anglais ou baragouinait un français qui ressemblait néanmoins à un autre type d'anglais. Sahar ne levait même pas la tête quand il pestait ; pour elle, ces langues européennes devaient toutes tenir du galimatias enfiévré.

Elle ne se souviendra pas de nous, songea Pinto. Il n'y a rien chez nous qui compte dans son quotidien. Nous ne sommes que des étrangers qu'une force quelconque a amenés là, tels des oiseaux inconnus que le vent a chassés d'une terre lointaine. Elle les aidait parce qu'elle ne pouvait pas les laisser mourir, pas parce qu'ils représentaient quoi que ce soit dans sa vie. Elle aurait fait la même chose pour un oiseau ou un agneau blessé. Peut-être les aidait-elle par crainte que les Européens ne la punissent à l'avenir. Ce pouvait être aussi parce qu'Eshan le lui avait ordonné, qu'il le jugeait nécessaire. Mais, dès l'instant que nous aurons passé son seuil, elle ne pensera plus jamais aux deux inconnus que nous sommes. Et pourquoi aurait-il fallu qu'elle se soucie de nous ? Daleko im lijepa kuća, disent les Bosniaques. Puisse leur jolie maison se dresser à bonne distance de nous. Si Manuči avait caché des inconnus, elle se serait affairée dans la cuisine afin d'accomplir les tâches que leur présence requerrait. Si Pinto avait parlé le tadjik, il aurait pu dire à Sahar qu'elle n'avait pas besoin de se donner tout ce mal, mais qu'il lui en était reconnaissant. Cela étant, ce n'était pas pour ça qu'elle se serait davantage souvenue de lui après son départ.

Épuisé par ses confidences interminables et les élancements de sa jambe à l'agonie et aux relents de cadavre, Moser perdit connaissance. Yolcha le chien, le premier à avoir détecté sa puanteur, restait à distance de l'Anglais. Sahar hochait la tête et maudissait Moser et sa jambe en tadjik, comme exaspérée par le caractère impitoyable de sa maladie, par la logique immuable de sa mort graduelle. Les étrangers apportent la mort, même si c'est la leur. Quelques jours plus tôt, Eshan était parti voir un légendaire herboriste kirghiz pour qu'il lui procure un produit susceptible de sauver la jambe de Moser, ou du moins sa vie, et Pinto avait espéré qu'il revienne à temps. Mais l'heure était venue d'amputer. Pinto était obligé de couper les orteils afin de ralentir la propagation de la gangrène. Et si Eshan tardait, il lui faudrait peut-être amputer davantage. Sahar lui servirait d'assistante. Elle maintiendrait l'Anglais, car ils ne disposaient que d'un seul anesthésique, l'hydromel qu'il pouvait encore y avoir sur place. Puis Pinto cautériserait les plaies au fer rouge, et Sahar prierait et jurerait. Quant à Moser, il lui faudrait trouver un moyen de survivre.

Dans les montagnes des Carpates, Pinto avait incinéré les membres amputés des soldats dans un bûcher perpétuel. D'un côté les silex et le bois ; et de l'autre le mouton pour l'holocauste. La densité de cette fumée, la puanteur de la chair humaine calcinée, ça ne s'oublie pas, ça vous reste en tête, à jamais incrustée dans vos narines. Un cheval s'était vu proposer une pleine grange d'orge, racontait Padri Avram, pourvu qu'il se laissât couper la tête. La sagesse des morts, toute cette inutile poésie passée, toute cette vie gâchée. Dieu s'occupera du mouton pour Son holocauste, mon fils. Si Moser mourait, il faudrait qu'ils construisent un bûcher et l'y incinèrent. Sinon, Pinto serait contraint de le mettre à geler dehors et, s'il avait de la chance, les loups ne s'attaqueraient pas à lui avant que le sol soit suffisamment dégelé pour qu'on puisse creuser une tombe.

Qui sait où son âme se retrouverait, dans un quelconque paradis, dans un quelconque enfer ou ailleurs ; dans tous les cas, le corps, s'il n'est pas brûlé, se décomposera ici même.

Il est en effet historiquement avéré que le major Moser-Ethering a quitté l'Inde en avril 1918 avec l'ordre de gagner Tachkent et d'y établir un rapport analysant l'ampleur avec laquelle les mouvements révolutionnaires en Russie métropolitaine s'étaient propagés au Turkestan. Il jouait le Grand Jeu, comme on désigne encore aujourd'hui les rivalités conflictuelles entre les empires russe et britannique. Chacun voulait étendre son territoire, or, le territoire qui ne vous appartient pas se situe toujours de l'autre côté des montagnes. Ce que nous savons sur le major Moser-Ethering, nous le devons à plusieurs ouvrages bien documentés décrivant ses multiples aventures secrètes, ouvrages que le major a lui-même signés. Ce sont des livres qu'on appelle des page-turners, ils vous tiennent en haleine même s'ils sont contés par la voix dédaigneuse d'un ancien professeur d'Oxford. Et ils soutiennent qu'il était déjà trop tard, lorsque le major arriva à destination. Les bolcheviks avaient fait tomber les couronnes temporelles de toute la famille royale russe en faisant tomber leurs têtes, et l'Apocalypse révolutionnaire était donc irréversible. Au moment de l'arrivée de Moser-Ethering, les Rouges exerçaient un fragile contrôle au Turkestan, où ils s'étaient appuyés sur des prisonniers de guerre pour former des unités militaires de bric et de broc. Les meilleurs (ou les pires) d'entre eux avaient rejoint la

Tchéka et raflaient des myriades d'éléments réactionnaires, Ouzbeks, Tadjiks et Kirghizes notamment, qui avaient l'audace de rester musulmans à une époque où, sous l'autorité de Lénine, on se libérait des chaînes des préjugés et de l'oppression. Quant aux étrangers dans Tachkent, à part essayer de continuer à vivre comme ils avaient vécu jusque-là, ils n'avaient guère le choix. L'avenir brutal avait déjà fracassé leurs portes, réquisitionné leurs biens et leurs propriétés, exécuté les espions dans leurs rangs au hasard d'une venelle, abattu traîtres et innocents en pleine rue.

À peine le major Moser-Ethering eut-il mis le pied dans Tachkent que la Tchéka l'eut à l'œil. De son côté, il comprit immédiatement que non seulement ses papiers officiels ne lui serviraient plus, mais qu'ils pouvaient lui valoir d'être promptement liquidé. Dans son récit, *Le Feu aux poudres*, Moser-Ethering dépeignit, non sans une forfanterie britannique toute délirante, les multiples manières dont il avait glissé entre les pattes des bolcheviks, ces brutes épaisses qui brûlaient de l'arrêter. Il repérait les agents provocateurs avant même qu'ils aient ouvert la bouche. Et pour se défaire des espions qui le filaient, il modifiait sa démarche. Comme la Tchéka savait qu'il parlait bien l'allemand, il faisait semblant de ne rien en connaître. En tant qu'écrivain, j'admire énormément son souci du détail. Il avait appris à enfiler son manteau à la russe : il le levait par-dessus son épaule gauche avant de couler le bras dans sa manche. Lorsqu'il se volatilisa sous leurs yeux, il réussit ce tour de force en entrant dans une maison, où il changea de vêtements et se rasa la moustache avec une incroyable célérité, puis passa par-derrière, sauta par-dessus plusieurs clôtures et sortit par la porte principale d'une autre maison, revêtu d'un uniforme autrichien élimé et coiffé d'un képi arborant l'aigle de l'empereur. Ainsi transformé en prisonnier d'antan, il passa devant ses limiers occupés à fumer comme des idiots en attendant l'espion impérialiste qui ne se montrerait jamais. Il se mua alors en Roumain appartenant à un régiment hongrois, car il ne pouvait parler aucune langue slave autre que le russe. De même ne connaissait-il ni le hongrois ni le roumain, mais il y avait apparemment peu de Roumains à Tachkent, et il pouvait ainsi se retrancher derrière son mutisme. Il parlait délibérément mal le russe, comme s'il ne l'avait appris qu'après son emprisonnement, et exagérait son accent étranger afin de dissimuler ses inflexions anglaises et se rendre le plus incompréhensible possible. Dans la rue, il claquait des talons et s'inclinait chaque fois qu'il croisait un regard n'appartenant pas à la paysannerie indigène. Puis il devint Jozef Lazar, un Albanais qui s'était fait capturer en Galicie, puis il se cacha dans la cave d'Isak Abramovich. Il ne s'aventurait dans leur minuscule jardin clos qu'à la nuit tombée, quand les rideaux de la ville étaient tirés pour le couvre-feu, histoire de se dégourdir les jambes et regarder les étoiles ; une fois, il vit un orbe brillant traverser le ciel nocturne et s'arrêter brusquement au-dessus de la ville, semblant réfléchir à la folie à ses pieds. Il n'avait parlé allemand à Pinto que dans le jardin, comme s'il lui confiait ainsi un message secret, que Pinto garderait à l'esprit jusqu'à la fin de ses jours. Das Meer hat seine Perlen, der Himmel hat seine Sterne.

Pour les Boym, y compris Isak Abramovich, Moser était un Albanais réticent à qui il arrivait de chuchoter sa gratitude en bon français, et qui avait de sérieuses raisons, même s'il les taisait, d'éviter la Tchéka. Isak Abramovich se conforma aux instructions d'Osman et ne sonda jamais Jozef Lazar, ne lui posa jamais de questions. Klara Isakovna, en revanche, voulait en savoir davantage sur le lointain pays inconnu de leur hôte. L'Albanie est merveilleuse, disait-il avant de décrire d'une voix hésitante les montagnes de rêve et les forêts édéniques.

— Et le comte Dracula ? demandait Klara Isakovna. Parlez-moi des vampires.

— Ils habitent en Roumanie, répondait-il, pas en Albanie.

Les bolcheviks continuaient d'écumer la ville à la recherche de Moser, brisaient des portes et embarquaient des gens en pleine nuit, les abattant à l'occasion et de manière arbitraire au-dessus d'un fossé. Osman prit des dispositions pour que Moser gagne les montagnes à bord de l'arba d'Eshan, où le fugitif endura les pets des chevaux avec le ferme espoir que les bolcheviks ne flanquent pas de coups de baïonnette trop consciencieux dans les fagots au milieu desquels il se dissimulait.

Sahar rajouta une poignée de crottes de mouton séchées dans le feu et souleva le couvercle de la casserole pour voir si l'eau bouillait. À cette altitude, l'eau bout en principe rapidement, mais tout ou presque allait de travers et comment savoir si les lois de ce monde tenaient toujours ? On est tous persuadés que le soleil se lèvera demain, mais personne n'en est trop sûr. Le Seigneur ne cesse de créer des mondes et de les détruire sans se soucier de nos projets ni de nos calendriers. Tu ne peux comprendre Mes règles. Tu t'endors dans un monde, tu te réveilles dans un autre. C'est déjà arrivé, ça arrivera encore. Il fallait que Pinto ampute la moitié des orteils de Moser, et peut-être sa jambe, pour le maintenir en vie au cas où le soleil se lèverait demain, et le lendemain, et le surlendemain. Même s'il était possible que ce soit en vain.

L'eau bouillait, Sahar plongea donc le grand couteau à égorger dans la casserole. Puis elle s'assit et se mit à peigner la laine en pinçant et en étirant les brins jusqu'à ce qu'ils acquièrent la finesse du fil de la Vierge, comme si c'était son rituel pour s'apaiser. De temps à autre, elle se tamponnait les lèvres avec un des bouts noués de son fichu. C'était une femme sèche et nerveuse, aux doigts grêles et aux avant-bras tout en tendons. Contrairement aux femmes sartes, elle ne se voilait pas le visage et ne détournait pas les yeux quand elle regardait un homme. Mais elle ne disait jamais rien. Pinto avait compris que, même s'ils avaient eu une langue commune, elle se serait tue ; et elle ne parlerait jamais à personne des deux étrangers qui avaient logé dans la ferme aux abeilles, ne les évoquerait jamais. Eshan lui avait laissé un fusil, étant donné que c'était elle qui s'en servirait ; que c'était elle qui tirerait, car on ne pouvait pas compter sur Pinto pour tuer quelqu'un, et même pas un loup.

Quand Eshan était là, Sahar et lui ne communiquaient que par le biais de brefs coups d'œil, c'est à peine s'ils échangeaient quelques mots. Parfois, elle comprenait intuitivement ce qu'il voulait. Lorsqu'il avait fini son thé, elle remplissait sa petite tasse. Un jour où il s'était endormi à table, la joue à côté de son bol en bois, elle lui avait ôté son tubeteika ; elle l'avait déjà fait et savait comment ne pas réveiller son homme. Pour Pinto, il était évident que si jamais Eshan la giflait, elle lui planterait un poignard dans l'œil ; il le voyait à la manière dont elle tenait le manche du couteau, à ses muscles crispés. Manuči n'aurait jamais osé désobéir aux ordres de Padri. Lorsqu'il la giflait, elle pleurait sans bruit au-dessus du poêle et ses larmes tombaient, goutte à goutte, dans la soupe de betterave. Les plats des mamans sont toujours les meilleurs, disait-elle, parce qu'ils sont assaisonnés de larmes.

Le feu dans le poêle de Manuči devait être entretenu lui aussi, parce que le feu voulait continuer à brûler, de même que tout ce qui vit veut continuer à vivre, du moins tant que le soleil se lèvera, ou bien tant que le Seigneur n'aura pas décidé d'exterminer toute créature vivante ou peut-être juste moi et tous ceux que j'aime. Manuči devait être en train d'attiser le feu et de l'alimenter à coups d'épis de maïs et de vieilles épluchures de pommes de terre ; jamais elle n'aurait touché les crottes de mouton séchées que les paysans vendaient aux pauvres hères de Sarajevo n'ayant pas les moyens d'acheter du vrai bois. Elle versait de l'eau chaude sur le pain rassis afin de faire du popara, sans beurre sur le dessus, mais avec beaucoup de larmes. Elle aussi n'avait sûrement plus que la peau sur les os aujourd'hui et sans doute était-elle percluse de douleurs et toute dure, tenant sa jupe d'une main pour éviter qu'elle ne glisse sur ses hanches ratatinées. Madre mija si mi muero. Elle ne devait plus trop manger, juste assez pour ne pas mourir avant que son fils unique ne revienne de la guerre. Simha avait dû se marier, mais sans doute venait-elle voir sa mère chaque fois qu'elle en avait l'occasion, ce qui ne suffisait jamais à Manuči, et ensemble elles devaient se nourrir d'espoir et de spéculations sur Rafo, ce qui lui était arrivé, s'il allait trouver moyen de leur écrire une lettre. Manuči devait chanter pour apaiser sa solitude, repenser à lui tout gamin, avant qu'il ne parte à Vienne. Halva, sheker ola. Son Rafo, son fils unique, vêtu d'une robe de fille et coiffé d'un tukadu pour dire son texte dans la pièce de tija Laura : Si los amijos kajeron, los dedikos kedaron. Quand bien même les bagues glissent, les doigts demeurent. Les quelques lettres qu'il avait réussi à envoyer avant d'être fait prisonnier n'avaient rien appris à Manuči sinon qu'il était vivant à ce moment-là – la dernière avait été envoyée de Galicie, il y avait plus de trois ans. Même quand on a perdu ses doigts, ils peuvent encore vous faire mal et vous démanger.

La respiration de Moser était bruyante et plus rapide, les crottes de mouton crépitaient. Pinto avait faim, mais la guerre lui avait appris que manger avant de trancher dans des chairs putréfiées et de scier des os n'allait pas sans risque. De son côté, Sahar se préparait à l'amputation d'un homme en peignant la laine, et Pinto n'avait pas envie de l'arracher à sa quiétude. Elle ne le regardait pas, ne disait rien, comme si pour elle tout était totalement clair. Pinto ne savait pas si Eshan lui avait expliqué ce qu'ils auraient à faire s'il ne revenait pas à temps ou bien si elle l'avait compris parce qu'il était évident que le pied de plus en plus noir de Moser, dont les muscles et les tendons étaient de plus en plus menacés par la gangrène, ne pouvait attendre le retour de son mari.

Eshan avait dû être gêné de laisser sa femme avec un étranger pendant qu'il allait trouver l'herboriste. Il connaissait Osman et lui faisait confiance, mais sans doute devait-il aussi savoir que Sahar n'hésiterait pas à planter son poignard dans l'œil de Pinto, si jamais celui-ci venait à lui manquer de respect. Ils étaient probablement tombés d'accord, à travers leurs regards muets, sur le fait que Pinto était inoffensif. Ou peut-être avaient-ils compris, avec cette intuition propre aux gens des montagnes, que les femmes ne suscitaient pas la concupiscence de Pinto. Il y avait quelque chose, dans la manière dont Eshan se comportait en sa présence, qui suggérait que ce dernier avait déjà rencontré des hommes dans son genre ; devant lui, il se plaçait de biais, comme pour se ménager la possibilité de se mettre plus rapidement à bonne distance de lui. Ou peut-être pour lui montrer qu'il pouvait basculer d'un côté ou de l'autre. Peut-être Eshan aimait-il aussi les hommes. Il y avait des hommes qui aimaient les hommes, même s'ils étaient mariés ; des hommes qui aimaient les hommes, même s'ils aimaient les femmes. Sahar leva la tête vers Pinto, comme si elle lisait dans ses pensées, et il baissa pudiquement les yeux. En principe, Eshan aurait déjà dû être de retour. Il était clair que Sahar s'inquiétait à la possibilité qu'il lui soit arrivé quelque chose, qu'une situation nouvelle ait bousculé son univers. On aurait dit qu'elle s'habituait à l'absence d'Eshan, qu'elle se refusait encore à croire que ça se prolonge, qu'elle pouvait devenir une épouse sans mari, sans être une veuve pour autant.

La nuit, quand le feu dans le poêle flambait et faiblissait, Pinto s'imaginait vivre avec Osman dans une cabane comme celle-ci, haut dans les montagnes, loin des gens, de leurs commérages et de leurs jugements, des projets meurtriers qu'ils nourrissaient pour s'assurer un avenir parfait. La cabane ressemblerait à leur chambre de Tachkent, mais en mieux, parce qu'il n'y aurait personne à proximité. L'hiver, ils dormiraient, jambes entrelacées ; l'été, ils seraient nus. Air pur, paix, beauté partout – ici, ils pourraient vivre une longue vie, tant qu'ils se tiendraient à bonne distance des bolcheviks. Mais, auparavant, il fallait maintenir Moser en vie afin de l'envoyer en Perse ou en Inde – où qu'il aille, il aurait besoin de sa jambe.

Hajdemo, dit Pinto à Sahar, en bosnien, comme si, pour elle, ça pouvait faire une différence avec le spanjol ou l'allemand. Elle comprit et alla ramasser un autre bol de neige dehors auquel elle ajouta une louche d'eau bouillante. La vapeur s'éleva, pareille à un rêve, et Pinto tendit les mains au-dessus d'une cuvette en bois pour que Sahar les lui mouille. L'eau était brûlante et lui arracha un hurlement de douleur, mais Sahar, elle, ne trembla pas, ne broncha pas. Elle sortit un tissu propre du four et Pinto s'essuya les mains. Elle plaça une bûche sous le pied de Moser, puis retira le couteau de l'eau bouillante et le remit à Pinto. Elle souleva le drap recouvrant le pied gangrené d'où s'éleva une puanteur de mort. Ensuite, elle appuya sur le genou du major afin de maintenir sa jambe, mais le malheureux n'eut aucune réaction. La mort met un terme à toutes les souffrances. Armé de son couteau, Pinto trancha les chairs du gros orteil boursouflé jusqu'à ce qu'il eût atteint l'os, continua. Moser hurla et tenta de se redresser, mais Sahar plaqua la main sur son torse et le repoussa. Pinto coupa l'orteil suivant, tandis que Moser martelait le dos de Sahar à coups de poing.

L'Anglais cherchait à rejoindre le prochain abri sûr quand il avait glissé et dévalé la pente au bas de laquelle se dressait un muret d'éboulis. Eshan avait dû attacher une corde à un arbre et descendre en s'y cramponnant pour découvrir que Moser s'était cassé la jambe, d'où l'os ressortait comme un pieu. Eshan avait remonté le blessé vaille que vaille, l'avait porté sur son dos jusqu'à la cabane, avait remis l'os en place à mains nues, puis avait immobilisé la jambe sur laquelle il avait appliqué une sorte d'onguent au miel. Il avait poursuivi le traitement, mais le pied avait quand même enflé, de sorte que Pinto avait dû venir de Tachkent avec quelques scalpels, une seringue et une ampoule de morphine toujours aussi tentante.

Pendant la guerre, Pinto avait coupé des dizaines de membres en qualité de hećim ; un grand nombre de soldats étaient morts, certains avaient dû s'en tirer et étaient peut-être encore en vie, d'autres étaient peut-être même repartis en Bosnie. Il n'y avait aucune différence entre la jambe d'un Anglais et celle d'un paysan. Les os d'un Anglais n'étaient pas plus durs, ni sa chair plus résistante au mal qui la rongeait. Pinto coupa les orteils restants, qui tombèrent comme des billes dans la cuvette, sans projeter de sang sur la bûche. Le gros orteil sortit de la cuvette et atterrit par terre. Yolcha risquait de venir le barboter, songea Pinto avant de se rappeler que le chien était dehors.

Il fallait maintenant qu'il administre de la morphine à Moser. Peut-être était-il préférable qu'il commence par le laisser surmonter la douleur sans rien, ainsi pourrait-il la garder pour plus tard, et si Moser ne s'en sortait pas, eh bien… il ne fallait jamais gâcher la morphine. Ce n'était pas facile d'amputer, même quand la chair était putride ; après la campagne des Carpates, il avait eu des ampoules à la main à force de couper des membres. Il prépara la seringue. Il valait sans doute mieux ne pas donner toute la morphine à Moser, car lui-même pourrait en prendre un peu pour mieux dormir. Il se lava à nouveau les mains, pendant que Sahar bandait les plaies avec un pansement de laine trempé dans le miel.

Dehors, aussi loin que portaient les yeux, tout était habillé d'une neige mutique. Snijeg pade na behar, na voće. La neige tombait sur la fleur, sur le fruit. Moser parlait tellement sous le coup de la douleur que Pinto appréciait le silence qui régnait quand le malade dormait. Et Sahar aussi. Les sommets des montagnes émoussés par les amas de neige se résumaient à de simples courbes d'une blancheur infinie, de sorte que le vieux chinar, le platane d'Orient, au pied de la colline sur laquelle se dressait la cabane, ressemblait à une incongruité, à quelque chose qu'il serait bon d'effacer afin de restaurer la perfection. Malheureusement pour les êtres humains qui voient sans savoir ce qu'ils voient, se tiennent debout sans savoir ce sur quoi ils se tiennent debout.

Mais voilà qu'une ombre se dissocia du sombre tronc du chinar pour avancer péniblement à travers la neige haute d'un bon mètre et le cœur de Pinto se mit à palpiter d'espoir à l'idée qu'Osman était peut-être venu le rejoindre. Si ma chance était à la hauteur de mon malheur, et que tu viennes dans mes appartements… Puis une autre silhouette noire suivit, un canon de fusil sur le dos, et Pinto reconnut des hommes gravissant la colline. Yolcha aboyait à présent comme un possédé. Sahar elle aussi regarda par la fenêtre et vit les hommes se diriger vers eux. Pinto ne pouvait bouger, ni envisager quoi que ce soit à part attendre, mais Sahar se saisit du fusil, le pointa sur le couteau, dont Pinto s'empara ; puis il attendit dans un silence crispé. Sahar jeta un coup d'œil par la fenêtre, mais se rejeta rapidement en arrière, car les hommes étaient à présent suffisamment proches pour les repérer. Elle se plaça face à la porte, le fusil braqué dessus, prête à tirer. Pinto ne comprit pas ce qu'elle dit en tadjik, mais elle n'avait pas du tout l'air effrayée.

« Snijeg pade na behar, na voće, chantait comme autrefois la voix d'Osman à l'oreille de Pinto. Neka ljubi ko god koga hoće. » De la gran eskuridad, Il a tiré la chanson et apporté la lumière au monde. Que chacun aime qui bon lui semble.

Pinto vit le doigt de Sahar crispé sur la détente, il entendit la neige crisser sous les pieds des inconnus. Yolcha se mit à décrire des cercles frénétiques autour des hommes, sans les attaquer. Moser grogna de douleur dans son sommeil, et les pas bruyants dehors s'arrêtèrent – un brusque silence se fit à la porte de la cabane.

— Sahar, dit la voix dehors.

Sahar poussa un soupir et reposa le fusil.

Osman, dont Pinto, pour avoir reposé dans ses bras, la joue contre son torse, connaissait si bien la respiration, avait du mal à reprendre son souffle entre les couplets. Ako neće, nek' se ne nameće. Qui dit qu'une voix d'homme ne s'entend pas aussi bien de jour que de nuit ? « Da sam sretan k'o što sam nesretan, chantait Osman contre la joue de Pinto, da mi dođeš u moje odaje. » Moser gémit et grogna à nouveau, du fond de son cauchemar. La pièce sentait le pus, la cire et le miel, et un peu le feu de crottes séchées et la vapeur. Si le corps d'Osman avait accompagné sa voix, la chanson se serait transformée en un baiser.

Eshan ouvrit la porte et entra, le visage masqué par une barbe épaisse, le nez cramoisi sous la morsure du froid. Un homme plus petit, totalement emmitouflé, la figure enveloppée dans une écharpe, le suivait, et le cœur de Pinto se mit à danser alors qu'il savait pertinemment que ce ne pouvait être Osman.

— Sahar, dit Eshan.

Elle mit du thé dans deux bols en bois et versa de l'eau chaude dessus. L'autre homme dévoila son visage qui n'était pas celui d'Osman, accepta le bol que Sahar lui tendit et le garda dans ses mains afin de se réchauffer.

— Hunuk ast, dit-il.

Et Eshan et Sahar acquiescèrent.

Ce fut précisément à ce moment-là que Moser ouvrit les yeux – ils étincelaient toujours de fièvre, l'amputation n'y avait rien changé – et recommença à délirer comme sur commande, Ich verliess Sringar am Geburstag von Lenin, den 22 April. Siebzehn Tage bis nach Gilgit, zuerst auf etlichen Schiffen, dann zu Fuss.

L'herboriste kirghiz s'appelait Aziz. Il montra à Pinto une boîte ronde en bois renfermant une sorte de pâte brun foncé, que Pinto prit pour de la merde. Aziz dut voir son dégoût et sa perplexité. À l'aide d'une baguette à l'extrémité calcinée, il dessina une plante sur un bout de papier chiffonné et raidi : elle était grande et fine, avec de longues feuilles étroites et des fleurs ressemblant à de petites clochettes.

— Okopnik, dit-il en pointant la pâte du doigt. Okopnik.

Dans l'expectative, Aziz dévisagea Pinto, mais, même si la plante paraissait avoir été incinérée dans quelque brasier infernal, celui-ci n'avait aucune idée de ce que c'était. Aziz lui fourra la boîte en bois sous le nez jusqu'à ce qu'il ait l'odorat saturé par une légère odeur de merde.

— Okopnik, répéta Aziz.

Dans la vieille drogerija, Padri Avram flanquait des boîtes pleines de simples sous les yeux de son fils en lui demandant de les identifier et de lui détailler leurs propriétés. Rafo avait souvent achoppé sur cette tâche qui, pour son père, était probablement d'une facilité enfantine. La seule odeur qu'il reconnaissait infailliblement était celle de la lavande, au parfum marqué, empli de soleil, mauve, mais il était incapable de se rappeler les maux qu'elle soignait, en dehors de son cœur perpétuellement blessé, et alors il pleurait en essayant de deviner.

— Les crampes d'estomac, la rhinorrhée, disait-il.

— Oh, quelle honte, quel chagrin ! s'écriait son père en le frappant sur la tête. Ta honte, mon chagrin !

Moser ne se réveilla même pas quand Eshan défit son pansement. Les plaies d'amputation étaient violacées et exsudaient un liquide qui était trop noir pour du pus, mais n'était pas du sang. Aziz étala la pâte sur un tissu, puis fit signe à Pinto de soulever le pied, qui sentait encore la levure trop fermentée et les vieux asticots, pendant qu'Eshan, posté derrière la tête de Moser, posait les mains sur ses épaules. Lorsque Pinto saisit le talon de Moser pour soulever sa jambe et que celui-ci hurla en tentant de se redresser, Eshan le maintint fermement. Aziz plaça le tissu sur son tibia, commença à bander la jambe en décrivant une spirale vers le bas, puis enroula le fameux tissu autour du pied et du moignon en le pressant de façon à mieux répartir la pâte, tandis que Moser jurait en anglais, en allemand et en français.

Pinto revit soudain, sur une affiche accrochée par un clou à une étagère de l'Apotheke Pinto, un petit croquis en couleur de la plante qu'Aziz avait dessinée. Il avait rapporté de Vienne cette planche qui présentait plusieurs illustrations de plantes, en rouge, pourpre, jaune et bleu, sous lesquelles étaient marqués leurs noms latins. Il l'avait achetée non parce qu'il s'intéressait aux simples, mais parce qu'elle était jolie, que sa splendide profusion lui rappelait Vienne, sa richesse et sa joie de vivre. Il ne connaissait qu'une seule plante sur l'affiche, celle que Padri appelait gavez et qu'il vendait pour soigner les fractures ; la moitié du Čaršija venait l'acheter dans sa drogerija. Pinto s'était moqué du cataplasme de sorcière que Padri préparait à partir de la racine et des feuilles, et que les gens appliquaient sur leurs bras cassés ou leurs plaies sanguinolentes. Il apprendrait par la suite, à Vienne, que la gavez n'avait absolument rien à voir avec les superstitions de son père dans ce domaine, mais qu'elle avait en fait un nom binominal, sérieux, en latin, *Symphytum officinale*, qu'elle s'appelait Beinwell en allemand et que les médecins autrichiens en col raide la prescrivaient communément pour stopper les saignements menstruels excessifs, soigner les coupures et les infections, consolider les fractures et pour de nombreux autres problèmes. Un bon fils aurait raconté à son père ce qu'il avait appris à l'université à Vienne, en admettant que Padri ait su ce dont il retournait, mais Pinto n'aurait jamais l'occasion de le lui raconter, vu qu'il n'en avait jamais cherché une.

Ils pansèrent le pied de Moser et le reposèrent, et Moser s'évanouit. Il grimaçait dans son sommeil, les veines irriguées d'un sang mauvais. De temps à autre, il hurlait dans une langue qui ne ressemblait à rien de ce que Pinto eut pu reconnaître et qui n'existait peut-être même pas. Dieu n'a besoin de rien, c'est nous qui avons besoin de Lui, disait souvent Osman. Si nous nous détournons de Lui, Il nous remplacera par d'autres gens, qui ne nous ressembleront pas du tout. Ils seront pires, ou meilleurs, mais ils ne nous ressembleront pas du tout et pas un seul d'entre eux ne se souviendra de nous tels que nous étions, et s'ils relatent un jour des histoires sur nous, ce sera dans une langue que nous ne pourrons jamais comprendre.

Klara était capable de réciter de la poésie en français ; elle avait eu une gouvernante française qui lui servait d'obsolètes potins de Paris, qu'elle avait quitté des années auparavant, et lui confiait parfois des histoires d'amours passionnelles mettant en scène dans le cadre de jardins parisiens des madames qui se pâmaient, des messieurs adultères et des flacons d'arsenic romantique. Sans doute Klara écrivait-elle aussi de la poésie, car elle était habitée de l'ardente soif d'être quelqu'un d'autre, ailleurs. Elle était curieuse d'en savoir plus sur la lointaine ville de Sarajevo, dont elle n'avait entendu parler que lors de l'assassinat de l'archiduc.

— Étiez-vous sur place ce jour-là ? avait-elle demandé. Qu'avez-vous vu ?

Pinto ne voulait rien en dire, parce qu'il avait l'impression que tout ça s'était produit dans une vie antérieure et n'avait plus aucune importance, mais aussi parce qu'il avait le sentiment qu'Isak Abramovich désapprouvait les exigences injustifiées de Klara, sa curiosité brûlante. Ce fut Osman qui le poussa en avant et souligna avec bravade la présence de Rafo au moment même où se défaisait le monde tel qu'ils l'avaient connu. Pinto n'eut d'autre choix que de raconter l'histoire, laquelle culminait avec le cri de Sa Majesté : Soferl, Soferl, ne meurs pas. Vis pour nos enfants. À ces mots, Klara plaqua les mains contre sa poitrine, comme pour empêcher son cœur de se briser et s'écria : Oy ! Oy ! Oy !

Osman ne tenait pas à raconter ce qui appartenait à Pinto, même si celui-ci l'avait souhaité, parce que cette histoire prouvait qu'il était présent ici et maintenant de même qu'il avait été là-bas au moment où les choses s'étaient produites. Osman était fasciné par le fait que Pinto puisse raconter une histoire sur celui qu'il avait été avant, comme si elle se déroulait dans un pays lointain. Parfois, lorsqu'ils étaient couchés côte à côte, Osman lui demandait de la lui reraconter, lui posait des questions sur le Rittmeister et sur l'homme à l'accordéon qui poussait l'edepsiz – ça l'excitait, cette histoire, alors Pinto reprenait son récit, leurs corps chauds l'un près de l'autre, avec, à son oreille, le souffle d'Osman, lent, régulier, paisible.

Un jour, Osman s'endormit avant la fin, alors Pinto imagina un avenir où, pour Manuči, il évoquerait le moment où il était sorti de la prison en suivant la voix d'Osman et s'était avancé droit dans le soleil aveuglant qui l'avait aussitôt laminé. Prêt à mourir, il s'était assis dans la poussière de la cour de la prison ; dans les minarets alentour, les muezzins appelaient à la prière ; la poussière était chaude ; un homme l'avait aidé à se relever, il sentait la sueur, le tabac et, derrière tout ça, il flottait une odeur florale que Pinto n'avait pu identifier. Mais un nom lui était alors venu à l'esprit : safran, fleur qu'il n'avait pas réussi à se représenter. Et il n'avait pas pu voir Osman non plus, ne distinguant que les silhouettes des prisonniers libérés plissant des yeux incrédules face au ciel, puis s'égaillant avant que les Russes ne se ravisent. L'inconnu riait. Dans la poussière juste devant Pinto, il y avait une tache noire dans laquelle il avait reconnu du sang séché. C'est l'endroit parfait pour mourir, avait-il songé, balisé juste pour moi. Mais voilà qu'Osman avait émergé de la lumière, qu'il avait déployé son ombre sur le sol et avait remis Pinto sur ses pieds avec une telle facilité que celui-ci s'était cru déjà mort et avait pensé que c'était son âme qu'on soulevait de terre. Pourtant, le corps d'Osman était chaud et moite, il avait de la force et des bras, et une odeur de sueur nouvelle, le genre de sueur qui émane d'une peau lavée à l'eau et au savon, et les mains avaient agrippé les flancs de Pinto, le corps l'avait porté, et son âme avec lui. Gloire à Celui qui a créé les différentes variétés d'arbres et de plantes, les hommes et les femmes, et diverses espèces de créatures dont ils ignorent jusqu'à l'existence.

— Je suis là, avait dit Osman. Allons-y.

— Sparky ! Je ne vous permets pas de m'appeler Sparky ! hurla Moser, à présent endormi. Ne m'appelez pas Sparky !

De nouvelles crottes séchées crépitaient dans la cheminée, mais Sahar n'était plus dans la cabane.

Lorsque Pinto s'était réveillé dans un lit d'hôpital et qu'il avait vu le pâle visage osseux d'Isak Abramovich penché sur lui et pressant le pavillon plat d'un stéthoscope contre son ventre nu et creux, il avait eu la conviction qu'Osman avait été une hallucination. Peut-être avait-il rêvé le temps qu'ils avaient passé ensemble, peut-être Pinto avait-il seulement souhaité lui donner une existence immatérielle ; peut-être Osman était-il son džin, un esprit. La salle d'hôpital fourmillait d'hommes malades, émaciés, à deux par lit parfois et, dans un coin encombré comme une ruche, il n'y avait que des lits superposés et surchargés.

— Heureux de vous accueillir à nouveau parmi nous, dans ce monde qui vaut ce qu'il vaut.

Il avait fallu à Pinto un moment pour comprendre qu'on lui parlait en russe, puis en allemand, puis il n'y avait plus rien eu et même là il avait continué à ne rien comprendre.

— Was sagst du ? avait-il demandé.

Isak Abramovich ouvrait toujours la bouche à la manière d'un poisson hors de l'eau.

— Was ist das für ein Ort ?

Donc, lorsqu'Osman, porteur d'une pastèque, était entré dans la salle, visage rasé et moustache taillée comme en des temps plus heureux, vêtu d'un uniforme propre et dépareillé – haut Honvéd vert et pantalon de Rittmeister avec galon rouge –, Osman dont le corps bougeait avec agilité en exsudant une bonne santé incongrue, Pinto avait hurlé contre Isak Abramovich, comme s'il était responsable de ce cauchemar – un Osman présent sans l'être. Il avait fallu que son bien-aimé s'agenouille à côté du lit, qu'il coupe le fruit et lui en offre une tranche pour que Pinto reconnaisse qu'il était vraiment là. Après avoir goûté la pastèque juteuse, rouge et sucrée, il avait fini par admettre que c'était bien le monde dans lequel son corps vivait, et qu'Osman y était vivant lui aussi.

— Er ist seit Tagen hier, avait dit Isak Abramovich. Er hat darauf gewartet, dass du aufwachst.

— Ich bin jetzt hier, avait répondu Osman. Je suis là, maintenant.

Vallée de Ferghana, 1921

J'ai écumé des kilomètres de pages et des montagnes d'indices, j'ai lu des chroniques de guerre, des témoignages de grands criminels, des récits d'expéditions, de révolutions et d'exploits coloniaux couvrant une large part des vastes étendues séparant Sarajevo de Tachkent et au-delà, mais, dans les documents et livres historiques, Osman Karišik ne se matérialise qu'une seule fois. Ce n'est que dans quelques chapitres de l'ouvrage *Le Feu aux poudres* qu'il me sourit et m'adresse un clin d'œil.

Le récit de voyage d'Edgar Moser-Ethering a été publié en 1946, à l'aube glacée de la guerre froide, quand Sparky grenouillait pour devenir membre du cabinet, peut-être même Premier ministre, et qu'il était donc enclin à doper sa réputation de légende du renseignement britannique endurcie dans la défense des possessions impériales et la lutte contre les infâmes ennemis de l'Empire, les bolcheviks en particulier. Il relate donc avec une délectation hautaine les petits trafics malins auxquels il s'est prêté dans le cadre du Grand Jeu : il y a entre autres les montagnes et les frontières qu'il a franchies à maintes reprises, ses subterfuges et ses déguisements pour échapper à la Tchéka et au NKVD, ses ruses pour contrecarrer brigands et bandits. Il échafaude ses complexes intrigues avec des myriades d'indigènes et d'alliés internationaux, dont l'identité complète ne nous est révélée que s'ils ont péri entre-temps, se sont volatilisés, mènent une existence différente et ne risquent donc plus d'être exposés et/ou poursuivis à l'heure de la publication. Il arrive qu'il s'étende sur ce que sont devenus ses anciens ennemis ou alliés après avoir échappé au domaine de sa narration immédiate, mais en général ils n'apparaissent que brièvement au fil des pages et on ne les revoit jamais. En matière de férocité et d'oubli sélectif pour gérer amitié et loyauté, Sparky Moser-Ethering était exceptionnel, à l'image de tous les espions hors pair. Il a peu de regrets et aucune contrition, mais il raconte assurément une foule d'histoires fabuleuses.

Dans le chapitre « Caché au vu de tous », Moser-Ethering, que des espions bolcheviques traquent à travers tout Tachkent, descend par une trappe dissimulée derrière une armoire mobile dans le sous-sol d'une famille de Juifs russes. Ils ne le connaissent qu'en tant qu'Albanais ayant en principe servi dans un régiment croate, mais ne posent guère de questions, notamment parce qu'il semble ne parler que des rudiments d'allemand. Il passe plusieurs semaines chez les Boym, ne sortant de sa tanière que la nuit pour respirer un peu d'air frais dans leur jardin clos. Par une nuit étoilée, il rencontre un superbe Bosniaque qui travaille pour la Tchéka, mais dont le chef de famille (Isak Abramovich) s'est porté garant. Moser le surnomme le Superbe Bosniaque, mais il s'agit d'Osman Karišik, qu'on reconnaît à sa moustache impeccable, son visage ovale et son charme indélébile. Le Superbe Bosniaque dit d'emblée à Moser-Ethering qu'il sait qu'il est l'espion britannique que tout le monde recherche et qu'il pourrait aisément le livrer afin d'obtenir une promotion gratifiante. Étant un mahométan sachant lire et citer le Coran, le Superbe Bosniaque s'est assuré une place de choix à la Tchéka. Les bolcheviks le jugent utile, parce qu'ils ambitionnent de rameuter les musulmans pour la cause de la révolution mondiale, et que ces derniers pourraient en fin de compte établir un lien avec leurs frères du sous-continent, lesquels se soulèveront certainement un jour contre la domination britannique. Cependant, le seul objectif réel du Bosniaque, c'est de trouver un moyen de quitter le Turkestan et de rentrer chez lui à Sarajevo, dont il parle avec une nostalgie poignante. Le Superbe Bosniaque a clairement conscience que son utilité à la Tchéka est limitée et que, tôt ou tard, on se débarrassera de lui. Il assure à Moser-Ethering qu'il est disposé à l'aider parce qu'il croit que l'Anglais pourrait un jour ou l'autre lui rendre la faveur et l'aider à regagner son pays. L'Anglais s'enorgueillit de juger les hommes et de saisir rapidement la logique de leur raisonnement – il apprécie Osman et sa franchise et comprend que lui-même n'a guère le choix. Dans le jardin baigné de clair de lune et croulant sous les tomates et les rosiers défleuris, une confiance mutuelle s'établit et un accord est trouvé : le Superbe Bosniaque mettra tout en œuvre pour protéger le major Moser-Ethering et lui permettre de quitter Tachkent et le Turkestan, tandis que Sparky aidera Osman, par tous les moyens dont il disposera, à retourner chez lui. Lass dies den Beginn einer schönen Freundschaft sein, dit Moser-Ethering tandis qu'ils échangent une poignée de main.

Dans le chapitre « Vers les montagnes », le Superbe Bosniaque organise la fuite de Moser-Ethering : dissimulé au milieu d'un fagot à l'arrière d'une arba réquisitionnée par un Tadjik du nom d'Eshan, Sparky franchit en douce les contrôles bolcheviques ; à Troitskoe, un soldat de la révolution trop zélé colle des coups de baïonnette dans le fagot et troue l'uniforme de Sparky au niveau de l'aisselle, mais il ne fait qu'érafler sa peau. Moser-Ethering remonte toute la vallée de Ferghana en se faufilant d'un abri sûr à un autre, maison, hutte ou cabane, puis grimpe dans les montagnes pour échapper aux curieux et aux espions. Il glisse sur une pente verglacée, s'écrase sur un tas de pierrailles en contrebas et se casse la jambe, son tibia ressort. Il se cache dans une ferme apicole bloquée par la neige, mais sa jambe s'infecte et le Superbe Bosniaque doit lui envoyer un médecin. Le médecin parle un allemand de Vienne charmant et a des traits sombres qui suggèrent une judaïté exotique – description qui, nonobstant son racisme ordinaire, convient plutôt parfaitement à Rafael Pinto. Pinto (jamais nommé ainsi dans l'ouvrage de Sparky) l'ampute des orteils et réussit à sauver sa jambe, mais la guérison de Moser est longue et difficile. Dans le chapitre « Délivrance », les tentacules du printemps remontent les pentes, ce qui signifie que les bolcheviks vont envoyer des patrouilles et des équipes de recherche pour ratisser les montagnes dès que les routes seront praticables. La jambe de Moser-Ethering n'est pas totalement guérie, il ne lui sera donc pas possible de les semer une fois de plus. C'est à peu près vers cette époque qu'il fignole sa claudication légendaire, laquelle l'obligera à recourir à l'autorité d'une canne de marche plus tard dans sa vie et sa carrière.

Bref, sous la remarquable houlette de Sparky, le Superbe Bosniaque orchestre un complexe plan d'exfiltration doté d'une substantielle dimension fabulatrice. En premier lieu, Sparky le charge de lancer une rumeur, qu'il répandra ensuite par incréments soigneusement disséminés : Moser-Ethering a été vu partout dans Tachkent et se prépare à partir dès que possible pour Boukhara où il pourrait faire le dos rond sous la protection de l'émir avant de mettre le cap sur la frontière perse au sud-ouest, derrière laquelle stationnent le major-general Ironside et ses formidables Forces royales. Sparky et le Superbe Bosniaque savent très bien que non seulement les bolcheviks désirent capturer l'espion britannique, mais qu'ils meurent aussi d'envie de conquérir Boukhara qui, sous la main de fer de l'émir – il a déjà décapité quinze espions britanniques –, a tout d'un bourbillon au beau milieu du territoire gouverné par le prolétariat. Ils savent également que les bolcheviks ne supporteraient pas que Moser-Ethering puisse attiser la puissante panse belligérante de l'émir, de même qu'ils ne seraient pas prêts à affronter la fureur probable des musulmans en cas d'attaque de la cité-État avec ses fortifications – en résumé, ils doivent à tout prix stopper Moser-Ethering avant qu'il atteigne Boukhara. La rumeur selon laquelle Moser-Ethering compte se rendre à Boukhara revient à son point de départ lorsqu'elle arrive aux oreilles du camarade Stark, le chef de la Tchéka et supérieur d'Osman qui, comme on pouvait le prévoir, consulte le camarade Karišik, lequel lui garantit à son tour qu'il s'agit sans doute d'une rumeur véhiculée par l'ennemi. L'Anglais – les sources du camarade Karišik sont formelles – se cache très probablement dans les montagnes au-dessus de la vallée de Ferghana. Le Bosniaque s'attend alors à ce que le camarade Stark consulte le camarade Tsirul, son adjoint extrêmement borné, dont le principal atout est l'allègre brutalité avec laquelle il torture et liquide les nombreux ennemis de la classe ouvrière et de leur révolution. Il y a longtemps que Tsirul déteste le superbe camarade, au même titre qu'il déteste tous ces musulmans adeptes du lavage de cul, et il va donc soutenir mordicus que Moser-Ethering se faufilera dans le train à destination de Kagan, ville située à moins de vingt-cinq kilomètres de Boukhara, d'où il pourrait se mettre prestement à l'abri. Lorsque, comme on pouvait s'y attendre, le camarade Stark accorde sa confiance au camarade Tsirul, le Bosniaque s'incline, mais suggère alors que l'espion britannique s'attend sûrement à ce qu'on lui tende un piège. Il est tout aussi probable, fait remarquer le camarade Karišik, que, parmi les éléments réactionnaires, les alliés et soutiens de l'espion fassent diversion pour l'aider à atteindre Boukhara. Tout cela étant parfaitement logique pour le camarade Stark, il charge donc le Bosniaque en personne de découvrir quand et comment cette fuite pourrait avoir lieu.

— Toujours au service des travailleurs, répond le camarade Karišik en saluant le camarade commandant.

En attendant, les bolcheviks vont augmenter le nombre de leurs mouchards dans la gare ; le train, régulièrement irrégulier si l'on peut dire, doit continuer à circuler afin de ne pas dissuader le subversif recherché de se montrer ; la gare de Kagan elle aussi grouille déjà de gardes bolcheviques, tandis que le tronçon de route allant de la gare à Boukhara fourmille de patrouilles montées.

Dans son ouvrage, Moser-Ethering soutient que c'est lui qui a pensé ce stratagème, mais je suis très tenté de voir la touche maligne d'Osman dans toute cette machination. Pendant que les bolcheviks se focalisent sur l'ouest et Boukhara, le Superbe Bosniaque et ses co-conspirateurs regardent au contraire vers l'est, c'est-à-dire Kachgar et la Chine. Osman, qui a plusieurs coups d'avance sur les bolcheviks, embarque Klara Isakovna dans un briska réquisitionné et la conduit à une datcha dans la montagne, loin de ce chaudron qu'est Tachkent en été. Klara Isakovna porte un enfant et Osman veille à ce que tout le monde, y compris le camarade Stark, pense que c'est lui qui couche avec elle et que l'enfant est en fait le sien. (Notons que Moser-Ethering ne prend pas la peine de nous révéler qui pourrait être le père et ne spécule même pas sur la question.) En chemin, le Superbe Bosniaque discute d'une voix forte avec les gardes des divers postes de contrôle, émousse leur détermination révolutionnaire avec force vodka et cigarettes, leur adresse des clins d'œil quand leurs regards s'attardent sur Klara Isakovna et son gros ventre, afin qu'ils puissent bien se souvenir d'elle. Il leur faut plusieurs jours pour atteindre Makhram, où elle doit attendre que Moser-Ethering, lequel se déplace désormais plutôt bien en dépit de sa boiterie, descende de la ferme apicole d'Eshan. Puis le Bosniaque repart, s'arrête pour boire avec le camarade Shupskiy, le commandant du déploiement de Khodjent. Le Bosniaque attise les soupçons de Shupskiy quant au fait que, à Tachkent, le camarade Tsirul le calomnie honteusement, le traite d'espion et aussi, tu vois, de pidor. En même temps, Osman confie au camarade Shupskiy que certains affirment que le camarade Tsirul n'est pas aussi acquis à Lénine et au Parti qu'il le professe – tôt ou tard, il lui faudra rendre des comptes. Avant que le Bosniaque poursuive sa route, le camarade Shupskiy lui plante des baisers avinés et reconnaissants sur les deux joues. De retour en ville, le Bosniaque va voir le camarade Stark et lui rapporte que ses sources musulmanes ont de bonnes raisons de croire que l'Anglais va tenter de quitter Tachkent dans les tout prochains jours.

Deux jours plus tard, juste comme le train pour Kagan quitte la gare après le classique retard de plusieurs heures, le château d'eau s'effondre et une crue subite balaye la foule et emporte le poste de contrôle, si bien que les passagers qui n'ont pas été autorisés à monter à bord du convoi peuvent désormais passer en force et le prendre d'assaut. (Il convient de noter qu'aucune autre source, britannique ou russe, ne mentionne l'effondrement du château d'eau. Il ne serait pas impossible que Sparky ait camouflé le véritable complot en superposant un incident cinématiquement spectaculaire à une réalité qui l'était moins.) La nappe de boue aussitôt créée ralentit tout le monde, dont les bolcheviks, qui se retrouvent trempés, et leurs fusils avec. Le camarade Stark reconnaît le sabotage dans cette diversion anticipée et fonce furieusement au milieu de la pagaille, il braille des ordres, il enfonce le canon de son Nagant dans chaque visage suspect, tire en l'air, hurle pour faire stopper le train, qui continue en toute innocence à rouler bruyamment vers l'horizon et Boukhara. Le camarade Tsirul cherche le camarade Karišik, qu'on ne trouve nulle part. Pendant ce temps, à l'autre bout de la ville, le Superbe Bosniaque et son ami le docteur juif s'éloignent à bord du briska, ils expliquent aux gardes du poste de contrôle que la maîtresse du camarade Karišik a accouché d'un beau petit garçon (tous arrosent l'événement !) et qu'elle a urgemment besoin d'une aide médicale.

C'est dans les notes à la fin de ce chapitre que Moser-Ethering cite pour la première fois le nom du Superbe Bosniaque et avance l'idée qu'en langue sarte, et même en tadjik, son patronyme – Karishik – signifierait quelque chose comme mélangé. Le fait que les gens du cru puissent trouver un sens à son nom, y voir une expression de son caractère et le considèrent comme un des leurs – qu'ils puissent le comprendre, en d'autres termes – a considérablement contribué, de l'avis de Moser-Ethering, à renforcer sa connexion déjà remarquable avec la population musulmane locale.

Avec presque une journée de retard sur lui, le camarade Tsirul et son équipe de liquidateurs galopent vers l'est à la poursuite du traître. À Khodjent, ils tombent sur une barricade dressée par le camarade Shupskiy, convaincu que Tsirul vient finalement lui régler son compte et peu désireux de se rendre sans combattre. Le camarade Tsirul a du mal à croire que ce pitoyable élément réactionnaire et sa bande de renégats hétéroclites osent l'affronter. Une fusillade s'ensuit, un des sbires de Tsirul est blessé, ce qui attise encore plus la fureur de ce dernier. Quoique moins nombreux, les hommes de main de Tsirul sont autrement plus cruels et experts en tuerie. Ça leur prend une paire d'heures, mais ils se débarrassent de Shupskiy et de sa malheureuse unité – Tsirul tranche personnellement la gorge du camarade et essuie son poignard sur sa bogatyrka.

Dans son livre, Moser-Ethering revient sur son arrivée à la maison de Makhram, abri sûr où il trouve Klara Isakovna, la respiration courte et précipitée, comme si elle s'apprêtait à accoucher, sans doute à cause de toute l'agitation qu'elle a vécue. Il est mal à l'aise à côté d'une femme enceinte et terrifié par la possibilité qu'elle mette son enfant au monde en sa présence, mais Eshan balaie ses préoccupations en lui disant que les femelles savent naturellement ce qu'il faut faire et comment le faire – par ailleurs, une femme kirghize pleine d'expérience sera bientôt disponible. Moser-Ethering passe cependant la nuit dehors sur le porche, il contemple le ciel, incapable de dormir à cause de tous ces gémissements et grognements maternels, de tout ce théâtre féminin, auxquels s'ajoutent les horribles insectes noirs (*Reduvius fedschenkianus*, note-t-il méticuleusement) qui plongent leur long bec pointu dans la chair de ses jambes, de ses bras, partout. Le lendemain matin, Klara Isakovna dort si paisiblement qu'il envisage la possibilité qu'elle soit morte. Il ne reconnaît plus ce visage rondelet, ce cou grassouillet, ces cheveux défaits, ce ronflement discret. C'est comme si la vraie Klara Isakovna était enfermée à l'intérieur de ce corps nouveau de femme enceinte, et lui à présent n'a aucune idée de la manière dont il pourrait l'atteindre. Poussé par le démon de la perversité, il s'approche furtivement pour toucher son ventre distendu, ses pieds enflés, humer ses cheveux. Elle se réveille subitement, il sursaute et elle se remet à gémir. Il est grand temps que le docteur juif arrive.

Le briska du Superbe Bosniaque et du docteur juif se présente à Makhram dans l'après-midi, une de ses roues fait un bruit de ferraille, elle n'est pas loin de tomber (comme au tout début des *Âmes mortes*, observe Moser-Ethering en passant). Une bande de bolcheviks est sûrement lancée à leurs trousses et devrait débouler dans les vingt-quatre heures. Moser-Ethering est prêt à prendre la direction de la lointaine Kachgar, mais il faut d'abord régler urgemment l'affliction de Klara Isakovna.

Le major Moser-Ethering regrette à présent d'avoir quitté la quiétude de la ferme apicole ou de ne pas être resté plus haut dans les montagnes, loin de toute cette agitation, de tout ce cirque. Klara Isakovna n'arrête pas de hurler et la Kirghize n'arrête pas d'entrer et de sortir de la pièce, tandis que le major, planté sur le porche, fume en silence aux côtés d'Osman et d'Eshan. Ils entendent un coup de tonnerre dans le lointain et espèrent qu'un orage en montagne ralentira, ou peut-être même éliminera, les bolcheviks. Il sait que si ces derniers les rattrapent, ils seront vraisemblablement tous tués, y compris l'enfant à naître. Sur le visage d'Osman, il lit la terreur que suscitent les hurlements inhumains, le poids de toutes les décisions à prendre. Il est grand temps qu'ils s'en aillent s'ils veulent avoir une chance de s'en tirer.

Mais ils ne peuvent pas partir, pas tout de suite : l'enfant refuse de sortir. La Kirghize explique à Eshan que le bébé se présente à l'envers et qu'il est coincé. Klara Isakovna saigne à profusion, la peur de mourir loin de chez elle, loin de son père, au milieu d'inconnus, exacerbe son supplice. Pinto n'a jamais accouché une femme ; en fait, il n'a pas vu de vagin depuis le jour où il a disséqué un cadavre féminin durant ses études à Vienne ; il a passé sa carrière de médecin à soigner des hommes à la guerre, et un grand nombre d'entre eux sont morts. La seule chose qu'il puisse faire, c'est tamponner le front de Klara Isakovna, lui murmurer des mots creux pour la réconforter et attendre que quelque chose se résolve de lui-même. La Kirghize est extrêmement efficace, mais elle ne parle pas russe, et encore moins allemand ou une autre langue européenne ; elle est manifestement irritée par la présence d'un homme sur le lieu de l'accouchement, d'un homme ignorant de surcroît, auquel elle ne peut que mimer des instructions et des suggestions qu'il a du mal à comprendre. Elle n'arrête pas de lui répéter, par signes, qu'il ferait mieux de quitter la cabane et de ne pas traîner dans ses pattes. Tourmenté par une jalousie qui le démange depuis que l'état de Klara Isakovna a commencé à se voir, Pinto a même la tentation de lui demander le nom du père de l'enfant tandis que la malheureuse, enfermée dans la souffrance qui détruit son corps, lui serre la main. Il est terrifié, honteux de son impuissance et se sent coupable de vouloir savoir.

Il sort de la pièce, s'enfonce dans l'épais silence qui plane au-dessus d'Osman, Moser-Ethering et Eshan et, du coup, il le rompt. Finalement, Osman prend une décision : Moser-Ethering va sauter dans le briska et filer au plus vite vers Kachgar ; Pinto restera ici avec Klara Isakovna et se cachera dès que l'enfant sera né, s'il naît ; Osman retournera sur ses pas et interceptera ou détournera la bande de bolcheviks. Pinto s'y oppose – il pense qu'Osman doit rester sur place, parce que Klara Isakovna ne va pas bien. Osman comprend les raisons de son opposition – tout comme Pinto, il craint, s'ils se séparent, qu'ils ne se retrouvent jamais.

— Il n'y a pas d'autre solution, insiste Osman. Il faut que tu restes. Il faut que je parte. Tsirul et ses hommes arrivent. Nous ne pouvons pas tous fuir. Ils doivent être stoppés, sinon nous devrons tous répondre de nos actes devant le tribunal révolutionnaire.

— Je veux t'accompagner.

— Qui va s'occuper de Klara Isakovna ?

— La Kirghize ; elle les cachera, elle et l'enfant.

— Tu ne sais pas monter à cheval. Tu n'es pas armé.

— Quelle importance ? Il vaut mieux deux têtes qu'une seule.

— Pas quand elles peuvent rouler toutes les deux.

— Je veux t'accompagner.

— Non. Tout le monde aura davantage de chances ainsi. Je reviendrai ici, ou je te rattraperai plus tard. Tout ira bien.

— Non.

— Je ne comprends pas la langue que vous parlez entre vous, intervient Moser, mais je présume que la question est de savoir si le docteur doit rester ici ou repartir. Moi, je dirais qu'il faudrait qu'il reste ici.

— Pourquoi ? demande Pinto.

— Cette femme a besoin de vous, répond Moser. Et il est plus facile de se cacher ou de fuir quand on est seul. Et puis, docteur, ils vous abattraient immédiatement.

— Non, je ne veux pas ! proteste Pinto.

Il se rend compte qu'il réagit en sale môme. Osman sort gagnant de cette discussion. Les yeux remplis de larmes, Pinto demande à Osman de l'accompagner un peu, afin qu'ils puissent passer davantage de temps ensemble.

Eshan a fourni à Osman un canasson pie fourbu pour repartir vers Khodjent, Pinto tient les rênes pour qu'Osman puisse monter, et ce dernier saute en selle avec beaucoup de grâce. Le risque qu'ils ne se revoient jamais est bien trop immense et évident pour que Pinto puisse dire quoi que ce soit – il a une énorme boule de chagrin dans la gorge. Mais, au lieu de s'éloigner, Osman tend la main à Pinto et le fait monter sur le cheval. Pinto s'assied devant lui, comme un enfant, il gardera à vie le souvenir de cette odeur de fumée, de sueur et de crottin. Ils avancent en silence jusqu'à ce que Moser ne puisse plus les voir, après quoi Pinto se laisse glisser de la monture et s'affale dans la poussière pour pleurer. Osman met pied à terre pour serrer Pinto contre son cœur et il essuie la poussière mouillée sur ses joues.

— Je ne te reverrai jamais, dit Pinto.

— Si. Je te le promets.

Il embrasse la bouche de Pinto et, l'espace d'un moment, leurs lèvres ne peuvent se détacher. Le soleil se couche derrière les sommets, et les ombres au pied des montagnes pâlissent et se fondent dans le crépuscule. Pinto ne peut imaginer les prolongements qui balisent déjà leur avenir, tels des rails. Il a un vague creux douloureux à l'estomac, comme s'il était affamé. Pauvre de moi ! a dit notre ancêtre Adam quand il a vu le jour baisser peu à peu. C'est peut-être parce que j'ai fait montre d'agressivité que le monde autour de moi devient de plus en plus sombre et s'apprête à retomber dans le chaos et la confusion, et voici la mort que le ciel m'a choisie.

— Il faut que j'y aille, dit Osman. Je ne peux pas m'attarder.

Il essaie avec douceur de s'arracher à leur étreinte. Impossible de briser l'étau des bras de Pinto.

— Non, proteste ce dernier. Tu ne pars pas.

— Je serai toujours avec toi, répond Osman. Toujours.

Lorsque Pinto regagne la cabane, elle empeste le sang, la merde et l'exsudation de la mort. Klara Isakovna a perdu beaucoup de sang, ses forces semblent l'avoir abandonnée. Au regard de la Kirghize,

Pinto comprend que ça risque de ne pas durer très longtemps, elle a le visage mouillé, mais c'est sans doute la sueur. Allez savoir pourquoi, tout à coup, Pinto sait exactement quoi faire : il demande à la Kirghize de l'aider à se briquer les mains avec de l'eau brûlante ; il résiste à la douleur et, pendant que ses mains sont encore chaudes, il les glisse à l'intérieur de Klara Isakovna, l'une après l'autre, pour retourner l'enfant et l'extraire de ses entrailles. Dans sa tête, il entend la voix d'Osman : « Ljubim te. »

C'est une fille, toute molle et bleue.

Pinto la confie à la Kirghize et coupe le cordon ombilical. La Kirghize colle quelques tapes sur les fesses du bébé, comme si elle lui en voulait d'avoir joué les difficiles et d'avoir tardé, jusqu'à ce qu'il prenne une inspiration, gigote et crie à pleins poumons. Pinto s'effondre dans une flaque de sang déjà à moitié coagulé, un ruisselet vivace perce une fine gorge dans la terre. Devant lui, la petite fille émerge d'un cocon rouge et visqueux, à mesure que la Kirghize l'essuie tout en lui parlant avec la voix de quelqu'un qui donne des ordres. Puis la Kirghize défait son fichu pour emmailloter la petite et la rend à Pinto. Elle est vilaine, mais il ne lui manque rien ; lorsqu'elle ouvre les paupières un instant, il est évident qu'elle ne le voit pas. Elle est très légère, et pourtant il perçoit la chaleur de cet être vivant à travers le fichu. La Kirghize bourre le sexe de Klara Isakovna de chiffons afin d'arrêter l'hémorragie, puis lui verse une infusion de fenugrec dans la gorge. Il y a dans ses cheveux des traînées de gris qui reflètent la lumière et lui font comme une auréole.

Assis au milieu de tout ce sang, Pinto examine l'enfant, à présent endormi et dont les lèvres remuent comme si elles tétaient. Elle a des sourcils fins, des cheveux bruns collés sur le crâne. C'est la première fois qu'il tient dans ses bras un enfant aussi menu, aussi doux. Il ne sait pas quoi lui dire, alors il chante, Nočes, nočes, buenas nočes, nočes son d'enamorar, ah, nočes son d'enamorar. Il sait que le protocole exige qu'il l'embrasse sur le front, donc il s'y soumet. Elle a un goût de foie de volaille. Est-ce toi qui as protégé ma fille du soleil ? Klara Isakovna avait décidé, si elle avait une fille, qu'elle l'appellerait Rahela. Un garçon se serait nommé Benya. Il montre la petite fille à Klara Isakovna, qui fait un grand effort pour sourire, puis referme les yeux.

Dans le chapitre « Libre », Moser-Ethering expose la suite de son évasion. Il fait ses adieux, monte dans le briska et traverse la vallée de Ferghana à toute allure jusqu'à ce que tombe la roue renforcée à la hâte. Il se perd dans une forêt de pommiers sauvages, se retrouve couvert de griffures de ronces, mange les fruits d'un arbre et envisage la possibilité que la pomme édénique qu'Eve a cueillie eût été sauvage elle aussi et par conséquent terriblement acide – si ça se trouve, Eve ne l'a pas du tout aimée, et voyez où on en est aujourd'hui, tous autant qu'on est. Une famille kirghize l'héberge et le fait descendre à un moment donné dans un puits, d'où il observe les constellations célestes qui entrent et sortent du cercle au-dessus de sa tête, pendant que des rossignols hystériques passent la nuit à se déchaîner, ce qui l'oblige à repenser à Keats (Mon cœur souffre, une torpeur accablante s'empare / De mes sens, comme si j'avais bu de la ciguë[1]...), qu'il déteste désormais inconditionnellement. Il se moque d'une histoire que lui raconte le Kirghiz sur Ak Khanum, la dame blanche qui a piloté des avions au-dessus des positions bolcheviques et a infligé de terribles pertes aux Rouges. Il se fait prendre dans une tempête de neige inhabituelle (on est en septembre) et, à son réveil, il s'aperçoit que le vent a dessiné dans la neige le plan d'une ville, avec ses rues, ses places, les fondations des maisons, les canaux d'irrigation, lignes noires sur fond blanc, tel le négatif d'une photo. Il atteint le col d'Irkeshtam, le franchit de nuit. Quelques semaines après avoir quitté Makhram, il parvient sain et sauf à Kachgar. Il ne retournera jamais au Turkestan, sauf dans ses souvenirs et dans ses écrits, des dizaines d'années plus tard. Dans son livre, il ne prend pas la peine de se demander ce qui a pu arriver à Osman, dont il admire le courage gratuit en passant, et encore moins à Klara Isakovna ou au docteur juif. Son ami Charlie n'est plus à Kachgar ; en fait, il n'y a pas d'Européens sur place, hormis quelques Russes désespérés qui s'attardent, si l'on peut dire, dans cet espace étroit séparant deux siècles épouvantables, dont l'épouse du consul général russe, lequel a désormais péri dans la vodka. À la fin du chapitre, l'épouse n'a plus que mépris pour Sparky, un mépris si profond, si évident, qu'il paraît avoir suppuré pendant

1. John Keats, « Ode à un rossignol », *Poèmes et Poésies*, Mercure de France, 1910, traduction de Paul Gallimard.

des années. Dans le dernier paragraphe, il lui attribue subitement un nom – Amalya Antonovna –, mais uniquement pour nous dire qu'elle est morte des suites des blessures qu'elle s'est elle-même infligées à la veille de son départ.

Il s'écoula plusieurs jours avant que Pinto appréhende véritablement le séisme que représentait le fait qu'Osman était parti et ne reviendrait jamais et que, même s'il le faisait, il ne pourrait jamais le retrouver. À ce moment-là, Pinto se cachait dans une alcôve protégée par un mur de terre qu'un Sarte nommé Devlet et son fils avaient construit pour le dissimuler. Il prit alors conscience, par toutes les fibres de son corps, qu'il y avait de grands risques qu'Osman ne soit plus de ce monde et que lui, Pinto, était plus seul qu'il ne l'aurait été s'il était mort. Il allait falloir qu'il s'habitue à l'absence d'Osman et, ce jour-là, il mourrait. Et puis il pleurait Klara Isakovna, qui ne connaîtrait jamais Paris, ni sa fille, laquelle ne connaîtrait jamais sa mère. Pleure l'âme qui ne pourra regagner son pays et non les endeuillés cachés dans un mur. Dans son refuge, la seule source d'air provenait d'un trou proche du plafond, par lequel un minuscule rayon de lumière fendait l'obscurité.

N'ayant aucune idée de ce qui pouvait se passer de l'autre côté de l'alcôve, Pinto sombra lentement dans une sorte d'absence, de fugue, où il n'y avait rien à part son propre souffle et les crépitations de la boue du mur en train de sécher. Il comprit que l'obscurité dans laquelle il était tapi n'était rien d'autre que la gran eskuridad. Il avait déployé sa lumière comme une chandelle, puis s'était éteint comme une chandelle. Où s'en était-il allé ? Que c'était étrange, où s'en était-il allé sans moi ? Sa voix avait disparu. De lui, tout avait disparu. Le dernier soupir de Klara Isakovna s'était résumé à un faible sifflement. Assis à côté d'elle, Pinto lui avait tenu la main en attendant sa prochaine inspiration. Mais rien n'était venu ; tout dans la pièce, y compris le feu, s'était tu. Parce que le bruit de l'âme qui quitte le corps, c'est le silence.

Ni la vie ni la mort ne vous demandent si vous êtes prêt à ce qui va suivre, disait Manuči. Pinto et l'enfant avaient gagné la maison de Devlet à bord d'une charrette, cachés dans une balle de foin, qui faisait éternuer Pinto et pleurer Rahela. Il avait consolé la petite en lui fredonnant une romansa que Manuči avait l'habitude de chanter : Ah ke ermoza kantika, ma la kero ambezar. Yasaman, la jeune femme de Devlet, avait pris Rahela dans ses bras pour la nourrir comme sa propre enfant. La journée n'était pas terminée que Pinto, derrière le mur, avait entendu les bolcheviks enragés saccager la maison de Devlet, frapper Yasaman, pendant que sa fille et Rahela hurlaient à l'unisson ; ça l'avait soulagé d'entendre ces hurlements, de savoir que Rahela était vivante. Les bolcheviks avaient passé Devlet à tabac, lui avait cassé un bras et une pommette. Yasaman avait fini par abattre le mur et libérer Pinto qui, au bout de deux jours, empestait la sueur, l'urine et les fèces, la faim et le désespoir. La première chose qu'il avait vue, aussitôt après s'être accoutumé à la lumière, ça avait été les larmes de Yasaman. Il ne parlait pas tadjik, mais il avait compris qu'il fallait qu'il parte au plus tôt et laisse l'enfant avec Devlet et Yasaman. Mais, quand il fut lavé et qu'il eut mangé un peu de pilaf, Yasaman plaça la petite endormie dans ses bras et il la tint à la manière d'un luth, observa ses lèvres qui se retroussaient pour téter un mamelon inexistant et c'est là qu'il vit ses joues et ses épais cheveux noirs. Il comprit alors que Rahela était l'enfant d'Osman, et c'est ainsi qu'elle devint sa fille. Ni Klara Isakovna ni Osman n'avaient rien dit de l'identité de son père, de même que Pinto ne parvenait pas à imaginer comment ni quand Osman aurait couché avec Klara. Pourtant, dans le visage étroit, affamé, de Rahela, il reconnut Osman : sa bonté, ses grimaces, ses joues, son sourire – les coins se relevant en même temps, sa façon de plisser le nez. Dans sa vie antérieure, il aurait été jaloux ; il aurait été furieux de la trahison d'Osman, dormant à côté de lui en prétendant l'aimer, alors qu'il avait baisé une femme. À présent, Osman serait avec lui aussi longtemps que Rahela serait avec lui. Le Seigneur crée des mondes et les détruit, et ceux qui ont précédé le nôtre ressemblent à ces étincelles qui voltigent et s'éteignent lorsque le forgeron abat son marteau sur le fer.

Yasaman s'assit à côté de lui pour allaiter sa fille, qui était plus âgée et commençait déjà à babiller ; on aurait dit qu'elle voulait montrer à Pinto la manière d'aimer un enfant. Elle lui parla en tadjik, d'une voix sourde et maternelle, lui expliqua quelque chose qu'il était totalement incapable de comprendre, puis posa sa fille sur une peau de mouton, dénuda son autre sein et prit Rahela dans ses bras afin de la nourrir. Fermement décidée à se faire une place dans le monde, Rahela téta avec avidité. Osman aimait à déclarer, avec un petit signe de tête bien à lui, que tout ce qui vivait voulait continuer à vivre, et Pinto comprit alors qu'il avait le devoir de prendre soin de Rahela et de faire en sorte qu'elle continue à vivre. Et si Osman était encore en vie, Pinto avait la certitude qu'il viendrait chercher sa fille, où qu'ils puissent être ; il ne renoncerait pas ; il viendrait récupérer l'amour engrangé dans cette enfant. La nuit suivante, il rêva qu'Osman lui disait : « Merci d'avoir protégé ma fille du soleil. »

Quelques jours plus tard, il attacha la petite sur son dos et prit à pied la route de Kachgar. Yasaman lui avait donné un peu de lait de brebis, quelques lanières de viande de mouton séchée et un adieu sous forme de chanson ; elle pleura en embrassant le front de Rahela, mais ne chercha pas à la garder auprès d'elle. Pinto n'atteignit jamais Kachgar et ne sut jamais quel avait été le sort de Devlet et Yasaman. Il paraît que ceux qui font montre de bonté envers leur prochain rendent hommage à Sa présence. Peut-être le Seigneur a-t-il pris soin d'eux, peut-être que non.

Sur la route de Makhram, Osman lui avait raconté une histoire sur les chevaux ondins qui vivaient dans ces montagnes. À en croire les gens, ils avaient un aspect étrange : très gros, vert jaunâtre et totalement dénués de poils. Ils étaient aussi très timides et se cachaient dans l'eau dès qu'ils apercevaient un être humain. Peut-être aurons-nous la chance d'en voir un, avait ajouté Osman. Trop inquiet et effrayé pour penser à des chevaux ondins, Pinto avait demandé à

Osman de se la fermer pour une fois, ce que celui-ci avait fait. Ils avaient roulé un long moment sans se parler et, à présent que Pinto était caché derrière son mur, tout en lui aspirait à envisager la possibilité qu'Osman revienne d'une façon ou d'une autre, même si les bolcheviks devaient l'emprisonner encore une fois. Tu ne peux comprendre Mes règles. Mais, devant l'indéfectibilité du silence, il comprit qu'Osman avait disparu. Il avait dû quitter ce monde après que Pinto l'avait entendu lui dire « Ljubim te » ; sans doute étaient-ce ses dernières paroles. Pinto eut envie de revenir à ces heures mutiques à bord du briska et les passer à parler avec l'homme qu'il aimait, même de chevaux ondins, mais le temps ne faisait qu'aller de l'avant à la hâte en laissant la dévastation dans son sillage. Durant ces heures interminables derrière le mur, la douleur inonda le corps de Pinto, qui fut emporté dans des visions où il s'ouvrait le torse au scalpel pour tout en sortir et se vider de tout ce qu'il avait en lui, après quoi ne lui restait plus que ce qui restait d'Osman. Quand bien même les bagues glissent, les doigts demeurent.

TROISIÈME PARTIE

Korla, 1922

L'estomac de Pinto gargouilla. Le vent souffle fort, mais le corps tient le choc. C'était incroyable que son corps soit encore vivant et qu'il réclame. Le corps est fort, et la peur le brise. La faim aussi, de même que l'épuisement et le désespoir, mais pour ça, il faut du temps et beaucoup de souffrances. Il ne pouvait pas faire du feu, parce qu'il n'y avait pas de petit bois, que les autres réfugiés avaient tout ramassé, que la fumée signalerait leur présence, qu'il n'avait rien à faire cuire et que de toute façon la chaleur était écrasante. Le feu du malade vient du ciel – qui donc pourrait l'éteindre ? Rien. Le soleil grillait tout, à l'exception d'un carré d'herbe qui avait réussi à pousser à l'ombre d'un des murs en ruine contre lequel Rahela dormait en chien de fusil, la main sous la joue pour se protéger de la terre et des cailloux. Où donc cette végétation trouvait-elle l'eau dont elle avait besoin ? Tout comme l'homme dresse une clôture autour de sa vigne, Il pose les sables pour limite à la mer. Mais où est la mer ? Aussi loin qu'on porte le regard, tout n'est que terre et poussière. L'herbe était desséchée, le sol sablonneux en dessous recuit en dur, il était totalement impossible que Rahela soit à l'aise. Pourtant, elle dormait dans une bienheureuse indifférence, les lèvres retroussées et animées d'un infime tremblotement, comme si elle tétait en rêve. À présent que je suis allongé sans bouger, je suis tranquille ; quand je dors, je suis serein. Depuis sa naissance, la petite n'a jamais dormi dans un lit. La plupart du temps, elle a dormi sur le torse de Pinto. Elle était née réfugiée, n'avait jamais eu de maison. C'était une enfant minuscule, elle n'avait que la peau sur les os, ses bras et ses jambes ressemblaient à des brindilles, son visage était si étroit, si petit que ça lui faisait des yeux immenses. C'était même stupéfiant qu'elle soit vivante. Nasreddin Hodja avait appris à son âne à se passer de nourriture et, juste après avoir appris, il était mort. Rahela apprenait à vivre sans manger et elle commençait à bien s'en débrouiller.

Pinto s'assit à côté d'elle contre le mur en ruine ; il posa la main sur son mollet ; elle avait la peau sèche ; en dépit de son extrême faiblesse, il aurait pu casser cette petite jambe d'une main. La nuit avait été créée dans le seul but de dormir. Mais la nuit n'en finissait pas, la gran eskuridad durait depuis des jours, des années, seule la somme d'obscurité avait changé. Un jour, si on survit à tout ça, je m'assiérai dans une pièce bien éclairée, avec des lampes et des bougies partout, et je resterai là, épargné par la mort. Me voici, dirai-je sans m'adresser à personne d'autre qu'à Rahela et Osman. Il me parlera, me racontera des histoires pendant des heures, me dira ce qui lui est arrivé, me promettra qu'on ne sera plus jamais séparés. Lorsque je le retrouverai à Sarajevo, je lui donnerai un mouchoir.

Osman s'assit à côté de Pinto, s'appuya contre le mur et essuya le front et le visage de Pinto avec un mouchoir. Sa main avait la légèreté d'un souffle. Si elle n'était pas là, j'aurais déjà renoncé à vivre, je me laisserais mourir. Je fermerais la boutique, un point c'est tout, bonne nuit, et je mourrais ici, tout de suite. Il posa la tête sur le torse d'Osman. Bientôt viendront des jours, longs et courts, où nous dormirons tout notre soûl.

« Elle est belle quand elle dort », dit Osman.

— Tu es beau quand tu dors. C'est ta fille.

« C'est la fille de Klara. »

— Klara est morte.

« On l'est tous, répondit Osman. Ça fait des jours que Rahela est morte. »

Pinto s'arracha à sa torpeur avec une telle force que son crâne heurta le mur : une petite avalanche de grès lui tomba sur le cou et glissa sous son col crasseux. Il avait toujours la main sur le mollet de Rahela et il n'osa bouger jusqu'au moment où il vit la poitrine de la fillette se soulever comme elle inspirait avec un hoquet.

« Il faut que tu la réveilles et que vous vous cachiez, lui conseilla Osman. Ils sont quasiment là. »

— Qui est quasiment là ? s'écria Pinto. Qu'est-ce que tu racontes ? Où veux-tu qu'on se cache ?

Fusils à la main, deux Ouïghours en pantalon ample et chapeau de fourrure passèrent en courant sans même un regard pour Pinto et Rahela. Ils s'arrêtèrent, se dressèrent sur la pointe des pieds pour jeter un coup d'œil par-dessus un mur, puis se baissèrent précipitamment, échangèrent quelques mots inquiétants et repartirent à la hâte. Pinto escalada le mur, qui s'effrita à nouveau, pour voir ce qui préoccupait les Ouïghours.

Au loin, les cavaliers paraissaient avancer lentement, dans la fatigue, comme s'ils allaient de l'avant parce qu'ils n'avaient rien d'autre à faire. Derrière eux, les champs desséchés frémissaient sous la chaleur à la manière d'un lac chatoyant. Il y avait quelques dizaines de Cosaques à cheval et, à leur suite, une troupe de moines en habit orangé, à pied, qui agitaient leurs clochettes et psalmodiaient sans grand enthousiasme, drapeaux et bannières flottant au-dessus de leurs têtes. Peu à peu, les psalmodies se firent plus fortes, plus distinctes, peut-être devinaient-elles que le sang allait à nouveau couler, puis les clochettes tintèrent avec stridence, les cavaliers se redressèrent, tout s'accéléra et un nuage de poussière s'éleva subitement, non seulement derrière eux, mais devant aussi, comme s'ils poussaient le vent avec un bélier. Ils chargèrent, et les Ouïghours tirèrent dans leur direction, ce qui ne ralentit pas leur offensive, mais réveilla Rahela. En jetant un coup d'œil par-dessus le mur en terre, Pinto vit le nuage de poussière lancé au galop, pareil à un autre rêve qui ne se dissiperait pas. Là-dessus, il attrapa Rahela et fila. Ses bottes en feutre étaient en charpie et l'une d'elles craqua, de sorte qu'il trébucha et se contorsionna pour atterrir sur le dos et protéger Rahela.

Les tirs désespérés des Ouïghours retentirent à nouveau. Le bruit tonitruant de la charge de cavalerie se poursuivit avec la même force, bruit auquel s'ajoutèrent les hurlements des cavaliers. Ne sachant où aller, Pinto continua à foncer droit devant lui en serrant Rahela sur son torse, la paume plaquée contre la baguette que formait sa colonne vertébrale. Il enfouit le visage de la petite dans le creux de son cou, comme si cela pouvait la préserver un tant soit peu des balles. Elle gémit, et il lui dit : No tengas pinsar. Todo bueno.

Les habitants de la ville s'étaient déjà cachés, mais Pinto vit une femme courir, une réfugiée arrivée à Korla dans la même caravane qu'eux ; son fichu s'était dénoué et flottait à présent en bannière derrière elle. Un chien aux côtes extrêmement saillantes sous sa peau galeuse la poursuivait.

— Pur aki, pur aki ! s'écria Rahela, comme si elle savait où aller, comme si elle connaissait la ville.

Elle n'avait pas l'air d'avoir peur, même si elle avait sûrement compris qu'ils étaient en danger ; elle percevait toujours la peur et le chagrin de Pinto. Elle sentait la sueur d'enfant et ses cheveux pareils à de la paille avaient un goût de poussière.

— Padri, dit-elle, en s'accrochant plus fort.

Ils s'engagèrent dans une ruelle étroite et courte, puis dans une autre encore plus étroite qui se révéla être une impasse. Le grondement des cavaliers au galop résonnait à présent à l'intérieur de la bourgade, partout des cris, des coups de feu, des chuintements de chachka. Pinto s'arrêta devant un mur, posa la main dessus – il était chaud –, comme s'il pouvait s'ouvrir à son contact. Que pouvait-il dire à Rahela ? Il n'avait pas idée de ce qu'il faisait. Il vit une porte à sa droite, la poussa et entra dans la maison, laquelle n'était pas une maison, mais une pièce vide avec quelques bûches éparpillées et une unique petite fenêtre aveuglante au milieu de l'obscurité. Il lui fallut un moment pour distinguer une porte au fond, vers laquelle il se précipita. Elle était lourde et ses charnières étaient grippées, si bien qu'il dut employer la force, Rahela dans les bras, pour pénétrer dans une pièce plus sombre, dotée d'une fenêtre encore plus petite, qui projetait un rai de lumière devant lui, comme un chemin de conte de fées. Il entendit des gens courir au loin, des bottes écraser le sol, un coup de feu, des chiens aboyer et japper. Quelque part, tout près, une femme hurla, continua à hurler, puis ses hurlements se turent subitement.

Ils étaient dans un atelier. Un rang de tonneaux debout s'alignait le long du mur. Sur l'établi, il y avait des douelles, des cercles en feuillard, un maillet, un rabot à corne. Pinto s'empara du maillet, puis se ravisa et opta pour le rabot, se coupa le doigt sur la partie affilée de la base. Les tonneaux avaient des couvercles, mais aucun n'était assez large pour eux deux. Il ne vit qu'une solution, déposer Rahela dans le tonneau le plus éloigné de la porte, comme si ça pouvait faire une différence.

— Silensijo, dit Pinto.

Il remit le couvercle, puis dut grimper dessus pour s'installer dans le sien, manqua de peu le faire verser. Il plia les genoux pour s'accroupir dans sa cachette.

— Silensijo, répéta-t-il en remettant le couvercle, lequel touchait le haut de son crâne. Silensijo, dit-il encore une fois, comme s'il était possible que Rahela garde le silence.

Les tonneaux sentaient le lait caillé et le bois. Pinto serrait la corne à la manière d'un hochet qu'il n'aurait pu lâcher ; elle aussi était affilée.

« C'est quoi, ce truc ? » demanda Osman.

Ce rabot à corne était un outil de menuiserie – Sinjor Papučo en avait un dans le temps et affirmait, au grand ravissement des enfants, que c'était une trompeta. Tout ça était complètement futile à présent. Si quelqu'un comptait les tuer, rien ne les protégerait, ni des Cosaques, ni de quoi que ce soit, ni de quiconque. Juste après avoir appris à vivre sans mourir, il était mort. Le vacarme de la tuerie était maintenant assourdi, mais Pinto devinait que les rues et les murs de la ville étaient couverts de sang. La guerre a une odeur et des bruits bien à elle, tout et tout le monde en sont imprégnés, les petits cheveux sur ta nuque se hérissent, l'air se raréfie et le peu qui en reste a des relents de sang, de sueur mortelle, ta peur est douleur dans ton corps, présente sans l'être, tel un souvenir inscrit dans une vie antérieure. La corne cognait contre ses côtes et, peu à peu, un point douloureux se mit à lui tarauder la poitrine, et la douleur empira jusqu'au moment où il eut l'impression qu'elle pénétrait et harcelait le corps d'un autre. Rahela était silencieuse, ce qui inquiéta Pinto ; il allait l'appeler quand il entendit la porte grincer, puis des bruits de pas dans la pièce voisine.

Il y a environ un siècle de cela, la prise de Korla par le baron Teutenberg fut un massacre légendaire, mais tant de tueries ont eu lieu depuis partout dans le monde qu'on s'en souvient à peine aujourd'hui. Il se peut qu'une quelconque phrase d'un quelconque récit de voyage oublié (notamment un de ceux de Moser-Ethering), ou qu'un bref chapitre d'un livre d'histoire sur les répercussions de la guerre civile russe dans les territoires voisins de la mère patrie mentionne le baron Teutenberg et sa redoutable division asiatique. Cependant, même une description quasi fictionnelle des brigands sillonnant héroïquement le désert passerait sous silence l'inévitable épuisement de leur sauvagerie notoire, des derniers jours désespérés où les rebuts de l'invincible division du baron se désintégrèrent d'une manière fidèlement calquée sur la lente dégradation du cerveau du baron.

Avant qu'elle ne pille et n'incendie Korla, la sauvage bande du baron s'était traînée des semaines durant à travers le désert et ses vastes étendues arides avec des réserves très limitées en eau, nourriture et santé mentale, lasse de vivre au milieu d'une nature hostile dont elle ne connaissait rien. Le baron Teutenberg avait décidé que la division devait mettre le cap sur le Tibet, des milliers de kilomètres au-delà du désert du Taklamakan, et des montagnes inconnues s'étendant à l'infini. Au Tibet, imaginait le baron, dans les hauteurs spirituelles, ils récupéreraient des forces, obtiendraient la bénédiction du dalaï-lama, recruteraient d'autres moines guerriers et retourneraient guerroyer jusqu'à la victoire finale. Personne, à l'exception du baron, d'Andrionov le Yurodivy, habillés de leur deel rouge avec épaulettes jaunes ornées des svastikas de Gengis Khan et des initiales du Bouddha vivant – et des moines –, n'avait la moindre envie de voir le Tibet, et encore moins de périr en cours de route, mais très peu se risquèrent à prononcer ne fût-ce qu'un mot sur le sujet. Lorsqu'un certain capitaine Smailov s'aventura à formuler une objection, le baron le fit pendre par les poignets à un arbre et fouetter à coups de bambou jusqu'à ce que la chair de ses cuisses se détache de l'os. Puis le Yurodivy l'éviscéra afin que chacun voie bien le sort réservé à ceux qui ne s'impliquaient pas totalement dans la guerre pour le salut de l'âme et du monde. Donc, quand la division atteignit Korla, toute la frénésie meurtrière refoulée explosa et les Cosaques firent payer leur propre frustration à tous ceux qui se trouvèrent sur leur chemin. Ils tuèrent, sabrèrent, pillèrent les maisons, exterminèrent des familles entières, et violèrent quand ils ressentaient le besoin de marquer une pause dans le massacre. Un moine du nom de Chinua avait un faible pour les jeunes garçons, mais il ne fit pas le difficile et pourchassa tous les enfants sur lesquels il put mettre la main. Andrionov le Yurodivy se retrouva couvert de sang avant midi, prit le temps de changer de vêtements et se retrouva à nouveau couvert de sang à deux heures de l'après-midi. Le marché fut transformé en brasier dans lequel les moines jetèrent tous les biens matériels et toutes les créatures inutiles qu'ils purent croiser : des gens, vivants et morts, de l'argent ne servant à rien, du thé, des fourrures, des animaux, des meubles, leurs frères de sang qui, ayant eu la malchance d'être blessés, ne pouvaient donc poursuivre la campagne. Monté sur un cheval blanc, le baron Teutenberg, l'âme possédée de toute éternité, les yeux étincelant de passion, se profilait au-dessus du brasier, pareil à la divinité bouddhiste dont les moines le croyaient être la réincarnation. Il se racontait que l'enfer était le seul endroit où il était vraiment chez lui.

À l'intérieur du tonneau, Pinto n'osait respirer. Quand des méchants se sont avancés vers moi pour dévorer ma chair, ce sont eux, mes adversaires, mes ennemis, qui ont trébuché et sont tombés. D'une manière ou d'une autre, mon cœur n'éprouvera aucune crainte ; même si une guerre s'élevait contre moi, je resterais malgré tout plein de confiance. Le Dieu miséricordieux nous sauvera en apportant la sérénité à Rahela, afin qu'elle ne parle, ni ne crie, ni ne fasse de bruit. Les pas entrèrent alors dans l'atelier. Pinto implora le Seigneur de les aider à mourir rapidement, sans viol ni torture, mais le Seigneur ne dit mot et n'offrit aucun signe de réconfort.

« Tu risques d'avoir à tuer si tu ne veux pas mourir », dit Osman.

L'individu qui était entré dans l'atelier fouillait les lieux, balançait des choses un peu partout, fredonnant et grognant tout du long, comme s'il était en train de chier.

« Tu ne seras plus un melek si tu tues, ajouta Osman. Mais tu seras toujours un juste. »

Quelque chose heurta le tonneau de Rahela, qui poussa un cri et, durant un instant, il n'y eut plus aucun autre bruit, plus de fredonnement ni de grognements, puis la terre se remit à crisser, l'individu à traîner des pieds, il était désormais tout proche, Pinto entendit son souffle haletant, puis la lame d'un chachka s'abattant contre l'autre tonneau, bruit ample, couvercle soulevé.

Pinto jaillit de sa cachette comme un diable à ressort, hurla et surprit le bonhomme qui recula d'un petit pas et demeura comme paralysé, le temps d'un battement de paupière, sur quoi, Pinto le poignarda à l'œil avec la corne du rabot sans lui laisser le temps d'abaisser la paupière une fois de plus et renversa son tonneau dans la manœuvre. Le Cosaque hurla et attrapa la corne pour l'extirper de son orbite ; le sang giclait et lui sabrait à l'aveuglette, frappait le tonneau de Rahela tandis que Pinto, toujours dans le sien jusqu'à la taille, roulait pour se mettre à distance. Il parvint à s'extraire en se tortillant et attrapa le maillet à douves. Pareil à un chat, il bondit sur le malheureux et lui asséna un coup féroce sur le front où l'outil s'enfonça comme dans de la pâte à pain. Le Cosaque grogna, surpris de se voir mourir, tomba à genoux, puis s'affala la tête la première ; le bout de sa botte gauche racla le sol en terre battue le temps des derniers spasmes, et finit par s'immobiliser. Debout au-dessus de lui, Pinto se préparait à frapper à nouveau, mais le blessé parut étouffer ; plus rien ne se passa. Ce fut seulement à ce moment-là que Pinto inspira un peu d'air, juste pour haleter et tousser. Une flaque de sang fleurit alors autour de la tête du Cosaque. Ce dernier avait un trou en forme d'œil dans la semelle de sa botte gauche. Il ne portait pas de chaussettes et avait une plaie à vif. Durant une année, le corps, ses blessures et ses plaies, continue de vivre tandis que l'âme monte au ciel et redescend. Puis le corps cesse d'exister et l'âme disparaît à jamais. Pourquoi vivons-nous en ce bas monde, je ne le saurai jamais, ça n'a aucun sens.

Pinto tira Rahela de son tonneau ; choquée et perdue, elle suffoquait. Todo bueno, lui dit-il en la serrant dans ses bras, en caressant ses cheveux emmêlés afin de la consoler ; elle pleurait, effrayée. Sur son avant-bras, Pinto sentit la chaleur moite de son pantalon de feutre trempé de pipi. Lorsqu'elle vit le Cosaque mort et poussa un hurlement de peur, Pinto l'obligea à détourner le visage et à regarder ailleurs et c'est lui qui se retrouva face au mort. La flaque de sang se propageait vers Pinto, et les yeux du Cosaque étaient à présent totalement vitreux, son front grotesquement enfoncé et son sourcil au-dessus de son œil crevé noyé dans le sang. Pinto avait le cœur qui tonnait et il n'arrivait plus à réfléchir. Une nausée le secoua, mais, au lieu de vomir, il se sentit obligé de cracher. Et pour ce qui est de cracher, il cracha, et sa salive atterrit dans la flaque de sang, qui se rida. J'ai tué un homme, songea-t-il.

« Tu as tué un homme, dit Osman. Ce n'est pas quelque chose qu'on fait facilement. Avec quoi on vit facilement. Mais tu n'avais pas le choix. »

J'ai frappé un homme à l'œil et je l'ai tué. Rahela dit une chose qu'il ne comprit pas, elle tendait le doigt vers la fenêtre derrière laquelle se ruaient les longues flammes de la maison voisine embrasée. Le carreau vola en éclats et le feu entra dans la pièce.

« Va-t'en ! lui cria Osman. File ! »

Le baron Teutenberg était l'héritier d'une famille noble et miséreuse, des Estoniens de langue allemande qui avaient loyalement servi le tsar de Russie sur plusieurs générations, avaient un knout à leur nom et passaient pour avoir hébergé des loups dans leur grenier. Le baron avait combattu les bolcheviks dans le sud de la Sibérie, même après la capitulation des armées blanches ; sa redoutable division s'était réfugiée en Mongolie, d'où le baron avait attaqué et massacré les Chinois et remis le Bogdo Khan sur son trône légitime. Avant et après les batailles et les escarmouches, il fustigeait la dépravation des mœurs et la débauche intellectuelle et physique absolue qui prévalaient à présent dans toute la Russie et dans le monde entier. La vérité et l'honneur n'ont plus droit de cité, hurlait-il avec, sur le front, la cicatrice rougeoyante d'un coup de sabre. Dorénavant, seule la dureté impitoyable permet d'accéder à la vérité. Il faut éradiquer le mal qui afflige le pays et détruit le principe divin de l'âme humaine. Notre fureur contre les Juifs à la tête de la révolution, dont ils sont les partisans dévoués, ne doit connaître nulle limite ! Pour stimulantes que fussent ses invectives, la division ne parvint pas à se mettre au diapason de sa furia contre-révolutionnaire, car les soldats, qui en avaient assez de la guerre depuis un bon moment, ne comprenaient pas trop ce dont il parlait. Mais les moines voyaient dans le baron le Bouddha guerrier, Russe blanc réincarné pour exterminer les infidèles et fortifier la foi. Les chanceux qui avaient fui la division et s'étaient joints à la caravane de réfugiés racontaient des histoires, qui toutes menaient au même constat – mieux valait mourir que tomber aux mains des hommes du baron. Conformément à ses ordres, tous les hommes d'un village attaqué devaient être tués s'ils ne rejoignaient pas son armée spirituelle ; les femmes violées, puis éliminées, faute de pouvoir les emmener ; les enfants torturés et supprimés afin de leur permettre de se réincarner en des êtres meilleurs dans un monde meilleur. Le baron leur remettait des bonbons, juste avant qu'Andrionov le Yurodivy, son fidèle adjoint, leur fasse ce qu'il aimait faire à des gamins terrifiés. Après le combat, le baron fumait de l'opium pour se détendre ; dans ses visions, il était le nouveau Gengis Khan, en plus grand, et marchait triomphalement dans Moscou incendié afin que le sang des Juifs et les cervelles de ses commissaires et leurs familles nettoient la souillure de ses rues et ses palais. Il convoquait Djambolon, le moine qui lui prédisait l'avenir, pour qu'il devine dans les fêlures des omoplates de mouton calcinées ce que le sort lui réservait. En une occasion au moins, c'est la fracture d'une scapula humaine qui permit d'augurer le futur du baron Teutenberg. Il n'avait pas l'air brillant, ce futur.

Il commença à se gâter quand Djambolon, lisant des os de poulet alors qu'il avait la gueule de bois, prophétisa que la division l'emporterait sur la force expéditionnaire bolchevique si elle attaquait la première. Il était évident pour tout le monde, à part le baron et Djambolon, que ce serait un suicide ; s'ensuivit une épidémie de désertions qui ne put être enrayée malgré des exécutions des plus spectaculaires. Certains, parmi les officiers, parvinrent à la conclusion que l'élimination du baron augmenterait les chances de survie de chacun d'entre eux. Teutenberg survécut à leur tentative d'assassinat et s'enfuit dans la nuit sur son cheval blanc sans un seul partisan. Néanmoins, ceux qui l'avaient trahi, ayant plus peur de lui que des bolcheviks, se dispersèrent dans toutes les directions. Personne ne sait combien échappèrent à l'encerclement bolchevique et au massacre qui en découla, mais nous savons que le baron finit par se retrouver au centre d'une étoile de fusils bolcheviques pointés sur lui, qu'il tentait de frapper avec son chachka. Lorsque son sabre se brisa, il chercha l'ampoule de poison depuis toujours fixée à un bouton de son deel, mais elle avait disparu. Les bolcheviks, qui connaissaient les histoires du baron fou et avaient pataugé dans les séquelles de ses monstruosités, auraient préféré lui trouer la peau, mais les grands manitous avaient donné l'ordre de le prendre vivant. Le témoin soviétique anonyme prétend que, face au peloton d'exécution, il supplia qu'on lui fasse grâce, mais sans doute s'agit-il d'un mensonge propagandiste.

Cependant, dans les versions des Blancs sur la mort du baron, il fut exécuté dès sa capture, parce que les Rouges le craignaient trop ; il refusa de chanter les premiers couplets de *L'Internationale* et sauva ainsi sa vie. Moser-Ethering, dans un de ses nombreux récits (*La Fuite vers Shanghai*) affirma que le baron s'était évadé de prison, qu'il avait reformé la division en une bande de Cosaques et de moines et qu'il avait bel et bien fini au Tibet, où il mourrait de la variole qui décimait les moines auprès desquels il avait trouvé refuge.

Assis sur une jument blanche éreintée et malade, qui baissait la tête comme si elle s'attendait à être abattue, le baron Teutenberg ne parut ni divin ni impérial à Pinto, mais il n'en était pas moins terrifiant. C'était un homme démoralisé, dépenaillé, décharné ; la cicatrice sur son front avait une forme de minaret ; sa barbe était effilée et auburn, ses dents jaunes et gâtées ; il ressemblait à une chèvre galeuse. Ses yeux bleu délavé appartenaient à un homme las de tuer, mais incapable de s'imaginer faire autre chose. Il avait un chachka sur la hanche et une arme à feu accrochée à sa ceinture très lâche ; ses semelles étaient en lambeaux, et une épaisse couche de saleté recouvrait le reste de ses bottes, qui lui arrivaient au genou. Il portait un vilain deel rouge et jaune, qui avait peut-être été splendide autrefois, mais était à présent enduit de sang séché, lacéré et déchiré sur le torse, devant lequel pendaient des talismans et des amulettes enchevêtrés au bout d'une cordelette jaune vif. Un démon se pare de multiples couleurs.

Devant lui, Pinto, paralysé par la peur, serrait la main de Rahela. Il n'osait regarder dans la direction du baron. De son côté, Rahela fixait l'entourage de ce dernier, les farouches Cosaques avec leurs ceintures de munitions, leurs poignards et leurs armes à feu, les moines et leurs robes safran. Un peu à l'écart, un homme, dont le visage disparaissait derrière une épaisse barbe rousse, s'appuyait sur un bâton. Il avait l'air de quelqu'un qui arrive après la bataille. Pinto ne savait pas si Moser avait atteint Kachgar ou s'il avait poursuivi sa route et, l'espace d'un moment, il crut reconnaître ses yeux. Mais l'homme tourna la tête et baissa le nez lorsque le regard de Pinto se posa sur lui. Nous avons tous mille démons à notre gauche, et dix mille à notre droite. Qu'allons-nous faire de ces fameux démons ? Le soleil haut dans le ciel et implacable brûlait tout ce qui était exposé devant lui, y compris le visage de Rahela, si bien que Pinto tenta de lui faire de l'ombre avec sa main. Le baron, comme frappé par un souvenir nostalgique, leur sourit, puis descendit de sa monture qui hennit, soulagée. Les démons n'ont pas d'ombre, ils n'ont que l'ombre d'une ombre. Il s'agenouilla devant Rahela, qui pivota et s'accrocha à la cuisse de Pinto. Le baron la prit par la main et l'obligea à lui faire face, puis repoussa gentiment une boucle qui lui barrait le front.

— Ne boj se, lui ordonna Pinto entre ses dents.

Mais elle ne l'entendit pas ou n'osa pas l'entendre ou ne comprit pas ce qu'il avait dit. Elle frissonna quand le baron lui ouvrit la main et la pressa dans la sienne.

— Que tu es mignonne ! lui dit-il dans un allemand si curieux que son accent aurait pu passer pour un défaut d'élocution. Tu as vu ce qui s'est passé aujourd'hui ? As-tu appris quelque chose ? La vie, la mort, la vie, la mort, ce sont des cycles. Très bien. C'est la vérité. Les gens veulent vivre, mais ils sont idiots. La vie, c'est la mort, la mort, c'est la vie, ce sont des cycles. Ce n'est un problème que si on a peur. As-tu peur, petite fille ? De quoi as-tu peur ?

Rahela ne répondit rien.

— Elle a peur, affirma Pinto.

Mais le baron l'ignora.

— Les gens pensent que Dieu devrait les aimer. Mais pourquoi s'encombrer d'un dieu aimant ? C'est un dieu faible qui aime. Le dieu fort tue, détruit et reconstruit. C'est la puissance qui compte. Prends Palden Lhamo. Palden Lhamo a sacrifié ses propres enfants. Elle portait une couronne de cinq crânes, un collier de têtes coupées et des serpents enroulés dans sa chevelure. Prête à frapper les incroyants avec son bâton de tonnerre et rongeant un cadavre, elle chevauchait un lac d'entrailles et de sang en serrant une coupe taillée dans le crâne d'un enfant issu d'un inceste. La selle de son destrier était faite de la peau de son propre enfant écorché, devenu un ennemi de la foi. As-tu entendu parler d'elle, petite fille ? Je pourrais t'apprendre tant de choses.

Rahela leva les yeux vers Pinto, comme pour lui demander de lui expliquer ce que le baron racontait, mais Pinto avait la gorge sèche et totalement nouée par la peur. La suite du baron, personnages durs et froids, revêtus d'uniformes fatigués et juchés sur leurs montures, moines en robes orangées éclaboussées de sang, tous étaient médusés par la présence d'une enfant vivante, tous observaient le baron agenouillé devant Pinto et Rahela.

— Je pourrais te raconter tant d'histoires merveilleuses sur ces autres divinités stupéfiantes, poursuivit le baron. Sur le gros et féroce Begtsé avec son manteau en peau de chèvre, ses bottes montantes, son arc bandé et sa guirlande de cinquante têtes fraîchement tranchées ; ou sur Pehar, un dieu qui chevauche des loups, des ours et des éléphants pour aller au combat. Et puis il y a le Cavalier Rouge, qui piétine et embroche les ennemis de la foi. Ou Mahakala, un placide démon qui se promène avec un couperet pour démembrer ceux qui désertent le droit chemin et une calotte crânienne où mélanger leurs restes. Tu aimerais entendre ces histoires ?

— Sie spricht kein Deutsch, dit Pinto.

Je vais bientôt mourir d'une mort atroce, mais je vous en supplie, Seigneur, faites que je meure avant la petite.

Le baron se releva et fixa le visage basané et bruni par le soleil de Pinto.

— Bist du ein Jude ?

Pinto remarqua les dents du baron, ses incisives asymétriques ; il perçut son haleine putride.

— Nein.

Le baron toucha le nez de Pinto et en pressa le bout vers le haut comme pour examiner l'intérieur de ses narines. Sa main sentait l'urine et la merde.

— Mir sieht das wie eine jüdische Nase aus.

— Nein. Ich bin ein Bosniak.

— Ich kann einen Jude riechan.

— Gut, répliqua Pinto, aber ich bin kein Jude.

— Quels dieux pries-tu ? s'enquit le baron en passant au russe.

— Ich bin ein Muslim, insista Pinto. Ich verehre den Gott des Friedens.

— Vraiment ? Un musulman qui prie le dieu de la paix ? Eh bien, ton dieu est un dieu stupide. Mon dieu détruira le tien, parce que le mien a fait la guerre. Refuser la guerre, c'est refuser l'épopée divine, refuser la voie vers une quelconque éternité. La vie découle de la guerre. Et toc.

— Wir gehören Gott, répondit Pinto, und zu ihm warden wir zurückkehren.

— Écoute, je vais me faire un plaisir de t'aider à retourner au plus vite auprès de ton dieu, déclara le baron Teutenberg. Mes moines ne vous apprécient pas du tout, vous, les musulmans.

Le baron saisit la main de Rahela et l'arracha à Pinto, qui tendit les bras vers la petite en larmes, puis une arme s'abattit sur sa tempe et il perdit connaissance.

Le chiffon sentait l'eau-de-vie de prune et brûlait la tempe de Pinto. Osman but une gorgée à la bouteille, puis mouilla à nouveau le chiffon et nettoya la figure de Pinto jusqu'à ce que le chiffon soit rose.

— Rahela va bien ? bredouilla Pinto.

« Ça va aller, répondit Osman. Elle n'a qu'un an et demi, donc elle va oublier tout ça. »

— Si elle survit.

« Elle va survivre. »

— Et moi, je vais vivre ?

« Ton heure n'est pas encore venue. Et ta fille… »

— Notre fille.

« Et notre fille a encore besoin de toi. »

— Pourquoi a-t-elle besoin de moi ? Qu'y a-t-il, après ça ?

« Ce qu'il y a après ça, comme toujours, c'est de rester en vie. »

— Quand est-ce que je vais te voir ?

« Tu me vois maintenant. »

— Tu es à Sarajevo ?

« Non. Je suis ici. »

— Ici ? Où est-ce que je suis ?

« Tu es ici aussi. »

— Quand est-ce que je pourrai te toucher ?

« Pas en ce monde. »

— Quand est-ce que je vais mourir ?

« Qui peut le savoir ? Tu mourras quand ton heure sera venue et, quand ton heure sera venue, tu le sauras. »

Lorsqu'il reprit connaissance, Pinto était pendu par les poignets. Šalom, gran eskuridad. Une douleur épouvantable lui labourait tout le corps, étincelait contre son front, alors qu'il ne pouvait ouvrir l'œil gauche. Il lui fallut un moment pour comprendre qu'il était accroché en haut d'un arbre. Ses épaules l'élançaient, il avait la peau des poignets arrachée et la corde l'entaillait jusqu'à l'os. Pourquoi ne l'avaient-ils pas pendu tout simplement, ou juste tué ? Il respirait bruyamment, il gémissait, en dépit des bouts de quelque chose qu'il avait dans les poumons et la gorge ; peut-être qu'il ne respirait pas du tout, en réalité. Il allait rester pendu là jusqu'à ce que les oiseaux viennent lui crever les yeux, que ses bras se déboîtent et que la chair putréfiée se détache de ses os. Une fois son œil droit accoutumé, il discerna un enchevêtrement de branches, la lune pareille à un ducat dans le ciel et un semis d'étoiles au-dessus de lui. Une terreur brutale le déchira quand il se rendit compte que Rahela n'était pas à côté de lui, terreur vite remplacée par le soulagement. Il était évident qu'il allait mourir, aussi évident qu'il faisait noir parce que c'était la nuit. La panique affleura dans son estomac telle la pointe d'un sabre et, cherchant à attraper une branche, il tourna et oscilla sur lui-même, mais rata son coup et se retrouva à tournoyer dans le noir à la manière d'une carcasse d'animal écorché. Oh, Rahela ! Qu'allaient-ils lui faire subir ? Il n'osait l'imaginer, n'osait même pas imaginer une demi-seconde ce que ces monstres étaient capables d'infliger à un enfant. N'ayant aucune envie de concevoir l'horreur, il ferma son bon œil pour bloquer les images qui lui venaient, mais il lui fut impossible de les repousser, elles étaient indissociables de la douleur qu'était son corps. Dieu, plein de miséricorde, qui réside dans les hauteurs, procure un repos parfait, sur les ailes de la Providence, au même degré que les saints et les purs qui brillent comme la lumière du firmament, à l'âme immaculée de mon enfant. Protège-la, toi le Maître de la miséricorde, derrière le refuge de tes ailes et enserre son âme dans le faisceau de la vie éternelle. Amen ! Ils aiment torturer, parce qu'ils veulent que tu appelles la mort, que tu penses que la mort représente le salut. Il tourna à nouveau, les feuilles bruissèrent et il eut envie de continuer ainsi jusqu'à se déboîter les bras et tomber ou jusqu'à atteindre une branche avec ses pieds. La douleur le faisait hurler, mais il ne s'entendait pas. À l'instant précis où la branche à laquelle la corde était attachée commença à craquer, il nota des coups de feu à proximité, des braillements et des ordres en russe, puis de nouveaux coups de feu, des cris et des bruits de galop. Dieu, plein de miséricorde, allez, tue-moi ou sauve-moi. Je ne peux comprendre Tes règles.

L'arbre se mit à vibrer, vibra encore, et, à en juger par les vibrations, Pinto comprit qu'une ombre était en train de grimper vers lui. L'arbre pouvait casser et s'effondrer ou la branche se rompre. Pinto ne savait pas à quel arbre il était pendu ; il risquait de mourir d'une minute à l'autre, mais ne connaissait pas le nom de cet arbre. Il ne connaissait pas le nom d'une seule de ces étoiles. Osman ? C'est toi ? L'ombre était à présent un corps, et ce corps avait une main, cette main un couteau, et ce couteau coupa la corde, et Pinto traversa le houppier et s'écrasa au sol en gémissant.

Les conspirateurs avaient compté tuer le baron et le Yurodivy en même temps. Andrionov, endormi, eut droit sans problème à une balle dans la tête, mais le major Hopak hésita suffisamment longtemps pour que le baron, réveillé par le bruit, lui taillade l'avant-bras avec la chachka dont il ne se séparait jamais même dans son sommeil, puis lui tranche la gorge dans la foulée. Le baron sauta alors sur sa jument blanche et disparut au galop dans la nuit pendant que ses anciens frères d'armes lui tiraient dessus sans toutefois oser se lancer à sa poursuite. Submergés de terreur à l'idée qu'il puisse trouver un moyen de revenir, ils enfourchèrent leurs chevaux et s'égaillèrent dans toutes les directions possibles et imaginables, se figurant, sans rien en dire, qu'il serait plus difficile de les traquer s'ils étaient seuls. Les moines raflèrent ce que les cavaliers avaient abandonné derrière eux et disparurent le matin venu, en quête d'un nouveau seigneur de guerre prophète aux crochets duquel ils pourraient vivre. Pas un seul d'entre eux ne savait qu'une balle perdue avait touché le baron à la cuisse, que celui-ci avait piqué droit vers l'est, où, ayant perdu suffisamment de sang, il tomba de sa jument blanche, laquelle continua seule, rayonnant dans la nuit comme un fantôme au clair de lune.

Lorsque Pinto ouvrit à nouveau son bon œil, la première chose qu'il vit fut l'horizon orange en feu au milieu de nuages anthracite. Puis le visage de Rahela se pencha sur lui : ses joues étaient creuses et crasseuses, mais elles luisaient quand même au lever du soleil ; la petite avait un bleu sous l'œil gauche et les lèvres grises et gercées, fendillées par la chaleur ; il remarqua son menton, petit et pointu, son cou décharné.

— Padri, dit Rahela.

Impatiente de partager sa nouvelle, elle lui montra une poire. Peut-être Pinto était-il mort et se trouvait-il désormais dans cet endroit où allaient adultes et enfants, une fois décédés, avant de recommencer à vivre ? Peut-être Osman était-il là aussi ? Pinto avait mal au dos et aux hanches, et lorsqu'il tenta de s'asseoir, il ne put bouger sa jambe droite ni se relever seul, car ses bras refusaient d'obéir. Rahela tenait la main de quelqu'un. Osman ? Les yeux de Pinto remontèrent le bras jusqu'à l'épaule de son propriétaire, puis jusqu'à son visage tellement barbu qu'il lui fallut un moment pour reconnaître Moser.

— Vous avez la jambe cassée, lui annonça le major. Et aussi les épaules disloquées. Dure nuit.

— Padri, répéta Rahela.

— Voudriez-vous un thé ? lui proposa Moser. Je serai obligé de vous le verser dans la gorge, si ça ne vous dérange pas. Et je vous donnerai aussi un peu de morphine pour vous soulager.

Le désert du Taklamakan, 1926

Ils avaient demandé à Pinto de se placer en tête de la colonne et d'avancer en s'agrippant à la queue d'un chameau, tandis qu'une femme ouïghoure nommée Arzu cheminait derrière en tenant Rahela par la main, l'aidait à rester debout et à ne pas glisser dans le sable. Ayant mangé et bu à Jiuquan, le chameau pétait fougueusement. Devant et derrière Pinto et le chameau, des gens ne partageant pas la même langue marchaient ensemble, décidaient de concert, sans discuter, de la direction à suivre, à l'instar d'un banc de poissons. Le Seigneur a dit : Allons, descendons ! Et là, confondons leur langue, mais les gens ici avaient trouvé le moyen de contourner Ses plans.

Les bottes de Pinto étaient en lambeaux, ses pieds couverts d'ampoules et de plaies, et lui se retournait tous les quelques mètres pour voir si Arzu et Rahela suivaient toujours. Il n'y avait pas d'enfants dans cette procession de réfugiés exténués, et plusieurs femmes avaient partagé leur eau et leur nourriture avec la petite jusqu'à ce que leurs provisions aient diminué. Pinto ne voyait pas grand-chose du visage voilé d'Arzu, mais à en juger par ses mouvements déliés, sa voix de gamine, ses yeux rieurs, elle n'avait probablement pas plus de dix-sept ans. Lorsqu'ils faisaient halte pour se reposer, Arzu apprenait des mots ouïghours à Rahela : su, ata, apa ; si Rahela lui répétait un mot, Arzu lui donnait une datte, et elle la récompensa ainsi jusqu'à ce qu'elle n'en ait plus. Pinto apprit lui aussi quelques mots rien qu'en écoutant Arzu et Rahela : tega, keche, qum. Il offrait à Arzu une gorgée d'eau de son outre et disait, su. Arzu inclinait la tête pour exprimer sa gratitude. Une nuit de clair de lune, elle s'allongea de l'autre côté de Rahela pour la protéger du désert glacé et lui chanta de plaintives chansons qui n'avaient pas des accents de berceuses, mais ressemblaient davantage à des ballades qu'aurait fredonnées un amant éconduit ou à des mélopées funèbres. Rahela geignait à l'unisson en s'efforçant de chantonner dans cette langue qu'elle ne connaissait pas. Pour elle, Pinto avait repris certaines chansons de Manuči, puis suffoquant d'émotion, avait prétexté avoir la gorge sèche.

Après la mort de Padri Avram, Manuči, ses sœurs et leurs vertueux époux étaient tombés sur Rafo, tout juste revenu de Vienne, pour que ce dernier se marie comme il faut. Qu'allait-il faire ? Pinjo le marieur fut consulté et, dès la fin du long Šelošim, il kuniser – une rencontre – fut organisé. La jeune fille s'appelait Luna Kamhi, vivait à Logavina, avait dix-huit ans et était extrêmement timide. Elle garda les yeux rivés sur ses orteils avant de s'asseoir à la table où elle fixa, sans manger, la tabaheja, le kezus et tout le reste. Elle ne cessait de toucher la fruntera sur son front, et d'en faire tintinnabuler les pièces d'or. Elle avait le teint pâle et l'apparence souffreteuse, il semblait peu probable qu'elle mette au monde des enfants en bonne santé ou qu'elle survive à l'accouchement, et il était clair que sa famille ne demandait qu'à se débarrasser d'elle et était prête à offrir une dot substantielle afin de mieux huiler la transaction. Quant à la famille de Pinto, elle espérait dissiper ainsi les rumeurs malveillantes sur la réputation de kulu alegri de leur fils.

Tout le monde se manifesta, toutes les tijas et tous les teos, ainsi que les voisins et enfants d'il hanizitju, de sorte qu'on manqua de tables et de chaises. Après qu'on eut mangé et bu, Tija Lea se saisit d'un tambourin et tous chantèrent, puis Pinto entendit une voix aiguë, claire, assurée, et c'est seulement à ce moment-là qu'il détacha les yeux de la langue de bœuf bouillie, tendue vers lui comme pour le tourner en dérision, et leva la tête. Il vit le visage de Luna, rose de joie, et il la trouva belle. Ken pensa di si namurar, ki fujga dil lunar, fredonnait-elle. Il lui sourit, et elle dit : Cette chanson parle de moi, Luna. Elle la lui chanta et, à la fin de la soirée, ils chantaient ensemble, Ke il lunar es mintirozo, I savi enganjar. Il adorait cette mélodie : Si tu veux tomber amoureux, éloigne-toi du clair de lune, car le clair de lune est capricieux et risque de t'abuser. Bien plus tard, lui aussi chantonnerait ces couplets à Osman dans leur chambre à Tachkent et il lui traduirait les paroles pendant que la lune les épierait à travers la fenêtre. Luna pensait qu'ils allaient se marier, mais Pinto savait qu'il ferait l'impossible pour échapper à cette union, même s'il n'avait pas une idée précise de la manière dont il s'y prendrait. Puis Dieu sauva Pinto en éliminant le père de Luna, qui dut alors attendre la fin du Šelošim onze mois plus tard, date à laquelle l'archiduc et son épouse avaient été abattus et Pinto envoyé à la guerre où il rencontra l'homme qu'il était destiné à aimer.

L'individu au visage tanné avec lequel Arzu voyageait aurait pu être son père ou son mari, compte tenu des ordres qu'il lui lançait en grognant, des deux barres de nuages gris sourcilleux pesant sur son regard perpétuellement grincheux. Quand elle était en face de lui, elle baissait les yeux en signe d'obéissance, mais lui manifestait dans l'ensemble peu d'intérêt à l'endroit d'Arzu. Il l'appelait d'un ton bourru afin qu'elle s'allonge à côté de lui, ou bien exigeait qu'elle lui serve la nourriture qu'il pouvait encore avoir dans sa sacoche. Il buvait de l'eau sans en offrir à Arzu, et elle ne lui en réclamait jamais. À la table des Pinto, c'était toujours Padri Avram qui avait distribué la nourriture, il se servait toujours en premier, puis s'occupait des enfants, puis de Manuči, qui ne demandait jamais plus, ni moins, et se contentait de ce qu'on lui servait. Une femme excellente est une part de choix, disait-il en remplissant son bol de čorba, attribuée à celui qui craint le Seigneur. Le petit Rafo voulait parfois donner sa čorba à Manuči, mais il fallait qu'il finisse tout jusqu'à la dernière goutte, alors il obtempérait. S'ils survivaient à ce désert et à ce qui les attendait après et qu'ils regagnaient Sarajevo, Manuči préparerait sa čorba et Pinto veillerait à ce qu'elle se serve en premier. En fait, il apprendrait à cuisiner et la préparerait lui-même pour Manuči.

Rahela était épuisée et faible à force de ne manger que des nangbings, lesquels étaient si durs que Pinto devait les lui ramollir avec sa salive, jusqu'au jour où il eut la bouche tellement sèche et tapissée de sable qu'il dut arrêter. Mais, quand elle était avec Arzu, elle riait, la regardait fabriquer des animaux et des arbres avec des bouts de paille et de la ficelle, puis essayait de l'imiter. Est-ce toi qui as protégé ma fille du soleil ? Rahela paraissait tellement heureuse, malgré la chaleur et le sable qui lui arrachait des couches de peau, qu'il était évident que la petite avait besoin d'une mère, de quelqu'un qui sache lui peigner les cheveux, lui couper les ongles, de quelqu'un qui lui préparerait une robuste čorba, lui apprendrait à grimper aux arbres ou à tuer des poulets. Si cette caravane parvenait à échapper à ce calvaire et atteignait un lieu doté d'un possible avenir, peut-être pourrait-il laisser Rahela à Arzu et partir de son côté, chercher Osman au Turkestan, ou, s'il ne l'y trouvait pas, à Sarajevo vers laquelle Osman se dirigeait peut-être. Comment savoir ce qu'il y avait encore à Sarajevo, de ses habitants ou de ses bâtiments, si Manuči et Simha étaient encore vivantes, si la ville existait encore ? Les villes vont et viennent, comme les mondes, comme les âmes. Avec Arzu, la petite connaîtrait une vie meilleure, elle serait choyée, peut-être même y gagnerait-elle des frères et des sœurs. Une fois adulte, elle ne se souviendrait plus de lui ; elle n'aurait jamais besoin de comprendre qui il était et pourquoi c'était lui qui la traînait à travers le désert et ramollissait son pain avec sa salive ; elle ne saurait jamais qui l'avait mise au monde. Et peut-être un jour dormirait-elle dans un lit, avec un toit au-dessus de la tête.

Pour le moment, en tout cas, Pinto avait en face de lui un cul de chameau qui empestait la bouse à longue fermentation et ne pouvait imaginer aucun futur viable dans les heures, voire dans les années à venir. De surcroît, ses pieds lui cuisaient ; dans ses bottes délabrées, le sable lui avait râpé le bord de la plante des pieds ; un de ses ongles entaillait la chair de l'orteil voisin. Des lambeaux de peau brûlée par le soleil se détachaient de ses joues et de son front, exposaient la chair à nu et lui faisaient une cicatrice boursouflée. La dernière fois où, selon son souvenir, il n'avait pas eu mal quelque part, il était avec Osman, qui avait le bras en travers de son torse et respirait à son oreille. Là, il entendit des voix d'hommes qui échangeaient bruyamment quelque part devant lui, mais il n'aurait pu dire s'ils allaient se disputer ou s'ils s'apprêtaient juste à faire une annonce importante. Subitement, le chameau s'arrêta et péta si fort que Pinto sursauta de peur. El prinsipio de la sensija, temor del Dijo.

Ses souvenirs étaient aussi clairs que ses hallucinations. Il se rappelait les ruelles étroites de Bilave, la foule dans le Čaršija, et il repensa aux histoires d'Osman sur le kahvana de Hadži-Šaban, sur les descentes des Autrichiens raflant les hommes qui fumaient de l'afijun dans les arrière-salles et dont certains s'enfuyaient par la fenêtre et sautaient dans la Miljacka. À l'époque, il mourait d'envie de retourner à Vienne, où il y avait des amis, la langue allemande, la poésie et une vie radicalement différente de celle de Sarajevo. Pas d'opium à Vienne, mais de la morphine et des pilules d'héroïne de Bayer, et des hommes, des cafés et des journaux fixés sur une baguette de lecture et, de toute façon, tout ça n'était plus qu'un rêve, à présent. Vienne existait-elle seulement encore ?

Le désert du Taklamakan abritait autrefois une cité antique qui avait disparu sous le sable. Mais, au milieu de ses tours, de ses murs et de ses maisons en ruine, il y avait encore des lingots d'or et d'argent, lui avait confié Moser. Tous les explorateurs et bandits de Tachkent à Shanghai ne cessaient de chercher cette ville, mais ils n'avaient pas réussi à la localiser, car elle ne restait jamais à la même place, migrait, chevauchait les dunes constamment mouvantes, disparaissait, réapparaissait. Pendant qu'il se rétablissait dans la ferme apicole, Moser, finalement à court d'anecdotes personnelles, s'était mis à égrener des rumeurs, des mythes, des contes de fées, des histoires empruntées à d'autres au cours de ses pérégrinations, et qu'il embellissait à mesure qu'il les racontait à Pinto. Dans son néant fébrile, il ne se taisait que lorsqu'il dormait, comme s'il y allait de sa guérison, comme si ses contes interminables lui ressoudaient les os. Mais si jamais une caravane tombait sur la cité disparue, poursuivait Moser, découvrait cette profusion d'or et d'argent et en chargeait ses chameaux, les chameliers, soudain victimes d'une influence magique, tournaient inlassablement en rond jusqu'à s'effondrer et mourir. Ils ne pouvaient rompre le sortilège et se sauver qu'en se débarrassant de l'or maudit, mais personne ne l'avait jamais fait, personne n'avait jamais eu la force de renoncer à toutes ces richesses susceptibles de changer sa vie ; tous croyaient que l'avenir qu'ils imaginaient compenserait leurs souffrances actuelles. Des caravanes fantômes sillonnaient encore le désert du Taklamakan, affirmait Moser, alors que chameliers et voyageurs avaient péri, mais les chameaux, incapables de se délivrer du charme, continuaient à errer jusqu'au jour où eux aussi tomberaient raides morts.

Dans leur triste caravane, il n'y avait pas d'or, presque pas de nourriture et presque pas d'eau, et on avait quand même l'impression que la caravane tournait en rond. Plus d'une fois, Pinto avait vu les mêmes sommets au loin et il espérait que seules son extrême fatigue et son incapacité à s'orienter l'empêchaient de distinguer ces pics splendides les uns des autres. Les vertueux sont comme les puissantes montagnes, se répétaient les teos de Sarajevo, courbés sous le poids de l'âge et de la goutte. Eux ne connaissaient que les montagnes de Bosnie, mesure exclusive de leur vertu – ils n'en avaient jamais vu aucune qui ressemblât à celles qui se profilaient à l'horizon, en dents de scie et bigarrées avec leurs champs de neige, plus proches du Ciel que la terre sous leurs pieds et la vie ici-bas.

À l'image de tous les réfugiés, ils continuaient d'avancer parce qu'ils n'avaient pas le choix ; aller de l'avant, c'était être vivant. Quelque part derrière eux, ou devant eux, ou au-delà de cet enchevêtrement de dunes, de ces montagnes lointaines, les seigneurs de guerre xiang raflaient les Ouïghours, les massacraient, pillaient leurs maisons, incendiaient leurs mosquées. Ils aimaient accrocher les gens aux arbres et les y laisser jusqu'à ce que ceux-ci s'écrasent comme des fruits mûrs et se brisent jambes et dos avant de finir écharpés. Parfois, ils faisaient ployer un arbre et y ficelaient le traître pour que les branches le déchiquettent dès qu'ils relâchaient le tout. Quand les arbres venaient à manquer, ils enterraient les gens vivants dans des trous profonds, les abattaient à coups de fusil ou leur tranchaient simplement la gorge. Tous les seigneurs de guerre xiang s'accordaient sur la nécessité d'éliminer les musulmans. Pendant que le soleil se couchait sur le désert et que les Ouïghours de la caravane se tournaient vers l'horizon incandescent pour prier, Pinto repensait aux rangées d'hommes à genoux devant les mosquées de Sarajevo.

Dans la journée, le soleil était implacable. Arzu embrassa le front de Rahela et lui rendit la petite. Elle avait les joues creuses et pâles, les cheveux cassants à cause de la chaleur et du sable, les lèvres bourgeonnantes de peau brûlée, mais elle le regarda comme si elle allait fondre en larmes, les yeux secs.

— J'ai soif, dit-elle, mais il lui demanda d'attendre un peu.

Elle gémit sans néanmoins se plaindre. Les enfants peuvent-ils pleurer dans le désert ? Il ne s'était jamais occupé d'aucun autre enfant avant Rahela, ni dans le désert ni nulle part ailleurs. Il n'y avait aucun précédent de ce genre dans sa vie, et il n'y avait pas d'autre vie. Y en avait-il dans l'Atora ? Abraham avait emmené Isaac dans le désert, mais ça ne devait pas compter. Et Moïse, n'avait-il pas traversé le désert dans son enfance ? Pinto n'arrivait plus à se rappeler de vraies histoires, toutes étaient polluées par ses souvenirs, ses rêves, ses peurs, ses fantasmes et ses hallucinations. Il ne se rappelait plus quand il avait vu – et encore moins lu – une Atora pour la dernière fois. Si Rahela et lui survivaient, ils raconteraient un jour des histoires sur leur errance et leur souffrance à d'autres gens, qui ne les croiraient pas.

Arzu retourna auprès de son père ou mari, et Pinto prit donc Rahela par la main et ils marchèrent. Ses petits pieds, enveloppés dans un feutre qui se défaisait, s'enfonçaient dans le sable ; alors, Pinto la cala sur son dos et continua à avancer laborieusement. Au début de leur traversée, elle n'avait cessé de lui demander s'il leur restait encore beaucoup de chemin à faire, puis elle avait arrêté de poser cette question, car apparemment ils n'arrivaient jamais nulle part et ceux qui savaient ce qu'il y avait à l'autre bout parlaient une autre langue.

Les hommes devant eux beuglaient à nouveau, et cette fois-ci Pinto perçut clairement l'inquiétude dans leurs voix. Deux bonnes heures encore les séparaient du coucher du soleil et du moment où la caravane ferait halte pour la nuit. Le soleil lui brûlait les yeux et il avait mal aux pieds. Personnellement, Pinto se serait déjà arrêté, mais ils n'avaient pas le choix, il leur fallait suivre la caravane, respecter ses rythmes et son itinéraire ; tout seul, il ne savait ni où aller, ni quoi faire, ni comment garder cette enfant en vie. Tout était encore devant eux ; la seule relique du passé gigotait sur son dos. Pinto essaya d'agripper la queue du chameau qui balançait avec langueur, mais trop tard, si bien qu'il se borna à régler son pas sur celui de l'animal. Le commencement de la sagesse, c'est la crainte de l'Éternel.

Les deux chiens efflanqués qui escortaient la caravane, mordant à l'occasion la patte d'un chameau ou chapardant un bout de nangbing avant que Pinto ait pu l'empêcher de tomber dans le sable, réapparurent subitement, le ventre mouillé, et un frisson d'excitation parcourut la colonne hétéroclite. Pinto entendit le mot su – de l'eau – répété de voix en voix et la caravane comme le chameau péteur parurent presser l'allure. Une heure s'écoula avant qu'ils atteignent enfin un point d'eau douce, bordé de roseaux et de jeunes peupliers qui touchaient presque le mur en pierre dominant l'oasis. Arzu lui montra du doigt une habitation, semblait-il, nichée dans la pierre à quatre ou cinq mètres sur la paroi de la falaise et dotée de fenêtres sans carreaux. Lorsque Devlet avait bouché le dernier trou dans le mur et que Pinto s'était retrouvé dans les ténèbres, il s'était rappelé que le Seigneur avait demandé au prophète : Que fais-tu ici, Elie ? Mais il ne se souvenait plus de la réponse d'Elie. Je ne sais pas, dis-moi Ô Seigneur ? Ou bien était-ce : J'attends que Ta colère me frappe ? Ou encore : J'essaie simplement de rester en vie, pourrais-Tu m'aider ? Nulle voix ne parla à Pinto derrière son mur, personne ne lui demanda rien ; et il n'était pas prophète, il n'était qu'un Sefaradi de Sarajevo qui avait pleinement conscience que jamais ses souffrances ne seraient récompensées sur Terre comme ailleurs. Quand arrivera ce qui doit arriver, disait souvent Osman, personne ne pourra nier que c'est arrivé. D'ici là, faisons de notre mieux pour rester en vie.

Sous le soleil déclinant, l'eau se parait d'écailles brillantes et tremblotantes. Rahela but à petites gorgées lentes, pour ne pas tomber malade. Lorsque Pinto l'arrêta, elle pleura et en redemanda et, une fois de plus, il ne vit aucun moyen de la réconforter. Finalement, au moment où le soleil disparaissait, elle s'endormit à côté de lui sur un carré d'herbe incroyablement tendre. Pour sa part, Pinto avait bu trop vite, et il avait à présent des crampes douloureuses qui l'empêchaient de dormir. Au-dessus de lui, la lune avait la rondeur et l'éclat de la médaille de Nono Solomon, et les étoiles du désert faisaient penser à une éruption cutanée due à une typhoïde. Il écouta le remue-ménage des autres réfugiés et, quand ils furent tous installés, puis endormis, un autre bruit émergea du silence et s'amplifia peu à peu. C'était un chuintement, un sifflement sourd et, lorsqu'il ouvrit les yeux, il s'aperçut que la lune et les étoiles étaient voilées. À l'aube, quand Rahela effleura sa cicatrice pour le réveiller, geste dont elle était coutumière lorsqu'elle avait peur et qu'elle était anxieuse, il remarqua qu'ils étaient tous les deux recouverts d'une fine couche de sable et vit des sortes de panaches voltiger au sommet des dunes et une brume rouge jaunâtre en suspens au-dessus de l'horizon.

La moitié de la caravane avait déjà levé le camp, y compris les chameaux. Le bassin d'eau paraissait avoir rétréci et changé de forme et les roseaux, comme incrédules, agitaient leurs têtes de gauche à droite. Son paquetage saillant sur son dos, Arzu remplissait un bidon d'eau à la hâte. Son mari n'était nulle part visible. Hormis ses yeux pétillants, elle était voilée. Elle proposa de l'eau à Rahela qui la but avidement, puis lui noua un châle autour du visage en riant avec elle, comme si elles jouaient. Tebbad, dit-elle à Pinto. Elle tendit le doigt vers l'horizon où un nuage de poussière avançait sur eux à l'allure d'une charge de cavalerie. Puis elle pointa les grottes au-dessus d'eux et Pinto comprit qu'ils avaient intérêt à courir s'y réfugier. Il entendait à présent le sourd fracas du vent poussant une masse devant lui, sentait que l'air s'épaississait et se densifiait rapidement, que le sable lui râpait les joues. Pinto demanda à Rahela de monter sur son dos, pour qu'il l'y attache, mais elle refusa.

— Je veux marcher toute seule. Je suis grande.

Elle n'était pas grande – malgré ses cinq ans, elle était minuscule –, elle n'avait jamais eu assez à manger pour pouvoir grandir. Une dispute se profilait, car il était évident qu'elle ne pouvait pas se hisser jusqu'aux grottes et risquait de se faire rattraper par la tempête. Mais Arzu lui expliqua par signes qu'il fallait faire vite, qu'elle devait s'asseoir sur le dos de Pinto, et Rahela finit par céder.

Rahela dit quelque chose, mais ses paroles se perdirent dans une rafale qui souleva Pinto, alors qu'il se cramponnait au bord tranchant des rochers afin d'escalader la falaise. Le sable déferlait contre son visage et ses yeux, les recouvrait, et il distinguait à peine la silhouette d'Arzu grimpant tel un chat vers les grottes. Rahela s'étouffait, mais Pinto ne pouvait ni s'arrêter ni redescendre. Le vent hurleur l'écartait sans relâche de la paroi rocheuse et, à un moment, sa main gauche lâcha prise, puis sa droite, et il glissa, paniqué à la perspective d'écraser Rahela si jamais il tombait sur le dos. Mais il parvint à se rattraper à une ardoise pointue et en biseau qui dépassait, se coupa la paume. Il poussa un soupir de soulagement et se retrouva par la même occasion la bouche pleine de poussière. Il ne servait à rien de recracher, alors il en avala autant qu'il put, puis découvrit, toujours suffoquant, une fente où caler son pied pour se relancer vers le haut. Les bourrasques se succédaient en vagues rapides, menaient de violents assauts, se répandaient avec ampleur, puis se séparaient vigoureusement pour leur adresser un rappel : Ce qui t'a été promis se réalisera. Pinto sentait que ses mains saignaient, que le sable s'insinuait dans ses plaies, mais il continuait à grimper. Ce qui t'a été promis se réalisera. Ce qui m'a été promis, je n'en ai pas souvenir.

Il se précipita dans l'obscurité de la grotte, et ce fut comme si le vent monstrueux claquait la porte derrière eux. Il se mua en un pilonnage incessant, donnant le sentiment que le monde extérieur et chacune de ses particules étaient dynamités et que les explosions ne cesseraient que lorsque tout serait détruit et qu'il ne resterait plus rien. Pinto s'enfonça en rampant dans les ténèbres de la grotte, ne s'arrêta que pour vomir et recracher le sable avalé. Merci, Ô Seigneur, de m'avoir conduit de la lumière aux ténèbres. Rahela ne disait mot, alors il la fit descendre de son dos et s'assura qu'elle respirait correctement, sur quoi elle lui toussa sur la joue. Il lui nettoya le cou et la langue de sa main valide, mais elle avait les dents enduites de sable. Elle se tortilla, pleura, eut un haut-le-cœur et vomit à son tour ; puis il lui dégagea le nez – ses narines étaient si étroites qu'il ne put utiliser que le bout de son petit doigt – jusqu'à ce qu'il l'entende enfin respirer bruyamment. La tebbad projetait du sable dans l'entrée de la grotte, alors il remit Rahela sur son dos sans l'attacher et elle se cramponna à lui pendant qu'il se remettait à ramper ; il avança dans un air glacé et humide, aux relents de squelettes et de reptiles jusqu'au moment où il eut l'impression d'avoir atteint une cavité plus large. Et, là, ce fut comme s'ils étaient à l'intérieur d'un tambour, dont le vent n'aurait cessé de frapper la peau tendue. Pinto farfouilla dans sa sacoche pour y récupérer sa gourde en cuir, versa un peu d'eau sur les lèvres de la petite qui s'empara de la gourde pour boire davantage. Il dut la lui retirer, afin d'en prendre une gorgée lui-même et se rincer la bouche. Faute de pouvoir gaspiller de l'eau pour nettoyer sa paume entaillée, il colmata la plaie avec du sable afin de stopper le saignement, et sa blessure se mit à le lanciner. Intrigué par le silence d'Arzu, il l'appela, mais n'obtint aucune réponse ; tout ce qu'il entendit, ce furent ses propres halètements, les quintes de toux de Rahela et le pilonnage du vent. Il comprit alors qu'ils risquaient aussi de mourir dans ces ténèbres. Il ne leur restait pas beaucoup d'eau et ils n'avaient plus qu'un morceau de pain sans levain. La tebbad pouvait durer plusieurs jours, elle recouvrirait toutes les pistes, la caravane disparaîtrait et Pinto et Rahela seraient totalement incapables de s'orienter. Quant à Arzu, elle avait dû tomber de la paroi rocheuse et se faire happer par la tempête ; on ne la retrouverait jamais.

Celui qui est dans les ténèbres peut voir ce qui est dans la lumière, alors que celui qui est dans la lumière ne peut voir ce qui est dans les ténèbres.

Seul le Seigneur voit ce qui est dans les ténèbres, car Il voit tout, partout, y compris dans la gran eskuridad. Et si jamais Il prenait la peine de bien regarder dans cette grotte aveugle, Il verrait Pinto, et Rahela à présent endormie sur le torse de Pinto, tous deux respirant bruyamment, le nez, la bouche et la gorge encore enduits de sable et tellement desséchés qu'ils ne pouvaient déglutir et que leurs langues enflaient et noircissaient peu à peu. Le Seigneur serait alors piégé dans cette grotte avec eux, parce que même Lui serait malmené par une tebbad aussi violente, même Lui deviendrait sourd sous les rafales du vent dehors, même Lui jugerait que ce vide obscur faisait une tombe réconfortante. Chaque fois que Rahela suffoquait et s'étouffait un instant, Pinto retenait son souffle et attendait qu'elle se remette à respirer, et, ensuite, il poussait un soupir de soulagement et lui caressait les cheveux.

Autrefois, il avait caressé ainsi les cheveux d'Osman quand celui-ci s'allongeait et posait la joue contre son torse. Osman avait des cheveux rêches et épais, que Pinto peignait parfois avec ses doigts. En Galicie, avant le massacre, il y ramassait des poux qu'il écrasait entre ses ongles. À Tachkent, il enroulait les boucles d'Osman autour de son auriculaire. Où est Osman aujourd'hui ? S'il a quitté ce monde de terre et d'eau, où s'en est-il allé ? Personne n'avait pu dire à Pinto ce qui s'était passé après qu'Osman était parti au-devant de Tsirul le tueur. Pinto savait, sans vouloir l'accepter, qu'il y avait de fortes possibilités qu'Osman soit mort, car sinon il les aurait recherchés, Rahela et lui, et les aurait retrouvés, dans la mesure où il n'avait nul autre lieu où aller sur Terre. S'il était vivant, Pinto entendrait encore sa voix ; cette absence était synonyme de mort. Le flanc meurtri par un caillou pointu, il avait envie de changer de position, mais craignait de réveiller Rahela. L'absence d'Osman remontait maintenant à la naissance de la petite. Dieu n'a besoin de rien, c'est nous qui avons besoin de Lui. La main blessée de Pinto l'élançait.

Il fallut une nuit entière et la majeure partie de la journée suivante pour que le vent se calme. Ce fut seulement après que les rugissements se furent apaisés que Pinto se rendit compte qu'il y avait d'autres gens dans la grotte, parce qu'il entendit leurs grognements chargés de sable, leurs bruissements. Il appela à nouveau Arzu, mais personne ne lui répondit. Peut-être quelqu'un pleurait-il, aussi, mais sans doute n'était-ce que le bruit d'une respiration lourde. Quelqu'un d'autre buvait au goulot d'un bidon – il y avait eu le *pop* d'un bouchon et un glougloutement ou deux, puis une dispute dans une langue aux sonorités ouïghoures. Pinto avait glissé son outre en cuir sous la joue de Rahela en guise d'oreiller. À son réveil, elle aurait faim et soif, mais elle serait surtout fatiguée et effrayée. Tous deux respiraient maintenant au même rythme, et il ne voulait pas bouger, car il espérait qu'elle continuerait à dormir. Quel père faut-il être pour sacrifier son enfant parce que la voix de Dieu le lui a ordonné ? Quel Dieu faut-il être pour laisser un père tuer son enfant et prouver ainsi qu'un homme, s'il n'est pas dans l'obéissance absolue, n'a pas le droit de vivre ? Cette petite fille sur son torse, cette vie fragile riche d'avenir, ce corps qui, seul, n'avait pas la moindre chance de survivre en ce monde, et qui avait néanmoins survécu en s'appuyant sur l'amour et la bienveillance des autres – le devoir de protection incombait à Pinto et à présent la peur le submergeait, associée à la faim et au sable dans sa bouche, à l'idée de n'être pas capable de l'assumer. Le pain était dans sa sacoche, sous sa tête à lui, et il n'avait pas envie de bouger. Abraham et Isaac arrivèrent à l'endroit que Dieu leur avait indiqué, et Abraham y éleva un autel. Il disposa le bois, lia son fils, Isaac, et le mit sur l'autel. La chaleur brûlante d'Israël, le bois épineux, la peur et les cordes frottant contre ses poignets. Puis Abraham se saisit du couteau pour immoler son fils.

Sous les tilleuls bordant la rue, Osman et Pinto roulaient si vite à bicyclette qu'ils rattrapèrent une voiture. Pinto vit les plumes ornant le casque de l'homme assis à l'arrière et le chapeau orné de dentelles blanches de la femme installée à côté et comprit qu'ils étaient à Sarajevo, que les passagers du véhicule allaient mourir et que, s'ils mouraient, Osman mourrait aussi, de sorte qu'il voulut alerter l'archiduc et son épouse, mais déjà ceux-ci s'éloignaient rapidement, comme si c'était lui qui allait les tuer, ce qui était tout simplement dingue et stupide, il leur cria d'arrêter tout de suite, sinon ils allaient mourir. Mais ils lui rirent au nez, ils ne comprenaient pas la langue qu'il parlait, le traitèrent de kulu alegri, et la voiture accéléra de plus belle. Il eut envie de dire à Osman que ces idiots allaient mourir, qu'ils n'en avaient même pas conscience, mais Osman n'était plus là, alors Pinto jeta un coup d'œil derrière lui et vit que des flots d'eau lui fonçaient dessus, qu'ils n'allaient pas tarder à l'emporter, il pédala plus vite, seulement sa bicyclette faisait du surplace, puis le courant le balaya, et cette fois Osman réapparut et lui dit : Ken pensa di si namurar, ki fujga dil lunar.

Sans prévenir, quelqu'un alluma une lampe à huile, ce qui effaça l'obscurité et révéla l'homme au visage tanné ; il tenait la lampe comme s'il venait de mettre la main dessus. Il la plaça devant lui, et des ombres se mirent à pulluler sur sa figure, ses yeux à cligner, ce qui lui donna l'air de quelqu'un tout juste revenu des enfers. Arzu n'était pas à côté de lui, et Pinto ne put voir si elle se cachait quelque part plus au fond de la grotte. Il s'assit, en gardant Rahela pressée contre son torse, alors qu'elle commençait à s'agiter. Visage tanné gardait le silence et faisait mine de ne pas remarquer la présence de Pinto et de Rahela ; il farfouillait activement dans son sac, comme s'il lui arrivait souvent de passer du temps dans une grotte en plein désert. La cavité s'avérait spacieuse, même si le fond se résumait à une impasse. Rahela poussa un bâillement bruyant, puis marmonna : Gladna sam. L'enfant avait cinq ans et parlait le mélange de bosnien, de spanjol et d'allemand que Pinto pratiquait avec elle, mélange émaillé, à l'occasion, de mots étrangers grappillés en chemin. Visage tanné leva la lampe au-dessus de sa tête, plus pour s'afficher et se poser en maître de l'espace que pour voir qui faisait du bruit. Il leur décocha un regard furibond, puis repéra, au fond de la grotte, une pile de chiffons roulés. Il s'en approcha lentement en levant un ballet d'ombres sur les parois, prit un rouleau sur le dessus et, le tenant par un bout, le laissa se dérouler jusqu'au sol. C'était un parchemin, une sorte de Sefer Torah, pas un chiffon. Aidé de sa lampe, Visage tanné l'examina de plus près et Pinto aperçut des silhouettes d'hommes, de femmes et d'animaux et des mots écrits dans un alphabet qu'il ne put identifier ; les lettres formaient des boucles et se déployaient en rangées.

Pinto sortit un morceau de nangbing de sa sacoche, versa quelques gouttes d'eau dessus et le frotta, car il avait encore plein de sable dans la bouche et ne pouvait pas le mâcher pour Rahela. Puis il cracha, se lécha la paume de la main, et frictionna le visage de la petite qui gémit, trop affamée pour s'opposer à lui. A las prufunduras di la mar, li eču todu il mal, dit-il spontanément. Manuči lui lavait la figure, l'aspergeait d'eau bien trop froide, et lui, renfrogné, se tortillait pendant qu'elle récitait : La kartija mu li lavu, il mal mi li saku, a las prufunduras di la mar, li eču todu il mal. En essuyant l'eau sur sa figure, elle balayait tout le mal et le rejetait dans les profondeurs de la mer. Il n'y avait pas de mer ni d'océan où que ce fût dans ce désert, mais, du mal, il y en avait sûrement beaucoup. Rahela enfourna le morceau de pain et s'y attaqua, les joues toutes gonflées.

Avec sa lampe, Visage tanné mit le feu au bout du parchemin déroulé, qui s'embrasa rapidement et projeta une vive lumière sur le reste de la grotte : il n'y avait personne dans les lieux. À la manière hésitante dont le parchemin brûlait, il était évident qu'il s'agissait d'une peau ancienne. Le sombre feu grimpait à l'assaut du rouleau, faisait luire les lettres en même temps qu'elles disparaissaient, et Pinto eut la certitude que c'était quelque chose de sacré.

— Ne ! Ne ! dit Rahela, mais l'homme ne lui prêta aucune attention.

Le manuscrit se désintégra dans une pluie de cendres fines. La fumée fit tousser et hurler Rahela, ce qui dut dissuader Visage tanné de continuer. À la place, il s'empara de quelques rouleaux qu'il fourra dans son sac, puis souffla sa lampe. Toujours assis avec Rahela sur les genoux, Pinto se mit en appui sur sa main blessée qu'il avait désormais beaucoup de difficulté à bouger. Sur le sol sableux, il devina un caillou, un galet rond et lisse et, sous le coup d'une certitude qu'il jugerait plus tard grotesque et terrifiante, il se dit qu'il lui serait peut-être utile dans un avenir où ils n'auraient plus ni eau ni nourriture, car il pourrait le donner à sucer à Rahela.

Armé de son couteau, Visage tanné creusa le mur de sable qui bouchait l'entrée de la grotte jusqu'à ce que la lumière fuse et les aveugle tous. Il sortit sans un regard en arrière, et Pinto et Rahela se retrouvèrent au bord d'un terrain étroit et chatoyant, qui se déployait comme un sentier devant eux. Incapable de se relever, Pinto installa Rahela sur son dos et rampa vers la lumière.

— Su, dit Rahela.

— Paz, répondit-il.

Dehors, sous le sable, les ombres des roseaux pointaient toutes dans la même direction. Le point d'eau avait disparu, ne restait plus qu'une pauvre petite mare, où un chameau agenouillé buvait l'eau trouble. Il n'y avait personne de visible alentour, même s'il était permis de penser que des corps étaient peut-être enfouis sous des amas de sable ici et là. Visage tanné approcha le chameau par-derrière, à pas prudents pour ne pas l'effrayer, et s'empara des rênes pendant que l'animal continuait à boire à longs traits.

Où était Arzu ? L'homme ne perdit pas de temps à la chercher, alors qu'il s'employait, sans lâcher les rênes, à récupérer tout ce qu'il jugeait susceptible de lui être utile. Il déterra un bâton, puis un sac ; après l'avoir fouillé, il en sortit un bidon d'eau qu'il but avidement en versant les dernières gouttes sur ses lèvres desséchées. Il rejetait tellement la tête en arrière que son chapeau tomba par terre ; il vit Pinto et Rahela, mais ne dit ni ne fit rien, comme s'ils n'étaient pas là. D'abord avec son bâton, et ensuite avec ses mains, il creusa le fond de la mare, atteignit un sable plus humide, puis continua jusqu'à ce que l'eau apparaisse.

— Su, balbutia Rahela.

Pinto avait toujours le galet à la main. Il assit Rahela par terre afin de le nettoyer, le frotta avec du sable pour retirer le sang qui avait déjà séché dessus. Le galet paraissait parfaitement rond et arborait une roue gravée entourée de symboles ou de mots écrits dans un alphabet inconnu de Pinto. Il était suffisamment petit pour tenir sous la langue de Rahela.

QUATRIÈME PARTIE

Shanghai, 1932

Il paraît que lorsque le Seigneur a reproché sa vanité à la lune, elle est tombée en projetant des étincelles dans le ciel : les étoiles. Celles-ci reposent à présent sur le coussin des nuages et, nous, nous sommes en dessous. Si, de notre place, nous ne voyons que l'obscurité, il n'empêche qu'il existe une multitude de mondes lumineux au-delà des nuages. Et un jour, ils auront tous disparu, et les étoiles scintillantes se présenteront sous toutes sortes de formes, chacune incarnant un monde différent, dont la beauté nous aveuglera.

— Pourquoi les étoiles, elles percent pas les nuages maintenant ? demandait Rahela. Pourquoi il faut attendre ?

— Parce que, pour le moment, elles sont là où elles sont censées être, répondait Pinto. Elles sont très bien là où elles sont, et elles ne savent pas que nous sommes en dessous.

Les incendies de Zhabei illuminaient la base des nuages. Los sjelos kero pur papel, la mar kero pur tinta. Sauf que mon ciel de papier flambe, et que le limon de formidables rivières épaissit la mer.

Rahela dormait, la joue contre le torse de Pinto, la bouche ouverte, et son souffle produisait de petits nuages qui se détachaient sur la lueur du feu. Elle était coincée entre Lenka et lui, mal recouverte par le manteau humide de Pinto, et tous trois étaient allongés sur le manteau, humide lui aussi, de Lenka, sous lequel Pinto percevait la terre et les cailloux. Il souleva la tête de Rahela et glissa son sac de jute dessous ; avec l'humidité, la petite avait les cheveux lourds et épais. La nuit était glaciale, la bruine étincelait. De temps à autre, une détonation déchirait le ronflement des flammes au loin. Puis une autre explosion retentissait, suivie, comme une réflexion après coup, par de plus modestes. Il était difficile d'imaginer que quiconque pût fermer l'œil ce soir, ou avant longtemps, et pourtant Pinto avait l'impression d'être le seul à ne pas dormir. À présent que tu es allongé sans bouger, tu es tranquille ; quand tu dors, tu es serein. Or, je ne dors pas, et je ne suis pas serein non plus ; en fait, la sérénité ne viendra peut-être jamais, même quand je serai mort. Et Osman, mort ou vivant, ne connaît pas la sérénité non plus. Même s'il était vivant quelque part, à Sarajevo ou va savoir, à me chercher peut-être, il est impossible qu'il puisse être en paix. La dernière fois où Pinto s'était senti serein, c'était dans leur lit à Tachkent, quand il avait la joue pressée contre le torse d'Osman, dont le cœur lui fredonnait une berceuse. Depuis lors, il avait dormi dans bien des endroits, de bien des façons, mais pas dans la sérénité.

Pour l'heure, la main droite tendue au-dessus du vide, il essayait de trouver le sommeil sur le toit d'un immeuble où se pressaient autant de réfugiés que dans les rues en contrebas d'où montait le souffle collectif de la foule prête à tout. Quand, sur Son ordre, les anges servent de messagers, ils deviennent vents. Quand les anges sont Ses serviteurs, ils deviennent flammes. Ses serviteurs étaient aujourd'hui à Zhabei, à l'exception des quelques messagers désespérants venus respirer dans la paume de ma main.

Le toit fourmillait de gens, de même que les réceptions des immeubles de l'avenue Edouard-VII et toutes leurs chambres ainsi que les étages qui s'étaient trouvés libres quand la vague des réfugiés avait fui Zhabei et Hongkou et franchi la rivière de Suzhou. Dieu n'a besoin de rien, c'est nous qui avons besoin de Lui. Ils avaient suivi le flux jusqu'à ce que Pinto, en quête d'un endroit où s'abriter, les fasse entrer dans un bâtiment qu'il ne connaissait pas et était même incapable de situer. Ils avaient grimpé les marches, encore et encore, sans pouvoir rebrousser chemin, car la foule derrière eux les poussait sans relâche. Quand ils avaient fini par accéder au toit, au neuvième ou au dixième étage, il ne restait plus que des places tout au bout, au bord du vide. Pinto avait tiré Rahela par la main et enjambé des gens et leurs possessions afin de s'approprier un malheureux carré de toit. C'est à peine s'ils pouvaient y tenir ; il s'était allongé tout près du bord. Son regard portait jusqu'aux flammes de Zhabei, c'était déjà ça. Das Licht ändert die Welt und dennoch bleibt sie gleich, auf ewig warm unter Gottes Gewändern.

À présent, Lenka dormait elle aussi ou du moins était-elle tranquille et immobile, et Rahela se pressait contre elle pour avoir chaud. Le vin et le sommeil des méchants leur sont bénéfiques, à eux et au monde ; le vin et le sommeil des justes leur sont préjudiciables, à eux et au monde. Mais si on n'est ni méchant ni juste et qu'on cherche juste à survivre ? Alors quoi ? Pourquoi punir ceux qui souffrent déjà ? Est-ce ainsi que le monde doit être ? Je ne sais pas. Ce serait remettre ma foi en question, si tant est que j'aie jamais eu la foi. Pourquoi toutes ces réflexions talmudiques me viennent-elles à l'esprit ? Zhabei est en feu, les Japonais vont réduire ce quartier en cendres et pourtant ma maudite tête bruisse de ces considérations rabbiniques. Écoute-moi, Rabin Pinto, tout ça, c'est dû à la solitude. Dieu a été inventé par des gens seuls, des gens qui ne supportaient pas de se dire que personne ne se soucierait jamais d'eux, ni ne perdrait de temps à se questionner sur leur solitude. Nous ne sommes pas des élus de Dieu, ce que nous sommes, c'est que nous sommes privés d'amour et terriblement seuls. Et tous ces justes qui se retirent du monde pour être auprès de Dieu… ils nous abandonnent parce qu'ils croient pouvoir passer leur vie avec le seul être qui les aime véritablement. Mais, moi, je ne peux pas quitter ce monde, je n'ai nulle part où aller, nul amour vers lequel me tourner. Dieu n'est amour que lorsque le monde est vide d'amour. Dieu est la resserre fantasmée où l'on stocke l'amour fantasmé. Quand Osman me parlait, Dieu n'avait rien à dire. Réflexion perverse s'il en est. Padri Avram m'aurait haché menu si j'avais exprimé des considérations de ce genre devant lui, il aurait vu la perversion en moi, le jetzer hara. Mais Osman n'est plus là, il y a près de dix ans qu'il n'est plus là, et Zhabei est en feu, de même qu'une grande part de notre monde et de ce qu'il peut y avoir au-delà. Je suis libre de faire ce que bon me semble, je peux sauter dans le vide, plonger dans le flot humain en contrebas, parce que le monde est comme il est et qu'il n'y en a pas encore un autre, tant que l'Éternel n'en a pas créé un nouveau pour remplacer celui-ci. Où est Osman aujourd'hui ? Où est mon bien-aimé ? Où s'en est-il allé ?

Rappelle-toi l'avenir ! Je devrais penser à l'avenir, à ce que nous ferons demain. Nous avions si peu, et maintenant nous avons encore moins. Comment rentrerons-nous chez nous ? Même si leur shikumen représentait un logement tout aussi valable que n'importe quel autre ici ou ailleurs, à part Sarajevo, si Sarajevo existait encore, Manuči était morte, et Simha aussi. Simha avait réussi à lui envoyer une lettre, mais n'avait jamais réagi à la réponse qu'il lui avait adressée. À la place, c'était Albert, son époux, que Pinto n'avait jamais rencontré, qui avait répondu et lui avait donné le nom de tous les membres de la famille décédés entre-temps, dont son propre fils, puis Simha, anéantie par le chagrin. Albert avait également parlé de Laura et Blanka, les nièces de Pinto, qu'il avait décrites comme de belles jeunes femmes intelligentes, prêtes à se marier et curieuses de découvrir le monde, mais tellement livrées à elles-mêmes, maintenant qu'elles n'avaient plus de mère, que leurs orteils pointaient de leurs chaussettes, telles des patates d'un sac de jute. Il paraissait croire que Pinto avait fait fortune à Shanghai ; les histoires dorées sur tranche des Juifs de Shanghai avaient même gagné Sarajevo, et Albert le suppliait de partager une petite part de cette richesse, car ses filles n'avaient pour ainsi dire pas de dot. Elles seraient éternellement reconnaissantes à leur oncle et le recevraient à son retour comme un des leurs se doit d'être reçu. Pinto écrivit qu'il était impatient de faire la connaissance de ses nièces et extrêmement heureux d'apprendre qu'elles se portaient bien. Il allait revenir à Sarajevo tôt ou tard, mais pas tout de suite, car les billets de bateau coûtaient incroyablement cher, et qu'il lui fallait épargner pour deux, parce qu'il avait à présent une fille, qui s'appelait Rahela. Il était vrai, ajouta-t-il, qu'il y avait à Shanghai des gens riches comme Crésus, mais ce n'était pas son cas, lui était pauvre, de même que la plupart des gens autour de lui. Et même s'il parvenait tant bien que mal à emprunter l'argent de son retour, ça ne l'aiderait pas beaucoup, vu qu'il découvrirait un endroit différent de celui qu'il avait quitté, un pays qui n'existait pas à l'époque. Il ne parla pas de ça dans sa lettre, mais il écrivit bel et bien que, pour aller où que ce soit, il faudrait que ce nouvel État, la Yougoslavie, lui accorde des papiers d'identité, or ce fameux pays ne connaissait pas son existence et ne s'en souciait pas davantage, si bien qu'il était coincé ici à Shanghai, où, faute de représentation, personne ne pouvait lui délivrer un passeport. Cela faisait des années qu'il essayait de se procurer un passeport Nansen, mais, contrairement aux Russes, il était arrivé à Shanghai seul, quand Rahela avait sept ans et demi. Il ne connaissait personne sur place, parlait à peine anglais, langue dans laquelle tout le monde ici s'exprimait. Il lui avait fallu longtemps pour comprendre comment cette ville fonctionnait, les étrangers tout en haut de la hiérarchie, tandis que les Chinois vaquaient à leurs propres affaires en ignorant les étrangers, ou bien en les supprimant. Il n'avait pas pu demander de documents officiels tant qu'il n'avait pas eu d'adresse. Et même après, il n'avait pas eu davantage d'argent pour autant ; or, les hautains représentants de la Société des Nations, comptant bien être récompensés de leurs nobles efforts, avaient commencé par exiger une grosse enveloppe d'argent liquide en plus de tous les frais de délivrance. À part Rahela, personne, à sa connaissance, n'était aussi apatride que lui. Quoi qu'il en soit, la petite avait été heureuse d'apprendre l'existence de ses cousines et n'avait cessé de parler d'aller les voir un jour, quand elle aurait un passeport.

Albert ne répondit jamais, ce dont Pinto ne fut pas surpris. Il pensa d'abord que son beau-frère se fichait bien de lui et de ses problèmes de passeport et il en voulut à cet homme qu'il n'avait jamais rencontré. Puis il se dit qu'Albert était peut-être mort ou gravement malade ; peut-être Sarajevo était-elle réduite en cendres et tous ses habitants dispersés aux quatre coins du monde ; peut-être Albert était-il devenu un réfugié lui aussi ? Peut-être était-il parti en Palestine ? Ce n'est que lors de l'anniversaire de l'assassinat de l'archiduc que Pinto vit le nom de la ville mentionné dans les journaux de Shanghai qu'il lisait en anglais, en russe, en allemand ou en français. Il essaya de raconter à Lenka qu'il avait été témoin de l'assassinat, mais elle n'avait pas la moindre idée de ce dont il parlait. Elle était trop jeune, et ses propres mésaventures – la guerre, la révolution, sa fuite à travers la Sibérie – ressemblaient à une interminable tempête, à quelque chose qui s'était abattu brutalement sur elle, avait détruit sa vie et l'avait ballottée de-ci de-là pour la laisser au final, certes avec un passeport Nansen, mais sans famille ni argent, au sommet d'un immeuble de Shanghai, à moins d'un mètre du vide, dix étages au-dessus d'un flot de réfugiés.

Si Pinto devait basculer par-dessus le rebord et disparaître, Rahela se retrouverait sans protection, sans rien entre elle et le vide, et risquerait de tomber à son tour. Il n'y a pas si longtemps, il avait fait des cauchemars où il s'était vu, prostré au bord du vide – avec parfois une mer démontée à ses pieds, parfois juste la gran eskuridad –, impassible, parce qu'il savait, dans son rêve, qu'il échapperait au danger, puisqu'il savait voler. Alors il roulait par-dessus le rebord mais découvrait qu'il ne savait absolument pas voler, après quoi il dégringolait pendant un long moment et se réveillait juste avant le terme de sa chute. Le dernier cauchemar de ce genre ne s'était pas terminé au moment où son corps avait touché le fond, mais lorsque Pinto s'était senti pénétré par un froid intense, qui s'était engouffré en lui pour passer au-delà de son cœur, de la moelle de ses os, de son âme, laquelle, dans son rêve, était une petite boule en tissu. À son réveil, le froid lui était resté, et il avait frissonné, alors que c'était une nuit d'août à Shanghai, où l'air ressemble à de la mélasse et où tout alentour est chaud et embué d'humidité. À présent que le froid s'insinuait aussi dans le cœur et les os de Rahela, sans même qu'elle en ait conscience, il ne pouvait rien faire, sinon empêcher la petite de rouler par-dessus le rebord. Aussi longtemps que je vivrai, tu n'auras plus jamais froid, avait dit Alija Đerzelez à la hanuma. Mais Alija était un héros, et moi je suis un rien-du-tout et un moins-que-rien.

Ô Seigneur, que ferons-nous demain ? Il avait encore un peu d'argent en poche, mais leurs maigres effets étaient restés dans le shikumen. Lorsqu'il avait décidé de partir, il s'était rendu compte qu'ils n'avaient pas de valises. Il leur avait fallu six ans pour traverser le désert et atteindre la côte en marchant avec les caravanes de réfugiés, en mendiant leur nourriture dans les villages et les hameaux, en s'en remettant à la gentillesse de gens dont ils ne parlaient pas la langue. Rahela avait glané un peu de dialecte gansu, quand ils avaient passé un hiver à partager une masure isolée avec deux familles chinoises et un été dans un village à la sortie de Lanzhou. On parlait une langue différente dans les shikumens de Shanghai, mais il ne lui avait pas fallu longtemps pour s'y mettre aussi. C'était une petite fille intelligente, mais tout ce qu'elle avait déjà vu dans sa vie lui pesait. Et, maintenant que les Japonais bombardaient Zhabei, voilà qu'ils se retrouvaient à nouveau dans le flot des réfugiés.

Pinto ne possédait qu'un sac de jute lorsqu'ils étaient arrivés à Shanghai quatre ans plus tôt, et il l'avait toujours ; nul besoin de valises, puisqu'ils ne risquaient pas de quitter la ville. Ils n'avaient aucun pays où aller, aucun passeport pour s'y rendre. Ils ne pouvaient pas dormir une nuit de plus sur un toit battu par la pluie. De même n'avaient-ils aucun autre endroit dans Shanghai où s'abriter le lendemain ; qui sait si le shikumen n'était pas en feu ? Peut-être pourraient-ils s'installer chez Lu et sa famille, mais ça ne plairait pas à la femme de Lu. Avoir un amant est une chose ; avoir son amant sous son toit, de surcroît accompagné de sa fille et d'une Russe, c'est encore autre chose. Il y a dans la ville des maisons de maître suffisamment vastes pour accueillir tous ces déplacés, mais que ces derniers essaient seulement de sauter les murs d'enceinte, ils seront abattus. On peut toujours trouver une place pour un réfugié, et pourtant, on ne lui offre pas cette possibilité. Tant que vous n'avez pas un endroit où aller ou même retourner, vous n'avez qu'une option : rester en vie. Objectif difficile, sous la bruine glacée, au sommet d'un immeuble bourré de monde. Rien ne sèche jamais à Shanghai. Pinto portait des vêtements humides depuis 1928 ; il toussait depuis des années. La mort ne cesse de pousser en vous, pareille à un ongle qui vous pousserait sur l'âme. Les incendies de Zhabei paraissaient avoir forci, les flammes et la fumée se déployaient vers le ciel. À qui peut-il demander de l'aide ? A-t-il un ami dans cette ville ? Où peuvent-ils aller ?

De leur lune de miel à Tachkent, ce qui demeurait le plus présent à l'esprit de Pinto, c'était le naturel joyeux avec lequel Osman avait pris soin de lui. Buenu komu il pan, Osman. Il lui préparait un thé le matin, mais lui interdisait de le boire trop vite afin qu'il ne se brûle pas la langue, parce que, disait-il en soufflant pour le refroidir, il avait des plans avec sa langue pour plus tard. Il embrassait la cicatrice sur la joue de Pinto, cachée au regard des autres derrière la barbe hirsute. Il rapiéçait son pantalon et inspectait les coutures de sa chemise et de son manteau pour voir s'il n'y avait pas de poux. En kada dado un marafet. Il lui racontait des histoires sur Sarajevo, sur les gens tristes et drôles qu'il connaissait chez Hadži-Šaban, sur le grand Gazihusrevbeg et l'homme qu'il aimait et avec lequel il avait vécu et avait été enterré, puis, délaissant le passé, il se tournait vers un avenir où tous deux étaient revenus et, suivis par un cortège de rumeurs, se promenaient dans le Čaršija comme un vrai couple, mais faisaient mine d'être simplement amis. Osman n'avait qu'un vœu en retour, c'était que Pinto lui gratte le dos, gentiment, juste avant de dormir, et Pinto y consentait de bonne grâce. Puis, après qu'Osman s'était mis sur le dos une fois endormi, la main de Pinto atterrissait sur le torse de son compagnon, et s'il tentait de la retirer, Osman l'attrapait et la gardait là et Pinto sentait les battements de son cœur, comme si celui-ci lui envoyait des messages secrets depuis sa cachette. Un homme aimé de son prochain est aimé de Dieu. Quand le matin Pinto pleurait dans le lit, parce que la morphine exacerbait son désespoir et sa dépendance, Osman lui caressait les cheveux et lui chantait cette belle chanson : Bejturan se uz ružu savija, vilu ljubi Đerzelez Alija. Et parfois il se bornait à lui arracher sa couverture et l'obligeait à se lever. Une fois, alors que Pinto n'avait rien mangé depuis plusieurs jours, parce qu'il était en phase de sevrage, Osman l'avait nourri de force, comme une foutue oie, et lui avait bloqué la mâchoire pour l'empêcher de recracher. À l'époque, Pinto l'avait détesté pour ce geste, mais aujourd'hui tout ça prenait une autre signification. Où est Osman à présent ? Où est mon bien-aimé ?

Prudemment, pour ne pas réveiller Rahela, Pinto s'assit, les pieds ballants dans le vide. Ce qui flambait à Zhabei, c'était la gare du Nord ainsi qu'un bâtiment voisin, plus grand. Les flammes couraient sur les flancs de la bâtisse, grimpaient vers le ciel. La maison d'édition, Commercial Press peut-être, ou encore la Bibliothèque orientale, remplies de papier, se consumaient avec célérité. Sur cette berge-ci de la rivière de Suzhou, la piste ovale de l'hippodrome éclairé était en revanche épargnée par l'incendie. En bas dans la rue, les trottoirs grouillaient de gens chargés de paquets, de rickshaws bourrés de marchandises qui avançaient sous la pluie fine et sale. Si jamais Pinto sautait, la masse de corps atténuerait l'impact, ce serait comme s'il atterrissait sur des pommes de terre. Allons ! Descendons ! Et là, confondons leur langue de sorte qu'ils ne se comprennent plus les uns les autres.

Autrefois, Rabin Danon s'occupait d'interpréter les rêves. Autrefois, à Sarajevo, aujourd'hui un rêve en soi. Les gens confiaient leur rêve à Rabin Danon, qui le leur décryptait, et après ils allaient se répandre auprès de tous, comme s'ils propageaient un ragot, jusqu'à ce que tout Bilave valide la bonne interprétation. Un coq annonçait la naissance d'un enfant mâle ; une poule signifiait la joie dans un jardin fécond. Un œuf cassé, un gain. Noix, concombres, verre, tout ce qui cassait signifiait un gain – un grand nombre de rêves touchait aux gains, parce que tout le monde manquait d'une chose ou d'une autre. Celui qui, en rêve, entrait dans une grande ville verrait tous ses désirs se réaliser. Le vieux Papučo rêva un jour qu'il nageait dans une cuve remplie d'huile et, peu après, tous les habitants d'il hanizitju surent que Papučo, comme tant d'autres avant lui, espérait en fait que la lumière de l'Atora brûle de toute éternité. En revanche, ceux qui rêvaient de quitter leur ville ne tarderaient pas à mourir et à quitter ce monde. Et si vous rêviez que vous étiez assis sur un toit, affirmait Rabin Danon – et tous, de Bilave à Mejtaš, le croyaient sûrement –, vous alliez forcément accéder à un poste élevé dans votre vie. Mais si dans votre rêve vous tombiez du toit, vous alliez perdre votre maison, ou votre emploi, ou vous subiriez une autre forme de perte. À une époque, les rêves de Pinto fourmillaient de baisers. Un jour, il n'était alors qu'un tout jeune garçon, il avait touché la pata de Binjoki et s'était réveillé tout dépenaillé et poisseux en bas. Ça veut dire quoi, Rabin Danon ? En grandissant, Pinto s'était convaincu que le bon Rabin inventait tout au fur et à mesure, mais que ces interprétations devenaient vraies une fois que les gens les considéraient comme telles, et que plus personne n'osait alors les remettre en question. Il y avait la parole de Dieu et il y avait les histoires de Rabin Danon, et toutes étaient ce qu'elles étaient, ni plus ni moins. La barbe de Rabin était énorme, et on racontait qu'une de ses nombreuses filles avait disparu et qu'on l'avait cherchée pendant des jours, avant de la découvrir endormie sous la barbe de son père, où elle avait vécu des miettes et morceaux tombés dans ces épaisseurs de poils.

Rappelle-toi l'avenir, disait régulièrement Padri Avram en pointant le doigt en l'air pour souligner l'importance de son propos. Le seul souvenir qui compte, c'est celui du monde encore à venir. À l'époque, Pinto n'avait pas idée de ce dont Padri parlait. Mais dans cette vie shanghaïenne, la possibilité que ses rêves puissent renfermer son avenir le tenait éveillé des nuits durant. Et si le temps ne se bornait pas à aller de l'avant, mais qu'il fît aussi marche arrière ? Et si le passé et le futur ne formaient qu'un flux, créant ainsi, dans des directions opposées, une spirale temporelle qui n'était ni passé ni futur ni même présent ? Et si, allez savoir comment, Osman s'était fait prendre dans cette fameuse spirale et qu'il avait échappé à notre temps informe ? Si Osman se trouvait là, dans cette spirale temporelle, Pinto plongerait dedans illico.

Pour l'instant, il était sûr et certain qu'il dégringolerait dans le vide, s'il s'endormait sur le rebord du toit ; peut-être y basculerait-il aussi, même éveillé. Tant de gens se trouvaient sur le toit, tant de corps pressés les uns contre les autres, qu'il suffisait qu'un individu pousse une personne tassée au milieu pour que les malchanceux en surnombre près du bord versent comme du sable. Les nôtres, disait souvent Padri Avram, sont pareils à la poussière et aux étoiles. Quand ils tombent, ils s'effondrent jusque dans la poussière. Quand ils montent, ils atteignent les étoiles. Que va-t-il advenir de tous ces gens, de chacun d'entre nous ? Lorsque l'on scrute ces visages, quels qu'ils soient, on ne peut pas savoir ce qui leur est arrivé avant, ni même ce qui leur arrivera à l'avenir, mais on sait très bien que ce n'était pas bon et que ça ne sera pas bon non plus. Ne nous tracassons pas, ce ne sera pas bon, disait Osman dans les tranchées et, pour une raison obscure, les soldats trouvaient ça marrant. Il était minuit passé, pourtant la marée de réfugiés continuait à avancer dans la rue, comme si quelqu'un les avait assemblés dans une usine de Hongkou et expédiés par ici en vue de les stocker dans un cauchemar.

Rahela gigotait et elle lui colla des coups de genou dans les fesses ; il se raidit pour résister à la pression. La petite se tourna et plaça le bras en travers de la taille de Lenka, le leva à nouveau, puis abaissa la main sur la cicatrice barrant la joue de la jeune femme, qui ne bougea pas, ne réagit pas. Pinto se dit qu'elle était peut-être morte ; en ce cas, il n'y avait rien à faire pour le moment, à part réveiller Rahela et tout le monde sur le toit. Et pourquoi, au juste ? Où mettre son cadavre ? Il y avait peu d'espace pour les vivants dans cette ville, où les gens enjambaient quotidiennement les morts, même sur Nanking Road ou le Bund – surtout sur Nanking Road et le Bund. Un jour, Pinto avait vu toute une famille morte, la mère, le père et un bébé encore appuyés contre un mur ; ils s'étaient endormis et ne s'étaient pas réveillés. Le rêve éternel. Le sens de la vie, c'est de n'être pas mort ; on vit pour ne pas mourir. Point. Demandez à n'importe quel soldat, à n'importe quel réfugié ; à tous ceux qui ont survécu à une guerre, ou à n'importe lequel de ces enfants encore en vie qui mendient sur Nanking Road pour une poignée de riz. Demandez à Lenka. Tout ce qu'on attend de la vie, c'est de continuer à vivre. C'est aussi simple que ça. Seuls les riches cherchent une raison de vivre. Les autres ne veulent que vivre. Ça n'a aucun sens particulier, pas plus que le temps n'a de sens. Il n'y a que la vie, c'est tout. Lorsqu'il n'y a pas de vie, il n'y a pas de sens. Une série d'obus retentissants s'écrasa autour de la gare du Nord, des nuages de poussière prirent des formes évanescentes devant l'écran de flammes. Et ça alors, quel sens ça avait ?

Vu la manière dont elle avait tressailli au bruit des explosions, Lenka n'était pas du tout morte. Elle souleva la main de Rahela avec beaucoup de précautions et la posa sur sa poitrine. Rahela aimait caresser la cicatrice de Lenka, qui était bien plus grande et plus récente que celle de Pinto. Au début, quand Lenka était venue vivre avec eux, Rahela avait gardé ses distances. La présence de Lenka soulignait l'absence de sa mère, sur laquelle Pinto lui avait raconté des histoires – véridiques et inventées –, il lui avait décrit sa naissance, la mort de sa maman, la manière dont il avait fui le Turkestan, la traversée du désert avec elle sur son dos et leur progression jusqu'à Shanghai. Pour elle, il avait monté en collier le galet à la roue trouvé dans la grotte, et l'objet était devenu la preuve tangible de leur invraisemblable voyage – il n'avait rien d'autre à lui montrer pour en témoigner. Il n'avait jamais dit à Rahela qu'il n'était pas son vrai père ; ni qu'il n'avait jamais touché Klara Isakovna. Il lui racontait des histoires sur Osman, son vrai père, celui qui avait protégé sa fille du soleil avant de disparaître. Sur sa mère si belle et courageuse, sur la manière dont ils avaient échappé aux bolcheviks, sur la manière dont elle avait perdu la vie en mettant Rahela au monde et comment en d'autres temps et lieux elle aurait survécu et serait devenue une femme extraordinaire. Sur Osman qui s'était sacrifié pour les sauver tous et sur la chance qu'il fallait avoir rien que pour être vivant et continuer à vivre. Lenka, en revanche, ne s'inscrivait pas vraiment dans cette mythologie. Aux yeux de l'enfant, Lenka était désarmée, blessée, esseulée, faible. Au début, Rahela avait gardé ses distances, méprisant le besoin que Lenka avait d'être aidée et sa vulnérabilité, dont témoignait la cicatrice sur son visage. Puis, lentement, prudemment, elle s'était approchée. À la fin, elle lui avait demandé si elle pouvait toucher la cicatrice, et Lenka l'y avait autorisée. Puis Rahela s'était tellement attachée à elle qu'elle lui avait offert son collier avec le galet à la roue. Lenka reconnut la roue du Samsara et en fut tellement touchée qu'elle pleura ; elle refusa de l'accepter, parce que Pinto lui avait dit où et comment il l'avait trouvé. Rahela était une enfant gentille, trop bonne et gentille pour ce monde.

À présent, elle chauffait le dos de Pinto, pareille à une brique passée au four ; son corps, vrai petit fourneau de vie, générait de la chaleur. En principe, ç'aurait dû être le contraire ; c'était à lui, Pinto, de veiller à ce qu'elle ait chaud et ne connaisse pas la faim. Elle n'avait pas beaucoup mangé depuis qu'ils avaient quitté leur shikumen. En partant, Pinto n'avait réussi qu'à fourrer quelques petits pains, tellement vieux qu'on aurait cru du bois, dans son sac en jute. Il avait forcé Rahela, et Lenka aussi, à les mâcher pendant qu'ils traversaient les allées rejoignant Haining Road, où ils s'étaient fondus dans la masse des réfugiés franchissant la rivière de Suzhou – des Chinois, des Russes, toutes sortes de pauvres vivant à Hongkou et Zhabei. Lu et sa famille étaient-ils parmi eux ? Lu n'était pas pauvre, mais les obus japonais qui s'abattaient sur Hongkou ne faisaient pas la différence. Pinto et Lenka tenaient chacun Rahela par la main, mais de temps à autre la menotte étroite et moite échappait à la poigne de Pinto, de sorte qu'il l'agrippait plus fort. Ils étaient emportés par le flux sans avoir la moindre idée de la direction qu'il suivait, sinon qu'il les éloignait des tirs et des explosions pour gagner les lieux où vivaient les riches étrangers, que les Japonais n'oseraient pas bombarder. La puanteur collective était incroyable, car la peur cumulée des gens se traduisait par des sécrétions corporelles, et sueur, merde et Dieu sait quoi d'autre pommadaient les rues où tous trottinaient au même rythme, à pas comptés, massés, grognant, hurlant, pleurant. Le corps regorge de bruits, mais on les garde en nous aussi longtemps qu'on arrive à les contenir. Osman lui avait un jour parlé de Kasim, un de ses personnages de chez Hadži-Šaban, qui était incapable de se taire ; il marmonnait sans relâche, même dans son sommeil, hurlait, pleurait et gémissait quand il était soûl, et jamais le moulin à bruits dans sa tête ne ralentissait l'allure. Ce n'est pas parce que tu entends des voix qu'il faut croire que le ciel fourmille de dieux.

C'est seulement une fois arrivé au pont de la rivière de Suzhou qu'il se rendit compte que Rahela geignait depuis un moment et qu'il lui faisait mal. Il relâcha un peu son emprise, caressa la main de la petite et y posa les lèvres, ce qui lui valut un modeste sourire. Lenka était fatiguée elle aussi, elle avait mal et froid aux pieds, et sa cicatrice était cramoisie. Si jamais ils mouraient ici, le flot de réfugiés continuerait à les pousser, puis finirait par rejeter leurs dépouilles dans une quelconque rue de Shanghai, dont il n'avait jamais su le nom. Cela dit, ils n'étaient pas morts et, autour d'eux, la masse se regroupa pour franchir le pont, et la ruée derrière eux les força à aller de l'avant. Pinto s'arc-bouta pour éviter que Rahela ne soit écrasée, et Lenka fit de même. L'enfant, prise en sandwich entre eux, avait la tête pressée contre le plexus solaire de Pinto, qui était quasiment collé contre Lenka. Ayant soigné la brûlure de Lenka, il avait vu sa cicatrice de près, sa peau desquamée et sa chair à vif, il avait changé ses pansements jusqu'à sa guérison, quand la lésion avait pris l'allure de la carte en relief d'un pays de douleur inconnu avec des collines, des vallées, des rivières qui se déployaient au-delà de la chaîne montagneuse de sa petite oreille gauche.

Ils finirent par se remettre en marche, lentement, centimètre par centimètre, traversèrent le pont, ensuite de quoi l'espace s'ouvrit et la foule se dispersa un peu, ce qui leur permit de s'arrêter et d'inspirer et expirer l'air vicié. Rahela pleurait, parce que Pinto lui avait serré la main trop fort, qu'elle était exténuée, effrayée. Pinto avait le visage nappé de sueur et de bruine, son col lui entaillait la nuque.

— Gospody, dit Lenka. My zhivy.

L'hippodrome se dressa devant eux, pareil à un gigantesque navire.

— On va au champ de courses ? s'enquit Rahela. Peut-être qu'on pourrait tous dormir là-bas, avec les chevaux ? Peut-être qu'on pourrait trouver quelque chose à manger ?

— On ne nous laissera pas entrer, répondit Pinto. Ils se fichent bien de ce qui se passe à l'extérieur.

Toute sa vie, l'enfant avait été une réfugiée et elle acceptait d'être déplacée sans jamais se plaindre.

Pinto avait le cœur serré de voir combien elle avait l'habitude de marcher sans but, d'avoir toujours faim et soif. Il décréta qu'il fallait emprunter Bubbling Well Road, même s'il ne savait pas où aller ni ne voyait où cela les mènerait. Un policier sikh planté au milieu de la rue réglait le trafic de manière absurde, les gens le contournaient à l'image d'un cours d'eau autour d'un rocher, les véhicules à l'arrêt klaxonnaient et les rickshaws se faufilaient dans la circulation. Une file de poneys de course, une couverture sur le dos, allait quelque part et le corps des Volontaires écartait la multitude pour qu'elle laisse passer les bêtes. Terrifiés par le raffut, les poneys renâclaient, hennissaient. Une femme charriait ses enfants en pleurs et ses affaires dans deux paniers en rotin, chacun fixé aux extrémités d'une perche posée sur son épaule. Un Volontaire au visage rougeaud, qui n'avait pas plus d'une vingtaine d'années, la repoussa avec son fusil et elle recula en chancelant, tenta de garder l'équilibre, mais bascula, renversant enfants et affaires. Quelques poneys se cabrèrent, mais ils furent vite maîtrisés. Un Chinois se précipita dans l'espace ménagé par le corps des Volontaires, s'appropria une couverture de poney et détala. Pinto vit le Volontaire rougeaud lever son fusil pour tirer sur le voleur, mais quelqu'un se profila devant lui et il dut renoncer. Cet edepsiz allait tuer quelqu'un, se dit Pinto, ça le démangeait.

L'incendie de Zhabei éclairait le visage de Lenka, ce qui donnait à ses yeux l'aspect de deux trous noirs.

— Ya golodna, dit-elle en se bornant à énoncer un fait.

Elle chuchotait pour ne pas réveiller Rahela.

Pinto n'avait rien à répondre, aucun plan ni espoir à offrir. Il se contenta de hocher mollement la tête et marmonna :

— Je peux descendre chercher des boulettes de riz dans la rue.

— La nuit est presque finie, affirma Lenka sans apporter la moindre preuve de ce qu'elle disait. Attendons que Rahela se réveille et on pourra descendre tous ensemble. Je n'ai pas envie de rester seule ici sur le toit. Quelqu'un risquerait de me pousser dans le vide.

— Personne ne va te pousser dans le vide, répondit Pinto sans conviction.

Avant d'avoir le visage brûlé à l'acide, Lenka avait été taxi-girl au Majestic où elle poussait les hommes à acheter des cocktails coûteux ou des bouteilles de champagne, ce qui lui rapportait un pourcentage sur les ventes. Comme toutes les taxi-girls, il fallait qu'elle flirte, rigole et boive pour gonfler l'addition et elle se soumettait donc à beaucoup de caresses et de tripotages. Un grand nombre d'autres filles russes – les Natasha, comme on les surnommait – arrondissaient leurs fins de mois en fournissant des services qui dépassaient le cadre du flirt ou de la consommation de champagne ; il y avait des chambres à l'arrière du Majestic où elles pouvaient coucher avec les clients, partageant ensuite cinquante pour cent de leurs gains avec Halyapin, le brutal directeur du club. Le boulot de Pinto dans l'établissement consistait à soigner les coups de couteau juste ce qu'il fallait pour pouvoir virer la victime de l'établissement, l'emmener à l'hôpital, ou à la morgue. Quand c'était une bonne nuit, Pinto faisait vomir le malade, s'assurait que personne ne s'explosait le cœur dans les toilettes en essayant d'évacuer un étron durci par l'opium ; il fournissait des glaçons ou des onguents aux filles qui avaient été rossées par leurs clients ou par Halyapin ou aux clients rossés par Halyapin ; il passait des sels sous le nez des messieurs anéantis par l'alcool. Après la fermeture, il administrait du Salvarsan ou des injections mercurielles aux filles atteintes de gonorrhée ou de syphilis. C'était un emploi, et il avait de la chance de l'avoir.

La première fois que Lenka vint le trouver, elle avait mal et n'entendait rien de l'oreille gauche. Il prit un journal, en fit un petit cône, glissa le bout dans l'oreille douloureuse de la jeune femme, puis mit le feu à la partie ouverte du cône et laissa ledit cône se consumer le plus longtemps possible. Son geste soulagea suffisamment Lenka pour qu'elle lui raconte comment sa famille avait fui Voronej, puis la Sibérie où elle avait perdu ses deux parents ; puis son mariage avec un jeune capitaine qui l'avait emmenée à Harbin où se rendaient des milliers d'autres Russes. Elle n'avait pas tardé à prendre un bateau pour Shanghai et avait abandonné son mari dans une fumerie d'opium. D'après elle, il ne s'était même pas aperçu de son départ. Pinto hocha la tête tout du long, comme s'il n'avait pas entendu des dizaines de récits identiques de la bouche de toutes les autres Natasha, qui avaient autrefois participé à des bals de débutantes et que des marins américains soûls faisaient aujourd'hui tournoyer sur une piste de danse, si elles avaient de la chance, ou contaminaient, si elles n'en avaient pas. Lenka n'avait jamais été contaminée, peut-être parce qu'elle ne couchait pas avec les clients du club, c'était ce qu'elle disait, aussi improbable que ce soit – même les Natascha qui couchaient avaient du mal à survivre avec ce qu'elles gagnaient.

Lenka venait consulter Pinto dans son bureau du Majestic, un placard à balais où l'on rangeait encore balais et serpillières. Elle se plaignait de crampes d'estomac, d'une verrue infectée à l'aisselle, d'autre chose ; un jour, elle se plaignit que ses cheveux grisonnaient à la racine. Il devint vite évident qu'elle ne venait que pour lui parler. Il n'eut pas d'autre choix que de lui raconter les interminables années qui avaient précédé son arrivée à Shanghai en évoquant tout du long Osman, son grand ami, qui lui manquait terriblement ; il mentionna aussi Lu, son ami chinois, dont il était proche, très proche. Il ne fallut guère de temps à Lenka pour comprendre la nature de l'amitié que Pinto entretenait avec ces hommes. Elle se leva et l'enlaça maladroitement, tandis qu'il demeurait vissé sur son siège ; elle l'embrassa sur le front et éclata de rire, comme soulagée. Elle s'expliquait enfin pourquoi il ne l'avait jamais touchée, et encore moins tripotée, qu'il n'avait jamais rien voulu d'elle, jamais cherché à la sauter. En général, avait-elle déclaré, les hommes ne sont pas comme ça. Les hommes attendent toujours quelque chose de moi.

— Moi aussi, je suis un homme, avait riposté Pinto.

— Tu veux savoir comment je m'appelle vraiment ? Helena.

Si elle couchait bel et bien avec des hommes pour de l'argent, au moins choisissait-elle ses partenaires, et c'est pour ça qu'elle refusa de céder à Hovans. Il débarqua avec une cohorte de brutes épaisses et dépensa sans compter, parce qu'il s'était trouvé une poule aux œufs d'or en la personne d'un juge américain homosexuel qu'il faisait chanter. Hovans commanda une kyrielle de bouteilles de champagne et de vodka pour sa bande et fit venir les plus belles Natasha de l'établissement. Il mit le grappin sur Lenka, l'attrapa par le sexe, la pelota, lui pinça les mamelons, la mordit dans le cou. Il lui tira les cheveux et lui dit qu'il allait l'enculer, de sorte que lorsque le reste de son groupe gagna les pièces du fond, Lenka refusa d'aller avec lui, alors il l'empoigna, la poussa par terre pour la baiser sur place ; elle se tortilla suffisamment sous son poids pour se dégager et lui fracasser une bouteille de champagne sur la tête. Hovans lui colla un coup de poing dans la figure et il l'aurait probablement tuée, si les videurs ne l'avaient pas retenu et reconduit à la porte. À la fin de la nuit, Halyapin vira Lenka sans la payer et lui dit de ne jamais plus se montrer au Majestic, que sinon il la buterait lui-même. Comme elle n'osait pas rentrer seule chez elle, Pinto l'emmena finir la nuit dans son shikumen. Elle y passa quelques jours, épiée par une Rahela méfiante et jalouse. À son retour chez elle, Hovans l'attendait et lui jeta du vitriol à la figure. Par chance, elle ne perdit ni la vue ni son oreille gauche. Pour chaque chose que Dieu a créée, Il a créé son pendant.

Lenka s'assit sur le rebord du bâtiment à côté de Pinto, lui offrit une cigarette et s'en alluma une, les pieds ballants au-dessus du vide, comme lui. Sa chaussure gauche, qui pendait au bout de son gros orteil, quitta son pied et dégringola en tournoyant, puis disparut. Lenka ne cilla même pas, on aurait juré qu'elle ne s'était aperçue de rien.

— Tu as perdu ta chaussure, lui dit Pinto.

Elle posa la tête sur son épaule sans prêter attention à sa remarque. Les incendies de Zhabei semblaient plus foncés et plus rouges, ils avaient la couleur d'un crépuscule infernal. Lenka et Pinto entendirent des explosions, mais elles leur parvinrent assourdies, et ils ne virent pas de lueurs.

— Qu'est-ce qu'on va faire ? demanda Lenka.

— Eh bien, dès que Rahela sera réveillée, on descendra chercher quelque chose à manger et puis on verra si on peut rentrer chez nous.

— Chez nous, répéta-t-elle d'un ton moqueur. On ne va pas rentrer chez nous de sitôt.

— Ma mère disait toujours : Si los amijos kajeron, los dedikos kedaron.

— Qu'est-ce que ça veut dire ?

— Quand bien même les bagues glissent, les doigts demeurent.

— Soit, mais qu'est-ce que ça veut dire ?

— Je ne sais pas, répondit Pinto. Il y a toujours quelque chose. On ira bien quelque part.

La nuit s'estompa simplement et fit place à une journée de grisaille, toujours sous le signe de la bruine. Le nombre de réfugiés avait augmenté au cours des dernières heures, et les rues étaient encore plus encombrées. La municipalité avait réussi à installer des barbelés sur l'avenue Edouard-VII, mais ça ne servait qu'à empêcher les voitures de passer, car les gens avaient envahi l'artère. Au milieu, on avait déjà dressé un chapiteau, ouvert sur le ciel, où l'on devait présenter un numéro de cirque : Pinto reconnut le caractère 戏 sur la bannière au-dessus de l'entrée. De derrière le rideau surgit une perche en bambou avec un singe en cage ; la perche se mit à bouger pour attirer l'attention tandis que l'animal effrayé tremblait et poussait des cris stridents. Devant le bout de rideau marquant l'entrée, deux lutteurs en pagne, aux corps huilés et efflanqués, s'affrontaient et s'empoignaient. Ils ressemblaient aux pehlivans de Sarajevo qui huilaient leurs torses et leurs jambes nus les jours de marché et se pavanaient à la manière de paons furibonds avant de se ruer l'un contre l'autre. Padri Avram ne lui permettait jamais de les regarder, parce que ces hommes à moitié nus lui répugnaient, mais Pinto les trouvait toujours magnifiques. Le singe hurlait, manifestement malheureux sous la bruine.

— Tu as vu le singe, Rahela ? dit Pinto. C'est un cirque. Tu veux y aller ?

Rahela haussa les épaules. Elle n'avait pas l'air trop enthousiaste. Elle affichait perpétuellement une pâleur anémique qui ne cessait d'inquiéter Pinto, surtout quand elle paraissait apathique et fatiguée. À un moment, avant que le Majestic engage Pinto, ils n'avaient pas grand-chose à manger. Mais à présent – ou disons avant que les Japonais attaquent Zhabei –, il veillait à ce qu'elle mange des légumes frais. Qui ne serait pas désespéré et pâle par une journée comme celle-ci ?

— Qu'est-ce qu'on va faire sinon ? s'écria Lenka. Il n'y a rien à faire, aucun autre endroit où s'abriter.

— Si vous voulez, concéda Rahela. On peut y aller.

Pinto tira une pièce d'une de ses poches afin de payer leurs entrées.

Tout au bout de la piste ronde à l'intérieur, ils virent quatre jeunes garçons en équilibre sur les épaules des uns et des autres ; celui au sommet tenait un bouquet de bâtons sur lesquels une série d'assiettes tournaient dangereusement près de la paroi en toile. Le public, clairsemé, suivait le spectacle, épaules avachies, comme tous les gens fatigués et à bout. Tout le monde semblait être chinois, à l'exception d'un homme et d'une femme en marge de la foule. La femme portait une tiare et une robe en velours minable, incongrue dans cette grisaille bruineuse, et il fallut à Pinto un moment pour reconnaître Bogolyubova. Qu'est-ce qu'elle fichait là ? Il jeta un coup d'œil à Lenka pour voir si elle aussi la reconnaissait mais, comme Rahela, elle était fascinée par les jeunes garçons si proches de lâcher les assiettes, voire de tomber.

Bogolyubova prétendait être une voyante extralucide et elle avait officié plus d'une fois au Majestic, sous un nom évoquant davantage la sorcière, mais qui, pour le moment, ne revenait pas à Pinto. Vêtue d'une longue robe noire à capuche ne laissant voir que ses mains et ses yeux, elle interpellait en anglais quelqu'un dans le public avec un accent exagérément russe et une voix plus grave que son registre naturel, puis lui révélait ce qu'elle voyait de son passé et de son avenir. La moitié du temps, le quelqu'un en question, sans doute un amant passé, présent ou futur, était de mèche avec elle. À une certaine époque, elle aussi avait été une humble petite Natasha, puis un jour elle s'était produite dans un club avec une autre femme et un gode rempli d'oreilles-de-Judas qui gonflaient dans l'eau, et ce numéro l'avait rendue célèbre dans tout Shanghai. C'était du moins ce que racontait Halyapin, et elle ne prit jamais la peine de le démentir. Un jour, Pinto l'avait vue dans un jardin public au bras d'un amant ressemblant à un comprador de chez Jardine Matheson – beau, sûr de lui, eurasien. Il les avait suivis jusqu'à la porte du consulat britannique, où elle avait embrassé le comprador sur le front et l'avait empêché d'entrer dans le bâtiment, comme si elle regagnait le foyer familial après un rendez-vous amoureux. Elle avait tendance à apparaître dans des endroits insolites, en compagnie de personnages insolites.

Et voici qu'elle se trouvait maintenant dans un cirque de rue, en train de bavarder avec un Blanc à monocle, canne de marche et veste en tweed ornée d'une fleur au revers. Avec son dos bien droit et son menton légèrement relevé sous le coup d'un perpétuel mépris, cet homme rappela Moser à Pinto. Il devait être britannique, c'était peut-être pour cela. Il scrutait la foule d'un air indifférent, mais lorsque son regard croisa celui de Pinto, il esquissa un faible sourire. Bogolyubova lui murmura quelque chose à l'oreille et il hocha lentement la tête sans cesser de regarder Pinto. Ses yeux étaient aussi bleus que ceux de Moser. Puis il embrassa Bogolyubova sur la joue, s'éloigna et sortit. Il semblait boiter un peu, mais peut-être était-ce une illusion due à la canne ?

Pinto n'avait pas vu Moser depuis que celui-ci les avait sauvés à Korla. Moser avait poursuivi sa route vers l'est au-delà de Kachgar, jusqu'à ce qu'il tombe sur le baron et sa division. Il avait identifié la folie du baron et son aptitude à combattre les Rouges, et l'avait convaincu qu'il n'était pas un espion bolchevique, mais un officier britannique susceptible de l'aider à concrétiser son rêve. Moser avait vite compris que tôt ou tard le baron serait éliminé par ses troupes. S'il avait tenté de fuir avant la mutinerie, il aurait été pendu dans un arbre, comme Pinto, il en était sûr. Pinto et Rahela avaient eu beaucoup de chance que le baron soit renversé au moment où il l'avait été, avait confié Moser à Pinto. Il avait été heureux de payer sa dette à son égard en lui sauvant la vie, et celle de la petite. Après ça, Moser avait pris la direction du sud et du Tibet en compagnie de quelques Cosaques désespérés. Pinto et Rahela les avaient suivis quelque temps, juste avant qu'ils arrivent au cœur du désert et croisent une caravane se dirigeant vers l'est.

Dans une dernière culbute, les jeunes garçons démantelèrent leur pyramide et Rahela retint son souffle tandis que chacun d'eux atterrissait au milieu de tièdes applaudissements. Ils étaient superbes dans leurs habits en lambeaux, et les rubans noués autour de leurs biceps voltigeaient telles des plumes. Malgré leur grâce, ils donnaient l'impression d'être tout près de s'écraser et de risquer la mort, sans que quiconque dans le public, pas du tout impressionné par leur performance, se soucie de leur sort. Rahela n'allait pas tarder à s'intéresser aux garçons ; elle avait presque douze ans, maintenant. Une part de Pinto aurait aimé qu'elle manifeste une attirance pour les filles, mais ça n'aurait pas facilité la vie de la petite ; en fait, ça la lui aurait doublement compliquée. D'accord, tu t'inquiètes de ce qui risque d'arriver à Rahela, mais la seule chose que tu puisses faire, c'est la protéger du soleil et la nourrir.

— J'ai faim, dit Rahela.

— Moi aussi, renchérit Lenka.

— Vous ne voulez pas attendre les singes ?

— Je ne pense pas que ça en vaille la peine.

Pinto retrouva le nom de voyante de Bogolyubova : Madame Pecher. Bogolyubova faisait maintenant face au public et deux des garçons tournaient autour d'elle, l'un dans un sens, l'autre dans le sens contraire, pour l'entourer de chaînes d'une épaisseur ridicule et clairement pas en fer. Outre les godes aux champignons et la voyance, elle faisait aussi, toujours au Majestic, des évasions à la Houdini si peu houdinesques que les clients s'esclaffaient souvent. Pinto savait déjà ce qui allait se passer : Bogolyubova allait tourner plusieurs fois sur elle-même, en effectuant les pirouettes de la ballerine qu'elle prétendait avoir été en Russie, les chaînes tomberaient et Bogolyubova écarterait triomphalement les bras. Ce tour était tellement mauvais qu'il eut envie de voir la réaction du public, de savoir si les spectateurs riraient ou pas, eux aussi. Cette fois-ci, elle ne déclina pas son nom de magicienne. Pourquoi était-elle là ? Lenka et Rahela s'en allaient déjà. Pinto chercha des yeux l'homme auquel Bogolyubova avait parlé, mais il avait disparu. Bogolyubova écarta triomphalement les bras, et il se dirigea vers la sortie. Mais au lieu de tièdes applaudissements, ce fut la voix grave de la voyante qu'il entendit.

— Rafael !

Il s'arrêta net et se retourna. Plantée sur la modeste estrade, les bras toujours écartés, elle l'enveloppait d'un regard noir et sinistre.

— Rafael, il faut que je te parle.

En dépit de l'attitude grotesque de Bogolyubova, Pinto sentit un frisson de peur lui retourner l'estomac et attendit qu'elle s'approche de lui. Un joueur de pipa s'assit sur la scène face aux rares spectateurs restants, pinça les cordes de son instrument et se mit à chanter, d'une voix aiguë et nasillarde, une chanson qui ressemblait à une histoire.

— Rafael, dit Bogolyubova, cet homme veut te voir.

— Quel homme ?

— Celui auquel je parlais.

— Pourquoi veut-il me voir ?

— Il veut te voir pour te parler.

— Pourquoi est-ce qu'il ne m'a pas parlé à l'instant ?

— Il veut te voir pour te parler.

— Et si, moi, je ne veux pas lui parler ?

— Je te transmets un message, c'est tout. Si tu veux le voir, va à l'hôtel Cathay ce soir à dix-neuf heures. Il t'expliquera. Demande M. Nelson-Jones.

Subitement, Pinto comprit que cet homme n'était pas un certain Nelson-Jones, bien entendu, mais Moser-Ethering ; ce fut pour lui aussi clair qu'on était en plein jour et qu'il pleuviotait. Après toutes ces années, voici que le major réapparaissait dans sa vie. Il avait dû changer depuis la dernière fois où Pinto l'avait vu, mais, à l'époque de Korla, il portait la barbe et avait la peau brûlée par le soleil, et son deel flottait sur son corps émacié comme sur un présentoir. Sa couverture actuelle semblait tenir d'une anglicité de bon aloi. Pinto avait dû blêmir, car Bogolyubova posa la main sur son bras, comme pour l'aider à tenir bon. Elle avait les doigts couverts de bagues qu'elle ne pouvait plus retirer, en raison de ses articulations déformées par l'arthrite.

— Tu le connais ? demanda-t-elle.

— Non.

— Tu vas aller le voir ?

— Non, répondit Pinto.

Elle haussa les épaules. Ce n'était pas une voyante, puisqu'elle ne voyait pas que Pinto mentait et qu'il avait déjà décidé d'aller voir Moser, qui serait sûrement à même de l'aider d'une façon ou d'une autre. Tu ne t'élèveras point contre le sang de ton prochain, dit le Seigneur à Moïse.

Devant l'entrée du cirque, les deux acrobates firent un saut en arrière et atterrirent sur leurs pieds, puis se lancèrent en avant et atterrirent sur leurs mains, bien droits, les orteils pointés vers le ciel. Lenka émergea de la foule, elle boitait dans son unique chaussure et enfournait un gâteau de riz, mais Rahela n'était pas avec elle. Sous le coup de l'inquiétude, Pinto sentit une boule d'acier lui nouer l'estomac, puis lui broyer les tripes.

— Où est Rahela ? s'enquit Lenka en mâchant son gâteau de riz.

— C'est toi qui me le demandes ? hurla-t-il, ce qui fit peur à Lenka – elle ne l'avait jamais entendu hurler.

— Elle n'était pas avec toi ? insista Lenka. Je croyais qu'elle était avec toi.

Elle avala le morceau qu'elle avait dans la bouche, et le morceau en question lui déforma la gorge à mesure qu'il descendait.

— Elle n'était pas avec moi. Elle était avec toi. Où est-elle ?

— Je ne sais pas.

Les yeux de Lenka s'emplirent de larmes et de peur, mais ça ne l'empêcha pas de reprendre une bouchée du gâteau de riz.

— Tu es obligée de manger maintenant ?

— J'ai faim, bredouilla-t-elle en engloutissant le reste.

Ils se précipitèrent dans des directions opposées. Pinto fonça vers l'hippodrome en se frayant impitoyablement un chemin à travers les pauvres essaims de piétons. Il tomba sur une barrière de corps, qu'il contourna en suivant un rickshaw effronté, jusqu'au moment où celui-ci se retrouva coincé à son tour. Il fendit la foule en bousculant les uns et les autres, se faufila entre rickshaws et véhicules roulant au pas. Des enfants disparaissaient à Shanghai ; ils étaient torturés, violés, tués ; on ne les retrouvait jamais ; ils étaient expédiés vers des bordels de Hongkong. Chaque fois que la rue se dégageait en fonction des flux et reflux de la multitude, il accélérait et se mettait à courir, mais se retrouvait si vite à bout de souffle qu'il était contraint de s'arrêter, secoué par un haut-le-cœur. S'il était arrivé quelque chose à Rahela, peut-être vaudrait-il mieux pour lui qu'il meure ici et maintenant. Il n'y avait pas plus de raisons d'aller vers le champ de courses qu'ailleurs. Quel chemin avait-elle bien pu suivre ? Il tourna les talons si abruptement que son sac en jute lui fit une sorte de queue tandis qu'il repartait vers le cirque. Rien que la semaine précédente, on avait repêché le cadavre décomposé d'un gamin dans la rivière de Suzhou, pas loin du Majestic. Pinto trébucha, bascula en avant et renversa par la même occasion un vieillard armé d'un bâton. L'homme tomba sur le dos et l'injuria en chinois, puis le frappa copieusement avec le fameux bâton, que Pinto saisit par un bout, ce qui aida le malheureux à se relever ; on aurait cru une scène de film qu'on aurait fait défiler à l'envers. L'homme continua néanmoins à injurier Pinto. Il lui manquait ses dents de devant, et sa langue remuait dans la cavité buccale, comme si elle allait bientôt éclore.

Et c'est là qu'il vit Rahela, assise au bord du trottoir, parfaitement insouciante, en train de mordre dans un petit pain ; la semelle d'une de ses chaussures se décollait. Il se précipita sur elle avec une telle impétuosité qu'elle sursauta et hurla.

— Qu'est-ce que tu fiches ici ? vociféra-t-il. Je t'ai cherchée partout.

— Et moi, je t'attends, riposta-t-elle. Ça ne se voit pas ?

— Tu m'attends ?

— Je t'attends, toi, et aussi Lenka.

Pendant qu'il s'attardait dans le cirque, elle avait remonté la rue, lui expliqua-t-elle, et quand elle avait fait demi-tour pour revenir sur ses pas, tout lui était apparu totalement différent et elle s'était perdue. Elle avait été incapable de le retrouver, lui, Lenka, le cirque, l'avenue Edouard-VII, et subitement elle n'avait plus su que faire ni où aller.

Pinto, à genoux, lui embrassa les cheveux et le front à maintes reprises.

— Mi fiža ! gémit-il. Mi fiža !

Le vieillard au bâton passa devant eux, il continuait à maugréer. Le visage de Pinto, de même que celui de Rahela et de tous les gens alentour, était zébré de gouttes de pluie. Après qu'ils avaient traversé la partie la plus dangereuse du désert, qu'ils étaient arrivés dans un village à la limite du Taklamakan, où ils avaient mangé et bu et où il avait enfin pu admettre que c'était un miracle qu'une enfant aussi jeune ait réussi à survivre à cette expédition, et alors qu'il commençait à croire qu'elle possédait une force et une résilience exceptionnelles, Rahela était tombée malade. Des semaines durant, elle n'avait pas eu la force d'ouvrir les yeux, et encore moins de s'asseoir sur son lit. Installé à son chevet, il fixait son visage, comme si sa simple volonté allait pouvoir éliminer sa fièvre et soulever ses paupières. Il négocia avec le Seigneur et offrit sa vie en échange de la sienne, mais le Seigneur ne dit ni ne fit rien. Pinto la prenait dans ses bras et lui versait de la soupe ou de l'eau de riz dans la bouche. Il lui chantait des chansons et lui racontait des histoires de Sarajevo et d'Osman, mais rien, dans son attitude, ne donnait à penser qu'elle entendait quoi que ce soit. Elle devint si maigre et faible que lorsque le tremblement de terre frappa, leur hôte, l'instituteur du village, tenta de convaincre Pinto de l'abandonner sur place et de la laisser mourir. Mais lui l'avait prise dans ses bras, légère comme un mouchoir, et s'était sauvé en courant, tandis qu'un pan de la maison s'effondrait. Il avait manqué s'évanouir quand il s'était rendu compte qu'ils avaient bien failli mourir ; mais lorsqu'il eut recouvré son souffle et ses esprits, il vit clairement que si elle mourait, il mourrait aussi. Il s'effondrerait par terre et resterait là, ramassé sur lui-même, jusqu'à la fin. Mais, une fois encore, elle avait survécu, cette petite robuste et résiliente.

— Puis un gentil monsieur m'a caressé la tête, poursuivit Rahela. Il m'a dit de ne pas m'inquiéter, que tout s'arrangerait. Il était très beau. Il avait un beau sourire. Et une moustache.

— Un gentil monsieur avec une moustache ? Rahela ! Tu ne dois pas parler à un inconnu, surtout à un gentil monsieur à moustache.

— Il a dit qu'il te connaissait. Il avait une moustache. Il aimait bien mon collier, ajouta-t-elle en caressant son pendentif, le galet avec la roue du Samsara.

— Est-ce qu'il avait une canne ? Est-ce qu'il avait une veste ornée d'une fleur ? Est-ce qu'il portait une cravate ?

— Non. Juste une chemise. Un bout de son col était déchiré. Sa main était un peu déformée, comme une griffe.

Un vaste espace s'ouvrit en Pinto, comme si tous ses organes, son âme comprise, étaient néantisés à la vitesse grand V. Il s'assit par terre, au milieu d'une flaque ; l'eau était tiède.

— Il t'a dit son nom ?

— Non.

— Pourquoi il n'a pas attendu avec toi ?

— Je ne sais pas. Il m'a dit qu'il fallait que je t'attende là où j'étais et que tu n'allais pas tarder à venir me retrouver.

— Quelle langue parlait-il ?

— Je ne sais pas.

— Où est-il allé ?

— Je ne sais pas.

— Quand est-ce que c'est arrivé ?

— Me crie pas après.

— Bon, dit Pinto en baissant la voix. Quand est-il parti ?

— Il n'y a pas longtemps. Il m'a donné un petit pain, et il est parti.

Pinto la souleva de terre et s'éloigna avec elle dans les bras, incapable de courir, parce qu'elle était lourde. Autrefois, il l'avait portée pour traverser une série de déserts, mais depuis elle avait grandi, sans qu'il s'en rende vraiment compte. Il dut la reposer à terre, lui saisit la main et la tira avec tant de force que le petit pain échappa à Rahela et tomba par terre. Pinto ne s'arrêta pas pour qu'elle le ramasse.

— Si tu le vois, préviens-moi.

— Non, protesta-t-elle. T'es pas gentil avec moi.

Il ignora son reproche, fendit à nouveau la foule à la recherche de cette belle et épaisse chevelure. Il reconnaîtrait instantanément son sourire et sa moustache, l'odeur de son corps. Osman, tu m'as retrouvé au bout du monde, à Shanghai ! Il a toujours été écrit que tu allais me retrouver, où que je puisse être. Et toi, où es-tu ? Dis-moi quelque chose. Parle. Quelqu'un d'aussi grand et d'aussi bosniaque qu'Osman devait se remarquer facilement par ici. De même que sa démarche et sa manière de rejeter légèrement les épaules en arrière, comme s'il était toujours sur le point de se mettre à danser ou de lutter avec quelqu'un. Pehlivaning, appelait-on ce genre de maintien à Sarajevo.

— C'est qui, cet homme ? s'écria Rahela en geignant. Pourquoi il faut qu'on le cherche ?

— Je t'expliquerai plus tard. Commençons par le retrouver.

— Il n'a pas pu trop s'éloigner, ajouta Rahela. Lui aussi, il boitait.

Qui t'a blessé, Osman, mon amour ? Qui a pris soin de toi et t'a ensuite aidé à guérir ? Un flot de larmes lui monta à la figure, se déversa de ses yeux, mais il continua à courir. Personne alentour, dans cette masse, n'était Osman. Personne, sauf Osman, n'était Osman, tous étaient des gens qu'il ne désirait pas, qui ne lui manquaient pas. Tous les autres étaient le pendant d'Osman.

Rahela libéra sa main de la poigne de Pinto et s'arrêta.

— Quoi encore ? Allons-y.

— Non.

— Pourquoi non ?

— C'est qui, cet homme ?

— Je ne peux pas te le dire maintenant.

— Pourquoi ?

— Parce que je ne sais pas.

— Pourquoi on court après lui ?

Pinto ne put répondre. Parce que c'est peut-être l'homme que j'aime et que je n'ai pas vu et dont je n'ai pas eu de nouvelles depuis onze ans ? Parce que cet homme est peut-être ton père ? Si c'était lui, pourquoi a-t-il disparu ? Rahela ne voulait ni bouger ni aller où que ce soit, têtue comme elle l'était, mais Lenka réapparut, si bien que Pinto la lui confia et s'en fut sillonner Edouard-VII d'un bout à l'autre, dépassa l'hippodrome, remonta Tibet Road, fit le tour de Bubbling Well Road, revint sur Edouard-VII, puis fonça jusqu'au Bund où, posté sur la berge du Huangpu, il regarda les flots sombres et réguliers du fleuve contourner en aval les bâtiments de la marine japonaise avec leurs tourelles de canons pointées sur Zhabei. Osman lui aurait parlé, il ne se serait pas manifesté juste pour déstabiliser sa fille et repartir. C'est ce qu'il faisait, avant : d'une voix calme et tendre, il le guidait à travers difficultés et problèmes. Il aurait été avec lui, en lui, lui aurait dit où était Rahela, l'aurait apaisé, aurait atténué son désespoir fracassant. Il ne se serait pas contenté de laisser la petite fille seule au bord de la rue. Mais Osman ne lui avait pas parlé depuis Korla, depuis que Moser les avait sauvés du baron fou, il ne lui avait même pas parlé pendant qu'ils traversaient la Chine pour gagner Shanghai, ce qui leur avait pris des années, avec maintes caravanes et haltes dans des villes et des villages inconnus. Quelque part dans le Gansu, dans un village ravagé par un tremblement de terre, Rahela avait survécu de justesse à la scarlatine, et pourtant, même à ce moment-là, Osman ne lui avait pas parlé. Plus tard, Pinto s'était fait la réflexion qu'Osman lui avait peut-être dit quelque chose, mais que Rahela était alors tellement terrassée par la maladie et si proche de la mort qu'il ne l'avait peut-être pas entendu. Ô ! ces semaines sans espoir ni sommeil, avec juste en tête cet amour palpitant pour une enfant qui n'était même pas la sienne ! Et ce fut à Shanghai, quelques années plus tard, alors qu'elle n'arrêtait pas de babiller tout en mangeant un tong youn qu'il s'était rendu compte que la voix d'Osman s'était tue quand Rahela s'était mise à parler et que c'était peut-être à travers la présence de l'enfant qu'il s'adressait à Pinto. Mais à l'époque elle décrivait la poupée de paille que Lu lui avait confectionnée, et ce dans une langue qu'ils utilisaient tous les deux, Pinto et elle, un mélange de bosnien, de spanjol et d'allemand émaillé de nombreux mots glanés en route, tadjiks, kirghiz et ouïghours, ainsi que d'autres empruntés à des langues et des dialectes inconnus qu'ils avaient absorbés en suivant différentes caravanes – ils échangeaient dans une langue que personne dans le monde ne pratiquait à part eux deux, parce que personne n'avait affronté les épreuves qu'ils avaient affrontées. Peut-être Osman gardait-il le silence parce qu'il ne pouvait ni parler ni partager leur langue. Peut-être était-il venu ici avec Moser, peut-être Moser était-il tombé sur lui et l'avait-il amené ici. Osman pouvait être n'importe où dans Shanghai. Pinto courut de partout à la manière d'une mouche décapitée, sillonna toute la ville à la recherche d'Osman, jusqu'à ce qu'il comprenne que, s'il l'avait voulu, Osman l'aurait sûrement trouvé, ou du moins lui aurait-il parlé, et qu'il devait y avoir une raison s'il ne le faisait pas et que la seule raison logique était qu'Osman ne l'aimait plus. Et sinon il y avait encore une possibilité, que Pinto niait et évitait, à laquelle il n'avait jamais voulu croire : tant qu'il avait été vivant, Osman s'était manifesté de l'endroit où il avait pu être, puis il s'était tu quand il avait perdu la vie et ne parlerait donc plus jamais à Pinto.

Je ne sais pas comment Pinto est tombé sur Moser à Shanghai, mais je sais bel et bien qu'ils se sont vus, parce que l'Anglais évoque cette rencontre dans *Un diable étranger en Asie*, son tout dernier récit de voyage écrit avant sa mort en 1974. Dedans, il rapporte être tombé sur le docteur juif rencontré à Tachkent. Pinto occupe à peine un bref paragraphe, dans lequel il est dit qu'il travaille dans un club louche appelé le Majestic, qu'il traîne avec des gangsters, des prostituées et des voyantes et qu'il a une liaison avec un Chinois. Bien que Moser soit personnellement tout à fait tolérant de l'amour homosexuel, pas inhabituel chez ses pairs d'Oxford, ce genre de miscégénation lui paraît très bizarre. Moser évoque également la charmante fille adoptive de Pinto et sa peau brune typique des Juifs exotiques comme son père. La petite fille a fait mourir sa mère, note-t-il entre parenthèses, en venant au monde. Il s'apitoie ensuite sur cette enfant obligée de grandir dans la pauvreté et la débauche de Shanghai, et mentionne en passant être intervenu pour la faire entrer à l'école américaine. Il ne dit pas ce qui lui est arrivé finalement : si elle a épousé un étranger gentil ou si elle a terminé dans la peau d'une Natasha d'un des nombreux bordels de Shanghai, les deux possibilités les plus probables selon lui. Plus tard, dans l'ouvrage, il ajoute toujours en passant avoir assisté au numéro de voyance d'une certaine Victoria Litvinoff et avoir ensuite rencontré cette personne pour d'obscures raisons. Il la décrit comme la grande dame de la pègre russophone de Shanghai, quelqu'un qui a commencé en tant que prostituée, s'est élevée au rang d'artiste, puis, forte d'un argent durement gagné, a investi dans un bordel haut de gamme au service des goûts les plus osés et les plus raffinés. Madame Litvinoff – née Bogolyubova – représentait une inestimable source d'information et de renseignements, du fait que nombre de diplomates étrangers, d'hommes d'affaires et d'acteurs du monde complexe du crime et de la politique shanghaïenne étaient de fidèles clients de son établissement à la réputation délicieusement sulfureuse. Lorsque, quelques années plus tard, Moser quitte Hongkong et revient à Shanghai afin de canaliser la panique de l'évacuation avant que les communistes prennent le pouvoir, Bogolyubova, qui a pourtant collaboré avec l'occupant japonais, sera sur le bateau qu'il a affrété pour les citoyens britanniques et leurs familles. Au plus fort de l'été, elle portera un gros manteau de fourrure, son bien le plus précieux. En proie à une certaine dose de nostalgie insolite, Moser confie aussi s'être rendu à l'hôtel Cathay avant d'embarquer sur le bâtiment qui l'éloignera à jamais de Shanghai. L'établissement est vide, largement pillé, et des réfugiés crasseux campent dans la réception.

Pourtant, Moser ne peut s'empêcher de repenser aux merveilleuses soirées que le brillantissime Victor Sassoon a pu organiser dans la spectaculaire salle de bal. Il se rappelle avec un plaisir tout particulier la fête sur le thème du cirque, où Sir Victor s'était habillé en Monsieur Loyal, et celle, célèbre entre toutes, sur celui du *Titanic*, où tout le monde avait l'air d'avoir tout juste réchappé à un naufrage.

D'un bout à l'autre de Nanking Road, les trottoirs étaient envahis de réfugiés, sauf devant les hôtels : le Astor House, le Park et le Cathay. Les agents de sécurité veillaient à ce que les trottoirs soient dégagés afin qu'invités et clients puissent descendre de voiture. Les réfugiés, massés autour de l'espace dégagé devant le Cathay, formaient un cordon de corps puants, au milieu desquels Pinto dut se frayer un passage. Avec ses vêtements mouillés, usés et malodorants, sa veste effilochée aux poignets, le fond de son pantalon encore humide et un nœud à sa cravate que seul un couteau aurait pu défaire, Pinto ressemblait lui-même beaucoup à un réfugié. Et quand bien même il aurait porté des vêtements propres et chics, son statut de réfugié se lisait à son front plissé, à son visage de solliciteur suppliant qu'on ne le chasse pas. Il aperçut son reflet dans la porte que le portier tenait ouverte pour un tiers, portier qui, en dépit de son élégant couvre-chef, aurait pu jouer les gros bras la nuit au Majestic. Lorsque Pinto fit mine d'entrer, il referma la porte et hocha la tête sans un mot.

— Je viens voir M. Nelson-Jones.

Le portier hocha à nouveau la tête.

— Sparky Nelson-Jones, hasarda Pinto. C'est un de mes amis.

— Un de vos amis ? Sans blague. Où l'avez-vous rencontré ?

— On travaillait ensemble. Au Turkestan.

— Tiens donc ! Et que faisiez-vous ?

— J'étais médecin. Je suis médecin.

— Et M. Nelson-Jones ?

— Vous devriez peut-être le lui demander, suggéra Pinto. Il sera très heureux d'apprendre que vous vous intéressez à sa personne et à son travail.

Le portier scruta le visage de Pinto pour y déceler la preuve qu'il bluffait ou se moquait de lui, puis lui ouvrit la porte et s'effaça pour le laisser passer.

Il fallut un bon moment au jeune homme du bureau de la réception pour lever les yeux vers Pinto, l'examiner, puis le détester pour la témérité qui l'avait poussé à placer les mains sur le comptoir et à exposer ainsi pleinement la crasse incriminante de ses mains et ses manches effilochées.

— Je viens voir M. Nelson-Jones, expliqua Pinto.

Sans un mot, le jeune homme décrocha son récepteur, s'exprima dans un anglais très britannique et conclut sa brève conversation sur un franc éclat de rire.

— Certes, sir ! Certes ! fit-il au téléphone.

Que signifie précisément certes ? Ça n'a jamais été clair pour Pinto.

— Il vous rejoindra au Horse and Hounds dans dix minutes, finit par lui dire le jeune homme.

— Où est-ce ?

Le Horse and Hounds se trouvait dans la réception, que Pinto traversa prudemment de peur de glisser sur le sol en marbre poli. Il n'avait encore jamais mis les pieds au Cathay – c'était un établissement pour riches. Inquiet à la perspective de salir son siège, d'être flanqué à la porte ou encore d'être obligé, par le serveur hautain circulant adroitement entre les tables, de consommer un verre qu'il n'aurait pas les moyens de payer, lui, le rien-du-tout, le moins-que-rien, il n'osa pas s'asseoir au bar. Plantés devant l'ascenseur, un groupe de touristes, qui avaient échangé des histoires sur leurs excursions à Suzhou juste avant le déclenchement des combats, se mirent à se plaindre d'être coincés à Shanghai au beau milieu d'une guerre stupide. De son côté, Pinto se sentait totalement coupé des multiples formes que prenait la réalité régnant dans l'hôtel, que ce soit les sols en marbre, les verres colorés, les lumières brillantes ou la jovialité bon enfant des touristes, qui l'observaient d'un air soupçonneux, comme s'il était un chien errant. Autrefois, il était allé retrouver un homme dans un hôtel de Vienne où un tapis rouge courait jusqu'à l'entrée de l'ascenseur ; il avait dû patienter à l'accueil pendant que le réceptionniste appelait la chambre sans dissimuler le mépris qu'il éprouvait pour un individu venant retrouver des hommes dans des hôtels aussi miteux. Pinto avait baissé le nez au lieu de soutenir son regard avec assurance. Après avoir couché avec son partenaire – un homme de Zagreb, se rappela subitement Pinto –, il se promit de fixer le réceptionniste droit dans les yeux afin de bien lui montrer qu'il n'avait pas honte. Mais, quand il sortit, il y avait un autre employé derrière le bureau et il ne leva même pas la tête. Cette scène s'était déroulée vingt-cinq ans auparavant, dans un monde qui désormais n'existait plus. Seul le passé compte, étant donné que c'est la seule chose qui dure plus que tout et tout le monde.

— Comment allez-vous ? dit Moser qui s'approcha de Pinto en claudiquant visiblement, la main tendue.

Il avait les ongles propres, les lunules impeccables, il devait donc avoir noté le contraste entre leurs deux mains.

— Quel plaisir que de vous rencontrer enfin ! J'ai tellement entendu parler de vous.

— Moser ? bredouilla Pinto. Moser-Ethering ? Vous êtes bien Moser, non ?

Mais Moser, nullement désireux de montrer qu'il reconnaissait le nom mentionné ou même Pinto, conserva son immuable sourire étincelant comme un fronton. Peut-être Pinto perdait-il la boule, car, malgré ses cheveux coupés court, son visage rasé de près, sa moustache taillée, sa voix nasillarde et sa lèvre supérieure figée en un sourire crispé à hauteur de la gencive, cet homme était bien Moser. La dernière fois que Pinto l'avait vu, il avait la peau brune, la barbe enduite de sel, des lésions et des ampoules aux mains. Outre sa boiterie, il chancelait, à l'égal des hommes qui passent énormément de temps à cheval. Or, l'homme qu'il avait en face de lui aujourd'hui lui rappelait son professeur d'anatomie à Vienne, qui prenait son café à l'hôtel Sacher et lisait régulièrement les colonnes de Karl Kraus qu'il citait en cours. Le Moser d'avant était un sublimé de rêve. Mais quel souvenir n'en était pas un ?

— Je vous demande pardon ? s'exclama Moser. Je crains que vous ne me preniez pour un de vos vieux amis. Serait-ce quelqu'un que vous auriez connu en Russie ?

Il planta son regard dans celui de Pinto en affichant une expression en décalage avec ses paroles et sans se départir de son sourire, qu'il conserva comme un masque. Tu ne peux comprendre Mes règles.

— J'ai rencontré M. Moser au Turkestan, il y a quelques années, quand j'y vivais, répondit Pinto. Vous êtes déjà allé au Turkestan ?

— Une fois, très brièvement. Je me rendais à Korla, dans le Turkestan chinois, où je devais servir de conseiller à un potentat local. Tant de choses se sont passées depuis que c'est à peine si je me rappelle cette époque, inutile de revenir là-dessus. Parlons de l'avenir. Que diriez-vous de prendre un verre avec moi ? Je suis impatient de mieux vous connaître. À propos, mes amis m'appellent Sparky.

— Enchanté de faire votre connaissance, monsieur Sparky.

— Certes, répondit Sparky.

— Seriez-vous par hasard tombé sur ma fille un peu plus tôt aujourd'hui, sur l'avenue Edouard-VII, et lui auriez-vous parlé ?

— Jusqu'à présent je n'ai malheureusement pas quitté ma chambre.

N'ayant rien avalé depuis la veille, Pinto avait faim, si bien que deux gorgées du cocktail que Moser leur avait commandé suffirent à lui monter à la tête. Il avait du mal à suivre ce que Moser disait de sa récente arrivée à Shanghai, de son besoin de se faire de nouveaux amis, d'en retrouver des anciens qui lui étaient chers. Il cherchait à devenir citoyen de cette ville stupéfiante et à investir dans son avenir, façon de parler, car il n'avait pas l'air follement brillant à l'heure actuelle. Le cocktail était un green hat. Sir Victor Sassoon l'avait lui-même créé, et c'était une des nombreuses spécialités de cet hôtel. De passage à New York il y a peu, Moser avait demandé au barman de l'Algonquin de lui en préparer un, mais le pauvre bougre n'avait pas idée de ce qu'était un green hat, et Sparky avait dû le lui expliquer.

— Je lui ai dit : deux mesures de gin, deux mesures de Cointreau, deux mesures de vermouth français, deux mesures de crème de menthe, quelques gouttes de jus de citron. C'est très fort, pas vrai ? Qu'en pensez-vous ?

Ce que Pinto pensait, c'était que ce Sparky – qui, après le green hat ressemblait peut-être ou peut-être pas à Moser – voulait quelque chose de lui et refusait de se dévoiler. Et il pensait également que si cet homme était bel et bien le Moser dont il gardait le souvenir, alors peut-être savait-il ce qu'il était advenu d'Osman et si oui ou non ce dernier se trouvait à présent à Shanghai. Pinto avait envie de le lui demander, mais Sparky n'arrêtait pas de s'extasier sur New York, même en pleine Dépression, et sur le fait que l'Amérique, une fois qu'elle aurait surmonté ses difficultés actuelles, dominerait le monde et offrirait un pendant très attrayant au fléau du communisme.

— Aujourd'hui, ajouta Sparky, c'est vraiment entre les mains de nos amis américains que se trouve l'étendard de la civilisation occidentale. Chicago deviendra la capitale du monde.

— Erinnerst du dich an Osman ? s'enquit Pinto.

Sparky se tut, et Pinto vit bien qu'il avait compris sa question, vu qu'il parlait l'allemand.

— Je suis navré, je ne pense pas avoir compris ce que vous venez de dire.

— Ist er hier in Shanghai ?

— Malheureusement, je ne parle pas du tout l'allemand.

— Du bist Moser. Ich weiß wer du bist.

Sparky jeta un coup d'œil alentour, comme pour voir si quelqu'un écoutait. Il n'y avait qu'un seul autre client dans le Horse and Hounds, et il semblait plongé dans le *China Daily News*, qu'il ne posait que pour prendre une gorgée de thé de sa tasse en porcelaine.

— Folge mir, bitte, dit Sparky en se levant.

Sparky Nelson-Jones jouissait d'un certain pouvoir à l'hôtel Cathay, parce qu'il pria le liftier d'aller s'acheter un petit pain ou autre chose et lui donna quelques pièces à cet effet. Le jeune garçon manifesta une certaine réticence, mais Sparky le chassa. Il plaça le levier sur huit et la cabine s'ébranla. L'eau de Cologne et la propreté de la tenue de Sparky titillèrent les narines de Pinto avec autant d'acuité que la puanteur de sa propre faim, de l'humidité qui l'imprégnait et du fait qu'il n'avait pas la moindre idée de ce qui allait bien pouvoir se passer maintenant.

— Donc, ne m'appelez jamais Moser ici, lui ordonna-t-il. C'est une identité révolue. Appelez-moi M. Nelson-Jones. Et si quelqu'un nous a vus ici ensemble et vous interroge à mon sujet, dites à cette personne que nous avons un ami mutuel, un

Viennois, qui m'avait supplié de retrouver votre trace à Shanghai. À l'avenir, il ne faudra plus que nous nous voyions en public.

En un rien de temps, le bonhomme redevint totalement Moser, s'exprimant à toute vitesse de sa voix de Moser, son flegme imperturbable et son sourire idoine mis de côté pour un usage ultérieur.

— Comment notre ami mutuel à Vienne aurait-il su que j'étais à Shanghai ?

— Vous avez écrit à notre ami mutuel, Moritz Ebner, pour requérir son aide. Et me voici à présent, soucieux et heureux de vous prêter main-forte.

— Comment allez-vous vous y prendre ?

— Eh bien, poursuivit Moser, c'est amusant que vous me posiez la question. Je vais commencer par vous fournir de meilleurs vêtements.

Ils atteignirent le huitième étage, là, Moser abaissa le levier sur quatre, et ils redescendirent.

Moser le laissa même prendre un bain. Plus l'eau chaude et le savon parfumé au santal lui procuraient de plaisir, plus Pinto se sentait coupable. En fait, il décida de ne pas en parler à Rahela et Lenka, alors qu'il était sûr qu'elles sentiraient sa propreté nouvelle, car des paquets de crasse se détachèrent de sa peau et flottèrent comme un frai de grenouille à la surface de l'eau. Elles remarqueraient sûrement ses mains. Il s'était briqué les ongles, il les avait taillés et, malgré de nombreuses petites coupures, ses doigts paraissaient avoir appartenu à une personne aisée et lui avoir été greffés. Moser lui donna des vêtements propres – la chemise bleu pâle était trop ample, et le pantalon lui flottait sur les hanches. Pinto refusa une veste neuve, parce qu'elle était tellement grande qu'elle l'avalait tout entier et parce qu'il ne voulait pas y transférer tous les trucs pathétiques qu'il conservait dans ses poches : pièces de monnaie, clés, billets de banque, boulette d'opium durci. Campé devant le grand miroir, dans ses nouveaux habits, il vit un inconnu âgé, fatigué, au teint basané. La façon dont il se voûtait et sombrait dans son corps affaibli, sa vieille veste dépenaillée aux poches déformées par les débris de sa vie, son cou qui sortait du col boutonné lui donnèrent envie de pleurer. Il n'avait que quarante-trois ans et avait déjà vécu beaucoup trop longtemps et vu beaucoup trop de choses. Tout le monde n'a pas droit à la même durée de vie sur Terre. Et le Seigneur éloignera de toi toute maladie et en frappera quelqu'un d'autre, parce qu'Il le peut, et ce quelqu'un d'autre sera obligé d'accepter parce qu'il n'aura pas le choix.

Pinto, à présent propre et donc différent, demanda :

— Savez-vous ce qui est arrivé à Osman ?

— Qui est Osman ?

— Osman, mon ami, qui vous a fait sortir de Tachkent.

— Karishik ? Oui, eh bien, pour autant que je sache, il n'a jamais quitté le Turkestan, mais bon, je n'ai jamais cherché à découvrir ce qui s'était passé. Que s'est-il passé ?

— Il est parti et n'est jamais revenu.

— Pour être franc, reprit Moser, je n'ai pas beaucoup pensé à lui jusqu'à aujourd'hui, ni à vous d'ailleurs. Je suis tout à fait disposé à envoyer un télégramme à Londres pour leur demander s'ils ont des informations quant à ce qu'il a pu advenir de votre superbe ami.

— Il se peut que ma fille l'ait vu tout à l'heure. C'était très étrange.

— Ce serait très étrange et je serais certes très surpris qu'il ait fini par atterrir ici. Je pourrais vérifier avec les gens de la municipalité que je connais et voir s'ils ont des traces de – quel est son nom complet ? – son arrivée ici. Bien entendu, n'importe qui entre et sort de Shanghai à sa guise.

Pinto sentit sa gorge se nouer et ne put plus rien ajouter, conscient que ses yeux s'emplissaient de larmes.

— Je suis désolé. Il semble que vous lui ayez été très attaché, poursuivit Moser. Dans un tout autre registre, je suis heureux d'apprendre que votre enfant est devenue une remarquable jeune fille. J'aimerais aider cette jeune demoiselle à faire des études. Je devrais pouvoir lui obtenir une place à l'école américaine.

Moser proposa un mouchoir à Pinto, mais, ne voulant pas admettre qu'il avait les yeux humides, celui-ci refusa.

— Nous n'en avons pas les moyens.

— Je peux lui obtenir une bourse.

— Elle aurait besoin d'affaires. Vêtements, chaussures, livres.

— Tous frais payés.

— Seuls les enfants de riches fréquentent cette école.

— Elle y sera bien. C'est une petite fille intelligente.

— Qu'en savez-vous ? Vous ne l'avez jamais rencontrée.

— Elle y sera bien, je vous le promets.

— Pourquoi ?

— Pardon ? Pourquoi quoi ?

— Pourquoi nous aideriez-vous ? Que voulez-vous en retour ?

Moser fourra le mouchoir dans la poche de Pinto.

— Tenez, vous pourriez en avoir besoin. Maintenant, allons souper. Je vais tout vous expliquer.

Ils entrèrent dans l'ascenseur et tombèrent sur Madeleine et Henry Krantz, un couple de jeunes mariés américains. Il n'était pas question qu'une petite guerre locale de merde bousille leur lune de miel bien méritée, brama Henry avant d'arriver à la réception. Il était déjà soûl, et Maddie trimballait un panier de pique-nique où elle avait entassé des canapés et une bouteille de champagne. Ils allaient regarder de plus près ce qui se passait sur l'autre berge de la rivière et voir ce qui inquiétait les autochtones, leur expliqua Henry. Ça promettait d'être très marrant.

— Vous devriez nous accompagner, proposa Maddie, soûle elle aussi.

— Nous allions souper, répondit Moser.

— On a largement de quoi souper. J'ai un seau de caviar dans mon panier.

— Qu'en dites-vous ? demanda Moser à Pinto, qui fut surpris que le Britannique puisse seulement se poser la question.

— Non. Nous avons à discuter, pas vrai ?

— On peut discuter plus tard. Ça peut attendre.

— Il faut que j'y aille, ajouta Pinto.

— On va s'amuser, insista Henry. Vous ne voudriez pas rater ça.

Devant le Cathay, Pinto, parce qu'il avait honte, qu'il avait le sentiment qu'on l'entraînait dans un plan sinistre et ne voulait pas rester loin de Rahela et Lenka, tenta discrètement d'échapper à Moser et aux Américains et de se perdre à nouveau dans la masse des réfugiés. Mais Henry l'agrippa par le coude et le poussa vers le siège passager à l'avant d'une Packard. Maddie et Henry s'installèrent à l'arrière de part et d'autre de Moser et ne cessèrent de lui passer la flasque sous le nez jusqu'à ce qu'il finisse par en prendre une bonne rasade.

Leur chauffeur, un robuste chauve, était, ils le découvrirent durant le bref trajet qui les mena à Sichuan Road, un comte, ancien officier d'artillerie dans l'armée impériale russe. Son appréciation de la situation militaire à Shanghai, qu'il donna d'une voix d'artificier sans que personne la lui ait demandée, était que les bombardements sur Zhabei et la gare du Nord dénotaient pour le moment une certaine retenue de la part des Japonais qui n'allaient pas tarder à cogner violemment, enverraient davantage de bâtiments, peut-être même des avions, et lamineraient Zhabei, ce qui mettrait vite fin à cette petite guerre ridicule.

— Et moi, je suis tout à fait pour eux, poursuivit le comte de son accent mélodieux, les Chinois, c'est du bétail.

— Qu'ils aillent se faire foutre. Qu'ils aillent tous se faire foutre ! renchérit Henry.

Et il tendit la flasque au comte, qui en prit une grande gorgée tout en tamponnant des rickshaws afin qu'ils lui cèdent le passage.

Maddie raconta qu'ils étaient montés à Sichuan Road avec d'autres clients de l'hôtel, deux ou trois nuits auparavant, et qu'ils avaient passé un moment fantastique.

— Tout le monde était dehors, ajouta-t-elle. À boire et à regarder la guerre.

— Ces stupides troupes de marine japonaises avec leurs chaussettes blanches qui leur montent aux genoux, ils ont descendu la rue alors qu'elle était totalement éclairée, dit Henry, donc les francs-tireurs chinetoques les ont flingués comme s'ils cartonnaient des bouteilles sur le haut d'une clôture.

— C'était une boucherie, expliqua Maddie. Nous, on pariait sur les officiers qui tomberaient en premier. Henry a gagné beaucoup d'argent.

— Ouais, confirma Henry. À la loyale.

Des années plus tard, à la fin des années cinquante, à Saïgon, Moser retomberait sur Henry, déployé au Vietnam où il travaillait sous couverture en tant que reporter du *New York Times*. Dans *Un diable étranger en Asie*, Moser note qu'Henry était un agent des renseignements désastreux qui donnait l'impression de chercher à se griller. Moser évoque un apéro au Continental Shelf, lieu de prédilection des correspondants étrangers et des espions. Henry portait un postiche qui ressemblait à une peau de castor et il avait vite été suffisamment bourré pour revenir sur leurs aventures à Shanghai et l'heureux hasard qui les avait réunis. Moser, de plus en plus philosophe avec l'âge, tire quelques profondes conclusions dans son livre, où il est question de trajectoires cosmiques, du flux du destin, de la logique impénétrable de la vie et de la mort, et cite un trait d'esprit aviné d'Henry : Je n'ai pas besoin d'un monde parfait, je me contente d'un endroit parfait. Pour sa part, Henry n'eut jamais l'occasion de rédiger un bouquin sur ses aventures. Quelques années après cette rencontre, il intégra une unité de Bérets verts afin d'écrire un papier sur leur héroïsme. Durant leur mission au Cambodge, il tomba dans une fosse remplie de bâtons acérés dont il ne ressortit jamais.

Le comte n'était pas un conducteur émérite. Il n'arrêtait pas d'appuyer sur le frein quand il ne le fallait pas et s'en dispensait quand il l'aurait fallu, jurant tout du long dans un russe sibilant. Il prit un mauvais tournant et se retrouva dans la direction opposée à celle de Sichuan Road jusqu'à ce que Pinto lui en fasse la remarque. Ensuite de quoi, le comte s'exclama, Ah ydi na khuy ! et fit demi-tour en plein milieu de la rue, bloquant la circulation dans les deux sens.

— Nous pourrions peut-être marcher ? suggéra Henry.

— Absolument pas, s'écria Maddie. J'ai des talons hauts.

Ces pieds n'étaient pas faits pour marcher.

Durant cet abominable trajet, Henry raconta tout et n'importe quoi à Moser, qui l'écouta en silence ; sans doute ce dernier réfléchissait-il à la manière dont la loquacité de Henry pourrait lui être utile. Henry venait de décrocher son diplôme à Princeton, que son père avait également fréquenté et où son grand-père avait enseigné jusqu'au jour où il avait suivi

Woodrow Wilson à la Maison-Blanche. Puis Henry avait épousé Maddie, qu'il avait connue toute jeune, quand elle passait ses étés à Cape Cod.

— C'est mon premier et mon dernier amour, expliqua Maddie. J'avais douze ans quand je l'ai rencontré, et lui dix-sept.

Comme son frère aîné avant lui, Henry allait commencer à travailler pour le gouvernement, dès leur retour de lune de miel.

— Et moi, à pondre des mômes, lança Maddie.

— J'en voudrai au moins quatre, poursuivit Henry. Il faut que ça Krantz !

Pinto cessa d'écouter, en premier lieu parce qu'il aurait eu beaucoup de mal à comprendre l'anglais américain d'Henry, quand bien même ce qu'il racontait l'aurait intéressé. Pinto était encore un peu soûl et tellement affamé qu'il se sentait près de s'évanouir. Il aurait aimé fermer les paupières et se reposer, mais le comte manœuvrait la voiture à la façon d'un dinghy sur une mer déchaînée.

— C'est votre garde du corps ? demanda Henry à Moser à un moment.

Il parlait de Pinto.

— On ne l'imaginerait jamais, répondit Moser, mais cet homme est capable d'être un tueur impitoyable. Il a planté un poignard dans l'œil d'un Cosaque.

Le comte loucha sur Pinto et lâcha un ricanement méprisant. Puis il éclata de rire, imité par Henry et Maddie.

Padri Avram avait un jour raconté l'histoire de deux frères, dont l'un avait tué l'autre. Leur mère avait pris une tasse, qu'elle avait remplie du sang du frère mort, et l'avait placée dans sa chambre sur le rebord de la fenêtre orientée à l'est. Jour après jour, au lever du soleil, elle se réveillait et regardait le sang de son fils disparu. Un matin, constatant que le sang bouillonnait, elle comprit que son autre fils était mort à son tour.

La Packard finit par arriver sur la partie de la Sichuan Road où quelques autres véhicules étaient déjà garés. Sur le toit d'une des voitures, un couple dansait au son des bombardements sur Zhabei et d'un fox-trot que diffusait un gramophone qui, posé sur le capot du véhicule, ne cessait de glisser. Tout près, un groupe d'hommes en tenue de soirée et de femmes en robe dos nu à paillettes bavardaient comme à une réception, indifférents à la pluie fine.

— C'est là, déclara Maddie. C'est là qu'a lieu la fête.

Le comte arrêta la Packard, et Maddie et Henry désertèrent la banquette arrière tandis que Pinto restait assis. Le comte dit, Nu ? mais Pinto, le ventre noué par la peur et le dégoût, refusa de sortir. Il demeura assis sans rien dire à côté du chauffeur, dont les marmonnements brisaient le silence de temps à autre. Pinto, qui avait pourtant déjà décidé d'inventer un solide mensonge pour cacher à Rahela ce qu'il avait fait de sa soirée, sentit croître encore sa détermination. Son inquiétude était si vive qu'il en avait le torse tout palpitant.

Sichuan Road était éclairée jusqu'à un certain point, au-delà duquel se déployait une obscurité grouillante de coups de feu. Un serveur porteur d'un plateau chargé de boissons traversa la rue pour servir le groupe élégant et récupérer les verres vides. Maddie s'apprêtait à déballer son panier de pique-nique quand

Henry, jambes écartées et mains sur les hanches, tel un général devant le champ de bataille, décréta :

— On ne reste pas ! Ce n'est pas terrible ici. Il ne se passe rien. Allons là où il y a de l'action.

— Je ne pense pas qu'il soit raisonnable d'aller plus loin, dit Moser depuis la voiture. Chacune des parties pourrait nous prendre pour l'ennemi et nous tirer dessus.

— Ils ne nous tireront pas dessus, décréta Maddie. Ils voient bien que nous sommes tous blancs.

— Pas dans le noir, riposta Moser.

— Ça va aller, insista Henry. Ça va aller sans problème. Dieu nous aime. Allons-y.

Déjà à ce moment-là, Pinto sut qu'il aurait dû descendre, mais la faim et le green hat combinés l'avaient tellement amolli qu'il ne put tout simplement pas prendre la décision de bouger. En revanche, il ne comprit jamais trop bien pourquoi Moser choisit de suivre le mouvement. Peut-être parce que Maddie et Henry avaient repris leurs places respectives et qu'il aurait été inconvenant de les obliger à ressortir. Il est plus vraisemblable que Moser, en vertu d'une de ses intuitions incroyables, avait déjà deviné que l'ambition et la sottise d'Henry feraient de lui quelqu'un d'indéniablement utile. Et nous savons aujourd'hui qu'Henry allait rester à Shanghai et que Moser le verrait chaque fois qu'il monterait de Hongkong, car, de par sa verbosité intarissable, son ami américain représentait une formidable source d'information, et continuerait à l'être au Vietnam. Avant que le comte redémarre avec un à-coup brutal et s'engage dans Zhabei, Pinto se fit cependant la réflexion que Moser ne voulait peut-être pas le laisser partir seul avec Henry et Maddie, et s'inquiétait pour lui.

Les rues étaient vides à présent, à l'exception de détritus – une chaise, un panier, un civil mort –, mais le comte roulait à bas régime et le moteur rugissait.

— Éteignez les lumières, ordonna Moser.

Malheureusement, le comte ne parvint pas à trouver la bonne commande. Il était bien possible, songea Pinto, qu'il ait forcé le véritable chauffeur à lui céder le véhicule afin de faire lui-même le boulot et d'encaisser l'argent.

— Coupez ces putains de lumières ! hurla Moser.

— K chortu ! grogna le comte qui commença par envoyer les phares avant de les éteindre.

— Et voilà, dit Henry.

Ils se retrouvèrent subitement au cœur d'une profonde obscurité. La gran eskuridad était là.

— D'où êtes-vous ? demanda alors Maddie.

Personne ne sut vraiment à qui elle s'adressait.

— Hé, vous, à l'avant ? D'où êtes-vous ?

Le comte se pencha sur son volant pour mieux voir ce qu'il y avait devant lui et ralentit.

— Elle vous a posé une question, expliqua Henry.

C'est seulement à ce moment-là que Pinto comprit que c'était lui qu'ils interpellaient.

— Pardon, bredouilla-t-il. Vous me parlez ?

— Oui, on vous parle, répondit Henry. Nous savons d'où viennent tous les autres. Vous seul êtes un mystère.

La bouche de Pinto s'apprêtait à produire les sons qui apporteraient la réponse à la fameuse question quand le comte ralluma ses lumières et qu'Osman lui souffla : « Baisse la tête ! » Sans réfléchir, Pinto glissa de son siège quand la balle frappa la vitre de son côté, puis la tête du comte, de sorte que la voiture dévia de sa trajectoire et alla percuter un bâtiment en dur. De nouvelles détonations, l'explosion du tableau de bord, du pare-brise et des autres vitres interrompirent les cris de Maddie, puis tout se calma.

Personne ne broncha ni ne dit quoi que ce soit alors que la voiture montait en régime. Moser fut le premier à bouger, et il se tourna d'abord vers Henry.

— Ça va, dit Henry.

Il se pencha gauchement par-dessus Moser pour s'assurer que Maddie allait bien.

— Elle est morte, ajouta-t-il avec placidité. Oh, là là. Je pense qu'elle est morte.

La voiture sentait le sang. Pinto était à genoux sur le plancher au pied de son siège, la pluie fine, qui tombait par le carreau fracassé, lui aspergeait la joue. Osman murmura : « Calme-toi ! N'aie pas peur. Ton heure n'est pas encore venue. Rahela t'attend. »

Cette voix lavande, son timbre et cette vibration rauque dans sa gorge, avec toujours la possibilité d'un éclat de rire, son côté intime, c'était son havre.

— Eh bien, reprit Henry, ce n'est pas bon, ça.

Shanghai, 1937

Allongé sur le côté, Lu démonta le fourneau de la pipe, puis, à l'aide dc l'extrémité aplatie de l'aiguille, il racla les résidus sableux qu'avaient laissés les vapeurs d'opium et les déposa sur un petit plateau. Ses gestes gracieux et délicats fascinaient Pinto autant qu'au premier jour. Savourant les dernières secondes du temps terrestre, Lu compta lentement sept gouttes de chandou qui tombèrent dans le petit wok en cuivre, qu'il saisit par sa mince poignée d'ivoire et plaça au-dessus de la cheminée de la lampe, dont le verre s'ornait d'un décor de dragons tournoyant avec grâce. Le cœur de Pinto, enchanté par l'odeur douceâtre de l'opium, se mit à battre un peu plus vite. Les ombres des dragons dansaient sur le mur, à mesure que la flamme de la lampe vacillait sous le wok. À l'époque où il était étudiant à Vienne, Pinto avait un jour contemplé les silhouettes d'un couple en train de valser projetées sur un mur par un zootrope. Il n'avait encore jamais rien vu de tel. Il avait alors une liaison avec un homme dont la femme était partie dans les Alpes avec leur fils, parce que l'air pur et l'altitude étaient bénéfiques pour la phtisie du jeune garçon ; l'absence de la femme était bénéfique pour le mari. Pinto n'avait jamais rencontré cette épouse, mais il pensait bien que tous les deux avaient dansé ainsi autrefois. Couchés, nus et en sueur dans la chambre du couple, l'homme et lui avaient regardé les ombres silencieuses qui ondoyaient de l'armoire blanche au mur et retour. Aujourd'hui, il ne se souvenait plus s'ils avaient pris du laudanum ou pas, mais ils avaient observé les ombres dansantes des heures durant. Cet homme, Gustav de son prénom, était propriétaire d'une boutique qui vendait des jouets compliqués pour des enfants de riches. Par la suite, Gustav lui offrit un ringelspiel mécanique en fer-blanc, que Pinto plaça à côté de son lit dans sa minuscule chambre d'étudiant. Il le rapporta à Sarajevo, mais ne se rappelait plus du tout ce qu'il était devenu. Il avait probablement disparu, comme tout le reste.

La collection de pipes, lampes et accessoires à opium de Lu était soigneusement rangée dans les multiples petits tiroirs d'une commode en teck installée entre les lits sur lesquels ils fumaient. Pour la plupart, Lu avait hérité ces objets de sa famille, laquelle les tenait de l'époque où seuls nobles et lettrés fumaient l'opium. Pinto adorait l'odeur de cette commode, les effluves de caramel du chandou associé au bois, de ce passé chargé. La commode ressemblait à un petit autel, et Lu maniait chaque objet qu'elle renfermait avec un soin respectueux. L'opium est la religion de l'individuel, avait un jour lancé Pinto en plaisantant alors que Lu préparait une boulette. Mais Lu était bien trop absorbé par sa tâche pour relever la pertinence de Pinto. Et, là, le visage sombre et d'un superbe intemporel, il était tout aussi absorbé par ce qu'il faisait.

Tout était tellement beau... La commode en teck était belle, Lu était beau, les dragons luminescents dansaient sur son beau visage. Il manipulait la pâte d'opium entre deux aiguilles, comme s'il tricotait avec les délicats instruments qu'étaient ses mains. Tout allait bientôt devenir encore plus beau. À l'aide d'une des aiguilles, Lu posa la boulette sur le dross, la fit rouler du bout du majeur, puis la piqua à nouveau et la déposa sur le trou du fourneau. On aurait dit qu'il lui fallait des heures pour préparer la pipe, mais chaque moment était plein, splendide et lesté de la certitude du plaisir proche – tout allait arriver comme ça devait arriver, rien ne changerait le cours des choses, contrairement à ce qui se passait dans le monde. L'air, pareil à de l'eau sucrée, lourd d'humidité et de senteurs douceâtres, enrobait tout dans son inertie. Dehors, ça tonna, puis ça tonna à nouveau, comme si les Japonais cognaient sur des timbales alors qu'ils bombardaient Zhabei.

Pinto n'avait jamais appris à façonner une boulette ni à préparer une pipe. Du temps où il fréquentait les fumeries, il y avait toujours eu un boy pour s'en occuper, un boy qui vivait des vapeurs opiacées et des pourboires des clients. Puis Pinto avait rencontré Lu, et très vite il n'avait plus fumé qu'avec lui. Ce n'était pas seulement que Lu avait le meilleur chandou, qu'il maniait avec l'art d'un grand prêtre joaillier, c'était aussi que Pinto adorait le voir accomplir ce rituel. Une grande part de l'attirance qu'il avait éprouvée pour lui s'était développée à force d'observer sa concentration sereine et sa dextérité, parce que Lu était pleinement attentif à ce qu'il faisait, indéniablement dans le moment, là et nulle part ailleurs. Dès que Pinto avait fumé une pipe ou deux, il avait envie de s'approcher de lui et de le toucher, encore et encore. C'était d'ailleurs ce qu'il avait envie de faire à présent, mais bien entendu il n'était pas prêt à bouger, et ne bougerait pas.

Lu tendit le bras par-dessus le plateau afin de lui passer la pipe. Pinto la prit sans en sentir le poids dans ses mains, comme si elle avait flotté jusqu'à ses lèvres. Il mit le trou du fourneau – la boulette dessus ni trop enfoncée ni trop éloignée, juste parfaitement placée – au-dessus de la cheminée de la lampe et inhala la vapeur. Le gargouillis de l'opium vaporisé était sans doute le plus beau bruit au monde. Pinto l'avait compris dès la toute première fois. À côté, le rire des enfants et le chant des oiseaux se résumaient à du bruit. En ce jour-là, le Seigneur conclura une alliance avec les bêtes sauvages, les oiseaux, les reptiles et avec tout Israël, Il reconstruira Jérusalem en saphir, et il n'y aura plus ni angoisse, ni pleurs, ni gémissements, de mort il n'y aura plus et tout sera comme ce doit être, il n'y aura plus de tonnerre, le monde babillera dans la paix éternelle et une beauté d'une infinie légèreté. En attendant, ce dont nous disposons pour nous aider à vivre, c'est cet excellent produit façonné par le plus bel homme de Shanghai, et peut-être de toute la Chine.

La première fois qu'il avait fumé avec Lu, Pinto, pris au dépourvu par la pureté et la puissance de ce chandou de qualité, avait toussé, ce qui avait fait rire

Lu, lequel s'était mis à tousser aussi, si bien que tous les deux s'étaient retrouvés à tousser et à rire, et Lu était tellement beau que, lorsque toux et rires s'étaient calmés, Pinto s'était levé de son lit et approché de lui, allongé sur l'autre lit, et l'avait embrassé. Ils n'avaient pas fait l'amour ce jour-là, parce que la femme de Lu et ses enfants étaient dans la maison, mais ils s'étaient embrassés, tenus par les mains. Les enfants n'avaient pas le droit d'entrer dans la fumerie et sa femme n'y entrait jamais, même si ça lui était permis – elle préférait ne pas savoir, disait Lu, elle savait déjà tout ce qu'elle avait besoin de savoir.

Avant, Lu écrivait de la poésie en chinois classique, mais désormais il ne s'imaginait même plus le faire. Ce n'était que de temps à autre que, de sa voix grave et puissante, il récitait un de ses poèmes à Pinto, comme s'il repensait à quelque chose qui lui était arrivé il y a longtemps, dans sa vie antérieure. S'il se débrouillait en shanghaïen, Pinto ne comprenait pas un mot de ce que Lu récitait, au point que ce dernier aurait très bien pu lui déclamer la poésie d'un tiers ou une liste de courses. Peu importait, car Pinto percevait clairement la nostalgie de la musique, la mélancolie des paroles, les cadences harmonieuses, les voyelles chuintantes et une sorte de chagrin indélébile. Et quelle voix sonore que celle de Lu, il parlait toujours du plus profond de lui-même – c'était un homme qui avait de l'ampleur.

Sa famille, ayant pas mal de moyens et d'entregent, l'avait envoyé poursuivre ses études dans une université américaine, mais Lu n'avait pas terminé sa première année qu'il était expulsé pour avoir roulé du chandou en compagnie de jeunes Américaines que sa voix et sa poésie chinoise classique avaient sans aucun doute enchantées, et auxquelles il avait laissé entrevoir sa vaste intériorité exotique. Elles avaient dû craquer aussi devant son extériorité : le sourire plein de concupiscence et de mélancolie, les promesses et les désillusions cachées derrière ce qui débuterait par un baiser et une caresse. Aux dires de Lu, c'est le fait que ces jeunes filles aient apprécié sa poésie qui lui évita d'être lynché par une foule jalouse – elles réussirent à convaincre les garçons qu'il était un sodomite, ce qui bien entendu n'était pas totalement faux. Après une longue nuit passée à fumer, après maintes et maintes pipes exquises, Lu se mettait à réciter sa poésie et Pinto, la tête sur sa poitrine, l'entendait inspirer, sentait ses muscles se tendre – comme si son corps dansait sans même bouger au son de la poésie. Puis Lu lui traduisait le texte dans son anglais à l'accent splendide. Un poète et son amante se promenaient un soir près d'un étang aux nénuphars. La lune regarda le poète ramer sur la rivière en crue pour aller retrouver son amante. Au crépuscule, un poète mélancolique se rappelle s'être laissé porter par un ruisseau murmurant. Le poète s'éprend de son ombre. Voyant une abeille se promener sur une pivoine, le poète et son amante s'aperçurent que le printemps était arrivé et que tout était en fleurs.

Ce fut en écoutant le poème sur la pivoine que Pinto repensa à un essaim d'abeilles suspendu à un pommier sauvage dans la vallée de Ferghana, des années auparavant, après qu'Osman et lui avaient fui

Tachkent en briska pour aller au-devant d'un avenir apparemment incertain et néanmoins largement préférable à la réalité qui les attendait, et il pleura. L'essaim était gros et avait la forme d'une larme, il bourdonnait et tremblait de manière à peine visible. Il s'écoula un peu de temps avant que Lu remarque les sanglots de Pinto, et il lui caressa alors la tempe et se remit à parler chinois, comme si c'était la langue anglaise qui avait affecté Pinto. Ça aussi, ça remontait à longtemps. Pinto s'était borné à dire à Lu qu'Osman était un homme qu'il avait aimé, mais guère plus. En fait, Pinto n'avait jamais confié à Lu qu'il venait de Bosnie – il lui avait laissé croire qu'il était autrichien. Le poète chinois aimait un vagabond qu'il s'imaginait être un prince viennois.

Pinto ne savait pas combien de temps ils avaient passé dans la fumerie ni combien de pipes il avait fumées – une ou dix –, mais ils n'avaient pas touché au meze, le thé avait froidi, puis était redevenu chaud, puis froid, et les températures avaient monté, baissé, puis remonté, et lui transpirait, puis ne transpirait plus, puis se remettait à transpirer. À présent, ça tonnait davantage, les avions vrombissaient au-dessus de leurs têtes, ce qui devait vouloir dire qu'il faisait à nouveau jour. S'aidant du gratte-dos en ivoire de Lu, Pinto se démena pour atteindre ce maudit point entre les épaules qui le démangeait chaque fois qu'il fumait de l'opium, et souvent même quand il ne fumait pas. Il se gratta le nez aussi. S'occuper d'une démangeaison représentait une jouissance indéniable. Parfois, Lu et lui s'enlaçaient et se grattaient mutuellement le dos, très lentement, et c'était mieux que de baiser. Osman n'avait jamais aimé la morphine ni l'opium, mais il adorait qu'on lui gratte le dos, doucement, du bout des doigts. En kada dado un marafet. Parfois, il fredonnait une chanson, ce qui donnait l'impression qu'il ronronnait.

Lu se rafraîchissait avec son éventail orné d'un cerisier couvert de fleurs roses, cadeau d'un amant japonais autrefois. Pinto observa les délicats mouvements de l'éventail jusqu'à ce que ses paupières s'abaissent doucement. Subitement, il eut une autre pipe dans les mains, qui babillait et chantait. Nočes, nočes, buenas nočes, pépiait le fourneau. Dando bueltas por la kama, komo l'peše en la mar, aj komo l'peše en la mar. À Tachkent autrefois, il avait appris la chanson à Osman, lui avait traduit les mots du spanjol, et Osman la lui avait chantée à son tour en butant sur la hauteur de la kama. Au bout d'un moment, Pinto s'était retrouvé incapable de se rappeler la note ni même la voix de Manuči. Et dorénavant la seule voix qu'il avait en tête pour cette chanson, c'était celle d'Osman, accompagnée du fourneau babillant, de sorte que la première fois il fit une note fausse sur la kama, exactement comme Osman. Mais la deuxième et la troisième fois il chanta juste – rendit la note exactement comme elle devait être. Là-dessus, il s'aperçut que ce n'était pas lui qui chantait – il y avait une autre voix, et elle était juste. Ça le dérouta que Lu non seulement connaisse la chanson et les paroles en spanjol, mais aussi qu'il n'écorche pas la note, puis il lui devint évident que c'était la voix d'Osman le hanino :

Salto la primera i dišo :
Gozemos la mosedad,
Ah, gozemos la mosedad.

Et, sans ouvrir les yeux, Pinto sut qu'Osman était assis au pied de son lit de fumerie. Ce n'était pas la première fois – quelques jours ou quelques semaines plus tôt, quand Lu et lui s'étaient remis à fumer, Pinto avait perçu sa présence, son poids sur le lit, puis il avait vu son sourcil inquiet, ce genre de peur que Pinto n'aimait pas et refusait, parce qu'il allait très bien, que l'afijun lui faisait du bien, lui donnait le sentiment d'être ancré quelque part, alors qu'il était à des milliers de kilomètres de l'endroit où il aurait dû vivre sa vie, et l'aidait aussi dans toute sa souffrance. Il n'avait rien dit à Osman, et ce dernier avait gardé le silence, lui effleurant le pied ou le genou de temps à autre. Un jour, Pinto eut l'impression qu'Osman lui embrassait la joue, cependant, sa félicité était trop forte pour qu'il bouge ou même qu'il ouvre les yeux, et il n'avait aucune envie de constater que ce n'était pas la moustache d'Osman qui effleurait son visage, mais une mouche, une poussière ou la mort. À présent pourtant, Osman chantait au pied de son lit, et c'était beau.

Salto la segunda i dišo :
Gozemos la novijedad,
Ah, gozemos la novijedad.

Il était là, joue vermeille de hanino avec sa moustache impeccablement taillée, le fez incongru incliné à la canaille, la chemise ouverte sur le torse velu, s'essuyait les aisselles à l'aide d'un mouchoir. Pinto eut envie de se redresser pour embrasser cette joue, la caresser, poser la tête sur l'épaule d'Osman, humer cette sueur, mais ne voulant pas alerter Lu ni interrompre le chanteur, il observa la gorge d'Osman qui se dilatait, puis se resserrait à chaque inspiration, à chaque expiration pour produire cette voix mélodieuse, sa pomme d'Adam qui montait et descendait.

Salto la mas čikitica i dišo :
Madre komo la voj a dešar,
Madre mija, komo la voj a dešar.

En chantant la dernière phrase, Osman esquissa un petit signe à l'adresse de Pinto, comme pour lui confirmer qu'il était toujours là, et vivant. Pinto poussa sa tête sur l'oreiller de porcelaine afin de faire de la place pour la joue d'Osman, mais Osman resta là où il était, même quand il se fut arrêté de chanter. Il préféra poser sa main tordue sur la cheville gauche de Pinto et il avait la paume froide. Lorsque notre amour était fort, nous pouvions nous allonger sur le tranchant d'un sabre. Où que nous soyons allongés aujourd'hui, je pense encore à ce sabre. Il me manque, ce sabre, je tenais ta main sur sa lame.

« Cette pièce me rappelle l'arrière-salle chez Hadži-Šaban. C'était là que les gens fumaient l'afijun et il leur arrivait d'y passer des jours et des semaines d'affilée, avant que les Autrichiens interdisent l'opium. Quand je travaillais chez Hadži-Šaban, on y mettait tous les ivrognes qui buvaient des semaines durant, et ça sentait encore l'afijun. »

— Pourquoi tu me parles ? s'enquit Pinto. Comment se fait-il que tu sois là ?

Ses paupières étaient toujours closes, mais il vit Osman hausser les épaules. Sa paume remonta le long du mollet de Pinto jusqu'à son genou.

« Tu m'as manqué », dit-il.

— Et hier ? Je ne t'ai pas manqué ? Et avant-hier ? Et il y a huit jours ? Depuis quinze ans, c'est aujourd'hui seulement que je commence à te manquer ?

« J'ai toujours été là. Tu me manques constamment. C'est toi qui ne voulais pas me parler. »

— Bien sûr que je voulais te parler. Mais tu ne me répondais pas. Et maintenant te voici.

« Il faut qu'on y aille. »

— Qu'on aille où ? Pourquoi ? Je n'ai pas envie d'aller où que ce soit.

« Tu aimes cet homme ? »

— Quel homme ?

« Lu. »

— Oui.

« C'est vrai ? Ce n'est pas plutôt sa pipe et son opium que tu aimes ? »

— C'est quelqu'un de bon. Buenu komu il pan. Mais là n'est pas la question. J'en ai marre d'aller où que ce soit. Je n'ai envie d'aller nulle part. Je veux rester ici. Et j'aime vraiment son afijun.

« Tu ne peux pas rester ici. »

— Pourquoi donc ?

« Il faut que tu sois avec Rahela. »

— Rahela est partie. Elle est avec Henry. Il prend soin d'elle. Rahela n'a pas besoin de moi. Elle a besoin d'Henry.

« Elle s'inquiète pour toi. »

— Non, pas du tout. Ça fait des semaines que je ne lui ai pas parlé. Elle ne sait même pas où je suis. Pour elle, je suis un rien-du-tout et un moins-que-rien.

« Ça fait des mois que tu ne lui as pas parlé. Et des semaines que tu es ici à fumer de l'afijun. »

— Je resterai là où j'ai envie, aussi longtemps que ça me plaira. Et Rahela, là où elle a envie d'être. Avec ce monstre américain. Elle avait à peine fêté ses seize ans qu'elle a quitté la maison pour se mettre en ménage avec lui. Je suis désormais libéré de mes devoirs de père et je suis ici pour fêter ma libération.

« Elle t'aime. C'est ta fille. »

— Ce n'est pas ma fille. Je n'ai pas sauté sa mère. Toi, oui.

« Non, je ne l'ai pas sautée. »

— Ne mens pas.

« Oh, juste une fois. »

— Cette juste une fois, c'est Rahela.

« Tu lui as sauvé la vie. Tu l'as élevée. Tu es son père. »

— Elle veut vivre avec son Américain, elle n'a aucune envie de m'avoir dans les pattes. Elle m'a laissé tomber pour ce sale monstre. C'était son prof ! Il lui a fait lire Shakespeare, puis il l'a débauchée. Il a débauché une gamine. Ce faux jeton de veuf. Ce baratineur. Ce dandy de merde.

« Rahela est une personne. Elle a le droit de commettre des erreurs. »

— Tu ne connais pas Henry Krantz. Henry Krantz est bien, bien plus qu'une erreur. C'est un Américain. C'est un monstre. Je ne veux plus jamais le revoir. Ni elle. J'ai mâché sa nourriture quand elle n'avait pas de dents. Je l'ai portée sur mon dos à travers le désert. J'ai offert ma vie en échange de la sienne quand elle se mourait de la scarlatine. Elle n'est plus ma fille, ne l'a jamais été. Et je le lui ai dit. Je lui ai dit en face : Bonne chance, je lui ai dit. Je ne veux plus jamais te revoir.

« Est-ce que je t'ai raconté l'histoire du paša de Stamboul qui est venu à Sarajevo et a planté sa tente de manière à pouvoir contempler la ville, ses minarets, ses couchers de soleil, sa beauté ? »

— Tu me l'as déjà racontée, répondit Pinto. Des tas de fois. C'est une vieille histoire.

« Un jour, un cortège nuptial a quitté Sarajevo, car la jeune fille devait épouser un homme dans un lointain village de montagne. La future mariée pleurait, alors que tout le monde chantait et frappait sur les percussions. Le paša donna à la future mariée une poignée de ducats, parce qu'elle était obligée de quitter sa ville sans espoir d'y revenir jamais. »

— Et ils sont où, mes ducats ?

« Un autre jour, un autre mariage, sauf que la future mariée se rendait à Sarajevo pour y vivre avec son promis. Cette fois-ci, le paša donna un mouchoir à la jeune fille qui allait avoir la chance de passer sa vie à Sarajevo. »

— Pourquoi tu me racontes ça ? Tu me l'as déjà dit.

Mais Osman s'était tu, Pinto ne sentait plus son poids sur le lit. Et, sur son front, un mouchoir embaumant la lavande absorbait maintenant son épaisse sueur.

Lu tendit une autre pipe à Pinto, qui roula sur le côté, ouvrit les yeux pour placer le fourneau au-dessus de la lampe et aperçut alors une silhouette de femme sur le seuil. Le mouchoir glissa de son front et disparut dans le précipice au bord de son lit. Cette femme n'était pas l'épouse de Lu, mais quelqu'un de plus grand, quelqu'un dont les cheveux auburn reflétaient la lumière derrière elle et dont le visage resta plongé dans la pénombre quand elle s'avança vers lui. Ce ne fut qu'au moment où elle pénétra dans le cercle tremblotant de la lueur de la lampe qu'il reconnut Klara Isakovna, laquelle se métamorphosa en Rahela en l'espace de quelques pas.

Pinto paraissait petit et frêle sur le lit, tout rabougri et accroché à sa pipe, comme au drapeau d'une armée vaincue. Lenka avait dit à Rahela que Pinto était chez Lu et s'offrait une orgie d'opium. Mais Lenka ne sachant pas où habitait Lu, Henry s'était tourné vers ses copains des renseignements. Ceux-ci étaient tout à fait disposés à aller récupérer Pinto pour l'amie d'Henry et une somme modique, or, avec l'intensification des combats à Hongkou, tous devaient surveiller vingt-quatre heures sur vingt-quatre les postes de contrôle interdisant aux réfugiés l'accès à la concession internationale. Consciente que Pinto n'irait jamais nulle part avec Henry, Rahela avait exigé que celui-ci reste à la maison, même s'il s'opposait énergiquement à ce qu'elle circule seule dans Shanghai en guerre.

— Ce n'est pas ma première guerre, avait répliqué Rahela. J'ai grandi au milieu de la guerre. La guerre, je suis capable d'y survivre, c'est la paix qui est trop difficile.

Quand Pinto reconnut Rahela, il ne dit rien, son visage ne se départit pas de l'impassibilité de l'opium et ne montra ni colère, ni amour, ni souffrance, ni dédain. Pinto se contenta de placer le fourneau au-dessus de la flamme et inhala la fumée lentement, profondément. Rahela détestait cette puanteur douceâtre, écœurante, ce bruit abominable de rossignol à la gorge tranchée. Pinto se mit sur le dos, ferma les yeux, et, malgré la pénombre, elle vit qu'il n'avait pas changé de chemise depuis très longtemps, car, sous la lumière papillotante, un trait noir barrait son col désormais trop large pour son cou maigrichon ; quand il s'éclaircit la gorge, sa pomme d'Adam palpita. Elle ne l'avait pas vu depuis qu'elle lui avait avoué qu'Henry était son amant, après quoi il l'avait flanquée à la porte de leur shikumen. Elle ne l'avait pas vu depuis six mois et, durant ce laps de temps, il avait réussi à se démolir. Ce corps malade était autrefois son père.

— Padri, dit Rahela. Réveille-toi. Tu ne peux pas rester ici. C'est la guerre dans la rue, partout. Il faut partir.

— Je ne dors pas et je ne suis pas ton Padri, murmura Pinto. Je me contrefiche de ce qu'il peut y avoir dans la rue. Moi, je ne vais nulle part. Je reste ici. Va-t'en. Laisse-moi tranquille. Lu, dis à cette femme de s'en aller.

« Ce n'est pas ton heure, mais si tu restes ici, tu mourras », déclara Osman.

— Je m'en contrefiche. Peux-tu me ramasser ce mouchoir ?

« Lève-toi et suis-la. »

— Non. Je n'irai nulle part. Je ne me lèverai pas. Je resterai ici jusqu'à la fin de mes jours.

Le soleil d'août était haut dans le ciel et brûlant, et, hormis les volutes étincelantes sur l'intérieur de ses paupières bien fermées, Pinto n'y voyait rien. Il se laissait guider par Rahela, qui le tenait par le biceps. Lui serrait le mouchoir d'une main, la main de Lu de l'autre. Lu avait découvert que sa femme et ses enfants avaient déserté la maison quelques jours, voire quelques semaines plus tôt, et il avait donc suivi Pinto et Rahela. Il n'avait rien emporté de chez lui, à part un petit sac en soie renfermant tous ses accessoires à opium, son éventail japonais et son gratte-dos en ivoire. Rahela les pilotait en silence à travers le flux de passants qui empestaient la peur, au gré des rues bruyantes de Hongkou, de croisements obscurs, d'étroites allées bordées de shikumens, et ils avançaient parmi des vagues d'odeurs nouvelles, dont chacune avait une base de feu et de fumée. Le bras de Pinto, dépouillé de ses muscles, avait la légèreté du petit bois ; quant à Pinto, il évoluait à pas prudents, comme s'il allait s'effondrer, et se cramponnait à son mouchoir à l'instar d'une veuve à des funérailles. Il n'avait pas dû manger depuis plusieurs jours – chez Lu, les grosses mouches, qui menaient le siège des plateaux à en-cas, avaient déserté leurs positions pour accueillir Rahela – et il était si maigre qu'elle avait envisagé de le porter s'il ne parvenait pas à marcher. Elle pouvait sans doute le porter sur son dos jusqu'au fleuve et au bateau.

De temps en temps, Lu les forçait à s'arrêter pour se gratter le dos, puis, sans même demander à Pinto s'il en avait besoin, il lui confiait le gratte-dos et s'éventait à nouveau. Rahela lâchait un grognement désapprobateur à chaque pause, mais ne protestait pas.

— Il n'y a rien de tel que la démangeaison de l'opium, proclama Pinto sans s'adresser à quelqu'un en particulier tout en se grattant ardemment entre les omoplates.

La sueur et le suintement gras de la drogue lui huilaient le dos.

— Et il n'y a rien de tel que de gratter ça.

Son soulagement relevait du divin, au point qu'il n'avait qu'un désir : rester au beau milieu de la rue, les yeux fermés, comme un arbre sous le vent, et se gratter aussi longtemps qu'il aurait quelque chose à gratter, et tous et toutes pouvaient bien le dépasser. Je suis celui qui est vu, mais ne peut voir. Où donc est celui qui voit sans pouvoir être gratté ?

Un aéroplane rugit au-dessus de leurs têtes, plus proche qu'avant, et le flot humain autour de Pinto, Rahela et Lu accéléra l'allure et les entraîna. La roue d'un rickshaw écrasa le pied de Pinto, qui pourtant ne ressentit aucune douleur. Quelqu'un lui piqua le flanc avec une sorte de baguette. Une main lui toucha le torse – un pickpocket peut-être, mais il n'avait pas un sou en poche. Le vacarme des souffles mêlés de la foule, ses jacasseries, ses cris, et tous ces pieds qui avançaient, trottinaient ou raclaient le sol, les halètements de Rahela, les rires de Lu qui se moquait de quelque chose dans le dos de Pinto. L'aéroplane repassa au-dessus d'eux dans des vrombissements stridents. Pinto ne comprenait pas pourquoi ils se bousculaient tous ainsi et pour aller où – où pouvait-il y avoir un abri sûr si la mort tombait du ciel ? Qui a peur du Ciel sera écouté. Personnellement, Pinto n'éprouvait aucune peur. Au royaume des morts, il serait libre. On annonça à un prisonnier :

— Demain, on vous remettra une grosse somme d'argent, et vous serez libéré.

Ce à quoi l'homme répondit :

— Je vous en prie, libérez-moi aujourd'hui, et je ne vous demanderai rien d'autre.

Quand les Japonais avaient lancé leur offensive, Pinto et Lu avaient bien entendu les explosions et les coups de feu, de même que les aéroplanes, mais ils n'avaient vu aucune raison de bouger, ni d'aller où que ce fût ; ils n'avaient pas tort : après quelques pipes, tout était agréable, ailleurs, loin. La guerre s'occupera de tout, avait déclaré Lu. Inutile de prendre des décisions hâtives. Même maintenant, l'aéroplane et son vrombissement étaient fort éloignés, ils évoluaient dans un espace totalement différent, dans ce même monde distant d'où provenaient les bruits du flux humain, des tirs, de l'artillerie et de ce curieux grésillement de chœur qui accompagnait les crépitements des nombreux immeubles dévorés de concert par le feu. Des bulles explosaient en taches rouge et jaune sur les paupières de Pinto, derrière lesquelles tout ce bruit s'épanouissait. Pendant ce temps, dans sa tête, la chanson : Nočes, nočes, buenas nočes, nočes son d'enamorar. Depuis qu'ils avaient quitté la maison de Lu, et au milieu de tout ce raffut, une voix chantait, Nočes, nočes dans sa tête, et cette voix n'était ni celle de Manuči, ni celle d'Osman, ni même la sienne. Allez savoir comment, la chanson se chantait d'elle-même, ce qui la rendait d'autant plus mélodieuse, et Pinto avait bien conscience qu'elle s'arrêterait à la minute même où il pourrait ouvrir les yeux et voir à nouveau. Il eut été préférable que les méchants soient aveugles, car leurs yeux apportent le malheur sur le monde. Rahela n'était pas aveugle, elle le guidait à travers ce chaos, les yeux ouverts. Au royaume des aveugles, le borgne est roi, et cette jeune fille avec ses deux yeux avait été sa fille par le passé. L'avion s'éloigna à nouveau en geignant, puis décrivit une boucle pour revenir vrombir au-dessus d'eux. Komo l'peše en la mar. Rahela tira Pinto derrière un autre coin de rue et, dans l'aventure, la main de Lu lâcha celle de Pinto, et il disparut. Pinto chercha à voir où il était, mais, aveuglé par la lumière, il referma les paupières. Dans sa main, le gratte-dos avait la réalité tangible, solide, d'un sabre. En revanche, il avait perdu le mouchoir. Le Seigneur est lent à la colère.

— Attends ! s'écria Pinto. Où est Lu ?

— Merde ! grommela Rahela.

Depuis qu'elle fréquentait l'école américaine, Rahela parlait anglais avec tout le monde, y compris avec lui. Mais c'était la première fois qu'il l'entendait prononcer cette injure.

— Tu ke dijas ?

— Je vais retrouver Lu, toi, attends-moi là !

Elle le poussa contre le mur d'un bâtiment.

— Ne bouge pas !

— Et j'irais où ? s'exclama Pinto. Il n'y a pas d'autre endroit où être. Il n'y a qu'ici, aujourd'hui et toujours. J'attendrai ici, et c'est tout. Je resterai ici aussi longtemps que je vivrai. Ici même.

Rahela revint sur ses pas et dut jouer des coudes pour avancer parmi le flot de réfugiés. Dans le meilleur des cas, les rues de Hongkou grouillaient de monde, mais la terreur empoissait à présent le flot de fuyards. Rahela appela Lu à grands cris, mais c'était absurde d'imaginer qu'il puisse l'entendre, lui ou n'importe qui d'autre, au milieu de cette folie. Elle envisagea à nouveau de les abandonner tous les deux à leur sort. En bon Américain qu'il était, jamais Henry ne les laisserait fumer de l'opium en sa présence. Pas plus qu'il ne permettrait à un Chinois d'entrer chez lui. Henry planterait là Pinto aussi, s'il le pouvait, si elle l'acceptait ; il ne voulait pas de lui dans leur vie. Elle redoutait le moment où Padri se retrouverait face à Henry – une dispute risquait d'éclater, dont Henry sortirait vainqueur d'une simple pichenette. Elle hurla à nouveau le nom de Lu afin de se libérer de sa tension et de son angoisse.

Planté dans une étroite ruelle, Lu se grattait le cou et s'éventait, pendant que les gens le bousculaient en passant. Le sac avec les accessoires à opium avait disparu. Lu regardait le ciel, où évoluait encore un avion peu de temps auparavant, et hochait la tête, comme s'il avait trouvé la réponse à une question qui le tracassait.

— Allons-y, dit Rahela. On a failli vous perdre.

— Il n'y a rien là-haut, lui fit remarquer Lu.

— C'est bien pour ça, répondit Rahela. Allons-y.

Le mur sur lequel s'appuyait Pinto était chaud et humide ; quand il le toucha, sa surface sableuse s'effrita, il continua donc à le toucher et creusa un trou dedans avec ses doigts jusqu'à ce qu'il atteigne des brins de paille, qu'il extirpa. En même temps, armé du gratte-dos, il se grattait le bout du nez, qui ne cessait de le démanger.

— Regarde-moi, Manuči ! J'arrive à me frotter le bidon d'une main et à tapoter le haut de ma tête de l'autre !

Peut-être Rahela ne reviendrait-elle pas le chercher, peut-être l'avait-elle finalement abandonné, calé comme une pelle contre le mur. Si elle ne revenait pas, il comptait rester sur place jusqu'à ce que tout soit terminé, et peut-être même encore après. Je survivrai à ce monde et j'assisterai à la naissance du prochain. Pour commencer, les murs et les bâtiments de Shanghai se dissoudront, ils se videront tel du sable dans un sablier, et la ville se transformera en désert. Il gratta la cicatrice sur sa joue. Tu ne peux comprendre Mes règles. Le soleil était juste au-dessus de lui et lui brûlait la figure. L'avion aussi était juste au-dessus de lui et n'arrêtait pas de geindre et de piauler. Il y avait quelqu'un dans cet appareil, qui nous regardait de haut et nous voyait une petitesse de fourmis. Va vers la fourmi, paresseux ! Observe son comportement et deviens sage. Lu est perdu au sein d'une fourmilière. Il ne savait pas où Rahela les emmenait. Ça n'avait pas vraiment d'importance. On évolue dans le désespoir, et il n'y a que le désespoir, plus le chandou, si on a de la chance, et les démangeaisons, si on n'en a pas. Il n'avait plus le mouchoir, vestige de l'habit de Dieu. Dans le temps, il avait essayé d'écrire un poème en allemand sur les habits de Dieu. Das Licht ändert die Welt und dennoch bleibt sie gleich, auf ewig warm unter Gottes Gewändern. Il ne se rappelait plus du tout ce qu'il avait voulu dire, ce que ce poème voulait dire, mais il avait les mots en tête, tel le souvenir de quelque chose qui aurait eu lieu dans une précédente incarnation, et il y avait toujours de la lumière dehors, beaucoup de lumière, derrière ses paupières closes. Im Inneren tragen wir das Licht, da wir, wenn wir sterben, zurückgeben der Finsternis.

« Rahela le retrouvera », dit Osman en hochant la tête.

Il était à côté de lui, un pied relevé contre le mur, le fez toujours de guingois, une paille dans la bouche en lieu et place de cigarette, les bras croisés comme quelqu'un qui autrefois aurait bu du boza à petites gorgées, chahuté les passants et reluqué les femmes dans un coin du Čaršija. Osman n'avait pas l'air inquiet. La guerre s'occupait de lui aussi.

— Je ne connais plus rien, déclara Pinto. Je ne la connais plus. Tout à coup, elle est devenue quelqu'un d'autre. Maintenant, elle parle tout le temps anglais.

« Ce n'est encore qu'une enfant. »

— Ce n'est pas ce qu'elle dit. Quand elle a eu seize ans, elle a décrété qu'elle était adulte et indépendante et a décidé de partir avec cet Américain. C'était son prof. Je ne pense pas qu'elle revienne jamais.

« Qu'est-ce que tu racontes ? Elle vient de revenir. »

Quand elle tourna le coin de la rue avec Lu à sa remorque, Rahela s'aperçut que Pinto était en train de parler en bosnien, les yeux fermés, qu'il se cognait le crâne contre le mur et qu'il avait écorché sa cicatrice, dont les bords étaient en sang, comme s'il cherchait à effacer son visage à force de se gratter. Il leva son autre main en l'air et agita le doigt en braillant quelque chose à l'adresse d'une personne qu'elle ne voyait pas.

— À qui tu parles ? lui demanda Rahela.

— Il parle à son amant mort, dans leur langue, lui expliqua Lu. Il fait ça depuis des jours et des jours.

— Tu parles à Osman ? s'enquit Rahela.

— Qu'est-ce que ça peut te faire ? riposta Pinto. Fiche-moi la paix.

Deux ou trois aéroplanes mugissaient à présent dans le ciel au-dessus du Bund et du Huangpu, évoluant d'un côté, de l'autre, comme omniprésents, ce qui était probablement la réalité, puis il y eut une explosion, suivie d'une autre, plus proche, qui ébranla le mur contre lequel Pinto et Osman s'appuyaient.

« Inutile de nous inquiéter, déclara Osman. Il n'arrivera rien de bon. »

— Il n'arrive jamais rien de bon, renchérit Pinto. Mais la guerre s'occupera de tout.

Une fois de plus, il tenta d'ouvrir les yeux et, cette fois, il parvint à les garder ouverts. Il devina le ruissellement des ombres, le gratte-dos revenu dans la main de Lu, les lèvres de Rahela d'un rouge putassier qui flamboyaient au soleil ; son front, ses sourcils qui se rejoignaient au-dessus de son nez, dessinant une mouette en plein vol ou un aéroplane. Ses sourcils étaient splendides, comme elle. Il ne l'avait pas vue depuis l'hiver, depuis qu'elle était partie vivre avec Henry, et elle était à présent une personne différente, plus mûre. Il savait qui elle était, il connaissait tout d'elle, et pourtant c'était une inconnue qui s'exprimait dans une langue étrangère. Elle portait un collier avec la roue du Samsara en pendentif. Il avait trouvé ce galet dans cette fameuse grotte et le lui avait donné. Il ne pourrait jamais lui donner plus. Osman était maintenant accroupi à côté de lui, comme pour se cacher de Rahela et de Lu.

« C'était une enfant quand elle t'a quitté, remarqua Osman. C'est une femme qui est revenue. »

— Allons-y, décréta Rahela en saisissant de nouveau Pinto par le biceps.

Il s'arracha brutalement à son emprise.

— Où est-ce qu'on va ? demanda-t-il.

— On part d'ici. Dans un endroit où tu ne seras pas tué.

— Ne dis pas de bêtises.

Rahela filait devant, fendait la foule afin de ménager un passage pour Pinto et Lu, s'arrêtait de temps à autre pour s'assurer qu'ils la suivaient toujours. Elle portait un pantalon kaki et une chemise d'homme dont elle avait relevé les manches ; le fil de son collier s'était pris dans l'un des boutons de son col. Elle ressemblait à une de ces filles effrontées qu'on voit dans les films américains, tout en mouvements et courage, sûrement pour plaire à Henry. Elle avait brisé le cœur de Pinto. Trop absorbé par leur survie dans la folie de Shanghai, il n'avait pas fait attention à elle, qui avait cessé d'être une gamine sous ses yeux aveugles. Depuis toujours, il ne connaissait rien aux filles, n'avait jamais connu de filles à part

Simha, qui, même d'après les normes des Sefaradim de Sarajevo respectueux de l'Atora, était une grande timide. Il savait à l'époque que sa sœur saignait tous les mois, parce qu'il fallait qu'elle reste à l'écart, mais il n'avait pas la moindre idée de la manière dont tout ça se passait, même après être allé étudier l'anatomie à Vienne, discipline qui s'était résumée à des cadavres et à des mots latins. Simha n'exigeait jamais rien. À en juger par son comportement, elle ne pensait pas avoir le droit d'être elle-même et a fortiori le droit d'aimer et de coucher avec qui elle voulait. Simha vivait pour servir la famille et lui donner des enfants, afin que celle-ci continue à exister dans un monde fait par et pour des hommes, sages ou pas. Mais Rahela n'avait pas de famille. Elle n'avait que Pinto – elle n'avait pas de grands-parents, pas de vieilles tijas ni de vieux teos, pas de cousins plus âgés, personne susceptible de lui parler avec autorité, de la punir, de lui assurer une dot, ni même quelqu'un à qui elle aurait pu se confier ; personne dans son entourage n'avait vécu ce qu'elle vivait. Pinto lui lisait parfois l'Atora, l'obligeait à se rendre à la synagogue Ohel Rachel, alors que lui s'en tenait éloigné le plus possible. À la synagogue, elle entendait dire qu'il fallait qu'elle obéisse à son mari et qu'elle porte autant d'enfants que possible dans son ventre avant qu'il ne s'étiole, comme Manuči l'avait sans aucun doute entendu et, avant elle, sa mère et toutes les autres femmes depuis Sarah. L'abandon, ici à Shanghai, de toutes les lois, règles et coutumes avait de bons côtés, mais il n'y avait aucune autre ville au monde où la solitude était plus oppressante.

Personne à Shanghai n'était originaire de Shanghai, personne ne s'y sentait chez lui, pas même les Chinois qui y étaient nés et y avaient grandi, et ne parlons pas des Shanghailanders ou des scories apatrides comme Pinto lui-même. Le Seigneur a dit : Allons à Shanghai et confondons leurs vies. C'était pour cela que tout le monde vivait dans le présent, ne voyant dans l'avenir que le matériau pour la machinerie du maintenant. Le passé était ailleurs, le présent avait toujours été ces masses de réfugiés sillonnant la ville à la recherche de nourriture, d'un abri, d'un moyen pour ne pas mourir ou d'opium, meilleure option à disposition. Il n'aurait jamais dû venir à Shanghai avec Rahela. Mais il n'y avait eu aucun autre endroit où aller. Ils n'avaient pas de passeports, pas d'argent, pas de pays, rien. Si elle n'était pas entrée à l'école américaine, il n'y aurait pas eu de vraie école. Il y avait des Natasha de son âge qui faisaient le tapin avec l'espoir de décrocher un boulot sûr dans un bordel ou de harponner un riche et vieux protecteur occidental qui prendrait soin d'elles jusqu'à ce qu'une plus jeune se présente et les remplace. En quête d'un Henry Krantz. C'était l'école américaine qui avait mis Rahela entre les sales mains d'Henry. Là-bas, on lui avait appris qu'elle avait droit à sa liberté, que son ambition était de devenir elle-même, que personne n'avait le droit de lui dire ce qu'elle devait faire. Très bien, sauf que c'était Henry Krantz qui lui avait collé tout ça dans le crâne, qui l'avait dégrossie en vue du moment où elle abandonnerait ce père qui n'était pas son père et qui, de ce fait, était dans l'impossibilité de la retenir. Henry avait traînassé à quelques pas de leur shikumen pendant que Pinto et Rahela se hurlaient dessus devant l'auditoire captivé des vieilles voisines russes et chinoises, que Pinto tentait d'arracher à Rahela son sac de vêtements et de l'attraper par les poignets pour la faire rentrer. Faute d'y parvenir, il avait tenté de lui retirer le collier avec la roue du Samsara et elle l'avait giflé, elle l'avait giflé pour de bon, sur sa cicatrice, et sous le choc il était resté pétrifié, lanciné par sa vieille blessure, tandis qu'elle sortait en trombe et s'éloignait avec ce monstre d'Henry Krantz, lequel avait eu la témérité de se retourner et de décocher à Pinto une grimace d'impuissance feinte. Quand Pinto alla trouver la police municipale, on lui rit au nez – la ville regorgeait de jeunettes de seize ans qui couchaient avec des bonshommes, lui dit-on, et pour les retrouver, il aurait fallu une armée et, au bout du compte, l'armée aurait gardé les filles pour elle. De plus, Pinto n'avait aucun papier prouvant sa paternité, et le type des renseignements, un rustre en civil, laissa entendre avec son accent australien que Rahela était en fait la poupée de Pinto, que ce dernier était tout simplement jaloux qu'elle ait mis le grappin sur un riche Américain, mais qu'il pouvait facilement se dénicher une autre nana, plus jeune, une vierge peut-être même, sans problème. Tout le monde, dans la police municipale, connaissait Henry, ajouta l'Australien, et lui connaissait tout le monde aux renseignements. Henry était un mec bien.

— Oh, Seigneur ! s'écria Rahela.

— Le Seigneur n'a rien à voir là-dedans, rétorqua Pinto. Cela dit, pour être franc, tout ça, c'est de Son fait.

Quatre têtes étaient fichées au bout de longues piques, bouches ouvertes, comme si elles allaient pousser la chansonnette, visages boursouflés par les coups et la mort, yeux figés dans une molle stupeur. Au bout de leurs cous, crantés par une croûte de sang séché, des nuées de mouches s'élevaient, puis se reposaient dans des bourdonnements fébriles. Rahela se tourna vers Pinto, l'air de vouloir lui demander une explication, mais lui, les yeux ternis par une torpeur opiacée, fixait les têtes en se grattant lentement le dos. Noĉes, noĉes, buenas noĉes, reprit la chanson sous son crâne. Des signes inintelligibles étaient cloués aux piques. Des espions japonais, lui expliqua Lu en agitant son éventail rose. Au pied de tout ça, un soldat chinois, le visage marqué d'une estafilade toute fraîche et sanguinolente, ne cessait de menacer et de brutaliser les réfugiés avec son fusil, comme s'il protégeait les piques aux têtes. Pinto émergea soudain de son hébétement et poussa Rahela en avant pour qu'elle se remette en marche, ce qu'elle fit sans détacher le regard des bouches béantes.

Mais lorsque Pinto voulut s'assurer que Lu les suivait bien, le soldat au visage balafré était en train de charger ce dernier, qui n'avait rien vu venir, et lui enfonçait son fusil dans le cou. Lu s'effondra à la manière d'un sac vide. Le soldat le frappa à la tête avec la crosse de son fusil, le crâne de Lu relâcha un flot de sang, puis se fendit comme une pastèque, tandis que l'autre s'acharnait. Et tout à coup, Lu fut mort. Ce n'est pas vrai, songea Pinto. Ce n'est pas possible que ce soit vrai. Les gens autour du corps de Lu s'arrêtèrent pour examiner le crâne écrasé, pour eux, c'était on ne peut plus vrai. Ce devait l'être, donc, même si aucun des curieux ne paraissait surpris le moins du monde. Quelques chiens se faufilèrent entre les jambes des badauds comme pour voir le mort de plus près. Le soldat haletait et, de son estafilade, une traînée rougeâtre coulait à présent vers son menton. Rahela, les yeux écarquillés par l'incrédulité, eut un violent haut-le-cœur, puis elle hurla comme jamais Pinto ne l'avait entendue hurler. Le sang qui s'écoulait du crâne de Lu ne tarda pas à circonscrire l'éventail rose qu'il tenait encore à la main. Pinto ne pouvait voir ses yeux, parce qu'il avait le visage plaqué contre le sol, mais Lu avait dû être surpris. La mort est surprenante. Un groupe d'hommes, armés d'un pistolet pour certains, accoururent vers le soldat afin de voir comment il allait – l'un d'eux évalua sa joue –, et ils entamèrent un échange animé tout en pointant du doigt la dépouille de Lu. Puis ils tombèrent plus ou moins d'accord. De son côté, Rahela hurlait encore. Un ruisselet de sang avançait droit sur Pinto, comme s'il savait où le trouver. Ce n'est pas vrai, songeait Pinto, mais ça se reproduira n'importe quand. Il se tenait à l'horizon que le sang tentait d'atteindre, avec à la main un gratte-dos qu'il serrait comme un sabre. Le mouchoir était perdu. Les hommes saisirent le corps par les chevilles et le tirèrent vers les piques en laissant derrière eux une trace sanguinolente mêlée de matière cérébrale, tandis que les vêtements de Lu glissaient en tous sens sur ses hanches. Un chien se fraya un passage entre les badauds afin de lécher le sang par terre et quelqu'un le repoussa d'un coup de pied. Un homme braqua son pistolet sur Pinto et Rahela, puis tous avancèrent sur eux.

Rahela fut la première à réagir, elle attrapa la main de Pinto avec autorité et ils s'enfuirent à toutes jambes. Elle écarta les gens, leur rentra dedans, renversa un gamin, obligeant Pinto à sauter par-dessus le petit, se faufila entre une voiture et un rickshaw qu'elle n'avait pas vu venir, passa devant un autre groupe de soldats, totalement indifférents à cette course-poursuite. La foule se referma sur eux comme une nappe d'eau, obligeant leurs poursuivants à la fendre à leur tour, du moins dans l'imaginaire de Pinto. Rahela était le moteur de leur fuite, elle repérait les fissures dans les remparts mouvants que formaient les gens ; sans elle, il se serait juste arrêté là et se serait assis pour pleurer jusqu'à ce que les chasseurs d'espions l'épinglent lui aussi et lui brisent le crâne. Puis le Seigneur dit à Moïse : Étends ta main sur la mer, que les eaux refluent sur les Égyptiens, leurs chars et leurs cavaliers. Si un homme meurt le visage tourné vers le ciel, c'est un bon présage pour lui ; si son visage est tourné vers le sol, c'est un mauvais présage pour lui. Si son crâne est écrasé, c'est un mauvais présage pour lui ; si on l'évacue par les pieds, c'est un mauvais présage pour lui. Si personne ne sait où son cadavre finira, c'est un mauvais présage pour lui. La gran eskuridad est un mauvais présage pour lui.

La rivière de Suzhou était rouge de sang et encombrée de cadavres de soldats, de chiens et de bétail. Quant à l'accès au pont, il était bloqué par la foule massée au poste de contrôle de la police municipale. Dans sa fuite, Pinto avait perdu le gratte-dos ; il s'était aperçu qu'il l'avait lâché et avait envisagé de s'arrêter, mais Rahela et lui étaient déjà loin. Il porta la main à son visage et constata qu'il était mouillé ; c'est en découvrant le goût salé de cette eau qu'il se rendit compte qu'il pleurait. Ce gratte-dos était le gratte-dos de Lu. Allongés côte à côte, ils s'étaient gratté le dos tour à tour. Je demande au Tout-Puissant de combler mes pertes. Le soldat a fracassé le crâne de Lu, la matière de son cerveau s'est répandue par terre où elle a laissé des traces quand ils ont enlevé son corps. Lu ne savait pas qu'il était mort, ni que son cerveau poissait à présent les pieds des réfugiés déjà couverts de crasse shanghaïenne. Plus salées que la sueur, les larmes roulaient dans la bouche de Pinto. En la présence de Celui qui est partout, il ne peut y avoir de peine. Rahela lui reprit le bras et le poussa devant elle, mais il ne chercha pas à se dérober et fendit la foule dense. On aurait cru que Rahela pleurait, elle aussi. Il n'y avait pas un souffle d'air, ne régnaient que puanteur et humidité, et Pinto haletait et hoquetait sous le coup des nausées. Une petite fille agrippée à l'épaule d'un homme qui la portait sur son dos le regarda d'un air terrifié, les yeux énormes, sans doute était-elle affamée. Un jour, cette même petite fille entraînera peut-être son père dans une fuite désespérée. Jardin et jardinier partagent le même sort.

— Où on va ? demanda Pinto à Rahela.

— Avance et c'est tout, lui répondit-elle. Il faut qu'on dégage de là. Il faut qu'on traverse le pont.

— Je n'ai pas de papiers, poursuivit Pinto. J'ai perdu le gratte-dos. J'ai perdu le mouchoir. Je n'ai rien.

— Tu n'as besoin de rien. Avance et c'est tout.

Osman ouvrait désormais la marche devant Pinto et Rahela, comme s'il traversait un champ de maïs, et il chantait. Sur son cou, deux parallèles de petits cheveux remontaient vers l'épaisseur du bourrelet de chair séparant sa nuque de son fez. À Shanghai, seul Osman portait le fez, mais personne à Shanghai ne le savait.

Bejturan se uz ružu savija
Vilu ljubi Đjerzelez Alija

Il avait une voix sonore, mais essoufflée, parce qu'il lui fallait faire des efforts pour avancer, et néanmoins elle en était d'autant plus belle.

Vilu ljubi svu noć na konaku
Po mjesecu i mutnu oblaku.

— Tu peux arrêter de hurler ? demanda Rahela.
— Je ne hurle pas.

La foule était immobilisée derrière une barricade où se déployait un rang de Volontaires de la force municipale, fusil contre le torse, prêts à passer à l'action. Des policiers en civil contrôlaient les papiers d'identité et laissaient passer les gens ou les rembarraient. Les Volontaires avaient l'air furieux, à l'exception d'un gamin rougeaud en face duquel Pinto finit par atterrir. Il avait manifestement peur, car il dardait ses yeux bleus dans toutes les directions, comme s'il cherchait une échappatoire ; c'est tout juste si la lanière de son casque ne l'étranglait pas. Une femme, refoulée par les officiers, leur hurla dessus jusqu'à ce que l'un d'eux la repousse brutalement dans la foule ; elle recula en vacillant, tomba sur les fesses, puis resta là à pleurer. En la présence de Celui qui est partout, il ne peut y avoir de peine, à moins qu'Il ne soit partout absent.

— Reste près de moi, dit Rahela. On va passer par ici.

Elle se dirigea vers les policiers d'un pas résolu, Pinto cramponné à sa main à la manière d'un enfant. Derrière le rang de la police municipale, elle aperçut Henry, vêtu d'une chemise blanche et d'une veste bleu pâle ornée d'une pochette jaune, aussi fringant que s'il allait assister à une course de poneys. Il scrutait la foule et, quand il localisa Rahela, son visage sans une goutte de sueur s'éclaira, un grand sourire fleurit sur ses lèvres et, devant cette manifestation d'amour, Rahela lui fit signe de la main. Henry se fraya un chemin jusqu'aux agents de la police municipale qui s'écartèrent et il franchit la barricade pour serrer Rahela dans ses bras. Ils demeurèrent étroitement enlacés un long moment, durant lequel Henry repéra Pinto.

Ce que Pinto lut dans le regard de Henry, ce ne fut ni du soulagement ni de l'amour pour Rahela, mais quelque chose de froid et d'un égoïsme brutal ; c'étaient là les yeux du Henry jadis assis à côté de sa jeune épouse morte et aujourd'hui habillé comme s'il allait à une course de poneys. Pourtant, lorsqu'ils se désenlacèrent et que Rahela se tourna pour reprendre la main de Pinto, celui-ci lut la joie et l'amour sur le visage de sa fille. Elle l'aimait, elle aimait ce monstre, et il ne pouvait rien y faire. Il avait imaginé la tirer par les cheveux pour la ramener de force à la maison et l'y enfermer, mais il comprenait maintenant que ça ne l'empêcherait pas de repartir. Henry avait une emprise totale sur elle.

L'Américain discuta avec les agents qui jetèrent un coup d'œil à Rahela et Pinto, puis s'écartèrent pour les laisser passer sans même leur demander de papiers. Pinto, résistant à Rahela, dégagea son bras encore une fois. Lu était mort et, avec lui, toute cette poésie classique, ces mains de magicien, ce sourire langoureux. Il va falloir que je pleure Lu, que je me frappe la poitrine. Lorsqu'on verse des larmes sur un juste, le Seigneur les compte et les conserve dans Son trésor. Derrière lui, la foule poussait, et là encore il résista jusqu'à ce qu'Henry l'attrape par l'épaule et l'oblige à franchir le rang des Volontaires de la force municipale.

Henry Krantz était un espion, mais pas un espion de grande envergure, note Moser-Ethering avec ironie dans *Un diable étranger en Asie*. Trop tête en l'air, trop dépravé, trop compromettant en raison de son penchant pour les toutes jeunes filles, trop porté à prendre ses désirs pour des réalités et à jouer d'arrogance, il illustrait parfaitement ce à quoi on pouvait s'attendre de la part d'un Américain. Après que sa femme avait trouvé la mort en 1932 dans un événement atroce que Moser décrit dans le chapitre intitulé « L'Épreuve du feu », Henry avait décidé de ne pas quitter Shanghai et de renoncer au poste qu'il aurait dû assumer dans le cabinet d'avocats de son père à Philadelphie. Au début, il donna l'impression d'être resté pour surmonter son deuil, mais il eut tôt fait de mener grande vie, assistant à des réceptions, fréquentant divers clubs, ne ratant aucune course de poneys, aucun match de boxe. Il charma Mme Harriet Wexman (peut-être même sut-il lui plaire de quelque autre manière), laquelle faisait partie du conseil d'administration de l'école américaine, et obtint ainsi un poste de professeur d'anglais et de littérature. Hormis les lectures qui lui avaient été imposées à Princeton, ce n'était pas un spécialiste en la matière, qu'il n'appréciait d'ailleurs pas outre mesure, mais il connaissait son Shakespeare de base et des bribes de Shelley et de Keats. Te comparerai-je à un jour d'été ? récitait-il avec son accent américain à ses étudiantes enamourées, dont certaines écrivaient à leur tour leurs propres poèmes sur lui, sa mèche rebelle sur son front, son sourire étincelant, son charme solaire, s'étendant moins sur ses tripotages et sa main qui remontait sous leurs jupes lorsqu'elles s'attardaient pour discuter poésie une fois la classe terminée. Moser-Ethering affirme avoir remarqué dès le début de leur longue amitié que la simplicité et le charisme dont Krantz arrosait tout un chacun, associés à son énergie lubrique, avaient de fortes chances de l'aider dans sa collecte de renseignements. Les pères de nombre d'élèves de l'école américaine détenaient nombre d'informations utiles. Même Borodine, l'homme de Staline en Chine, y envoyait ses enfants, quoique sous le patronyme de Gruzenberg. Moser eut la bonne idée de mettre certains des enfants de ses sources dans les classes de ceux de Borodine, afin qu'ils soutirent subrepticement des indications potentiellement intéressantes aux jeunes Gruzenberg. Henry enseignait la littérature aux deux fils Gruzenberg et leur donnait, sous la férule de Moser, des devoirs écrits qui rapportaient bel et bien indices et renseignements.

Mais Henry n'avait rien d'un véritable espion, car, en vertu de son américanité, il avait en effet énormément de mal à se retenir de cavaler après son bonheur personnel et ses petits et grands plaisirs. Il était incapable de se remettre en question, la compréhension de soi lui était totalement étrangère, écrit Moser, et il ne cessait de se ruer vers un avenir auquel il estimait avoir pleinement droit, et ce, sans contestation possible. Coucher avec ses élèves les plus précoces avant que la maternité ne les abîme lui importait donc bien plus que de stopper la progression du communisme en Asie du Sud-Est et dans le monde. Les rumeurs ne tardèrent pas à le suivre comme son ombre, mais on était à Shanghai où tout le monde traînait derrière soi plusieurs ombres plus ou moins noires. Henry continua à exercer à l'école américaine plus longtemps qu'on ne l'aurait pensé, grâce à son influence sur Mme Wexman, c'est indéniable, mais du jour où il se mit en ménage avec une de ses élèves, dont Moser ne divulgue jamais l'identité dans son livre, l'établissement se vit contraint de chercher un enseignant moins tenté de comparer ses élèves à des jours d'été et moins prompt à caresser le velours de leurs cuisses.

Tout au long de ses récits de voyage, Moser a soutenu avoir toujours respecté un des principes du travail d'espionnage consistant à faire montre de loyauté envers ses sources. Il se comportait toujours bien, affirmait-il, avec les gens qui se comportaient bien avec lui. Quand la sanglante guerre de 1937 s'abattit sur les quartiers chinois de Shanghai, que la situation parut devoir s'étendre aux concessions étrangères et que des centaines de citoyens britanniques furent évacués par bateau, Moser veilla à ce que les personnes qui avaient travaillé pour lui ne soient pas oubliées. À ses yeux, la loyauté envers les sources illustrait non seulement la noblesse d'âme caractéristique de la seule Grande-Bretagne, mais relevait aussi du pragmatisme. Dans le chapitre sur la guerre de 1937 à Shanghai, intitulé « Le Début de la fin », il saute quelques décennies pour nous raconter la conversation qu'il eut avec Henry Krantz à Saïgon autour de quelques verres au Continental Shelf.

— Non seulement vous m'avez sauvé la vie, lui sortirait tout à trac un Henry éméché et affublé du vilain postiche, mais vous en avez changé le cours.

Chargé de deux valises, Henry poussait ou faisait tomber tous ceux qui se mettaient en travers de son chemin. Il avançait à grandes enjambées et Rahela, sur ses talons, tirait Pinto, qui résistait comme un enfant grognon. L'*Empress of Asia* allait appareiller, avait dit Henry, et il fallait qu'ils embarquent avant qu'on ait remonté la passerelle. Or, ce qu'il fallait en réalité à Pinto, c'était une autre pipe, car il arrivait à ce stade horrible où l'esprit se désembrume sans devenir moins flou pour autant, où la fatigue s'empare des membres et où les démangeaisons accaparent l'ensemble du corps telle une armée de fourmis rageuses et voraces. Henry était certain que, tôt ou tard, les Japonais envahiraient la concession internationale et la concession française, si bien que tous trois allaient embarquer sur un navire britannique à destination de Hongkong, pour lequel ils avaient les permis ô combien difficiles à obtenir. Pinto avait compris qu'Henry n'avait aucune envie qu'il vienne avec eux, que c'était Rahela qui avait insisté. Personnellement, il n'avait ni envie de partir ni envie que Rahela s'en aille. Ce qu'il voulait, c'était qu'Henry parte et ne revienne jamais. Et lui, il voulait s'allonger avec une pipe et l'écouter babiller. Dieu n'a besoin de rien, c'est moi qui ai besoin de Lui.

Rahela percevait la moiteur de la main de Padri dans la sienne, le poisseux de l'opium exsudant de sa peau. Ses doigts mous et frêles faisaient penser à des saucisses crues. Elle l'entraînait de plus belle chaque fois qu'il ralentissait l'allure, et lui ne voulait pas les suivre, même s'il était tout à fait possible qu'il soit trop drogué pour comprendre où ils allaient. Henry écartait les gens en les matraquant avec ses valises. Rahela l'aimait pour bien des choses : sa beauté et son intelligence, son corps et son expérience, son brûlant besoin d'être apprécié et son amour de la vie – mais surtout elle l'aimait parce qu'il la faisait rire, qu'il lui donnait le sentiment de compter, pour lui, pour le monde. Il l'écoutait ; il voulait en savoir plus sur elle, son corps, sa vie, ses espoirs et ses rêves. Il croyait en elle, en son ambition et ses projets, même s'ils changeaient constamment. Pourtant, à certains moments, elle devinait, derrière ses paupières, des pensées dont il ne lui parlerait jamais, d'autres vies auxquelles elle n'aurait jamais accès – elle se rendait compte qu'il avait moins besoin d'elle qu'elle de lui, et la peur se répercutait dans tout son corps à l'idée que Padri avait peut-être raison. À certains moments, les mâchoires serrées d'Henry et un creux entre ses sourcils qui se rejoignaient presque reflétaient un type de détermination qui la terrifiait. C'était précisément cette détermination qui le poussait à fendre la foule et à obliger les gens à s'écarter en leur assénant des coups de valise. Il était résolu à vivre, à être le dernier homme vivant si nécessaire ; si elle restait trop à la traîne, il continuerait sans elle et voilà tout. Elle pressa le pas et tira d'un coup sec sur la main de Padri pour qu'il avance.

Pinto trébucha sur un nid-de-poule, se tordit la cheville, tomba et lâcha Rahela en tentant de se rattraper. Il se salit la main sur la chaussée souillée et nauséabonde, s'égratigna aussi et s'aperçut qu'il saignait un peu. Des pieds et des jambes le dépassèrent précipitamment, un seau le heurta à la tête. La douleur avait tout du feu et de la glace mélangés, mais elle appartenait à un autre que lui. Je vais rester ici jusqu'à ce que je sois en état de quitter ce merdier. Cet endroit me paraît tout à fait bien pour arrêter de vivre. Pleure pour l'endeuillé au désespoir, pas pour l'âme prête à rejoindre la gran eskuridad.

« Il faut que tu te lèves », dit Osman en s'accroupissant à côté de lui.

— Non.

« Ils vont rater le bateau. »

— Quel bateau ? Je m'en moque.

« Tu veux qu'elle reste ici jusqu'à la fin de la guerre ? Ça pourrait durer des années. »

— La guerre ne lui fera pas plus de mal qu'Henry et sans doute moins, d'ailleurs. Probablement meilleure. La guerre s'occupera de tout.

« Indépendamment de ce que peut être Henry, il fera en sorte qu'elle ne soit pas tuée. »

— Tu ne connais rien d'Henry. Les femmes d'Henry meurent. Que tu vives, que tu meures, Henry n'en a rien à faire. Il ne vit que pour lui.

Exaspéré, Henry posa ses valises pour jeter un coup d'œil sur la cheville de Pinto, comme s'il y pouvait quelque chose, ce qui n'était pas le cas, puis souleva ce dernier de terre en dépit de son manque de coopération. Pinto était totalement incapable de s'appuyer sur son pied droit.

— Lâchez-moi, dit-il en se tortillant.

Mais Henry l'ignora. Rahela se pencha vers les valises et Pinto vit le collier pendouiller comme un nœud coulant autour de son cou. Elle se saisit des bagages, tandis qu'Henry prenait Pinto par la taille, calait son épaule sous son aisselle et l'entraînait. Son eau de Cologne, sa brillantine et ses vêtements propres soulevèrent le cœur de Pinto. Henry avait une poigne solide, et lui était trop léger pour freiner sa course vers l'*Empress of Asia* ou autre chose. Jamais dans sa vie Pinto n'avait autant détesté quelqu'un, et il se tortillait et gigotait en pure perte, tandis que la douleur de sa haine coulait à présent vers sa cheville. La haine de ses semblables abrège la vie d'un homme, ce qui personnellement me va très bien. Voyons si je peux le détester à mort.

Le bateau grouillait de monde, femmes et enfants penchés par-dessus le bastingage pour saluer de la main le cordon des proches sur le quai. Les moteurs ronflaient déjà bruyamment, la fumée sortait de la cheminée et le vacarme des adieux et des derniers mots était insupportable. Il n'y a qu'une façon de se dire adieu, c'est le silence. Les nations du monde s'apparentent à un navire, voile venue de tel endroit, mât de tel autre, moteur tonitruant de celui qui a besoin de sa puissance pour la guerre. Des marins armés gardaient l'accès à la passerelle et repoussaient les bandes de désespérés en les menaçant de leurs fusils. Tout ça faisait un énorme raffut, telle une explosion qui se développerait insidieusement, et Pinto eut envie de se boucher les oreilles, mais il était prisonnier de la poigne d'Henry. Il ne voyait pas où ils allaient, alors que l'Américain avait manifestement un but et savait très bien comment y parvenir. Pinto avait soif, il avait la bouche desséchée, la tête emplie d'une sourde douleur et sa cheville l'élançait. Une pipe aurait sans doute réglé tout ça. Si Henry et Rahela l'obligeaient à monter à bord de ce bateau, il serait contraint de passer pas mal de jours sans opium, et ce serait un enfer. De nombreuses fois déjà, il avait essayé de décrocher et n'avait jamais tenu plus de deux jours, ça ne durait que jusqu'au moment où il voyait clairement qu'il mourrait s'il ne recommençait pas à fumer. Alors, il recommençait et se détestait de ne pas être mort, d'être un lâche qui voulait vivre, ne serait-ce que pour fumer davantage d'opium. Il se débattit à nouveau sous la poigne d'Henry, faiblement. Après le départ de Rahela, il avait voulu mettre fin à ses jours, et avait compris qu'il valait bien mieux se tuer en fumant plutôt que de s'abstenir jusqu'à sa mort. Il ne survivrait pas à ce voyage à Hongkong et n'avait pas envie qu'Henry soit le dernier homme qu'il voie sur Terre. Et même s'il parvenait à tenir, il ne savait pas trop quand et comment il serait en mesure de fumer à nouveau ; Rahela et Henry ne le lâcheraient pas d'une semelle, et il mourrait d'une façon ou d'une autre. Elle lui avait souvent dit qu'elle ne voulait pas d'un père opiomane. Il n'était pas son père. Une chance.

« Mais elle est revenue pour toi », dit Osman.

— Elle est revenue parce qu'elle se sentait coupable.

« Elle t'aime. »

— Elle m'aimait quand elle avait besoin de moi. À présent, je suis un fardeau, et elle aime Henry. Il l'a protégée du soleil, ta fichue gamine.

Rahela posa les valises et Henry finit par relâcher Pinto afin qu'il s'asseye sur un des bagages. Sa cheville enflée élançait le corps d'un autre.

— Attendez ici, dit Henry qui s'avança vers le pied de la passerelle.

— On a réussi ! s'écria Rahela.

— Moi non, répliqua Pinto. Je ne veux pas avoir réussi.

— Écoute, Padri, je suis désolée pour tout, insista Rahela. Je sais que tu penses que je suis stupide, que j'ai perdu la raison, qu'Henry m'a séduite et qu'il a profité de moi. Je sais que tu veux me protéger. Mais j'ai choisi. Même si j'ai tort, c'est mon choix.

— Tu es une enfant. D'où je viens, tu n'aurais pas le droit d'être seule dans une pièce avec un homme tant que tu ne serais pas mariée avec lui.

— Nous ne sommes pas là d'où tu viens. D'où tu viens, on m'aurait mariée à seize ans.

« Elle a raison », déclara Osman.

— Tu es ma seule famille sur Terre, ajouta Rahela. Je ne veux pas vivre sans toi. On va à Hongkong ensemble, comme une famille.

— Henry n'est pas ma famille et il ne le sera jamais. J'étais à côté de lui dans la voiture quand sa femme est morte. J'ai vu de quoi il était fait, à quel point il était stupide, dur et imprudent. Il va te détruire. Il est irresponsable et égoïste et il t'abandonnera dès qu'il se lassera de toi.

— Raison de plus pour que tu viennes avec moi.

— Je ne suis pas ta famille. Je ne suis pas ton père. Ton père, c'était Osman. Et on est tous les deux morts.

— Je t'en prie, arrête de dire des choses pareilles.

— Tu es issue de ses reins.

— Les reins n'ont aucune importance. C'est toi, mon père. Et tu n'es pas mort. J'ai besoin de toi, vivant.

— D'une manière ou d'une autre, tu vas vivre sans père.

Henry revint, accompagné de Moser, qui s'aidait d'une canne. Il portait une veste en tweed et un chapeau mou malgré la chaleur. Il n'y avait pas une goutte de sueur sur son visage, on aurait cru un cadavre.

— J'ai une mauvaise nouvelle, déclara Moser. Seuls deux d'entre vous peuvent monter à bord.

— Que voulez-vous dire ? s'exclama Rahela.

— Tu vois ? s'écria Pinto. Je ne pars pas.

— Le troisième permis pour embarquer a été annulé et attribué à quelqu'un d'autre. Quelqu'un s'est fait graisser la patte copieusement. Il ne reste plus une place à bord de l'*Empress*. Je ne peux rien faire.

— Très bien, décréta Rahela. On attendra le prochain bateau.

— Il n'y aura peut-être pas de prochain bateau, rétorqua Henry. Et quand bien même il y en aurait, nos permis ne sont valables que pour l'*Empress*.

Pinto comprit qu'Henry avait cédé le troisième billet pour qu'il ne puisse pas les accompagner, mais il n'avait pas l'intention de faire le moindre commentaire à ce sujet.

« Parmi Ses signes sont les vaisseaux, dit Osman, à travers la mer, semblables à des montagnes : s'Il le voulait, Il abattrait le vent et immobiliserait les vaisseaux à la surface de l'océan. »

— Alors, on reste ici, déclara Rahela.

— Non, répondit Henry.

— Non, insista Pinto. De toute façon, je ne veux aller nulle part avec toi, pas avec cette ordure. Il n'y a pas de place pour moi dans le monde d'Henry.

— Tu viens. Je ne te laisse pas ici.

— Je suis vieux, marmonna Pinto. Je n'en peux plus. Je serais un boulet pour toi. Je vais rester. Et plus tard peut-être, quand tu seras installée et que cette folie se sera apaisée, tu pourras revenir me chercher.

— Absolument pas. Je ne te laisse pas.

— Il n'y a pas de place pour moi là où tu penses aller, poursuivit Pinto. Je t'en prie, vas-y.

— Non, dit Rahela. Jamais.

Shanghai, 1949

L'écho du moteur dans la carlingue vide escamotait tous les autres bruits. Ce devait être ce qu'on ressentait quand on tombait au fond d'un cours d'eau, se dit Rahela, avec en prime la pression dans la poitrine et la douleur perçante dans les oreilles. À travers le hublot crasseux, elle aperçut les contours du Bund au loin et fut surprise de constater qu'il existait bel et bien, que son esprit n'avait pas inventé des souvenirs fictifs – la brutale solidité géométrique du Bund était indéniable et éternelle. Depuis qu'elle avait quitté Shanghai, la vie qu'elle y avait menée avait pris la forme d'une histoire qu'elle aurait montée de toutes pièces et dont il fallait qu'elle simule la réalité en s'attendant toujours à ce qu'on doute de ses dires. Henry, en bon Américain épris de vérité, l'écoutait raconter la traversée de la Chine, de Kachgar à Shanghai sur le dos de Padri, avec un sourire empreint de scepticisme ironique, ce qui n'aidait guère. Et pour ses histoires shanghaïennes, il ne confirmait jamais ni ne niait ce qu'elle confiait aux autres, il la laissait s'empêtrer dans tous les épisodes délicats et dans toutes les incohérences, qu'il était toujours prompt à dénoncer, jusqu'au moment où elle-même en venait à s'interroger sur l'invraisemblance inhérente à toutes les histoires qu'on répète. Il lui fallut un certain temps pour comprendre que c'était la manière dont Henry la contrôlait, dont il défendait la supériorité qu'il revendiquait et dont il endossait un rôle d'homme fiable et sérieux responsable d'une enfant. Dans sa nouvelle vie, personne, à part Henry, ne savait qui elle avait été à Shanghai. De même que personne, à part Padri Rafo, ne savait qui Rahela avait été avant Shanghai. Tout ce dont elle gardait le souvenir, c'étaient les histoires que Padri lui avait racontées, or, elle n'était pas toujours capable de croire à leur réalité – elles ressemblaient à d'épouvantables contes de fées qu'il avait été contraint de lui confier, parce que lui-même ne parvenait jamais à émerger du long cauchemar qui leur avait servi de cadre.

Les histoires que Rahela avait aimé écouter parlaient de Sarajevo, de Tija Simha et Manuči, de leurs voisins curieux et amusants, de Binjoki le vaurien, du jour où Padri et toute sa famille étaient allés voir le premier tramway hippomobile de Sarajevo et où il s'était perdu dans la foule et n'avait retrouvé le chemin du quartier juif dans les collines que tard le soir. Et quand enfin il avait réussi à rentrer, Manuči l'avait battu avec une louche en bois, puis l'avait laissé se gaver de baklava. Il avait été battu comme plâtre, mais avait mangé le meilleur baklava de sa vie. Il y avait aussi des histoires sur Osman, toujours gentil, superbe et courageux. Le récit de leur fuite de Tachkent, du baroud d'honneur d'Osman parti affronter les infâmes bolcheviks afin de permettre à sa mère et à Padri de prendre le large. Tout ce qu'elle savait sur Osman lui venait des histoires de Padri, qu'il avait peut-être inventées de toutes pièces. Osman était son vrai père, lui avait dit Padri, et si lui avait pris soin d'elle, c'était par amour pour Osman. Peut-être lui avait-il confié cela juste pour lui faire de la peine, mais ce qu'elle ne lui avait jamais dit, c'est qu'elle-même s'était imaginé qu'Osman était son père – cet homme intelligent, superbe et courageux, si différent de l'inconnu solitaire, mélancolique, opiomane et fragile, qui avait pris soin d'elle pendant si longtemps. L'homme qu'elle n'avait compris et apprécié que trop tard, une fois à Hongkong.

L'avion survola le Yangtsé à basse altitude, puis une usine dont les terrains grouillaient de soldats en uniforme kaki, multitudes guerrières au milieu de camions et de canons. C'étaient les troupes communistes et, de toute évidence, elles n'auraient eu aucun mal à abattre l'avion qui vrombissait au-dessus de leurs têtes. Subitement, Rahela visualisa l'appareil en train de prendre feu, de piquer dans un bruit infernal vers le fleuve où il s'enfonçait et sombrait, l'eau s'engouffrant par les hublots, les trous et les fissures. Attachés à la paroi de la carlingue, son enfant et elle disparaîtraient dans la pénombre bourbeuse. Ça réglerait pas mal de problèmes. Et sans témoins.

Mais les communistes ne tirèrent pas et l'avion atterrit sur le tarmac, puis roula à pleine vitesse vers les bâtiments de l'aéroport. Lorsque la porte de la cabine s'ouvrit, le soleil aveugla Rahela, laquelle entraperçut à l'extérieur des silhouettes qui se révélèrent être des soldats américains, armes au poing, visages obscurcis par la solide visière de leurs casques. Quand ses yeux se furent accoutumés à la luminosité, elle vit un homme souriant, lumineux, en costume sombre et cravate, lui faire signe.

— Tu reconnaîtras Jack, lui avait dit Henry, il est lumineux. Sa peau reflète la lumière différemment. C'était l'homme le plus blanc de Princeton, ce doit donc être l'homme le plus blanc qui soit au monde. S'il décidait de quitter le corps diplomatique, il pourrait devenir vedette de cinéma. La caméra l'adorerait.

Plus loin, derrière le Jack resplendissant, il y avait une foule de gens chargés de valises, de paquets et de gamins braillards, prêts à monter dans l'avion et à fuir avant que les communistes ne conquièrent la ville. On aurait juré qu'un nuage de désolation pesait sur les réfugiés aux visages blafards et empreints de cet espoir éperdu qu'elle avait déjà vu en 1937. C'était comme si les gens qui autrefois avaient tenté de quitter la ville avaient été transférés des berges du fleuve à l'aéroport Lunghwa en charriant les mêmes valises et les mêmes enfants.

— Ce n'est plus qu'une question de jours, lui avait expliqué Henry, d'ici à ce que Shanghai tombe. Jack me doit de l'argent, mais il me doit aussi une faveur, et il s'empressera de te venir en aide. Mais il n'est pas garanti qu'il pourra t'exfiltrer quand les Rouges auront pris le pouvoir, ni qu'il pourra te protéger une fois qu'ils seront sur place. Lui-même sera peut-être obligé de filer. Donc, si tu y vas, tu pourrais avoir à te débrouiller toute seule. Bonne chance !

Elle se sentait en effet très seule maintenant qu'elle descendait l'étroit escalier en veillant à ne pas trébucher, les deux pilotes derrière elle. Ils ne lui avaient pas adressé la parole ni avant, ni durant, ni après le vol, pas même quand ils avaient pointé du doigt un seau fixé à la paroi à laquelle elle-même était attachée. Lorsqu'elle avait demandé à quoi il servait, l'un des pilotes avait fait mine de dégobiller dedans et s'était gondolé. Elle dégobillerait dans le fameux seau un peu plus tard ; lorsque l'avion avait décroché dans une turbulence, le vomi avait éclaboussé le sol et les pieds de Rahela ; elle avait cru mourir et avait dégobillé un peu plus, par terre cette fois-ci. Rien à voir avec les honnêtes vomissements de son début de grossesse – dans l'avion, elle s'était carrément vidée.

Dès que les pilotes eurent descendu l'escalier, les soldats en casque blanc se ruèrent dans l'appareil, comme pour arrêter ou éliminer quelqu'un, sinon qu'il ne restait plus à l'intérieur que quelques valises en cuir, des caisses en bois et le vomi de Rahela. Sous ses pieds, le tarmac était brûlant. On n'était qu'au mois de mai, et pourtant elle s'engagea droit dans la chaleur familière – cette soupe claire où l'humidité imprégnée d'une puanteur de marais, de sueur et de paille brûlée ne vous lâchait pas. Elle l'avait oubliée ; à présent, elle la submergeait comme une vague et, saisie d'angoisse, Rahela suffoqua. À cet instant, elle eut l'impression d'avoir rêvé la vie qu'elle avait menée durant les douze années qui s'étaient écoulées depuis son départ de Shanghai. C'était peut-être ce qu'on éprouvait quand on revenait en un lieu qui était son chez-soi. Je ne le saurai jamais.

— Bienvenue à la fin du monde, lui dit Jack.

Il lui serra la main, sur laquelle il y avait encore des traces de vomi et de la crasse de l'appareil, même si Rahela évita d'en parler. D'un signe de tête, il ordonna à un homme posté derrière lui, le chauffeur à l'évidence, de se charger du sac à dos de Rahela.

— Comment s'est passé votre vol ?

— Il y en a eu plusieurs, répondit-elle, tous affreux. J'ai rendu mon âme et le reste.

— En tout cas, vous avez réussi, conclut Jack. Et vous voici arrivée.

Ils suivirent le chauffeur jusqu'à une voiture noire cabossée, dont toutes les portières étaient ouvertes. Ils croisèrent la foule de réfugiés – à plusieurs reprises, une jeune Chinoise coiffée d'un large chapeau à voilette appela Jack d'un ton désespéré, mais il l'ignora. Rahela comprit qu'il était passé maître dans l'art d'ignorer les autres.

— Plus personne ne vient à Shanghai, ajouta Jack. Tout le monde joue des coudes pour partir avant qu'il ne soit trop tard. Sauf que c'est déjà trop tard. Les gens déboulent à l'aéroport et se bousculent pour avoir un aller simple auprès de la compagnie Rêve Toujours, où ton vol est immanquablement annulé.

Content de sa blague, Jack s'esclaffa.

— Où vont-ils aller ? s'enquit Rahela.

— Il y a des tas d'options. Tout le monde finit par atterrir quelque part. Le monde est vaste.

Un autre Américain, que Jack ne lui présenta pas, un taiseux, marchait à grandes enjambées à côté d'eux, il les écoutait, c'était clair. Il avait un sourcil perpétuellement haussé, comme s'il se préparait à débusquer un subterfuge ou à poser une question intelligente. Il avait des pieds immenses, des chaussures superbement cirées, des chaussettes très blanches. Il était séduisant dans un style sinistre et avait la mâchoire luisante de transpiration. Ce ne fut qu'en arrivant à la voiture que Rahela se rendit compte que les soldats marchaient sur leurs talons, chargés des valises en cuir, qu'ils rangèrent dans le coffre. Les hommes accomplissaient leurs tâches avec une sorte de détermination américaine – à chaque geste qu'ils effectuaient, ils savaient précisément quel serait le suivant. Henry était comme ça aussi, il avait un avis exempt de doutes sur tout et depuis toujours. Il pouvait à tout instant se représenter le moment qui allait suivre, puis celui d'après et ainsi de suite – il avait besoin de vivre dans un monde réticulé avec des plans logiques et raisonnables. Enfant, Rahela trouvait cette certitude universelle fascinante et d'une virilité séduisante. Il lui avait fallu un certain temps pour se rendre compte qu'Henry n'avait en réalité aucune idée de ce qui se profilait et faisait seulement mine de le savoir. Comme tout le monde, il improvisait, à la différence qu'il ne manifestait jamais la moindre hésitation, le moindre doute quand il réfléchissait à l'avenir ; dans ces moments-là, il serrait les mâchoires et se montrait ferme dans ses convictions, ses croyances, son amour, ses désirs, ses mensonges.

L'homme au sourcil arqué tint la portière ouverte pour Rahela en attendant patiemment qu'elle se glisse tant bien que mal sur la banquette arrière. Son ventre de trois mois était assez proéminent, mais Jack ne fit aucune remarque à ce sujet, alors que Rahela le vit jeter un coup d'œil sur ses rondeurs quand il s'assit à côté d'elle. L'homme au sourcil arqué installé à l'avant avait une arme sur les genoux, surgie de nulle part, semblait-il. Le chauffeur doubla un groupe de bonnes sœurs aux guimpes tachées de boue, de sang ou de vomi. Des ballots de vêtements traînaient au bord de la route, abandonnés peut-être par des gens qui avaient réussi à prendre le dernier avion. En passant, la voiture frôla un grand piano et une malle de voyage dans laquelle on aurait pu loger une famille entière.

— Comment va Henry ? demanda Jack.

— Ça fait un moment que je ne l'ai pas vu, mais il va bien. C'est Henry. Il va toujours bien.

Elle aurait pu lui dire qu'il était parti en reportage depuis si longtemps qu'il était désormais clair qu'il les avait quittés, elle et leur futur enfant, et que les dispositions qu'il avait prises pour lui permettre de retourner à Shanghai représentaient au mieux un cadeau de rupture ou, au pire, un moyen de se débarrasser d'eux. C'était Henry, c'était donc le pire.

— Henry est quelqu'un qu'on ne met pas à terre, dit Jack. Il me manque. Quand tout ça sera terminé, j'irai le voir aux Philippines, histoire qu'on se torche sérieusement. Si ça ne vous dérange pas.

Elle aurait pu dire à Jack qu'elle ne serait pas aux Philippines quand il viendrait. Et Henry non plus. Mais Jack savait tout ça, bien entendu. Pour ce qui était de mentir, il était aussi doué qu'Henry, un point c'est tout.

— À propos, ajouta Jack, il se pourrait, si on nous arrête, qu'on soit obligés de faire sauter la bagnole et tout ce qu'il y a dedans. Les valises dans le coffre renferment un demi-million de dollars. Les boîtes américaines ici ont besoin de payer leurs employés, la monnaie chinoise ne vaut pas un clou, alors on leur avance des liquidités. Et s'il y a un truc qu'on ne veut pas, c'est que ces valises tombent entre de mauvaises mains.

L'homme au sourcil arqué se tourna vers Jack, il affichait enfin une expression appropriée.

— On n'en arrivera probablement pas là, grommela-t-il. Inutile d'inquiéter Mme Krantz à ce sujet pour le moment.

— Je ne suis pas Mme Krantz.

— J'ai une idée, suggéra Jack. Et si, avec Mme Pas-Krantz, on embarquait le pognon et on fichait le camp ensemble pour vivre heureux jusqu'à la fin de nos jours ?

Il se marra et adressa un clin d'œil à Rahela, que cette bouffonnerie laissait de marbre.

— Il faudrait qu'on élimine Marantz ici présent, ce qui ne serait pas si facile, poursuivit Jack toujours ravi de la blague qu'il continuait à dévider. À moins que Marantz ne veuille nous accompagner. Nous aurions tellement d'argent qu'il nous faudrait un garde du corps. On pourrait tous vivre comme une bande de communistes, mais avec beaucoup de pognon.

— D'accord, maintenant, concentrons-nous. Regardons la route, décréta Marantz en joignant le geste à la parole.

— En tout cas, votre père est à Broadway Mansions, en sécurité et comme un coq en pâte dans mon bureau, confia Jack à Rahela. Il vous attend. On m'a dit qu'il allait bien, quoiqu'un peu faible. Il ne parle quasiment à personne, à part à lui-même.

— Comment l'avez-vous retrouvé ?

— C'est grâce à Moser.

— Moser ? Moser-Ethering ?

— Oui, c'est ça.

— Il est ici ?

— Non, il est à Hongkong. Mais il connaît beaucoup de gens ici, et beaucoup de gens que Moser connaît connaissent beaucoup de choses.

— Où avez-vous retrouvé mon père ?

— Pour être tout à fait honnête, ce n'est pas moi. Je l'ai bel et bien cherché partout en ville après qu'Henry me l'a demandé, et il n'était nulle part. Je commençais à penser qu'il était peut-être mort. Mais Moser nous a fait savoir que M. Pinto habitait dans un endroit… comment dire… assez mal famé.

— Henry m'a parlé d'un restaurant.

— L'endroit propose une large gamme de services, expliqua Jack. Les Natasha prenaient soin de lui, et votre père veillait à ce qu'elles restent propres, à l'abri des infections, vous voyez. Lorsque nous sommes allés le récupérer, il ne voulait pas partir. C'est mon chez-moi ici, nous a-t-il dit. Les Natasha ont pleuré et l'ont embrassé sur les joues. Au début, je n'étais pas sûr que ce soit lui, parce qu'il ne ressemblait pas à un Blanc. Vous voyez, il avait l'air d'un Indien, le teint sombre et tout.

— Alors, comment avez-vous réussi à le convaincre de partir ? s'enquit Rahela.

— Nous, euh… nous avons dû l'évacuer. Henry avait été clair : Retrouve-le, mets-le à l'abri et attends Mme Krantz.

— Je ne suis pas Mme Krantz.

— Qui que vous soyez, nous avons fait ce qu'Henry nous avait demandé de faire. Donc, M. Pinto vous attend.

Ici et là, ils croisèrent des bandes de soldats du Kuomintang désarmés, uniformes déboutonnés ou déchirés, ou sans uniformes, des hommes aux jambes squelettiques et en sous-vêtements, le corps constellé de plaies. La voiture, au pas, doubla des camions abandonnés, totalement cannibalisés, des mortiers retournés et des canons de campagne, des caisses en bois vides, vestiges d'une armée en voie de désintégration, de la fin d'un monde.

— C'est nous qui leur avons donné tous ces machins, dit Jack, et maintenant soit ils les refilent aux communistes, soit ils les détruisent. En fin de compte, tout ça était parfaitement inutile. Une fois que les communistes auront franchi le Yangtsé, ce sera plié. Et tout le monde s'en branle, pardonnez ma vulgarité. Tout le monde sait que c'est mort. Ceux qui peuvent partir ont pris le large ou sont en train de boucler leurs bagages. La guerre est finie, il faut juste que le vainqueur arrive et prenne la paix en charge. C'est curieux de voir que les choses ne se terminent pas subitement, mais qu'elles meurent peu à peu.

Deux cadavres nus et boursouflés gisaient dans un fossé bordant la route. L'un d'eux souriait, comme si toute cette affaire était amusante. Au-dessus d'eux, quelques chiens assis sur leur séant réfléchissaient à la conduite à tenir. Rahela avait la nausée, mais elle s'était vidée à bord de l'avion et avait maintenant la bouche tellement sèche que c'en était douloureux.

— Dieu sait que je suis prêt à repartir au pays, poursuivit Jack. Allez-vous retourner aux Philippines ?

— J'y ferai une escale.

Ils furent arrêtés par une patrouille dépenaillée du Kuomintang – a priori, il n'y avait qu'un homme armé, lequel pointa son fusil sur Jack, puis inspecta rapidement tout ce qu'il y avait dans la voiture. Le fusil n'était sans doute pas chargé, mais le chauffeur soumit néanmoins un genre de document à l'homme armé. Rahela vit se tendre les tendons sur le cou de l'homme au sourcil arqué. Le soldat parut surpris de découvrir une femme enceinte à l'arrière. Jack lui parla calmement en chinois et l'homme lui répondit en hurlant quelque chose qui ressemblait à une menace, mais il les laissa quand même passer.

Rahela avait compris, mais demanda néanmoins à Jack :

— Qu'est-ce qu'il a dit ?

— Je lui ai raconté que j'emmenais ma femme enceinte consulter un médecin, parce qu'elle avait, euh, des soucis de femme. Il a beuglé que c'était dingue d'avoir des enfants à une époque pareille. Et il n'a pas tort. Maintenant, dans un monde comme le nôtre, quand y a-t-il un bon moment ?

Jack mentait, bien entendu. L'homme avait demandé qu'ils l'emmènent et Jack lui avait répondu que la dame enceinte était l'épouse d'un très grand patron qui n'aurait pas apprécié qu'on manque de respect à son épouse.

De son départ de Shanghai en 1937, il y avait une chose que Rahela n'avait pas oubliée, c'était la file de gens sur le quai, les yeux rivés sur l'*Empress of Asia*, qui appareillait vers un lieu et une vie auxquels aucun d'entre eux n'aurait accès. Plantés tout au bord, coude à coude, ils chancelaient au-dessus de l'eau fétide. Elle, sur le bateau, avait cherché le visage de Padri dans la foule, comme si ça pouvait faciliter les choses, les modifier, et elle avait agrippé le pendentif du Samsara. Mais elle n'avait pas vu Padri, peut-être parce que sa cheville tordue lui interdisait de se mettre debout ou bien parce qu'il ne voulait pas la voir partir avec son amant. Le dernier souvenir que Rahela avait gardé de lui, c'était qu'il n'était pas dans la foule. Puis une petite fille était tombée dans l'eau répugnante et des hommes avaient plongé pour la repêcher. Henry avait entraîné Rahela plus avant dans leur nouvelle vie, dans une cabine qu'il avait payée cher, où il la déshabillerait avant même qu'ils aient atteint la haute mer et lui ferait l'amour à plusieurs reprises, avec une voracité nouvelle et bien moins doucement qu'avant ; on aurait cru qu'il avait laissé sa retenue à Shanghai et que la possibilité que leur navire soit coulé par la marine japonaise l'excitait. Rahela avait pleuré jusqu'à Hongkong.

Elle pleura aussi à Hongkong. Au début, Henry tenta de la consoler, de la convaincre qu'elle avait tout pour être heureuse à présent qu'elle était libre. Mais ensuite, il renonça, il sautait dans un bateau à destination de Formose ou du Vietnam pour y chercher de quoi écrire ses articles et la laissait seule pendant des jours et des jours – il ne prit jamais la peine de lui dire comment il avait décroché son job de correspondant du *New York Times*. Il la poussa à aller voir

Nancy Sergeant, son ancienne camarade de classe, dont la famille avait elle aussi quitté Shanghai pour Hongkong, mais Rahela refusa. Elle avait honte, et pas seulement parce qu'elle était la maîtresse de leur ancien prof, mais aussi parce que Nancy devait avoir appris que Rahela avait abandonné son père dans sa fuite. Nancy était riche, et, à l'école américaine, elle l'avait méprisée, s'était moquée de son accent, de sa vie avec son passeport Nansen, de son père qui n'avait pas de passeport, pas même un Nansen, et venait chercher sa fille avec une veste trouée aux coudes et des chaussures aux talons élimés. Des années plus tard, Rahela découvrirait qu'Henry avait couché avec Nancy tout du long, déjà bien avant Hongkong, bien avant qu'ils se marient et qu'elle ne se retrouve à moisir dans la solitude et le chagrin.

Hongkong, pour elle, c'était écouter du jazz mélancolique à la radio et lire de gros romans tragiques enfermée toute la sainte journée, stores baissés et tout près de prendre feu sous la chaleur accablante. Elle écrivit à Padri des lettres qu'elle adressa au rabbin Brown à la synagogue Ohel Rachel avec l'espoir que le rabbin localiserait Padri. Mais elle ne reçut qu'une réponse dans laquelle le rabbin lui disait que malheureusement personne n'avait vu M. Pinto depuis longtemps et qu'on présumait qu'il s'était peut-être éteint dans la jungle des fumeries d'opium.

Rahela n'avait pas d'amies à Hongkong, pas de confidentes, personne avec qui parler de sa solitude, de ses regrets et de sa culpabilité. Henry s'absentait pendant des semaines et, quand il était à la maison, il ne pensait qu'à une chose : baiser – à Shanghai, ils avaient fait l'amour ; à Hongkong, ils baisaient. Elle n'aurait jamais écrit ça à Padri, bien sûr ; en fait, elle n'aurait jamais parlé de Henry, ni de son malheur – dans sa tête, elle entendait déjà Padri marmonner : Je te l'avais bien dit ! En général, elle évoquait un avenir hypothétique où Padri et elle seraient réunis. Nous pourrions nous installer à Sarajevo, écrivait-elle. J'ai imaginé la ville, dans sa totalité, à travers tes histoires. Je connais déjà ta famille. Dans mes rêves, j'ai déjà rencontré Manuči. Ce serait comme rentrer à la maison. Et je veux faire la connaissance de tous mes cousins et cousines. Peut-être Osman sera là aussi. Elle demanda à Henry de l'aider à prendre contact avec les proches de Padri à Sarajevo, et il dit qu'il le ferait, mais ne le fit jamais, et la guerre en Europe éclata. Après quelque temps, elle écrivait tous les jours à Padri, estampillait ses lettres de sa culpabilité. Après quelque temps, elle cessa de les envoyer.

Un jour, Henry revint à la maison et lui annonça qu'une guerre n'allait peut-être pas tarder à éclater en Asie aussi et qu'il l'envoyait en Amérique, où Mme Krantz lui avait réservé une place à Bryn Mawr, son ancienne université.

— C'est où, Bryn Mawr ? C'est quoi, Bryn Mawr ?

— Tu pars à l'université, ma petite, décréta Henry. Les études feront de toi une vraie Américaine.

Ils se retrouvèrent coincés dans un embouteillage sur le Bund, où le Kuomintang avait organisé un défilé de la victoire.

— Le moyen de ne pas perdre une guerre, c'est de ne pas te battre, déclara Jack. Sur cette base, ne pas te faire trouer la peau est une victoire en soi. Et ça marche à merveille tant que tu ne t'es pas fait trouer la peau.

Voitures, pousse-pousse, rickshaws et piétons encombraient la rue. Des marchands ambulants aux visages déformés par la faim, la colère ou les deux martelaient du poing les vitres de leur véhicule. Des drapeaux flottaient sur les bâtiments imposants de certaines banques, aux fenêtres néanmoins protégées par des planches. Tout et tout le monde semblaient pris dans une sorte de mouvement lent, bridé, enrayé par l'impuissance. Tout le monde finit par atterrir quelque part, avait affirmé Jack. Lui aussi finira par atterrir quelque part sans devenir quelqu'un d'autre pour autant, Jack le Blanc, lumineux de toute éternité. Il y avait une musique discordante, des tambours assourdissants, des cymbales fracassantes et les cris peu convaincus mais unis des troupes en marche quelque part au-delà du rempart de corps qui bloquait la circulation. Les gens postés sur l'escalier menant à la Bank of China avec ses fenêtres barricadées ne s'intéressaient pas au défilé – ils étaient là, c'est tout, car ils avaient sans doute déjà vu tout ça, n'avaient nulle part où aller et se sentaient obligés d'attendre qu'il se passe quelque chose, sans avoir la moindre idée de la forme que ça pourrait prendre. Il y avait des drapeaux et des photos de Tchang Kaï-chek accrochés aux lampadaires et aux fenêtres. Tous ces événements semblaient avoir été comprimés dans un synchronisme inconfortable, comme si le temps avait cessé de tourner normalement.

— Pour le Kuomintang, il n'y a pas eu l'ombre d'une chance de victoire depuis très longtemps, et pourtant ils enchaînent les défilés, dit Jack. Tchang a interdit qu'on parle de défaite ou qu'on envisage de capituler. Les journalistes sont inquiétés s'ils osent écrire que tout est terminé. Ou s'ils mentionnent que Tchang et sa cour sont déjà à Formose, qu'ils y sont depuis un moment et n'ont pas l'intention de revenir.

— On peut y aller à pied, maintenant, lui lança Rahela.

— Où ça ? s'écria Jack.

On aurait juré que cette possibilité ne l'avait pas effleuré.

— À Broadway Mansions.

Ils longèrent le Huangpu, lequel était tout aussi encombré que la rue, envahi par les sampans, les embarcations à fond plat, et quelques navires étrangers en attente de leur chargement pour lever l'ancre. Le fleuve avait une couleur de thé au lait, et une odeur bourbeuse aux relents d'anguille décomposée particulièrement remarquables. Du temps où Rahela vivait avec Padri, ils ne descendaient jamais par ici, pas même pour une balade – pour lui, le Bund était aussi éloigné de Hongkou que Hongkong. Ce ne fut qu'après avoir emménagé avec Henry dans une maison proche de l'avenue Edouard-VII qu'elle s'était parfois promenée sur le Bund, mais rarement avec Henry, qui, elle le comprit bien trop tard, ne voulait pas être vu en public en compagnie de sa toute jeune maîtresse. Ce qu'il disait, cependant, c'était qu'il ne supportait pas d'imaginer ce qu'on pourrait déblatérer sur elle. Il prétendait toujours ne pas se soucier de ce qu'on disait de lui, alors qu'en réalité, ça l'obsédait.

Le défilé du Kuomintang déboucha à l'angle de Nanking Road et s'engagea sur le Bund. Il ne rassemblait qu'une bande de soldats désespérés rameutés au hasard et forcés de faire ceux que la victoire emplissait de fierté et de joie. Marantz se fraya un passage à travers la masse de gens affamés et en sueur, qui s'écartèrent telles des herbes marines. Rahela aperçut une femme en manteau de velours à col de fourrure, dont le visage luisait de sueur, avec des gouttes qui lui tombaient du menton comme d'une gouttière. À en juger par son manteau, elle était probablement russe ; elle portait toutes ses possessions sur elle, car elle n'avait nulle part où les garder. La femme dut se sentir observée, parce qu'elle pivota et planta son regard dans celui de Rahela, qui, croyant reconnaître Lenka, en eut le souffle coupé, la tête vide d'air et de sang. Mais la femme se détourna avec une grimace de dégoût, et Rahela se rendit compte que Jack et l'homme au sourcil arqué s'étaient volatilisés ; elle se retrouvait à présent au milieu d'une foule hypnotisée par les drapeaux et les roulements désespérément victorieux des tambours. Elle connaissait le chemin de Broadway Mansions, elle savait où elle était, mais la tête lui tournait, parce qu'elle n'était pas censée être là ni nulle part ailleurs. Elle sentit des mains se poser sur son ventre rond, une Chinoise au bout des mains lui dit quelque chose d'un ton inquiet, les anguilles en décomposition libérèrent leur puanteur, le ciel bleu se mit à tournoyer, les gens se firent infiniment grands, puis ils disparurent et tout se para d'une légèreté de flocon de neige et devint très sombre.

Les yeux d'Osman ressemblaient à des lacs de montagne par une journée ensoleillée, wie die Bergseen, et se muaient en un ciel oxydé lorsqu'il était furieux ou très angoissé. Dans le camp du Turkestan, sa moustache trop fournie se confondait avec ses poils de nez quand il retroussait la lèvre pour se renfrogner ou pleurer, mais le bout de ses doigts gardait toujours la même douceur ; dans la langue bosnienne, le bout du doigt s'appelle jagodice, petite fraise, et à présent, il avait posé ses petites fraises sur le front de Rahela, affichait un regard bien oxydé et Rahela ne voyait pas sa bouche, n'avait en face d'elle que des poils, dont émergeaient le nez et les yeux d'Osman ; durant ses études à Bryn Mawr, ils avaient au programme les contes de fées norvégiens, peuplés de créatures velues, qui lui valaient des cauchemars, ils lisaient Shakespeare, Quel est ce pays, mes amis, vais-je mourir et, ce jour-là, mon enfant me survivra-t-elle et, en ce cas, où, se souviendra-t-elle jamais de moi ? et Osman chantait pour Rahela sans remuer les lèvres, elle ne pouvait pas les voir avec tous ces poils, et il lui caressait les joues avec ses petites fraises, nočes, nočes, buenas nočes, nočes son d'enamorar, chantait-il, ah, nočes son d'enamorar, de la voix de Padri, ce qu'il faisait chaque fois qu'elle avait de la fièvre, et il lui disait que la chanson parlait d'amour, dando bueltas por la kama, komo l'peše en la mar, ah l'peše en la mar, elle n'aurait jamais dû abandonner

Padri à Shanghai, elle n'aurait jamais dû quitter Shanghai, elle n'aurait jamais dû partir avec Henry, elle aurait dû rester ici, ici est partout sauf là-bas, chantait Osman avec ses petites fraises, Bejturan se uz ružu savija, vilu ljubi Đjerzelez Alija, vilu ljubi svu noć na konaku, po mjesecu i mutnu oblaku, quelle est cette langue, mes amis, quelle est cette chose dans ma gorge, va-t-elle m'étouffer, hein. Je vais mourir. Ton heure n'est pas encore venue.

Jack décréta que l'ascenseur était trop risqué, qu'il avait tendance à s'arrêter aux moments les plus inopportuns, alors Marantz opta pour l'escalier avec Rahela dans les bras, s'arrêta à chaque palier pour reprendre son souffle. Malgré son vertige, Rahela percevait la respiration bruyante de Marantz et, quand elle souleva les paupières, elle découvrit son sourcil arqué juste au-dessus d'elle. Devant eux, le visage blanc de Jack flamboyait dans la pénombre de la cage d'escalier. Il y avait des cartes sur le mur, mais peut-être étaient-ce des taches d'humidité ou de sang. Finalement, le sourcil s'abaissa délicatement et Marantz la reposa par terre ; elle s'assura qu'elle avait toujours son collier Samsara autour du cou. C'était le cas, elle se remit donc à marcher ; bien que consciente, elle avait l'impression d'évoluer dans un effiloché de rêve : il y avait des Chinois partout, dans les bureaux et les couloirs, des familles entières qui attendaient quelque chose ; tous se plaquèrent contre un mur où étaient encore accrochées des photos floues – qui la regardèrent comme une hallucination terrifiante – et la laissèrent passer. Quelqu'un lui tendit une tasse de thé chaud, mais elle vacilla et la renversa. Au bout du couloir, dans un vaste bureau, une Chinoise cuisait quelque chose à la vapeur sur un petit réchaud posé sur une table de travail en acajou.

— Ça va ? lui demanda Jack.

Le flot ininterrompu de cauchemars alentour semblait le laisser de marbre.

— J'ai juste eu un petit étourdissement dû à la chaleur.

— Je peux vous dégoter un peu de whisky pour vous requinquer.

— Du whisky ? Où est-ce que je suis ?

— À Broadway Mansions.

— Oui, mais dans quelle ville ?

Après que les Japonais eurent envahi la ville chinoise de Shanghai en 1937, les populations se réfugièrent dans la concession internationale, laquelle était protégée par la loi internationale. Pinto faisait sûrement partie des réfugiés, mais son nom n'apparaît pas dans les archives de la Croix-Rouge ni dans celles de la municipalité. J'aurais tendance à penser que Lenka l'a emmené chez des amis russes, mais nous n'en saurons rien, car Lenka a disparu et de Shanghai et de la vie de Pinto à la fin des années trente. Il est possible qu'elle soit morte ou qu'elle ait épousé un homme qui lui ait fait quitter Shanghai – le mariage représentait un des moyens de partir. Dans un cas comme dans l'autre, j'imagine que Pinto a lutté contre son addiction au milieu d'inconnus, qu'il a eu du mal à dénicher un emploi ou même à vouloir rester en vie. Le 8 décembre 1941, les choses ne se sont probablement pas arrangées pour lui quand, balayant la loi internationale, les troupes de la marine japonaise ont descendu le Bund avec tanks et blindés, les haut-parleurs beuglant l'évidence : tout Shanghai était tombé. Les Américains, les Britanniques et les membres des autres nations alliées en mesure de s'échapper avaient levé le camp depuis longtemps ; les résidents n'ayant pu prendre le large reçurent l'ordre de se présenter à Hamilton House, devenue entre-temps le quartier général de la Kempeitai. La ville regorgeait de réfugiés juifs qui avaient désespérément fui l'Europe au fil des ans pour venir s'établir à Shanghai, où ils n'avaient pas besoin de visa, la plupart d'entre eux étant par ailleurs trop démunis et insignifiants pour être torturés par la Kempeitai ou internés dans des camps. Néanmoins, les Allemands ne cessaient de dépêcher le colonel SS Josef Meisinger, le boucher de Varsovie, pour presser les Japonais d'exterminer les Juifs de Shanghai ou de laisser au moins les Allemands se charger de régler la question. Le colonel Meisinger avait eu l'idée, entre autres, d'envoyer des unités SS rafler des gens chez eux ou dans les synagogues au moment des fêtes de Roch Hachana, puis de les embarquer à bord de bateaux voués à la démolition, lesquels seraient alors remorqués vers la haute mer et sabordés. Si les Japonais étaient ravis de massacrer les Chinois par centaines de milliers, ils répugnèrent, allez savoir pourquoi, à couler les Juifs. À la radio et sur les unes des journaux, ils notifièrent à tous les réfugiés apatrides l'obligation de s'installer dans le quartier de Hongkou connu sous le nom de Petite

Vienne, où dix mille réfugiés juifs vivaient déjà dans des conditions abjectes. Des milliers de personnes désertèrent la concession internationale pour gagner à pied la Petite Vienne avec enfants, ballots, meubles et diverses bricoles et s'entasser dans le mile carré du ghetto entouré de barbelés et aux entrées surveillées par des sentinelles – la Petite Vienne se révéla ne ressembler en rien à la Grande Vienne. Pinto avait sans doute retraversé la rivière de Suzhou, car son nom apparaît sur les listes des résidents de la Petite Vienne à ce moment-là. Un grand nombre d'entre eux, au désespoir, déclarèrent que c'était la fin, sans comprendre qu'en réalité le ghetto les protégeait du colonel Meisinger. Le sergent Kano Ghoya, qui aimait se qualifier de roi des Juifs, se vit attribuer la responsabilité du ghetto. Il adorait faire poireauter les gens pendant des heures en pleine chaleur en attendant que son bureau leur délivre un document arbitraire ; il les frappait pour une infraction aléatoire, incompréhensible. Il y avait une pénurie de nourriture constante ; du choléra et de la dysenterie ; un manque épouvantable de nouvelles d'Europe ; du désespoir. Mais il n'y avait ni rafles ni massacres ; il y avait des écoles et des danses ; il y avait des salons de thé où l'on cancanait en allemand ; il y avait des offices à la synagogue ; il y avait des enfants qui devenaient majeurs, et d'autres qui naissaient. Le nom de Pinto – en tant que Dr Raphael Pento (*sic*) – est mentionné sur une liste de personnes fournissant des services médicaux, même s'il est difficile d'imaginer ce qu'il a bien pu faire dans un endroit regorgeant de maladies, alors qu'il n'y avait ni hôpitaux ni pharmacies en capacité de fonctionner. Il n'y avait pas d'opium non plus, car les Japonais assuraient un strict contrôle des fumeries. Ils laissaient les Chinois s'empoisonner, et payer pour en prime, mais ces derniers vivaient de l'autre côté des barbelés. De toute façon, dans la Petite Vienne, peu de gens avaient de l'argent à dépenser pour de l'opium et il aurait été difficile d'en faire entrer en douce sans soudoyer les sentinelles. Pinto a dû vivre un sevrage épouvantable ; il a dû frôler la mort au moins une fois. Il a dû être seul, sans ressources, anéanti. De ce que je devine, il est clair qu'il ne s'est jamais totalement remis.

— Le voici, dit Jack.

Une ombre obscurcit la porte ; du canapé sur lequel Pinto était allongé, cette ombre paraissait très grande. Le tonnerre au loin était sans doute le fait de l'artillerie communiste, mais il avait néanmoins tout d'un accord majeur annonçant la métamorphose de cette ombre en une femme qui avait les yeux verts de Rahela et ses joues de pomme rondes et roses. Elle portait le collier avec le galet du Samsara. Pourtant, elle avait les hanches larges et elle était enceinte. Il y avait longtemps que Pinto avait appris à ne jamais se fier à ce qu'il voyait. Mais elle portait le collier et embaumait la lavande.

— Rahela, dit Pinto.

— Padri.

Cette voix était aussi celle de Rahela, mais beaucoup plus mûre, plus rauque. La nouvelle venue s'agenouilla à côté de Pinto et posa la main sur sa joue couverte de poils hirsutes, le bord de ses mâchoires acéré comme une lame de patin. Pinto était un vrai sac d'os.

— Jo, ken ? demanda Pinto.

— Jo, Rahela.

— Rahela, mi fiža.

Pinto ferma les yeux. Il sentait le poids de la main de Rahela sur sa joue et envisagea de la porter à ses lèvres et de l'embrasser, mais il n'avait pas la force de bouger.

— Osman, tu la vois toi aussi ou je rêve ?

Des jours, des semaines, des mois durant, Pinto reverrait et revivrait le moment où Henry avait entraîné Rahela dans la foule qui remontait la passerelle pour accéder au pont du bateau – elle s'était arrêtée pour jeter un regard en arrière, des larmes étincelaient dans ses yeux qui le cherchaient parmi la multitude, l'instant d'après elle n'était plus là et, subitement, elle disparut de sa vie. Pendant la première guerre de Shanghai, il l'avait perdue dans la foule – ça avait été la demi-heure la plus longue de son existence. Prends-moi, Seigneur, avait-il murmuré au-dessus du corps fiévreux de Rahela. Peut-être l'heure des comptes était-elle venue ? Avec sa cheville enflée, Pinto avait sillonné en clopinant la concession et ses rues prises d'assaut par les réfugiés. La ville était fantastiquement différente de ce qu'elle avait été, et néanmoins, pour lui, elle n'avait pas du tout changé ; il tourna en rond, descendit Bubbling Well Road, puis emprunta l'avenue Foch en direction du Bund, sa cheville le lancinant à bonne distance de son cerveau, comme si la réalité de la douleur lui parvenait de très loin. Il avait découvert des dollars américains dans sa poche, un geste d'Henry sans doute. En quête d'une fumerie, il s'était enfoncé dans un dédale de ruelles, qui lui avaient paru familières, alors qu'il ne les avait encore jamais vues et, l'espace d'un court instant, il n'avait pu se rappeler le nom de cette ville ni même celui du pays. Au-dessus de sa tête, les aéroplanes gémissaient, larguaient des bombes dans le fleuve et le tonnerre des explosions se répercutait sous ses pieds. Il avait continué à marcher pendant des heures, des jours sans doute, la cheville totalement happée par sa chair privée de sensations et terriblement en manque d'une pipe d'opium. À la fin, épuisé et tremblant, il s'était assis à côté d'une femme et de ses trois bambins d'âges divers, qui tous dormaient sur une natte en paille sur le trottoir opposé à celui du grand magasin Wing On. Son nez coulait, mais il avait la bouche très sèche, il avait passé la nuit à grelotter et à se vider – vomi, diarrhée – sur le seau crevé de la famille. Les enfants n'arrêtaient pas de pleurer, tourmentés par la faim, la soif, la puanteur et les démangeaisons. Il leur avait offert des dollars, mais ne connaissant pas cette monnaie, ils les avaient refusés. Il ne se rappelait pas avoir mangé ni bu quoi que ce soit. Il avait tenté de se mettre debout, mais sa cheville s'était transformée en une boule violette qui distendait sa chaussure, laquelle semblait incrustée dans sa chair tumescente, de sorte qu'il ne pouvait plus la retirer. Il avait levé la tête vers les gens autour d'eux, tous très grands, vers le magasin Wing On, encore au-delà, vers le ciel bleu où un aéroplane hurlant avait lâché un objet noir qui était tombé lentement vers le toit du Wing On. Durant un moment, il ne s'était rien passé, puis une déferlante de fumée brûlante avait projeté Pinto contre le mur derrière lui dans une pluie de verre et de débris, et quelque chose lui avait giflé la joue. Il n'y avait pas de bruit du tout et, toujours à terre, il ne voyait rien, à part des tourbillons de poussière. Était-il mort ou vivant ? Il n'en savait rien, car il ne discernait personne autour de lui, pas de signe de vie, pas de ciel, et n'entendait aucun son. Il avait des saletés et du sang plein la bouche. Il avait perçu quelque chose de doux et de poisseux sur sa figure ; au début, il n'avait pas pu dire ce que c'était, puis il avait compris, lorsque la lumière avait percé le nuage noir, que c'était une main d'enfant. Il serait mort là, si Osman ne l'avait pris dans ses bras et emmené loin de ce nuage mortel, de ce carnage, comme autrefois en Galicie.

« Ton heure n'est pas encore venue, lui avait-il dit. Tu ne vas pas mourir ici. »

— Padri, dit Rahela. Je te ramène chez nous. Andemos al Sarajevo.

Des années durant – à Hongkong, à Bryn Mawr, à Tokyo, aux Philippines –, elle avait imaginé ce moment, où elle serait enfin de nouveau face à Padri et lui dirait qu'elle était horriblement désolée, qu'elle avait été égoïste et bête, qu'elle n'aurait jamais dû l'abandonner, qu'elle s'était trompée sur tant de choses et avait payé ça au prix fort. Mais, à présent qu'elle voyait ses yeux clos enfoncés dans son visage, la cicatrice sous sa barbe de trois jours, ses cheveux pareils à de la mousse et son cou tout maigre avec ses plis de peau qui dégoulinaient en cascade sur son col de chemise sale, les mots lui manquaient, non pas qu'elle se fût ravisée, mais tout simplement parce que aucun mot n'était à la hauteur de l'énormité déroutante que représentait le fait d'être là, en sa présence. Elle avait toujours imaginé faire pénitence auprès du Padri dont elle gardait le souvenir, mais certainement pas à cette enveloppe d'homme, à ce souvenir ratatiné, à cet inconnu qui avait remplacé le père qu'elle avait abandonné. Le corps de Padri dispensait une pestilence de vieille urine ; ses vêtements empestaient le vomi, la maladie et la fumée. Elle avait en face d'elle une personne autre, une personne qu'elle ne connaissait pas ou qu'elle ne reconnaissait pas, et elle n'avait qu'elle au monde.

— Je suis désolée, dit-elle. Je ne me pardonne pas.

Pinto ouvrit les yeux, à contrecœur comme s'il lui en coûtait trop de reprendre conscience. Sur le visage de Rahela, il remarqua, pareille à une apostrophe, une minuscule coupure au-dessus du sourcil droit, qu'il n'avait encore jamais vue, des mouchetures de salive blanche à la commissure de ses lèvres et, sur sa tempe gauche, la tache de naissance en forme de larme, qu'il aimait embrasser quand elle était petite. Le galet pendait et tournoyait au-dessus de lui.

— J'ai cru que je ne te reverrais jamais, lui avoua-t-elle. Mon Dieu.

Elle pressa la main de Pinto : elle était froide et ses os étaient fragiles comme ceux d'un oiseau.

— Rahela, murmura Pinto. J'ai cru que je ne te reverrais jamais. Tu es revenue.

— Je suis là.

— C'est trop tard. Je devrais être mort. Je vais mourir.

— Eh bien, tu n'es pas mort. Andemos al Sarajevo.

— Andemos al Sarajevo.

— J'ai un passeport pour M. Pinto, annonça Jack. L'*Éclipse* lève l'ancre demain matin. C'est un bâtiment de la marine qui a été converti, il n'a donc pas de cabines, uniquement des couchettes, mais vous n'allez que jusqu'à Manille, ça devrait faire l'affaire. Vous pouvez rester avec nous ici cette nuit. De toute façon, il n'y a pas d'autre endroit où dormir.

— C'est Henry qui parle ? demanda Pinto.

— Non. C'est Jack.

— Où est Henry ?

— Henry n'est pas là.

— Il est mort ?

— Non.

— Où est-il ?

— Je ne sais pas. La dernière fois que je l'ai vu, il était au Japon.

— Il va venir ici ?

— Non.

— Je ne veux pas le voir.

— Tu ne le verras plus.

— Je t'en prie, ne me quitte pas.

— Je ne te quitterai plus jamais.

Elle portait de minuscules étoiles en argent aux oreilles. Lenka lui avait percé les lobes quand elle avait onze ans, au mépris de l'interdiction de Pinto, dans son dos. Il aurait dû être furieux, mais s'était aperçu que ça lui était relativement égal et avait fini par lui offrir ces deux boucles bon marché.

— On va à Sarajevo ?

— Oui, dit Rahela.

— Tu penses que ça existe encore ?

— Bien sûr. Les villes ne disparaissent pas, ne meurent pas.

— Celle où on est maintenant est bien en train de mourir.

— Non, pas du tout. Elle devient autre chose et c'est tout.

— Sarajevo est très loin.

— Oui. Mais, peu importe le temps que ça nous prendra, on y va. Nous n'avons pas d'autre endroit où aller.

— Henry vient avec nous ?

— Non. Henry ne vient pas avec nous.

— Ce n'est pas quelqu'un de bien.

— Je sais, reconnut Rahela. Il m'a fallu un moment pour m'en rendre compte. Mais je suis là. À partir de maintenant, il n'y aura que toi et moi.

Elle eut envie de lui dire qu'elle était enceinte, mais Jack s'attardait encore devant son bureau. Et, plus important, elle n'avait pas envie que Padri s'imagine qu'elle était revenue à cause de ça et qu'elle avait besoin de lui. Elle était revenue parce qu'il était temps de rentrer chez eux.

Pendant un bon moment après le départ de Rahela, Pinto avait dépensé en opium tout l'argent qu'elle avait forcé Henry à glisser dans ses poches. Il avait tellement fumé dans les fumeries de Hongkou que des plaies s'étaient multipliées et aggravées, d'abord sur sa hanche droite, puis sur sa hanche gauche. Osman s'allongeait tout contre lui, ver à bois près de la rose, lui caressait la joue, chantait en susurrant, Bejturan se uz ružu savija. Parfois, il s'interrompait pour le tarabuster, lui dire que l'opium faisait de lui une plante pourrissante, comme si Pinto ne le savait pas. Mais même Osman ne pouvait l'aider à vivre mieux, à faire mieux, et à la fin il arrêta de le tarabuster. Pinto racontait à Osman les mêmes histoires – encore et encore, comme si ce dernier ne les avait pas déjà entendues. Comment, pour échapper aux bolcheviks, il s'était caché derrière un mur, où lui parvenaient les cris de Rahela bébé, comment il avait pensé mourir dans sa cachette à l'idée que Rahela serait à nouveau orpheline. Et comment il l'avait portée pour franchir les montagnes, puis comment il avait planté un poignard dans l'œil d'un Cosaque, comment, Rahela sur son dos, il avait traversé le désert en avançant laborieusement derrière un chameau péteur, comment ils avaient manqué être ensevelis dans une tebbad, comment il avait nettoyé la bouche pleine de sable de Rahela et l'avait fait boire, comment la petite dardait la langue à la façon d'un lézard afin de lécher l'eau sur ses lèvres et comment il avait offert sa vie en échange de celle de Rahela, et comment le Seigneur avait accepté ce marché et torturé Pinto pendant des années, surtout après leur arrivée à Shanghai où Rahela entrerait à l'école américaine, serait séduite par son professeur et laisserait crever Pinto. Osman savait tout ça, il n'y avait rien à cacher, et pourtant Pinto était rongé par la honte et la culpabilité. Une fois ou deux seulement, il donna libre cours à la haine qu'il nourrissait à l'égard d'Henry, de son égoïsme, de son arrogance, de sa lubricité et, dans sa fureur, il lança d'une voix sifflante :

— J'ai croisé des tueurs, des meurtriers et des brutes, mais je n'ai jamais vu pareil fumier, qui sente aussi bon, qui soit si solaire avec ses cheveux bien peignés, ses ongles bien coupés, sa peau rasée de près, qui dépouille toujours les autres pour avoir ce qu'il veut et saccage leurs vies, comme si tout et tout le monde lui appartenaient, comme si les autres ne faisaient que traverser un monde qui lui eut été offert à la naissance. Il nous a volé notre enfant, Osman. Il l'a volée. Quel travail, mon amour, quel travail que de garder un enfant en vie, c'est tant de travail, moi, je n'ai jamais voulu faire ça, je n'imaginais pas en être capable, mais j'ai continué quand même et je l'ai maintenue en vie et je l'ai aimée. Lui, il va la bousiller. Il va la rendre malheureuse. Il va lui faire mal, et elle sera toute seule au milieu de gens qu'elle ne connaît pas. Il ne l'aime pas. L'enfance, ce n'est pas tout rose. La vie, ce n'est pas tout rose. Le Seigneur est paresseux, négligent, Il n'est pas obligé de chercher de quoi manger quand il n'y a rien, Il n'entend pas le cri de l'enfant qui a faim, qui souffre. Contrairement à nous, Il ne lutte pas pour rester en vie, parce que quelque chose en Lui espère qu'un jour – un jour ! – la vie vaudra peut-être la peine d'être vécue. De même n'a-t-Il pas à décider de mettre fin à Ses jours ou de S'accrocher pour voir ce qui va se passer et s'Il va survivre. Mais cet homme, ce Henry, il se lève le matin, jette son dévolu sur quelque chose et se l'approprie, tous les jours, il dépouille les autres, et non content de voler, il souille tout par-dessus le marché. Si j'étais mort il y a longtemps, à Sarajevo, avant qu'on nous envoie faire la guerre, ou même pendant la guerre, ou au Turkestan, si j'étais mort, je n'aurais pas eu à souffrir, je n'aurais pas eu à voir toutes ces horreurs, je n'aurais pas lutté autant pour que ma survie garantisse la sienne, je ne serais pas témoin du fait que le monde est aujourd'hui privé de tout ce qui a toujours compté pour moi.

« Si tu étais mort, disait Osman, tu ne m'aurais pas rencontré. »

— Je ne t'aurais pas perdu non plus.

« Eh bien, je suis là, disait Osman. Tu ne m'as pas perdu. Je suis la seule chose que tu n'aies pas perdue. »

Rahela dormit par terre, à côté du canapé sur lequel Pinto était allongé, et son dos la tourmenta toute la nuit. Jack ne lui avait rien proposé à manger et, dans des bureaux un peu plus loin dans le couloir, des gens préparaient des plats dont l'odeur attisait sa faim à un point tel qu'elle en avait la nausée. Elle se leva et alla quémander un bol de riz à la Chinoise de la réception ; celle-ci le lui donna tout en évoquant ses fils qui allaient revenir à Shanghai avec les communistes. Trop rassasiée pour dormir, Rahela écouta les ronflements réguliers de Pinto, entrecoupés de hoquets ou de gémissements, comme s'il était expulsé de ses propres cauchemars. Elle finit par s'endormir à l'heure où l'aube dehors commençait à produire ses bruits matinaux : cris, coups de feu, vrombissement des moteurs de bateau et vacarme d'une multitude de choses se mettant en branle de concert. Lorsque, à son réveil, elle s'aperçut que Padri n'avait pas bougé, elle pensa d'abord qu'il était mort et, l'espace d'un instant, elle en éprouva du soulagement, puis aussitôt après une peur abyssale. Elle se pencha sur lui pour voir s'il respirait, si son torse se soulevait, mais ne put rien déceler. La lumière du matin déjà diluée dans la forte humidité nimbait les poils gris sur ses joues. Sa main était froide au toucher. Rahela souleva la paupière droite de Pinto, constata que le blanc de son œil était jaune, mais Padri poussa alors un grognement qui la fit sursauter et il ouvrit l'autre œil ; durant quelques secondes, il fut clair qu'il ne la reconnaissait pas du tout – et quand il la remit, une vague de chagrin douloureux balaya son visage.

— Mi kerida, balbutia-t-il.

— Si, Padri.

Mais il ne réagit pas.

Elle le laissa se rendormir et alla se poster près de la fenêtre pour regarder dehors. Le fleuve s'étendait très loin et, sur sa berge opposée, se déployaient les vastes terrains agricoles de Pootung, tandis que la rivière de Suzhou déversait ordures et cadavres dans le Huangpu. Dans son ancienne vie, Padri l'obligeait à aller à la synagogue Ohel Rachel, où les jeunes garçons et une tripotée de quinquagénaires la reluquaient copieusement, car elle était souvent la seule jeune parmi les femmes. Lui avait toujours refusé de s'y rendre, mais il manifestait un vif intérêt pour ce qui se passait au temple et la questionnait sur ce qu'elle y avait vu, entendu et appris, puis débattait de tout. Si on lui avait dit que trois créations – l'eau, le vent, le feu – avaient précédé la formation du monde, il s'écriait :

— C'était l'esprit, pas le vent ! L'eau a engendré les ténèbres, le feu la lumière et l'esprit la sagesse !

La sagesse ! Ils n'en ont pas du tout à Ohel Rachel ! hurlait-il. Pas du tout !

Au Garden Bridge, quelques soldats du Kuomintang surveillaient une barricade. Ils paraissaient si jeunes, petits et vulnérables que, vus d'en haut, ils ressemblaient à des pions. L'un d'eux pointa son fusil en direction du fleuve, mais Rahela n'entendit pas de détonation. On aurait dit qu'il jouait à la guerre, qu'il s'entraînait encore à tirer.

Padri eut beaucoup de mal à se lever du canapé, il se remit debout avec des grognements et Rahela fut frappée de voir combien il était petit, bien plus petit que lorsqu'elle était partie, diminué à l'image d'un ballon dégonflé. Il se dirigea vers la fenêtre avec difficulté, en vieillard décrépit. Quel âge avait-il ? Elle ne le savait pas vraiment parce qu'il n'y avait ni lettres, ni objets, ni photos de la vie antérieure de Padri, ni preuves ni documents, ni famille ni amis pour se souvenir de lui enfant ou même jeune homme – après tout, peut-être avait-il été créé avec de la glaise, comme un golem. La seule chose qui confirmait qu'il était un enfant d'hommes et qu'il avait une famille et un passé, c'étaient ses histoires sur la vie à Sarajevo avant le début des hostilités. Il lui avait dit un jour qu'il avait vingt ans et des brouettes quand la guerre avait éclaté et qu'il avait dû quitter sa ville natale, mais qui sait si son imagination ne lui soufflait pas le souvenir de cette conversation ? Si ça se trouve, elle n'avait jamais parlé de ça avec lui, alors que ces récits lui étaient maintes fois revenus à l'esprit à Hongkong, Bryn Mawr, Manille et Tokyo. Pour l'heure, il sentait la pisse et la morve, avait les cheveux aplatis contre sa tempe droite ; il se déplaçait comme quelqu'un qui aurait perdu sa canne et redoutait la station debout. Elle ressentit alors un énorme élan d'amour pour lui, pour ce qu'il avait souffert et les luttes qu'il avait menées, pour son corps qui en avait payé le prix et pour tout ce qu'il avait aimé et perdu.

— Padri, murmura-t-elle. Je veux te dire quelque chose.

— Tu as parlé à Osman ?

— Osman ? Quel Osman ?

— Ton père.

— Padri, c'est toi, mon père.

— Je t'ai élevée comme un père, mais tu es née des reins d'Osman.

— Je sais. Tu me l'as dit.

— Quand est-ce que je te l'ai dit ?

— Ça n'a pas d'importance.

— Je me demande où il est.

— Où pourrait-il être ? s'enquit Rahela.

— Il était là il y a un instant, répondit Padri. Assis par terre, appuyé contre le mur, il veillait sur toi. Toute la nuit. Il s'inquiète pour toi. Il est comme ça ; depuis ton départ, toutes les nuits, il a veillé sur moi en s'inquiétant de mon sort. Sans lui, je ne serais plus là. Et maintenant je ne sais pas où il a pu passer. Il est sans doute allé chercher quelque chose à manger. Mais il reviendra. Il veut te parler. Il veut te regarder. Tu lui as manqué. C'est ton père. Il veut être avec toi. Il veut retourner à Sarajevo avec toi.

— Avec nous, précisa Rahela.

— Nous verrons, répondit Pinto. C'est peut-être trop tard pour moi.

— Non, protesta Rahela. Il n'est pas trop tard.

Il fallut une éternité pour descendre l'escalier, parce que Pinto était faible et craignait de tomber. Jack et Rahela le soutinrent, chacun d'un côté. Il ne pesait pas plus lourd qu'une valise vide. Il glissa une fois, perdit l'équilibre, Rahela resserra son emprise, mais, sans Jack, elle n'aurait pu l'empêcher de tomber.

— Osman vient avec nous ? demanda Pinto.

— Il est juste derrière nous, répondit Rahela.

— Qui est Osman ? s'enquit Jack.

— Mon mari, lui expliqua Pinto. Son père.

Jack jeta un coup d'œil à Rahela, comme s'il lui demandait une explication, mais elle n'en offrit aucune.

— Très bien, alors, marmonna Jack. Avançons.

— Padri, il est juste derrière, dit Rahela. Il vient avec nous.

Au pied de la passerelle, Rahela remit son passeport à Pinto afin qu'il puisse le soumettre au douanier à la mine revêche. Le passeport était neuf, ses pages craquaient, comme celles d'un livre qu'on vient d'acheter.

— Qu'est-ce que c'est ? s'écria Pinto.

— C'est ton passeport.

— Je n'en ai encore jamais eu.

— Eh bien, en voici un. Il nous permettra de rentrer.

Le douanier retira le sac à dos de la main de Rahela, comme s'il était pressé, puis farfouilla dedans pour la forme – ce qu'il cherchait, c'était de l'argent ou des bijoux, mais il ne trouva qu'un sous-vêtement et un exemplaire du Livre du mois, *Gens indépendants*, qu'elle trimballait depuis Manille. Il renifla le sous-vêtement et feuilleta le roman pour voir si rien n'en tombait, en vain. Il le remit dans le sac à dos, qu'il rendit à Rahela. Le moteur du bateau grondait, les cheminées crachaient de la fumée, la passerelle ployait sous le poids des passagers qui montaient à pas traînants vers un officier grisonnant beuglant en anglais, puis en allemand, puis dans une langue qu'elle ne reconnut pas. Le bâtiment paraissait rouillé et sale, prêt pour le démantèlement.

— Où il va, ce bateau ? s'enquit Pinto.

— À Manille. Aux Philippines.

— Tu as dit qu'on rentrait chez nous.

— De là, on prendra un autre bateau pour Le Cap.

— Ça va durer une éternité.

— Eh bien, tu es pressé ?

— Je ne suis pas pressé. Allonge-moi sur le côté au bord de la route.

— Hein ? Qu'est-ce que ça veut dire ?

— Quand le Messie viendra, je serai prêt. Et s'il ne vient pas, laisse-moi sur place et c'est tout.

Ils gravirent la passerelle jusqu'à l'officier grisonnant qui jeta un coup d'œil à leurs passeports, puis leur fit signe de passer sans leur expliquer quoi que ce soit. Rahela suivit une femme qui tirait une valise et deux enfants dociles et fatigués. Elle parlait yiddish et semblait savoir où elle allait, mais au bout du compte elle aussi était perdue, alors ils restèrent tous plantés là à regarder le Bund, son marbre crasseux, les séquelles pathétiques du défilé de la victoire et les drapeaux qui flottaient mollement sous la brise brûlante.

« C'est la première fois que je monte dans un bateau », dit Osman.

— Moi aussi, répondit Pinto. J'ai traversé le monde à pied.

Un marin, qui prétendait s'appeler Harvey et ne cessait de caresser le dos de Rahela, les conduisit à leurs couchettes superposées dans un obscur renfoncement du pont inférieur. Pinto, essoufflé d'avoir descendu l'escalier, s'assit aussitôt pour reprendre sa respiration.

— Osman et moi allons partager celle-ci, annonça-t-il.

— Comme tu veux, lui répondit Rahela.

Elle n'avait guère mangé depuis son arrivée à Shanghai et avait eu le tournis elle aussi en descendant les marches raides, tournis qui la reprit de plus belle quand elle grimpa sur la couchette supérieure. Le plafond était bas et diffusait une odeur de poussière. La femme aux enfants s'était installée sur la couchette la plus éloignée, mais Rahela entendait néanmoins les petits geindre, et leur mère les gronder en yiddish. Elle vit la main de Padri émerger d'en bas et lui tendre un petit pain.

— Allez, l'entendit-elle marmonner. Mange quelque chose. Il te faut des forces. Un enfant, c'est du boulot.

Elle ne lui avait rien dit de sa grossesse, et lui-même n'avait fait aucun commentaire. Il avait dû remarquer son ventre arrondi, ses doigts et ses chevilles enflées, les boutons de chaleur sur sa figure. Elle dévora le petit pain, qui avait un goût amer et se désintégrait comme la poche de Padri.

— Padri, bredouilla-t-elle. J'attends un enfant. C'est l'enfant d'Henry, mais Henry est parti.

N'obtenant aucune réaction d'en bas, elle répéta :

— J'attends un enfant. L'enfant d'Henry. Il est parti définitivement.

— J'ai entendu, rétorqua Pinto. Dors maintenant. Un long trajet nous attend. Il faut ramener ce petit chez nous.

Il ne fallait pas monter sur le pont ni même regarder par le hublot tant que le navire n'aurait pas atteint la haute mer, leur expliqua Harvey.

— Les communistes déployés sur le rivage risquent de nous bombarder ou de nous tirer dessus. Et ne parlons pas des épaves de bateaux et des mines qui traînent jusqu'à l'embouchure du Yangtsé.

— Est-ce qu'il y a moyen d'avoir quelque chose à manger ? demanda Rahela. Je n'ai pas avalé grand-chose ces derniers jours.

— Pas avant qu'on soit en pleine mer, lui répondit Harvey. Mais je verrai ce que je peux faire.

« Combien de temps nous faudra-t-il d'ici à Sarajevo ? » fit Osman.

— Longtemps, dit Pinto. Tu es pressé ?

« Quand il s'agit de rentrer chez soi, on ne va jamais assez vite. »

Ils seraient obligés de passer au moins une semaine à Manille, présumait Rahela, avant de pouvoir gagner Gênes en passant par Jakarta et Le Cap, et ensuite

Sarajevo. Elle accoucherait ; son enfant naîtrait chez eux, dans leur pays, où elle vivrait avec Padri, et ils y élèveraient l'enfant, parmi les leurs, dans il hanizitju. Certains Sefaradim devaient être encore vivants. Il était impossible qu'ils aient tous été tués. Et même si c'était le cas, Padri, son enfant et elle ressusciteraient la famille, et les Pinto reviendraient à Sarajevo pour n'en plus jamais repartir.

Peu après, elle entendit Padri qui parlait tout seul ou à Osman sur la couchette inférieure : Manuči va t'adorer. Simha va préparer à manger pour un régiment. Ses filles doivent être grandes à présent. Nous n'habiterons pas à Bilave, nous nous installerons en ville. Nous rouvrirons l'Apotheke. Nous irons nous balader tous les soirs, main dans la main. Nous boirons du café sous le tilleul. Nous irons prendre du halva et du boza dans le Čaršija, et nous rapporterons des loukoums à nos petits-enfants. Tu nous chanteras des chansons. Nous irons cueillir de la lavande dans les montagnes.

« Nous verrons », dit Osman.

Rahela crut entendre des impacts de balle contre la coque, mais c'était le bateau qui craquait et grinçait. Elle avait dormi et la nuit était tombée. Au bout de sa couchette, il y avait un bout de pain enveloppé dans un tissu, mais, quand elle mordit dedans, elle se rendit compte qu'il était trop dur.

— Padri. Tu as faim ?

Il devait dormir, car il ne répondit pas. À Manille, il faudrait qu'ils reprennent des forces, l'un comme l'autre, qu'ils engraissent un peu pour le long voyage qui les ramènerait chez eux. Padri ne pouvait pas avoir plus de soixante ans, songea-t-elle. Il y a des gens qui vivent jusqu'à cent ans. Les Juifs sont résistants. Il avait survécu à plusieurs guerres, il avait survécu aux déserts et aux montagnes, à la dépravation du ghetto, il avait survécu à l'opium, à tant de chagrins. Il avait survécu à ce que je lui avais fait.

— Padri, il faut que tu manges quelque chose.

L'enfant en elle se mit à bouger, elle sentit un coup de pied dans son ventre. Le malheureux devait avoir faim. Elle croqua le pain, manqua se casser une dent.

Pinto était couché sur le dos, la tête sur la cuisse d'Osman, afin que ce dernier puisse lui caresser les cheveux, lentement, en séparant les mèches emmêlées. Les doigts d'Osman sentaient la lavande. L'eau fendue par la proue éclaboussait la coque. La mer était d'un noir infini, mais au-dessus les étoiles étaient si nombreuses qu'on aurait cru que l'Éternel avait renversé du sucre dans le ciel.

— Béni soit Celui qui est partout, dit Pinto.

Parmi Ses signes sont les vaisseaux, à travers la mer, semblables à des montagnes : s'Il le voulait, Il abattrait le vent et immobiliserait les vaisseaux à la surface de l'océan.

— Je pense que mon vaisseau va s'arrêter. Je ne pense pas réussir à rentrer à Sarajevo. Ni même à arriver là où nous allons à présent. Manuči disait toujours : On verra bien qui vivra et qui mourra. Dans un monde différent, nous aurions pu avoir une vie différente.

« Les mondes sont nombreux », déclara Osman.

Le bout de ses doigts glissait sur les sourcils de Pinto, comme pour l'obliger à plisser le front, puis il caressa sa cicatrice.

« La seule chose que tu puisses faire, c'est espérer atterrir dans le bon. »

— Je me rappelle la première fois où je t'ai vu. Tu étais devant les baraquements, planté à côté d'un seau d'eau, et tu t'aspergeais les aisselles. Tu avais beaucoup de poils sur les épaules, une vraie fourrure. Je voyais tes côtes, et tu poussais de grands cris de joie.

« Je me souviens de ce jour-là. »

— Tu poussais de grands cris, des glapissements, comme si l'eau était vraiment glacée.

« Elle l'était. »

— On était en juillet.

« Juillet ou pas, c'était glacé. »

— Et j'ai pensé : Je veux caresser cet homme. Je veux l'embrasser.

« Eh bien, tu l'as fait. »

— Pas assez. Non. Pas assez.

« Eh bien, remettons ça », dit Osman en se penchant pour caresser les lèvres de Pinto avec les siennes.

À son réveil, Rahela s'aperçut que Padri avait disparu. Elle jeta un coup d'œil vers toutes les autres couchettes et vit les enfants entassés sur leur maman yiddishophone, mais Padri n'était nulle part visible. Comment avait-il pu remonter tout seul ? C'était pour elle inconcevable. Lorsqu'elle émergea sur le pont, la crête des vagues miroitait et scintillait tandis que le bateau avançait vers la lune, qui avait tout d'un œil énorme et brillant, voilé par une cataracte. Assis contre la coque d'un canot de sauvetage bâché, un homme caressait la tête d'un autre posée sur ses genoux. Elle devina instantanément qu'il s'agissait d'Osman.

« Rafo s'en est allé, lui dit Osman. Il nous a quittés. Je l'aimais plus que tout au monde. »

— Je sais, balbutia Rahela. Moi aussi, je l'aimais. J'aurais voulu lui dire adieu.

« Il tenait à ce que tu te reposes. Le chemin est long jusque chez nous. »

— Jamais plus je ne dormirai.

Elle s'allongea à côté de Padri et l'embrassa. Dès qu'elle eut mis sa tête sur la cuisse d'Osman, celui-ci lui caressa les cheveux et le front d'une main douce et familière, et elle se rappela les fois où elle avait senti une caresse sur son front et sa tempe, où elle s'était réveillée dans le noir sans rien voir, où elle avait retenu son souffle afin de surprendre un mouvement et s'était heurtée à un silence épais et solide. Les yeux de Padri étaient désormais clos, pas comme lorsqu'il dormait, mais plutôt comme s'il s'apprêtait à les ouvrir et à la regarder. Elle effleura sa cicatrice – elle connaissait ce bourrelet de chair, sa dureté –, il avait la peau froide. Ses lèvres étaient légèrement entrouvertes, on aurait dit qu'il se préparait à recevoir un baiser. Mais aucun souffle n'en sortait.

— Je ne l'ai pas assez aimé, dit Rahela. J'ai gâché ma vie à ne pas l'aimer assez.

Des étoiles, par millions, éclairaient le ciel. Osman lui caressait les cheveux exactement comme Padri, lentement et doucement, comme s'il avait l'intention de ne jamais s'arrêter. Là-haut, certaines étoiles étaient déjà mortes.

« Si tu les vois, c'est qu'elles ne sont pas mortes », rétorqua Osman.

ÉPILOGUE

VIEILLE VILLE
al-Aqsa
MISHKENOT
Vallée de la Géhenne
© Jeffrey L. Ward, 2023

Jérusalem, 2001

Après un long été exténuant, que j'avais en grande partie sabordé dans une confortable résidence pour écrivains de la côte Est où j'avais passé mes journées à écrire sur la difficulté d'écrire avant de tout balancer dans la foulée, je me suis retrouvé dans un festival littéraire à Jérusalem. C'était à peu près au moment de la sortie de mon premier livre. Désireux de fuir la stupidité de l'Amérique bushiste, un mauvais mariage et les nombreuses décisions inéluctables et terribles qui ponctuaient la pente escarpée de mon avenir, je ne demandais qu'à accepter n'importe quelle invitation à participer à des lectures et à des salons du livre. Il serait peut-être pertinent de signaler aussi que le festival s'est déroulé environ une semaine avant le 11-Septembre.

Quand je suis parti, des pluies abondantes s'abattaient enfin sur Chicago, mais, à Jérusalem, j'ai débarqué dans une chaleur sèche, statique, marquée par les chœurs obstinés des cigales et dans une ville aux prises avec des attentats suicides, dont un le matin de mon arrivée. Le minibus qui m'avait récupéré à l'aéroport s'est retrouvé coincé dans les embouteillages ; les sirènes se lamentaient et de noirs hélicoptères aux allures d'insectes tournaient dans le lointain. Le lugubre chauffeur, dont les cheveux lui faisaient de riches affluents sur la nuque, écoutait à la radio une voix hystérique et perturbée, qui devait s'exprimer depuis le site de l'explosion, mais il ne m'a rien expliqué, et je n'ai rien demandé. Je suppose que j'acceptais sans broncher la réalité dans laquelle j'avais atterri, parce que ce n'était pas la mienne et que je n'y pouvais donc rien changer.

Dans le hall de l'hôtel, il y avait une télévision que personne ne regardait. Une journaliste, cramponnée à un micro, avait le doigt pointé en direction de quelque chose qu'on ne voyait pas et qui se trouvait a priori derrière elle, mais ces séquences étaient entrecoupées de scènes où des soldats israéliens armés jusqu'aux dents – dents invisibles, bien sûr – enfonçaient une porte, puis traînaient une famille arabe dehors : les enfants en pleurs, la grand-mère voilée, le frêle grand-père et le reste. Sur l'image suivante, ils étaient à genoux, mains attachées dans le dos. L'autre moitié de l'écran montrait un match de foot manifestement important. On en était à sept minutes de la fin des prolongations, et l'équipe bleue menait la blanche 2 à 1. Il me vint à l'esprit qu'un monde où il n'y a que des gagnants et donc pas de perdants, ça n'existait pas.

J'étais descendu au Mishkenot Sha'ananim, comme tous les autres écrivains. À cette époque, je fumais, mais seulement en voyage – raison supplémentaire pour nourrir mon envie de voyager –, si bien qu'une fois dans ma chambre j'ai lâché mon sac sur le lit impeccable pour aller m'en griller une sur le balcon face aux murs de la vieille ville. Aujourd'hui encore, il arrive que la cigarette me manque, que je regrette ce plaisir certain dû à l'addiction. Et ce qui me manque surtout, c'est la manière dont la cigarette pouvait tout ralentir – combler n'importe quelle fissure dans le temps, permettre de ne rien faire, de ne rien penser, de n'avoir aucun objectif et de rester juste là où on était tout en tirant sur une bonne clope pendant que, sous vos yeux, le monde défilait et vous contournait, à la façon d'une rivière autour d'un rocher. Et si on s'y prenait bien, chaque cigarette avait le goût de la dernière, de l'ultime frontière du plaisir. À l'heure actuelle, quand j'ai cinq minutes de libre avant de devoir faire quelque chose ou me rendre quelque part, je me borne à tripoter mon Smartphone avec morosité en espérant de bonnes nouvelles qui ne viennent jamais. Quand on vit assez longtemps, on apprend que rien n'est jamais ni ne sera jamais comme ça l'a été.

Bref, posté sur un balcon de Jérusalem où je tirais sur une cigarette détaxée, j'imaginais les armées de conquérants et de croisés d'antan montant à l'assaut des murs de la vieille ville, le sang dévalant les ravines, les corps dégringolant les pentes pour s'entasser au fond de la vallée, les rugissements des batailles et de la mort, la démence épique de l'ensemble. C'est un banal symptôme de pure mélancolie que de s'obstiner à rêvasser du passé plutôt que de broder sur l'avenir, dans la mesure où l'avenir paraît à la fois gagé et incertain, alors que le passé est circonscrit et reproductible à l'infini. Les murs de la vieille ville resplendissaient à la lumière du soleil de l'après-midi finissant ; l'air embaumait la lavande, la sauge et le feu ; quelque part au-delà des cyprès et des oliviers, les cigales jouaient activement à la scierie.

Je ne connaissais personne à la réception inaugurale du festival et personne ne me connaissait ou n'avait même entendu parler de moi. Enveloppé dans mon voile d'insignifiance, je me suis rangé dans un coin en dorlotant mon malaise avec un verre d'un vin pétillant passé jusqu'à ce qu'une jeune femme porteuse d'un badge l'identifiant comme Caroline Staff m'approche et me demande si tout se passait bien. Mieux que ça, ce serait suspect, ai-je répondu, ce à quoi elle a éclaté de rire avant de me dire qu'elle était très heureuse que j'aie réussi à venir à Jérusalem, que ça lui donnait enfin l'occasion de me rencontrer en personne. Ça m'a étonné – ça m'étonne encore aujourd'hui – que quelqu'un ait envie de me rencontrer en personne. Mais Caroline était née à Chicago, d'une famille de réfugiés hongrois venus en Amérique une ou deux générations auparavant, si bien que mon livre la touchait à un niveau très personnel. Elle était très belle, avec des yeux noirs pétillants, des sourcils asymétriques et un sourire réticent qui suggérait une nostalgie et un chagrin enfouis en profondeur. Moi, je suis toujours prêt à craquer pour la nostalgie et le chagrin.

J'ai donc suivi Caroline qui circulait dans le hall bondé de la réception à la recherche d'auteurs et de civils qu'elle voulait absolument me faire rencontrer. À chacun, j'ai dû répéter mon nom au moins deux fois tout en exhibant mon badge, comme s'il suffisait à prouver que Caroline ne leur servait pas de craques, que j'étais moi aussi écrivain, quoique mineur, et que j'avais officiellement le droit de me mêler à ces estimés auteurs de renom international. Malgré tous mes efforts, je n'ai pas été fichu d'aller au-delà des banalités les plus rasoir. (Et comment s'est passé votre vol ?) J'ai laissé Caroline me guider, la main légèrement posée au-dessus de mon coude, vers mon prochain défi communicationnel, tandis que je gardais le bras figé en une docilité guindée. Tout au long de cette épreuve (on se serre la main, on prononce mon nom, on recommence, on demande, Et comment s'est passé votre vol ?, on passe à la cible suivante tout aussi indifférente, et ainsi de suite), que j'ai subie avec un grand sourire complice, j'ai échafaudé des histoires dont le point d'orgue m'amenait dans l'idéal à coucher avec Caroline. Non pas qu'il y ait eu la moindre probabilité raisonnable que nous ayons un rapport sexuel, ni que j'eusse osé véritablement m'y risquer. C'était parce que, quand j'étais seul et inquiet, j'avais la manie – je l'ai toujours – d'échafauder des histoires, mon cerveau générant compulsivement de potentiels scénarios afin de m'aider à surmonter mon désarroi et me donner l'impression de contrôler quelque chose alors que je me débattais avec un sentiment d'impuissance. Quand on me demande ce que je fais lorsque je n'écris pas, j'ai tendance à répondre : j'échafaude des histoires.

Totalement inconsciente de la vile intrigue que j'étais en train de concocter dans ma tête, Caroline m'a présenté à une dame imposante dotée d'une épaisse crinière argent. Je ne l'ai reconnue qu'après lui avoir serré la main – je ne souhaite pas donner son identité ici, et l'appellerai donc Doka, parce qu'elle me rappelait ma prof de langue à l'école élémentaire, une certaine Doka, qui avait la même crinière argent, plus une cicatrice en travers de la gorge, et était tout aussi effrayante et imposante. La version Jérusalem de Doka était une autrice très célèbre dont j'avais dévoré les bouquins qui, pendant mes études supérieures, m'avaient aidé à me protéger des assauts du poststructuralisme, de la déconstruction et autres brimborions intellos européens. Mes carnets de l'époque, aujourd'hui perdus, fourmillaient de phrases piochées au petit bonheur dans ses essais, en particulier celui sur l'incarnation de l'Histoire et l'éthique et l'esthétique de la fiction autobiographique. Elle avait passé du temps à Sarajevo durant le siège, c'était de notoriété publique, et avait mis en scène le *Tamerlan* de Marlowe ; elle avait refusé de porter un gilet pare-balles ou un casque, par solidarité avec tous les Sarajéviens pour qui c'était impossible, et était, paraît-il, la première étrangère de passage à avoir agi de la sorte. Après que Caroline m'eut présenté, la Doka de Jérusalem m'a fixé comme si mon visage lui-même eut été un badge et a lâché d'une sévère voix d'enseignante :

— Oh, je sais très bien qui il est !

Naturellement, ses mots et la façon dont elle les avait prononcés m'ont terrifié. Dans ma stupéfaction, j'ai répliqué :

— Et moi aussi, je sais très bien qui vous êtes.

Ce qui, réaction gratifiante, a fait pouffer Caroline. La Doka de Jérusalem a continué à me fixer froidement, sans rien ajouter, tandis que je passais mes souvenirs au peigne fin dans l'espoir de situer les raisons pour lesquelles elle pouvait très bien savoir qui j'étais. Au même moment, je me suis fait la réflexion que je ne savais pas trop moi-même qui j'étais, ni pourquoi j'étais au juste qui j'étais et pas quelqu'un d'autre. Le doute a duré l'espace d'un éternuement, mais il serait honnête d'y voir un symptôme d'une crise ontologique en cours. Tu ne peux comprendre Mes règles, dit le Seigneur à un crétin dans la Bible.

Par la suite, nous avons discuté suffisamment longtemps pour que je découvre que la Doka de Jérusalem et moi avions plusieurs amis communs. J'avais de bonnes raisons de croire que ces derniers ne m'avaient pas critiqué trop durement, mais je ne pouvais pas savoir quelle histoire j'avais pu incarner à ses yeux ni qui avait pu lui exposer les grandes lignes de mon histoire personnelle. Mais, sur le moment, j'ai continué à paniquer et n'ai pas été fichu de poursuivre ni même de lui demander comment s'était passé son vol. Déclarant que j'avais un besoin urgent de me réapprovisionner en vin pétillant passé, j'ai fini par déguerpir en laissant la belle Caroline se coltiner la grande auteure.

Cependant, au lieu de faire un plein de bulles, je me suis rué dans ma chambre où j'allais consacrer ma longue nuit de décalage horaire à éplucher la liste de raisons de me détester qu'avait la Doka de Jérusalem, à me repasser dans ma tête – une vraie obsession – sa voix de stentor quand elle avait dit : Oh, je sais très bien qui il est ! Je n'arrêtais pas de réfléchir à ce que les Sarajéviens pouvaient au juste lui avoir dit à mon sujet : que je n'avais pas vécu le siège ; que, bien en sécurité en Amérique, j'avais écrit un livre évoquant le siège en me mettant ainsi en situation de décrire et d'exploiter les souffrances d'autrui, etc. J'entendais leurs voix dérouler des scènes entières où mes amis et ennemis lui parlaient de moi, lui disaient que j'avais été absent de Sarajevo assiégée, gilet pare-balles ou pas, tandis qu'elle était sur place, ce qui prouvait bien qu'il était possible et peut-être même nécessaire d'être présent aux côtés des victimes. En fin de compte, j'ai pu voir avec cette clarté des quatre heures du matin ce qu'elle avait peut-être perçu quand elle m'avait regardé, version de moi-même qui ne m'a absolument pas empli de fierté. J'ai pris un cachet et j'ai sombré dans le sommeil à l'heure où les étoiles pâlissaient et ne me suis réveillé – honteux, la bouche en carton et avec un bon mal de tête – que lorsque Caroline a appelé ma chambre pour m'annoncer que c'était l'heure de nous rendre à l'événement qui m'attendait.

Il s'agissait d'une table ronde intitulée « Écriture, guerre et souffrance » ; je devais discuter avec un Israélien et un Allemand de la manière d'écrire sur la guerre et la souffrance, thèmes sur lesquels nous étions censés être experts. Dans le foyer, l'écrivain allemand m'a confié, d'un ton indigné et sans que je lui aie rien demandé, qu'en fait c'était lui, le premier étranger à ne pas avoir porté de gilet pare-balles dans Sarajevo assiégée ; et que c'était uniquement parce que les Américains avaient invariablement le sentiment d'être les meilleurs et les plus malins sur Terre, et qu'ils avaient foncièrement tendance à pirater ce que d'autres avaient déjà découvert et exploité

– musique, film, littérature, tout ce qu'on veut – que tout le monde sans exception croyait dorénavant que c'était une Américaine qui avait été la première à ôter son gilet pare-balles.

— C'était moi, a-t-il déclaré. J'ai été le premier à l'enlever.

— Félicitations ! ai-je répondu.

Ça ne lui a pas plu.

Durant la table ronde, le brave Allemand est monté en puissance et s'est mis à fulminer contre les myriades d'écrivains occidentaux qui vont, sur un coup de tête égoïste, faire un tour en zone de combat, pour le frisson, passeront leur temps à se balader dans l'enfer local à bord de véhicules blindés, protégés par un casque et un gilet pare-balles, puis mettront en scène des spectacles pompeux bien planqués dans un sous-sol, sans avoir jamais vu ni vécu l'ampleur réelle de la souffrance des gens, et dont certains finiront par écrire des bouquins où ils feront la morale aux autres en dissertant sur la souffrance, comme s'ils y connaissaient vraiment quoi que ce soit. La salle était pleine à craquer et vibrait sous le coup d'une tension que je ne pouvais associer à rien que j'eusse connu ou compris. L'auteur israélien a enchaîné pour pester contre ces abrutis de libéraux occidentaux qui s'entêtaient à ne jamais rien saisir de ce qui se passait réellement au Moyen-Orient. Convaincus que la détermination des belligérants à détruire leur ennemi reposait sur un gigantesque malentendu susceptible de se régler par l'empathie, la discussion, un pot d'infusion ou quelque chose de plus corsé, a-t-il affirmé, les libéraux occidentaux se plaisaient à les réunir autour d'une table de négociation. Alors qu'en réalité le problème était que les belligérants voulaient et exigeaient la même chose, laquelle ne pouvait se partager et ne serait jamais partagée, pour la simple raison qu'il s'agissait d'une patrie. Peu de gens dans le monde ont une patrie, et ceux qui n'en ont pas en veulent une, tandis que ceux qui en ont une ne la partageront jamais, parce qu'ils ont versé leur sang et donné leurs vies pour y vivre. C'est très simple, a-t-il conclu. Très simple.

Un grand nombre d'auditeurs avaient hoché la tête à divers passages du discours enflammé des deux écrivains. La force de leurs certitudes et de leurs convictions m'a réellement effrayé, d'autant plus que ça paraissait galvaniser le public. J'ai fait défiler dans ma tête ce que j'allais dire et j'ai vu clairement que pas un seul de mes arguments ne serait à la hauteur de l'absolue sincérité de mes deux homologues. Au premier rang, Caroline affichait un air tendu, une sorte d'attention désespérée, comme si cette table ronde représentait l'ultime chance, pour toutes les personnes présentes, de parvenir à une forme de solution à toute une cascade de problèmes horribles. Elle s'éventait avec son badge, alors que la climatisation de la salle frisait le froid polaire, et j'ai vu dans son attitude l'expression de l'inquiétude qu'elle éprouvait pour moi et le manque de certitudes que je m'apprêtais à exposer.

Sur le siège juste derrière Caroline, une femme âgée avait les mains sur les genoux, paumes offertes, comme si elle tenait un objet fragile, invisible. Elle portait des gants, dont la blancheur brillait dans la salle obscure, une veste jaune au revers piqué de badges et une chemise noire sur laquelle était écrit le terme CLOSURE en anglais, en hébreu et en arabe. Elle hochait la tête comme si elle m'entendait réfléchir et me déconseillait de dire ce que je m'apprêtais à dire.

Malheureusement, je n'avais pas le choix. J'ai donc commencé par énoncer mon avertissement standard : mon expérience personnelle n'avait aucune valeur et mon opinion sur le sujet était inadéquate dans la mesure où je n'avais pas été exposé aux violences de la guerre. J'étais à Chicago lors du siège de Sarajevo et je n'avais eu accès qu'aux histoires et témoignages d'autres gens, que mon imagination limitée avait parfois étoffés sur le plan narratif. Mes amis m'avaient confié ce qu'ils avaient subi, de sorte que je pouvais essayer d'imaginer ce à quoi la guerre ressemblait, tout en étant pleinement conscient que cette peinture ne serait jamais complète ni même fidèle, que leur expérience ne me serait jamais vraiment accessible et que c'était en fait ainsi que l'histoire fonctionnait. L'histoire laisse la dévastation dans son sillage. On ne peut la connaître et la comprendre que si on la vit de l'intérieur, mais quand on la vit de l'intérieur, on n'a ni le temps ni le recul nécessaires pour la compréhension. Tout ce qu'on veut, c'est rester en vie, ce pour quoi la compréhension n'est pas indispensable. On n'a pas accès à la logique complexe et catastrophique de l'histoire, laquelle se révèle écrasante et incompréhensible – sans qu'elle puisse jamais s'effacer –, surtout quand on essaie de survivre. L'histoire n'a pas de limite, au même titre que mon champ visuel, mais dès que j'écris sur elle, ou que j'en parle, je me situe en dehors, si bien qu'elle ne peut être perçue que comme une narration. Tout ce que je peux faire à propos du passé ou de toute expérience ne m'appartenant pas en propre, c'est de les imaginer, puis de me payer de culot et de raconter des histoires dessus, mais ce uniquement si j'accepte l'échec inévitable du projet, parce que l'histoire, c'est le vécu, l'être, ce n'est ni une structure ni un récit. L'Allemand a ricané distinctement, et l'Israélien m'a interrompu pour dire que ça faisait des siècles que les écrivains racontaient des histoires sur le monde, mais que la véritable mission de l'écriture était de changer le monde, et de le changer en mieux. Il était évident que ni l'un ni l'autre ne pensaient que j'avais la moindre chance d'accomplir cette tâche bien particulière, et j'ai dû en convenir. Tout l'auditoire a applaudi pour exprimer son approbation enthousiaste, hormis la femme aux gants blancs, qui ne m'avait toujours pas quitté des yeux et exposait ses vigoureux reproches avec force hochements de tête.

Il a fallu beaucoup de temps et de froid polaire ô combien pénibles, plus quelques bouteilles d'eau au goût de rouille pour conclure notre inutile débat, après quoi le modérateur a invité le public à se manifester. Le premier commentaire redouté – ce n'était pas une question – est venu d'un homme coiffé d'une kippa au deuxième rang qui a d'abord dû batailler ferme pour dégager sa canne coincée dans les barreaux du siège devant lui. Quand il a enfin réussi à se mettre debout, il a refusé le micro et a levé un doigt triomphant pour annoncer en anglais à tous les gens présents :

— Homère était aveugle. Aveugle !

Après cela, personne ou presque n'a pu l'entendre, mais il a poursuivi quand même tandis que je regardais Caroline s'éventer en espérant qu'elle m'adresserait un sourire, ce qu'elle a fini par faire de mauvaise grâce.

Je me suis ensuite assis à la table où s'entassaient des exemplaires de mon livre traduit en hébreu et j'ai attendu de potentiels lecteurs désireux d'avoir un autographe. Il m'est venu à l'esprit que je n'avais aucun moyen d'affirmer que mon texte était bien reproduit dans les ouvrages en question, étant donné qu'ils se camouflaient derrière la barrière de verre d'un alphabet qui m'était illisible. Deux longues files s'étaient formées pour l'Israélien et l'Allemand, qui continuaient l'un et l'autre à parler avec énervement à leurs admirateurs et lecteurs. Pendant ce temps, je ruminais et gribouillais sur la brochure du festival avec un marqueur d'une épaisseur ambitieuse. La pendule au mur égrenait sans générosité aucune les dix minutes que je m'étais fixées avant de m'autoriser à fuir ce cauchemar.

Et j'avais presque réussi – la brochure était couverte de gribouillis, l'aiguille des secondes accomplissait son tout dernier tour de cadran avant ma libération – quand la dame aux gants blancs a surgi devant moi, flanquée d'un homme dans la cinquantaine que je n'avais pas remarqué dans le public. Elle a fait un pas en avant tandis que lui reculait et, mâchoire crispée, regard froid et veste suffisamment ample pour y dissimuler un bon petit Uzi ou même une ceinture explosive, croisait les mains devant son sexe comme l'aurait fait un simili garde du corps. Elle a posé sa main gantée sur la table, juste devant moi, et s'est penchée de sorte que le pendentif de son collier, orné d'une roue de Samsara, a pendouillé au-dessus de mes livres à la manière d'un fil à plomb. Et puis elle s'est mise à chanter :

Bejturan se uz ružu savija
Vilu ljubi Đjerzelez Alija
Vilu ljubi svu noć na konaku
Po mjesecu i mutnu oblaku.

Elle chantait d'une voix aiguë en tenant longuement ses notes et en reprenant bruyamment sa respiration entre chaque phrase et on aurait dit qu'elle hochait la tête parce que la chanson l'émouvait, qu'elle vidait son âme jusqu'aux dernières gouttes pour en exprimer correctement toute la sevdah. Elle avait un accent, très léger cependant, l'accent de quelqu'un qui connaît la langue, mais la pratique rarement, et chantait sans me quitter des yeux, comme si elle cherchait à s'insinuer sous mon crâne et, grâce à la beauté de la chanson, le libérer de sa confusion torride. Incapable de soutenir le contact visuel, j'ai décrypté les badges sur son revers : *Libérez les Territoires. Rappelle-toi l'avenir. Femmes pour une paix juste*. Quand elle a fini par s'arrêter, j'ai applaudi bêtement, ce qui m'a permis de détourner le regard. L'Allemand, l'Israélien et leurs lecteurs nous observaient tous en silence, à la manière d'un chœur tragique qui attend d'entrer en scène.

— C'est une vieille chanson bosniaque, ai-je remarqué. Comment se fait-il que vous la connaissiez ?

— J'ai passé quelque temps à Sarajevo après la guerre.

— La dernière guerre ?

— Non, celle d'avant, la Seconde Guerre mondiale. Ma famille était de Sarajevo, donc je suis allée les chercher, mais je ne les ai pas retrouvés.

Je n'ai pas su quoi lui répondre. Sentant le malaise m'envahir, j'ai demandé :

— Voudriez-vous que je vous dédicace un livre ?

Elle a hoché la tête encore une fois et, dans un éclair de déduction humiliant, je me suis rendu compte que ce n'était ni l'expression de son incrédulité, ni celle de sa désapprobation, ni même d'une quelconque sevdah, mais qu'elle avait des troubles de la motricité, une maladie de Parkinson peut-être. J'ai subitement compris pourquoi ses mains tremblaient aussi et pourquoi son garde du corps, ou qui qu'il soit, avait la charge de la canne tripode.

— J'ai déjà lu votre livre, me confia-t-elle. Peut-être pourrions-nous prendre un café ensemble ?

Que pouvais-je faire ? Nous avons bu un café hélas ! parfumé à la cardamome sur une terrasse de Mishkenot pendant que les murailles de la vieille ville viraient à l'orange, puis au mauve, puis au gris. J'ai repensé à cette ligne du poème d'Herbert : si nous perdons les ruines il ne restera rien[1]. Son garde du corps s'est révélé être son fils, lequel s'appelait Avram. Il s'est joint à nous, sans rien dire, s'est mis

---

1. *Monsieur Cogito*, Zbigniew Herbert, *Œuvres poétiques complètes II*, Paris, Le Bruit du temps, 2012, p. 451, traduction de Brigitte Gautier.

à boire son Fanta à la bouteille en évitant laborieusement tout contact visuel avec moi, fixant au contraire son regard sur l'espace neutre au-dessus de la table. La main de la femme tremblait quand elle a porté la tasse de café à ses lèvres, mais elle n'en a pas renversé une seule goutte. Elle s'est tamponné la bouche avec un mouchoir d'un blanc immaculé, a placé bien au milieu de son torse son pendentif avec la roue du Samsara et m'a dit :

— Je m'appelais Rahela Pinto, et mes deux pères étaient originaires de Bosnie. J'ai fini par me retrouver ici. C'était un pays nouveau, un pays de réfugiés, qui a créé plus de réfugiés encore.

Elle avait prononcé Sarajevo à la manière d'un Sarajévien, en accentuant la première syllabe, de sorte que je n'ai d'abord pas apprécié à sa juste valeur le fait qu'elle ait eu deux pères.

— C'est une histoire très longue et difficile, mais je dois vous en raconter quelques bribes.

— Je vous en prie, ai-je répondu.

J'entendais déjà le bourdonnement de la machine à échafauder des histoires qui s'emballait sous mon crâne.

L'un de ses pères, Rafael Pinto, était juif, m'a-t-elle expliqué, et l'autre, Osman Karišik, musulman. Ils étaient tous les deux Sarajéviens, mais s'étaient rencontrés dans l'armée austro-hongroise pendant la Première Guerre mondiale et ils s'aimaient plus que quiconque avait jamais aimé, ou aimerait jamais, et ils étaient restés ensemble jusqu'à la fin de leurs vies, même après avoir été séparés, même après la mort d'Osman. Sa mère biologique était une Juive russe de Tachkent, dont Rahela ne se souvenait pas, parce qu'elle était morte en la mettant au monde. De même n'avait-elle jamais rencontré Osman, sinon dans les histoires que Padri Rafo lui avait racontées sur lui, sur son enfance à Sarajevo et sur les moments qu'ils avaient partagés durant la guerre, dans un camp de prisonniers à Tachkent, dans les montagnes du Turkestan, les déserts de Chine. Elle-même avait grandi principalement à Shanghai, où ils avaient débarqué, Padri et elle, dans les années vingt. Elle avait fini par partir à Hongkong avec un homme qu'elle aimait et qui s'était révélé toxique, et elle avait regretté cette erreur tout au long de sa vie. Padri était resté à Shanghai, il y avait vécu la guerre et vivait encore sur place en 1949 quand les communistes s'étaient emparés de la ville. Elle était allée le chercher et ils avaient pris le chemin de Sarajevo, parce que c'était là que la famille de Padri Rafo était censée être et qu'ils n'avaient aucun autre endroit où s'établir. Mais il n'avait pas réussi à tenir jusqu'au bout, et elle, enceinte de quatre mois, avait dû continuer sans lui. Une fois à Sarajevo, elle s'était mise à la recherche des Pinto, mais n'en avait trouvé aucun. Les Juifs restants étaient très peu nombreux – pour la plupart, ceux qui avaient survécu avaient déjà émigré dans le nouvel État d'Israël. Tout un monde avait disparu, comme un rêve. Durant quelque temps, elle avait juste erré à travers la ville en quête de choses qu'elle se rappelait avoir entendues de la bouche de Padri Rafo, dont la voix dans sa tête la guidait. Elle était montée à Bilave – Bjelave, l'ai-je reprise, mais elle m'a ignoré –, s'était promenée dans Mejtaš, avait interrogé les gens sur Avram et Rahela

Pinto (elle portait le prénom de sa grand-mère), sur la sœur de Padri Rafo, ses nièces Laura et Blanka et même sur son beau-frère, Albert, qui leur avait écrit une lettre que Padri et elle avaient lue et relue comme la Torah. Même ceux qui parvenaient à la comprendre ne savaient rien sur eux, ni sur aucun autre Pinto, du moins à ce qu'ils lui avaient dit. Elle parlait une langue qu'elle avait apprise auprès de Padri Rafo et que plus personne à Sarajevo ne semblait connaître, mélange de spanjol, de bosnien, d'allemand et d'une douzaine d'autres langues que Padri avait glanées entre Sarajevo et Shanghai. Il avait fallu à Rahela un moment pour se rendre compte que la langue qu'elle parlait n'appartenait qu'à Padri Rafo et qu'ils avaient été les seuls à la pratiquer. Quant à Osman, comme moi, il n'avait jamais eu la moindre famille. Elle avait demandé dans tout le Čaršija, où, d'après les histoires de Padri Rafo, il avait grandi en orphelin, mais personne ne se rappelait quoi que ce soit sur lui ou bien ne voulait rien en dire. Elle s'était également renseignée sur les personnages des histoires d'Osman, que Padri lui avait cités depuis qu'elle était petite : Meho Kulampara, Hadži-Resko Šupak et même le brave Alija Đerzelez. On l'avait prise pour une folle discutant dans une sorte de galimatias de personnages tirés de vieilles histoires bizarroïdes et sa curiosité n'avait pas tardé à susciter celle de la police communiste au point qu'elle avait dû cesser de poser des questions. Sans doute aurait-elle été arrêtée, si elle n'avait pas été aussi visiblement enceinte. La ville qu'elle avait imaginée à partir des récits de Padri Rafo paraissait avoir été annihilée avec tous ses habitants, ses anecdotes et ses espaces, et avoir cédé la place à un lieu totalement différent qui aurait été édifié par-dessus. Il restait peu d'indices prouvant que cette Sarajevo avait vraiment existé, même si la voix de son père continuait à résonner dans sa tête et à lui répéter les mêmes histoires.

Rahela avait réussi à dénicher l'échoppe d'apothicaire qui avait appartenu à la famille Pinto. Elle était passée sous la coupe de l'État et était fermée ce jour-là. Mettant son désespoir de côté, elle s'était attardée devant l'échoppe sans savoir que faire. Elle ne connaissait personne qui aurait pu lui parler de l'Apotheke, et personne ne savait qui elle était. C'était comme si elle avait débarqué sur le mauvais rivage, que tous les bateaux étaient désormais partis pour ne jamais revenir. Elle s'était alors fait la réflexion, très effrayante, m'a-t-elle avoué, que Padri Rafo avait peut-être tout inventé. Et s'il n'était pas né à Sarajevo, avait-elle pensé avec inquiétude, et si sa mère n'était pas morte, si elle était vivante quelque part ? Et si Osman n'avait jamais existé, si son père ne s'était jamais appelé Rafael Pinto et avait été quelqu'un d'autre, peut-être même pas juif ? Et si tout ce qu'il lui avait raconté n'était qu'une flopée de contes de fées et de mensonges ?

Elle s'était promenée un moment dans le Čaršija, juste pour se calmer. Parfois, la vie ressemble à un rêve, m'a-t-elle dit, et j'ai acquiescé, oui, sans le vouloir, on imaginait toujours la vie en sachant pourtant qu'on risquait de se réveiller dans un autre monde, sous la forme de son ombre à soi.

Et puis, il s'était produit quelque chose de curieux, a-t-elle ajouté. Subitement, Osman avait surgi à côté d'elle, elle ne l'avait pas vu, mais elle avait perçu sa présence, juste derrière elle, à sa droite, et elle avait entendu sa voix. Il lui avait montré où était autrefois la vieille drogerija de Pinto et où lui-même allait chercher du café et du halva pour Sinjor Avram qui lui permettait parfois de se rouler une cigarette avec du bon tabac venu clandestinement d'Herzégovine. Il lui avait montré aussi l'ancien emplacement du kahvana d'Hadži-Šaban, et ils s'étaient assis au bord de la rivière pour causer de la vie qui s'était enfuie, de la vie qui aurait pu être et d'un monde où l'échoppe d'apothicaire aurait encore appartenu à Padri et où, avec Osman, ils auraient veillé l'un sur l'autre dans leurs vieux jours.

Le lendemain, elle était retournée à l'échoppe d'apothicaire, où un homme l'avait vue frapper à la porte. L'homme en question lui avait parlé, lui avait expliqué que l'endroit resterait fermé un moment. Elle avait parfaitement compris tout ce qu'il lui avait dit, mais ne se souvenait pas dans quelle langue il s'était adressé à elle. Cet homme n'était pas jeune, mais il était difficile de lui donner un âge. Il s'appelait Blum, c'était un des rares Juifs qui vivaient encore à Sarajevo, m'a-t-elle dit en me rapportant ses paroles, tous les autres étaient morts ou partis. Il se souvenait bien de l'Apotheke Pinto : quand il était enfant, il descendait de Mejtaš parce que sa mère l'envoyait chercher des poudres pour ses maux de tête ou quelque autre affection.

— Je me souviens de l'homme qui me vendait ces remèdes – il avait un beau sourire qui illuminait son visage bistré. Je n'oublierai jamais ce sourire, avait-il dit. Les Pinto étaient des gens bien, c'était une famille bien. À ma connaissance, il n'y a plus de Pinto en vie par ici. Vous êtes de la famille ?

— Oui, avait-elle répondu.

— Eh bien, avait ajouté l'homme. Je suis vraiment désolé.

Il était bon comme le pain, ce Blum, m'a confié Rahela. Buenu komu il pan. Blum l'avait aidée à comprendre qu'il n'y avait pas d'avenir pour elle et son enfant à Sarajevo. Étant communiste et travaillant pour le gouvernement, il avait pu l'aider à obtenir les papiers nécessaires et, quelques semaines plus tard, elle était en route pour Israël, où elle avait réussi à retrouver les traces de quelques Sarajéviens, qui se serraient les coudes dans leur nouveau pays, parlaient encore le dialecte de Sarajevo, spanjol mêlé du bosnien qu'ils gardaient en tête, et l'avaient traitée comme si elle avait toujours été des leurs. Certains avaient l'âge de se rappeler l'Apotheke Pinto et le jeune Doktor Rafael avec son costume viennois, son teint basané, son fez cramoisi et son sourire éclatant. Après avoir mis Avram au monde, Rahela avait pleuré pendant des jours et des jours, parce que c'est là, m'a-t-elle dit, qu'elle avait pris la pleine mesure de l'absence de Pinto. Elle n'entendait plus sa voix, il ne lui parlait plus et elle ne pouvait ni lui raconter ni même lui écrire la vie qu'elle menait à présent, une vie qu'il ne pourrait jamais vivre ni voir. Elle avait compris la signification de la mort – chaque mort met un terme à une vie qui ne peut plus être altérée. C'est seulement à ce moment-là qu'elle avait pu le pleurer, pleurer sa vie et toutes les vies qu'il aurait pu vivre dans un monde différent de celui-ci. Elle était seule à le pleurer parce que, Blum mis à part, elle était seule à se souvenir de lui et d'Osman. Depuis, elle avait le cœur brisé.

— Et ils mourront à nouveau à ma mort, a-t-elle ajouté. Et moi aussi, je mourrai bientôt. Toutes ces vies vécues seront tôt ou tard oubliées. On peut être aussi seul dans la mort que dans la vie. C'est pour ça que les gens croient en Dieu. Ils croient que Dieu veille sur eux et qu'Il se souviendra d'eux et de leurs vies, m'a-t-elle dit. Mais non. Tout et tous seront oubliés. C'est pour ça que ce que nous faisons tant que nous sommes en vie est important. Rappelle-toi l'avenir, répétait Padri. La mort ne sert rien et n'apporte rien.

Son fils a reposé sa bouteille sur la table, s'est essuyé la bouche du revers de la main, puis il a roté. Elle me parlait lentement, en hochant la tête au rythme de ses paroles, pourtant ce qu'elle m'avait dit n'avait duré que le temps qu'il avait fallu à son fils pour terminer son Fanta. J'avais lu que, lorsque Mohammed avait lâché le pichet d'eau pour monter au ciel, il était revenu avant même que le pichet ait touché le sol. La mosquée al-Aqsa a été édifiée à cet emplacement, lequel était aussi l'emplacement où Yahvé a créé le monde et où Abraham a presque tranché la gorge de son fils. Et cet emplacement était situé de l'autre côté de la vallée, derrière ces fameuses murailles. Si nous perdons les ruines, il ne restera rien.

Il m'a fallu un moment pour trouver quelque chose à dire. Ma raison d'être, ce sont les affaires de déplacements de population et d'oubli. La machine à échafauder des histoires s'était mise en branle et j'imaginais déjà une trame à partir de tout ce qu'elle m'avait confié, et plus encore.

Mais je me suis contenté de lui répondre :

— Ça fait énormément d'histoires pour une vie.

— Beaucoup de gens ne me croient pas. Même mon fils ne me croit pas, m'a-t-elle confié dans un haussement d'épaules. Alors j'ai arrêté de raconter. Mais je me suis dit que vous étiez écrivain, que vous aviez de l'imagination et que peut-être vous me croiriez.

Animé par l'espoir qu'elle m'annonce que ce serait à moi d'écrire cette histoire, je m'apprêtais à la remercier de l'avoir partagée, quand j'ai vu Caroline avancer vers nous d'une foulée tellement déterminée sur ses hauts talons que son badge rebondissait sur sa poitrine – elle venait me chercher afin de m'accompagner jusqu'à une quelconque fosse aux serpents aimablement mise en place par le festival.

— Vous me croyez ? m'a demandé Rahela.

— Oui, ai-je répondu.

Ma réponse était largement motivée par le fait que Caroline me bombardait ses intentions – il était évident qu'elle ne me laisserait pas m'attarder sur la terrasse pour questionner Rahela sur ses deux pères et sa mère disparue, les récits de mémoire de Sarajevo qui lui avaient été transmis et les mondes dans lesquels elle avait passé sa vie et dont je ne connaissais rien, bref, qu'elle ne me laisserait pas recueillir l'histoire de Rahela.

Durant les dix secondes dont je disposais avant de devoir capituler face à l'indomptable volonté de

Caroline, j'ai proposé à Rahela de nous revoir, le lendemain peut-être, afin qu'elle m'en dise davantage sur sa vie et ses multiples parents, parce que, en tant qu'auteur, j'admire et j'apprécie les grandes histoires et que la sienne s'inscrivait clairement dans cette catégorie. Elle a secoué et hoché la tête en même temps, pendant que je suggérais un lieu où il n'y aurait pas d'écrivains ni de gens chargés de veiller sur moi et de régenter mes faits et gestes (c'est-à-dire Caroline). Rahela a dit quelque chose à son fils en ce qui était peut-être du spanjol ou, allez savoir, la langue de Pinto qu'elle avait évoquée et il a levé la main – en évitant toujours tout contact visuel – en pointant le doigt vers le fond de la vallée au loin, où les derniers feux du soleil couchant scintillaient sur d'obscures fenêtres.

— Là-bas, qu'en pensez-vous ? m'a-t-il suggéré en anglais. L'enfer était par là dans le temps. C'est là qu'on sacrifiait des bébés, qu'on les précipitait dans l'abîme. Mais vous savez ce qu'on dit : entre le jardin d'Éden et la Géhenne, il n'y a guère plus que la largeur d'une main.

— Ah ! me suis-je écrié. On dit ça ?

À présent, Caroline me dominait de toute sa hauteur, forte de son autorité souriante inentamée. Rahela lui a dit alors quelque chose en hébreu et elle m'a expliqué en anglais que Rahela me verrait le lendemain après-midi à la cinémathèque, dont elle affirmait que je pouvais la distinguer d'ici. À moins que je ne me fasse arrêter à la manifestation aujourd'hui, a ajouté Rahela. Nullement perturbée par cette éventualité, Caroline a approuvé l'idée d'une rencontre à la cinémathèque étant donné qu'elle était très proche de Mishkenot et disposait d'un agréable café et d'une vue encore plus agréable sur la vallée de la Géhenne.

— C'est un bon endroit pour se retrouver, vous y serez en sécurité, les kamikazes se foutent royalement des vieux films, a-t-elle affirmé.

Le lendemain, je suis allé à pied à la cinémathèque où le film qui passait cet après-midi-là se trouvait être *La Horde sauvage*, que j'avais dans le temps enregistré sur cassette pour l'étudier de manière obsessionnelle. Compte tenu de ses massacres, de ses explosions, de ses corps réduits – au ralenti – à l'état de lambeaux sanglants, j'imaginais volontiers qu'il puisse plaire à un kamikaze, mais le café était totalement vide, à l'exception d'un chien vautré sur le sol de la terrasse, qui n'a même pas levé la tête à mon entrée. Il n'y avait personne derrière le comptoir, et pas un serveur non plus. J'ai envisagé la possibilité qu'ils soient tous retenus en otages dans le congélateur de l'arrière-salle, mais j'ai choisi de laisser la situation se régler d'elle-même, sans moi, et me suis installé dehors face à la vallée qui, d'après le fils de Rahela, l'amateur de Fanta, abritait autrefois l'enfer. À présent que j'y repense, je savais déjà que Rahela ne se montrerait pas, mais j'ai fait comme si. Assis à ma place, je me disais qu'elle ferait de moi l'auteur qui raconterait son histoire, que je réussirais à négocier une quantité acceptable d'embellissements narratifs et de restructurations. Je plantais une scène où elle répondait à mes interrogations, aux tentatives que je déployais pour lui soutirer des détails frappants, et me confiait tous les sentiments qui l'animaient. J'avais sous le coude le carnet Moleskine que m'avait offert le festival, mon stylo à encre préféré ; j'étais pleinement en mode écriture. La vallée s'ouvrait à mes pieds, les collines étaient déjà en train de tester leurs couleurs en vue du coucher de soleil. J'ai entendu quelqu'un m'appeler – une voix douce et grave, qui prononçait les consonnes molles de mon prénom à la manière d'un Sarajévien – mais, quand je me suis retourné, il n'y avait personne, l'endroit était totalement vide. Puis la voix s'est mise à chanter la fameuse vieille chanson bosniaque, Bejturan se uz ružu savija. Ce n'était pas la voix de Rahela. C'était une chaude voix d'homme, elle chantonnait, murmurait, comme si la bouche était proche de mon oreille. Bejturan se uz ružu savija, vilu ljubi Đerzelez Alija, vilu ljubi svu noć na konaku, po mjesecu i mutnu oblaku.

L'idée m'a effleuré qu'il y avait peut-être, quelque part tout près, une porte à peine ouverte entre différents mondes et que la voix que j'entendais me parvenait de l'au-delà. Peut-être aurais-je franchi cette porte pour pénétrer dans le véritable enfer si une serveuse ne s'était soudain matérialisée pour prendre ma commande. J'ai bu à grand bruit mon expresso sans cardamome, puis un autre, en réfléchissant au fait que le monde était un univers d'histoires qui ne pouvaient que commencer sans jamais se terminer quand, quelque part au-delà de mon champ de vision, une explosion retentissante a fait voler en éclats toutes mes bulles de pensée et répercuté son écho dans toute la vallée de l'enfer. Une cigogne perchée sur un des toits s'est envolée et s'est fondue dans le ciel qui s'obscurcissait. Après un temps d'un silence terrible, de nombreuses sirènes se sont mises à mugir et une agitation diffuse s'est élevée de plusieurs endroits à la fois, puis des hélicoptères ont tournoyé au-dessus de nos têtes et la vallée s'est refermée plus profondément sur elle-même. La serveuse a couru vers la véranda avec sur le visage une expression d'horreur routinière, puis elle a porté son regard vers le lieu de la déflagration, comme si elle pouvait, par la seule force de sa volonté, voir ce qui s'était passé.

Il était clair que Rahela ne viendrait pas, que je ne la reverrais peut-être jamais et que je n'aurais pas plus de détails sur son histoire. J'espérais bien entendu qu'elle ne se soit pas trouvée à proximité de cette explosion. À présent, j'avais le choix entre retourner à l'hôtel ou rester ici, et peut-être même regarder *La Horde sauvage* pour la millième fois. Je savais que Caroline s'inquiéterait à mon sujet, mais j'avais aussi le sentiment que retourner simplement d'où je venais avait quelque chose d'inopportun et d'indécent, car maintenant je ne pouvais imaginer que ce serait le même endroit. J'ai frissonné en pensant à tous les autres auteurs s'affairant nerveusement, échangeant des potins, des indignations et des spéculations, avançant des opinions et défendant des positions morales. Je n'avais pas la force d'affronter ça.

J'ai acheté un billet de cinéma à la serveuse assez incrédule qui, d'un même mouvement, me l'a pris des mains, en a déchiré le bout, puis m'a poussé dans une salle fantastiquement vide. J'ai choisi un siège au cinquième rang et à côté de l'allée, et me suis préparé à attendre la formidable séquence où une bande de méchants gamins lâchent un scorpion au-dessus d'une fourmilière en ébullition, puis regardent le pauvre arachnide se faire dévorer par une armée de fourmis rouges. J'ai entendu à nouveau la même voix chantonner la chanson bosniaque, mais avant que je puisse me tourner pour voir d'où elle provenait, les lumières se sont éteintes et je me suis retrouvé totalement dans le noir.

REMERCIEMENTS

Tout d'abord, je tiens à dire à tous mes lecteurs que, sans eux, ce livre est une brique de papier et que moi, je ne suis rien. Merci, chers lecteurs, de l'avoir choisi alors que des millions d'autres titres s'offrent à vous.

Je ne souffre pas lorsque j'écris, mais ça n'a jamais été facile non plus, notamment parce que la vie, la biologie et l'histoire interviennent forcément. Un livre paraît toujours impensable jusqu'au jour où il se retrouve en librairie. Il m'a fallu plus de douze ans pour terminer ce roman. Et pour que cet objet arrive entre vos mains, de nombreuses personnes m'ont aidé. Donc :

J'aimerais remercier Lana Wachowski et David Mitchell (The Pit) pour leur gentillesse, leur amitié et l'enthousiasme sans bornes avec lequel ils dansent et créent des œuvres d'art. Je ne saurais trop insister sur toutes les choses que j'ai apprises avec mes amis Pitiens quant à l'art de raconter des histoires, le partage et la collaboration. Difficile de décrire l'affection que je leur porte.

La voix de Damir Imamović me trotte dans la tête depuis qu'il a accepté d'enregistrer un album inspiré par Un monde de ciel et de terre. *(Je vous recommande vivement d'avoir la voix de Damir en tête.) Sans le brio de Damir, le voyage de Rafo et d'Osman aurait été différent, surtout parce que son album – intitulé* The World and All That It Holds *– est un chef-d'œuvre incroyable. Si un projet créatif exalte et renforce une amitié comme ce fut le cas pour la nôtre, c'est qu'il doit avoir quelque chose de bien.*

Je continue à éprouver de la gratitude pour Nicole Aragi, mon amie et agente acharnée ; depuis la fin du dernier millénaire, mon travail a énormément bénéficié de son soutien immense et inconditionnel. J'attends avec impatience notre retraite coordonnée et les moments que nous partagerons alors dans les cercles supérieurs de l'enfer, où je serai DJ de toute éternité et où il paraît que la nourriture est excellente.

Sean McDonald, qui publie mon travail depuis le tout début, n'est pas seulement l'un des meilleurs éditeurs qui soit, c'est aussi un ami cher et fidèle. Après toutes ces années, il est encore capable d'écouter sans broncher mes monologues interminables, puis de réfléchir à mes idées tordues et déjantées de manière sérieuse et productive. J'ai écrit le livre que vous tenez entre vos mains, mais c'est lui qui l'a fait.

Depuis plusieurs décennies maintenant, Semezdin Mehmedinović fait partie de mes plus proches amis, sur les plans personnel et littéraire, de même qu'il est aussi mon auteur contemporain préféré. Son regard généreux et sagace m'a aidé à voir Rafo, Osman et Rahela et lui-même m'a apporté le réconfort d'une amitié par Zoom durant les mois les plus solitaires de l'épidémie de covid et du fascisme américain.

Mes camarades artistes ont donné de leur temps et de leur intelligence (temporairement, je m'empresse de le préciser) pour suivre et aimer mes héros durant leur périple à travers un monde terrible et beau et le XXe siècle. Je ne pourrai jamais les remercier assez, il faudra donc se contenter de : Merci, Rabih Alameddine, Gary Shteyngart, Yiyun Li, Jesse Eisenberg, Charlie Finch, Gus Rose, Nami Mun et quelques autres dont les noms m'échappent pour le moment – vous savez qui vous êtes, même si moi je ne le sais pas.

John Freeman est mon ami, mon lecteur, mon interlocuteur et mon éditeur depuis des décennies. Je ne peux imaginer ma vie d'écrivain sans lui. Un jour, je le ferai danser. D'ici là, nous nous contenterons de parler de littérature pendant des heures d'affilée.

Vojislav Pejović a eu la gentillesse de déployer ses qualités de lecteur superbement pointilleux pour chercher la petite bête d'un bout à l'autre de Un monde de ciel et de terre *et ses objections et suggestions ont considérablement amélioré le texte. Vojislav est un des meilleurs lecteurs que j'ai connus et il me fait régulièrement une immense faveur en acceptant de lire du début à la fin n'importe lequel de mes livres lorsque je le lui demande.*

Et s'il existe des lecteurs parfaits, les miens seraient mes amis de Sarajevo et de Bosnie, autrefois yougoslaves : Zrinka Bralo, Velibor Božović, Gordana Dana Grozdanić et Amila Buturović, ainsi que Aida Hozić, Arnesa Buljušmic-Kustura, Emil Kerenji, Branko Rihtman, Elvis Bego, Aleksandar Brezar, Nedad Memić,

Ervin Malakaj, Jelena Subotić et Albinko Hasić (alias « Bosnian History » sur Twitter). Infinie gratitude à tous les autres Sarajéviens et Bosniaques dont l'amour et le soutien apportés à mon travail m'accompagnent désormais comme une ombre.

J'ai une énorme dette envers le Dr Eliezer Papo, qui m'a aidé à chercher la voix ladino/spanjol de Rafo, et envers le Dr Iris Rachamimov, qui m'a généreusement ouvert la porte du vaste monde des camps de prisonniers de guerre russes en Asie centrale au cours de la Première Guerre mondiale, sujet sur lequel elle a l'air de tout savoir. Le Dr Sandra Bermann m'a permis de l'accompagner l'après-midi pour de longues promenades (à partir du pont YES), durant lesquelles elle m'a régalé de conversations brillantes sur les liens entre langue et déplacement, migration et traduction. Sandie m'a aidé à mieux comprendre mon propre livre.

Cielo Hemon, mon projet de musique électronique, a totalement coïncidé avec les dernières étapes de la rédaction de Un monde de ciel et de terre, *de sorte que, d'une certaine façon, le roman est présent sur les pistes de Cielo et les pistes le sont dans le roman, d'une façon qui ne sera ni visible ni audible à qui que ce soit à part moi, mais qui a joué un rôle crucial dans la création des deux œuvres. Merci, Goran Markovi et Alan Omerović de m'avoir aidé à réaliser cette musique. Merci, Harun Mehmedinović, Šejla Kamerić et Zlatko Ćosić d'avoir trouvé les images qui vont avec la musique. Vous m'avez appris énormément de choses et je compte bien apprendre et créer davantage encore à vos côtés.*

L'université de Princeton, avec son programme d'écriture créative, mon port d'attache intellectuel et universitaire, a fait montre d'une patience incroyable face à mes besoins et mes exigences en matière de création et elle m'a formidablement soutenu. J'espère y passer de nombreuses années et serai toujours reconnaissant à mes collègues d'avoir supporté la musique qui passait à fond dans mon bureau.

Enfin, ma gratitude éternelle à Teri Boyd, la force qui tient les catastrophes à bonne distance de ma/notre vie et y apporte des tonnes de courage et d'amour. Pour toujours et même au-delà !

Et maintenant, allons danser.

DU MÊME AUTEUR :

De l'esprit chez les abrutis
Éditions Robert Laffont, 2000
Éditions 10-18, 2003

L'espoir est une chose ridicule
Éditions Robert Laffont, 2003
Éditions 10-18, 2004

Le Projet Lazarus
Éditions Robert Laffont, 2010

Amour et obstacles
Éditions Robert Laffont, 2012

TABLE

PAPIER CERTIFIÉ

Le Livre de Poche s'engage pour l'environnement en réduisant l'empreinte carbone de ses livres. Celle de cet exemplaire est de :
450 g éq. CO_2
Rendez-vous sur
www.livredepoche-durable.fr

Composition réalisée par PCA

Achevé d'imprimer en août 2024 en Espagne par
BLACKPRINT
Dépôt légal 1re publication : septembre 2024
LIBRAIRIE GÉNÉRALE FRANÇAISE
21, rue du Montparnasse – 75298 Paris Cedex 06

89/2865/0